DAI ZHONGYU
ZUOPIN XUAN

戴忠钰作品选

戴忠钰——著

谨以此书
献给80后、90后的朋友们

陕西新华出版传媒集团
陕 西 人 民 出 版 社

图书在版编目（CIP）数据

戴忠钰作品选 / 戴忠钰著. -- 西安：陕西人民出版社，2019.12

ISBN 978-7-224-13447-6

Ⅰ.①戴… Ⅱ.①戴… Ⅲ.①中国文学-当代文学-作品综合集 Ⅳ.①I217.2

中国版本图书馆 CIP 数据核字（2019）第 251265 号

责任编辑： 杨舒雯
封面设计： 赵文君

戴忠钰作品选

作　　者	戴忠钰
出版发行	陕西新华出版传媒集团　陕西人民出版社 （西安北大街 147 号　邮编：710003）
印　　刷	西安市建明工贸有限责任公司
开　　本	787mm×1092mm　16 开
印　　张	18.75 印张
字　　数	340 千字
版　　次	2019 年 12 月第 1 版　2019 年 12 月第 1 次印刷
书　　号	ISBN　978-7-224-13447-6
定　　价	59.00 元

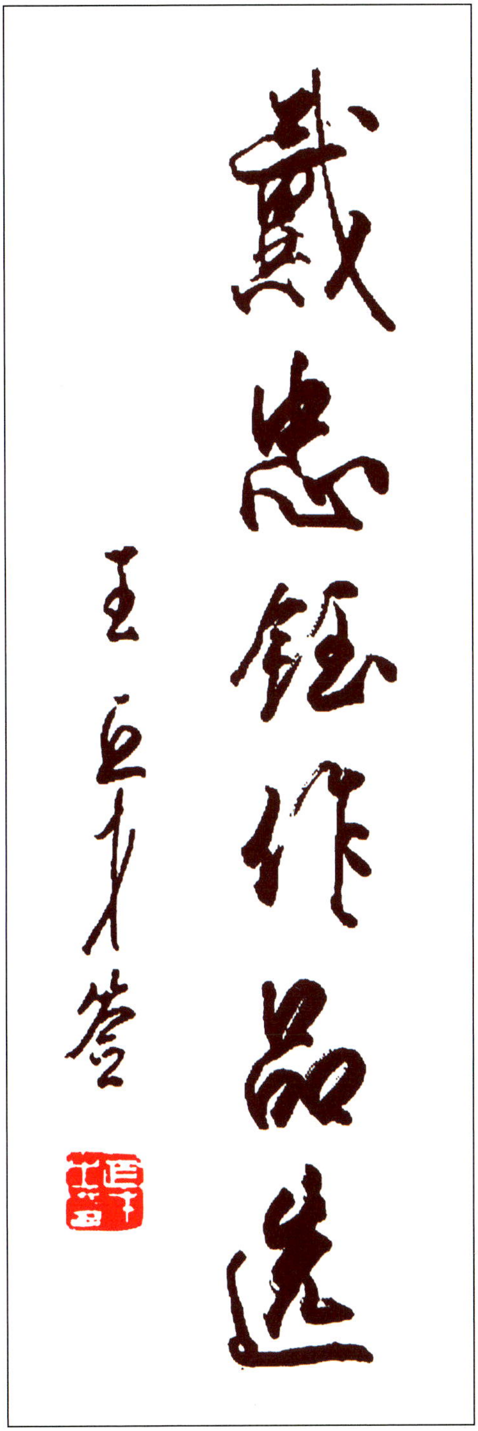
戴忠钰作品选
王巨才签

作者与中央党校博士生导师张蔚萍教授合影

作者与陕西省委常委原宣传部长王巨才合影

作者与西安文理学院原党委书记、国家一级编剧王学民老师合影

2018年9月作者与北大学生的合影

2008年4月西安影视评论学会理事和陈忠实等人的合影

序一

文学的人生 时代与社会的棱镜

张蔚萍

学生戴忠钰编了本作品集子,嘱我写序,颇为踌躇,颇费思考,反复翻看作品,看能不能找到一些可说的话,然后不揣浅陋,顺手发在这里做个纪念。

改革开放四十年来,我国的文学创作进入了最好的时代,涌现出了一大批立足时代、反映时代、讴歌时代的好作品与好作家。戴忠钰就是与这个时代一起成长起来的文学爱好者。他从古长安关中平原厚重的黄土地上走来,怀着对生活、对文学的热情与热爱,几十年来笔耕不辍,亲身经历了“文化大革命”磨炼,始终不忘初心,坚持阅读、坚持学习、坚持创作,虽已过耳顺之年,愈发努力和执着,确实让人欣慰和感动。

文学是生活的镜子。它通过作家的眼睛体察社会、通过作家的思考反映生活。文学又是时代的镜子。它通过作家这个特殊的三棱镜,浓缩和折射着不同时代的人物风貌和社会风情。作家的作品,一旦进入社会,便具有了社会性,就发挥文学的认识作用、教育作用和审美愉悦作用,便对读者产生着这样那样的影响。因此,正如鲁迅先生所说的,文学不是别的,而是引导国民前进的灯火。

通读戴忠钰的这本作品选编,不难看出他正是一个以时代为己任的创作者,深入生活、深入群众,每一篇文章无不反映着这个时代和生活在这个时代中的青年的苦与乐。这些作品的主人公年龄大都在三十五岁左右,他们有刻苦学习、历尽磨难的艰苦的创业者,有沉溺网恋“挂科”的大学生,有教书育人的大学教授,有国有企业的技术管理者……这些人最初都很平凡,甚至还与社会的规矩和要求格格不入,但在经历奋斗的洗礼、生活的磨炼、创业的艰辛后一个个都没有沉沦,没有退缩,反而是心存梦想,不懈努力,最终都走向了成功。

关中学人自古受“为天地立心,为生民立命,为往圣继绝学,为万世开太平”关学精神的影响，都有着重德行教化、悲天悯人、致君尧舜上的家国情怀。戴忠钰的这些文章亦反映他几十年为人、为文的抱负理想，凝聚着他对这个社会、这个时代的热爱与奉献。作品中刻画的每一个栩栩如生的人物，每一个让人牵肠挂肚的故事情节，都源于作者脚下厚重的黄土地，源于作者生活的点点滴滴。《作品选》既是作者几十年文学创作的集成和结晶，亦是作者以文学的形式，发表自己对人生、对社会进步的见解。网络时代下，工作节奏、生活节奏日益加快，"短、平、快"成为生活的常态，消遣和娱乐日渐昌盛，纯文学日益受到挤压，创作日益艰难，戴忠钰却是这个阵地上顽强的坚守者。他说这是一部写给青年人的作品，能够给他结交的青年朋友带来启迪、思考就行了，起于爱好，缘于责任，不图钱财，无求声名。

毛泽东主席在延安文艺座谈会上曾经讲过，文艺首先要解决的是文艺为什么人的问题，这是文艺的根本问题，也是一个原则问题。习近平总书记在新时期文艺座谈会上也讲过文艺要坚持人民为中心，坚持为人民群众服务。《作品选》里的这些文章的另一个特点就是，聚焦小人物，聚焦平凡人，以朴素的感情，平实的语言记述平凡人在大时代的成长与奋斗，向读者和社会传递正能量。例如，美好的爱情就是人类性爱的一种升华，也是人类文明发展的一种必然结果。以人为主体的文学，就出现了"爱情是文学的永恒主题"一说。随之，又云"每一个成功的男人，背后有一个女人"。《作品选》里几乎每个男人背后都有一个促其成才成功的女人。中篇小说《雨夜》讲的是一个号称学霸的男生何阳学习恋爱的故事，何阳暗恋比他大半岁的英语老师白静。从白静内心讲，她也很喜欢这个因身体状况晚上了四年大学的学霸。因此，她支持何阳买笔记本电脑，背着何阳还垫资三百多块钱。为了激励何阳争取更好的学习成绩，没有公开她也爱着这个学霸的心思，而是采取匿名网恋的形式和何阳往来。当她发现何阳因沉溺于和她网恋导致英语"挂科"，她又以老师的身份严厉地批评教育他，因爱之深，恨铁不成钢，一生没有打过人的白静竟然打了何阳一个耳光，最后严厉要求何阳在毕业前，必须拿到英语四级证和六级证。在白静的帮助下，何阳毕业时拿到了六级证，由一个"挂科生"成为省级优秀毕业生。白静的帮助更使何阳爱之加深，就在这时白静突然消失，让何阳伤感不已，他只能把这种心情向网友"姹紫嫣红"诉说，女网友约他去武汉中南民大南湖畔约会，最后发现女网友"姹紫嫣红"竟然就是他朝思暮想的白静老师！读来令读者唏嘘不已。《幽灵》（中篇小说）中的女主人公韩蜜，她为了资助格兰上学，放弃了自己喜欢的汉语言文学专业，毅然决然报考矿业大学，因为地质勘探工作工资高。后来，成为国家地质队的副工程师，在一次野外勘探中，遇到暴雨山石滚落，为了抢救新队员不幸殉职。格兰成为教授，且在学术领域里成果斐然，这与韩蜜的付出有直接关系。《划在空中的"？"》（三集电视剧）中的王英和《那年、那月、那天下午》（散文）中的“他”,都是因为当时复杂的社会背景原因,失去上学机会。在改革开放勤学蔚然成风的时代,在他们背后的女人的全力支持下,终于如愿以偿。

今天,中国特色社会主义进入新时代,这是催人奋进的时代。在新时代,如何更好地繁荣我们的文化,这是新时代文学作家的神圣使命。文学创作将会迎来美好的春天。学生戴忠钰有幸赶上了好时代,我为他欣慰和高兴。

戴忠钰在新时代经过长期的努力,正在创作一部22集反映农村党支部书记领导民众走集体致富道路的感人故事。祝愿他今后能创作出更多更好的优秀作品。

2018年9月12日

张蔚萍,中共中央党校教授、博士生导师,原中央党校毛泽东思想研究室原主任,全国育人用人科学专业委员会主任。

序二

一个苦行者的不懈追求

王学民

忠钰要出版文集了,翻着他的书稿,我不禁思绪纷涌:呵,这个从农村走出来的文学青年,经过大半生的不懈追求,要为他的文学之旅做个小结了。

我是二十世纪九十年代在蓝田县任职时认识忠钰的。当时,他是农村支部书记,执着于文学创作。经文化馆陈卉芳同志引领,我约见了他,一经交谈,便心生好感:小伙子质朴真诚,却十分健谈,心中有一个文学梦。从此,他尊我为师,我以他为友,便有了三十多年的交集。

我在西安市广电局任职时,忠钰送来他的三集电视剧《划在空中的"?"》剧本。我认真研读了他的这部处女作,给他写了一封信,谈了我对影视剧创作的理解。据他说,这封信对他颇有裨益。接着,他又创作了反映农村计划生育的第二部电视剧《命运》,受到省、市有关部门的高度评价,并推荐参加了全国第二届计划生育作品竞赛活动。一九九九年我到西安文理学院任职,忠钰也应聘到该校,担任《校园生活报》主编和学生组织的指导老师。新的工作环境,开阔了忠钰新的视野,激发了新的探索和创作激情,忠钰的文学之旅迈开了坚实的步伐。在这一时期,他创作了长篇电视剧剧本《太阳总是从东方升起》,创作了短篇小说《昨夜下了一场雨》并改编成数字电视剧本,创作小说《辞职》并改编、拍摄出同名电视剧,创作了多篇小说、散文,撰写了多篇政论文章。他的电视剧在省市获奖,多篇文章见诸报端和网站。他的有关大学生《处理好工作的三种关系》的文章,在当时的网站上拥有十一万次的点击量,散文《生命的证明》发表后多家网站转发,仅在重庆红岩联线一家网站即拥有四万次的点击量。他被吸收为西安市作家协会会员、西安影视评论学会理事、陕西省电视艺术家协会会员。

忠钰一梦既定,初心不改,这是难能可贵的,更可贵的是他为实现文学梦的不懈追求,这种追求贯穿于他的苦行之中,我称其为“三苦”:一是清苦的生活。他家在蓝田北岭农村,经济状况很差,又是三个孩子的父亲。为了追梦,他扑进城市近三十年,一边谋生一边创作,旧衣简食,苦中求乐,矢志不渝。二是刻苦的学习。他原本只读到中学,为了充实自己,自修了中文本科的《文学概论》《文学基本原理》《中国文学史》,以及哲学、心理学、逻辑学等教材。北京大学陈晓春教授编写的精品教材《电视剧理论与创作》、复旦大学的教材《艺术教程》和日本早稻田大学依田新教授的《青年心理学》都成了他的必修教材,他甚至还研读了《圣经》的章节。三是勤苦的探索。他从写日记开始,进而尝试写小说,写电视剧,写散文,写政论文章,写网络文章,渐次通晓各种文体,创作出多体裁的文学作品。正是这种孜孜不倦的探索精神,使他这个没有读过大学的农家人成了颇有威望的大学生之师。可以说,忠钰的人生之路,同他的文学作品一样,给人启迪,令人感佩。

如今,忠钰已花甲之年,依然在西安打工,依然在不倦地学习,依然在勤奋笔耕。作为他的老师、老友,我由衷地祝贺他,祝福他,期待着他的新作。

2018 年 10 月 8 日

王学民,国家一级编剧,西安美术家协会会员,原西安文理学院党委书记、常务副校长。

目　录

短篇小说

天路

约会在大唐不夜城

天　路

一

一座孤峰，高耸入云。漫山遍野，苍松翠柏，偶尔露出大山铁青色的肌肤。一辆黑色的奔驰轿车从山脚下沿着盘山公路急驰而上。山腰间晨雾缭绕，轿车狂飙陷入乳白色的晨雾中。他灵巧地打着方向盘，车里轻轻地荡漾着韩红那首《天路》：

……

那是一条神奇的天路，

带我们走进人间天堂。

青稞酒酥油茶会更加香甜，

幸福的歌声传遍四方。

……

他激动得不能自持，本能地想到音乐表演系声乐专业的女朋友李娟！她就是唱这首《天路》在全省大学生歌曲大赛中赢得二等奖。

轿车盘旋而上，晨曦撕破了夜幕，绯红色的云彩像仙女衣裙的飘带缠绕山巅。他看着这条灰色的水泥路面感慨万千，这是上帝给他的一条天路！呀，身旁还坐着李娟，一脸幸福，一脸自豪。

……

叽里呱啦的声音，胳膊被人拉住摆动着。他醒了，睁开干涩的眼睛，眼前竟不是他开车狂飙的盘旋公路，而是夜晚的深圳市的公园。天旋地转，反差太大了！他觉得自己像从天上一下子掉在地上，头发晕，灵魂甚至已经离开肉体了。

少顷，他恢复了知觉，才晓得自己刚才睡在公园长椅上做了个美梦。此刻，清楚地知道是因为自己钱不多了，才退了旅社在外面过夜。他坐起来，茫然四下环顾。

旁边停着一辆印着“深圳市保安区流动人口救助站”红色字样的面包车，原来是救助站的两个员工和公园的一个保安将他摇醒了。两个员工用他一点也听不懂的闽南话说着什么。

他心里明白：救助站专门收容流浪人员，弄清身份之后免费送回家。我，王永昌，一个堂堂的名牌师范大学化学专业毕业的本科生被遣送回家，多丢人啊！

“我在公园玩累了，躺在椅子上休息了一下，没想到竟然睡着了。”他连忙解释。心里没有一点点底气。

幸好，保安用普通话问道：“现在是晚上十二点，你还不回去？”

“好好好，我马上回宾馆。”

王永昌提起旅行包逃出公园。

夜色。一穹繁星，眨着诡秘的笑眼，王永昌漫无目的地走在人行道上，心事重重。

他清楚记得二十多天前李娟在西安火车站送他的一幕：李娟把镶有自己寸照的金黄色挂件戴在他的脖子上，用沙哑的声音问：“你明白我的意思吗？”

“你永远陪伴着我！”王永昌笑着，掏出面巾纸拭去李娟脸颊上的泪珠。

“我知道你反对我辞去县城高中教师工作去深圳闯荡，可我还是那句话：我月工资一千二百元，你在大学当辅导员一千五百元，两人工资加在一起还不到三千元，而西安一套像样的房子都三四十万元呢，更别说买什么车。靠我们的这点工资何年何月才能买上房买下车呀？你忘了？是你给我钱买英语书，在你的鼓舞下，我过了英语六级，你又鼓励我学点企业管理方面的知识，你的这一切初衷，难道就是让我一辈子当个化学教师吗？我是个男人，男人啊！事业、责任和担当，对一个男人来说特别重要呀！我们现在得转变观念，不要只盯着国家编制内的工作。”

王永昌抓着李娟的双肩，柔和而动情地说：“娟，我要让深深爱着我的女人今生幸福快乐！”

李娟的身子晃动着，热泪又夺眶而出……

王永昌来到深圳的二十多天里，李娟几乎每天晚上都要打几十分钟电话，他总是撒谎：“我在试用期，我在好工作中挑好工作呢，最后到底在哪个单位目前还不能定。”

“唉，这样的谎，只能骗骗李娟，却骗不了自己！我的立足点在哪儿，工作在哪儿呀？”

王永昌想着，悲哀的愁绪折磨着他。

二

浓浓的夜色笼罩着这座沿海都市，王永昌收住脚步，一阵倦意袭来，他再也无力走下去了。幸好旁边有摞在一起的五块楼板，看来这就是上帝给他安排的下榻之处。楼板旁边还有个垃圾桶，他顾不上这些了，上了楼板头枕着旅行包就睡着了。叮哩咣啷的响声，惊醒了昏睡的他。原来一个老头正在掏垃圾桶里的废纸、矿泉水瓶。

"你是干啥子的哟，哪门子睡在这里？"四川口音。

听到老头子问他干啥的，他激动了，像在这个举目无亲的都市突然遇上了亲人一样，吐露了求职来的坎坷和委屈，最后困惑地说："我是西安来的重点师范大学的本科生，来这里找工作，试用期竟和一个初中程度的打工者一样，工资不到一千元，我怎么能接受呀？在家乡，我是国家编制的高中教师呀！"

老头笑了，直起腰和王永昌说话："这里和西安不一样，你就是有再高的文凭，人家也还是要看你的真本事哟！"

王永昌苦笑了："我想不通，大学文凭在这里好像贬值了。"

老头也笑了，恍然大悟："怪不得你找不到工作，成了流浪汉，你先干着，老板看到你有真本事他会给你提高待遇的，你这样放不下架子，找不到工作会把你困死、饿死哟。"

嗯，言之有理！

王永昌开始求职行动了。他来到深圳能源化工产品有限公司总经理办公室。总经理是一个身材臃肿的大胖子，身体看起来很笨拙，可那跳跃的手指敲打着键盘却相当娴熟。

"先生，打扰您了，我是来求职的。"

胖子抬起头，王永昌连忙双手把毕业证放到老板台上，胖子拿起毕业证，慢条斯理地问："你应该教书，怎么跑到我公司来了？"

王永昌说："我学的是应用化学专业，到你们这儿来算是专业对口。"

胖子点燃了一支长雪茄，吐着烟圈，眼睛盯着天花板，皮笑肉不笑地："你来可以，半年试用期。"

"试用期月工资多少钱？"王永昌急切地问。

胖子张开肥短的手指说，"这个数！"

"五千还是五百元？"王永昌不由地张了一下嘴巴。

胖子从鼻孔发出了一个很响的"哼"，盛气凌人，说："如果给一个试用期的员工就开五千元的工资，这个老板脑子没有病，也是脑子进水了！"

“这么说试用期月工资是五百元?”王永昌一脸狐疑。

胖子嘿嘿笑了几声，“怎么还不明白?试用期月工资五百!”

天哪!20世纪深圳月工资大概也没有这么低，何况在2008年的今天?

“老板，我是教育部重点师范大学的毕业生呀，我在县城教高中每月也给一千二百元呀!您这样对待我……”

蓦然，胖子生气地把毕业证扔在老板台边，毕业证掉在地上，王永昌急忙捡起毕业证，拍了拍毕业证，然后装进旅行包满脸愠色盯着胖子。

胖子脸拉长了，眼睛睁圆了，凌厉的声音冲击着王永昌的耳膜：“怎么，还不服气?就是北京来的清华北大的本科生，我还是这样对待，没有试用，谁能知道你有多大本事。再说，现在假证多的是，你的证是真是假谁知道?”

“你可以马上在网上查!”王永昌声音大得连自己都有些吃惊。说完，王永昌提起旅行包一气之下冲出门。

王永昌又漫无目的地在马路上走着，身旁的高楼大厦、人流、车辆，还有那在空气中飘逸的音乐声……一切的一切都变得虚无了。眼前是一条笔直宽阔的马路，恍惚的头脑神经质地冒出一句：“人生的路，像这马路就好了啊!然而人生路竟是这样……”

暮色苍茫。喧嚣燥热的都市，渐渐变成灯光的海洋。王永昌的一切感觉都麻木了，像一具行尸走肉在马路上晃动。

“小伙子，干啥子又转到这里来了?”熟悉的四川口音。

原来，王永昌又转到昨晚下榻的楼板跟前，还是那个捡破烂的老头。看到老头后，王永昌竟激动得眼睛发潮，这是他在深圳唯一的亲人啊!他抓住老头脏兮兮的双手，说不出话来。许久，情绪缓和点才把今天求职的经过诉说了一遍。老头指点道，“不管怎样，你先干着，边干边找合适的工作，不晓得你听懂了吗?在城市一天没有钱你都混不下去。”

“我听懂了!”

老头背着垃圾袋走了。

王永昌在夜市吃了一碗炒面，买了两瓶矿泉水，口袋里只剩五十块了，危机感像乌云笼罩在他的心田上空，他鬼使神差地回到和老头说话的地方，上了楼板头枕着旅行包。楼板还散发着白天的余热，他干脆脱了衬衫盖在身上，立时昏睡过去了。唉，他太疲倦了。

清晨，都市的喧嚣声吵醒了王永昌。太阳懒洋洋地悬挂在东方天际。突然，王永昌心一沉，惊愕得张大嘴巴，天呀，盖在身上的衬衫跑到哪儿去了?那口袋里有他唯一的一张五十元呀!瞬间，他的视野中，这座都市的一切都凝固了，死般沉寂。许久，耳畔似乎又响起如雷贯耳的声波："找不到工作会把你困死、饿死哟！"

继而，捡破烂老头的声音又变成延时混响音冲击着王永昌的耳膜。他第一次感受什么叫恐惧！仿佛死神在向他招手，他要和在北方的父母、读高中的弟妹永别了，还有李娟……他死了，李娟怎么办？他不敢想了！

突然，王永昌歇斯底里般地嚎叫一声："天啊，你怎么这样对待我呀？"泪水第一次像决堤的洪水……

围观的人越来越多，王永昌被围个水泄不通。人群中不知谁冒出一句话，"大清早的，一个大男人在大街上嚎不嫌丢人？"

对，男儿有泪不轻弹！他这样失态确实丢人。他头脑冷静了一点，提起旅行包狼狈地逃出包围圈，身后传来一片议论声，"神经病！"

王永昌又开始漫无目的地步行了。

蔚蓝色天空白云飘缈，海鸥在自由飞翔。阳光依然普照着脚下的路，身上披着阳光，王永昌走着走着，生理本能反应了，肚子里咕咕直响。现在只剩下两瓶矿泉水了。他打开一瓶，给手掌上倒了点擦了把脸，然后一口气喝空了瓶，继续走着。不一会儿，他头上直冒汗，双腿发抖，索性坐在马路边的水泥道沿上，喘着粗气。突然，对面人行道边一个银色的桶状物体在阳光下闪着耀眼的光芒。垃圾桶！他涣散的目光一下子锁定在垃圾桶那边，那里有一堆废纸板、饮料瓶，还有一沓沓可能是传单类的各色废纸。他横穿马路，耳边传来一阵阵刺耳的汽车刹车声和诅咒声，他不理会这些了，一种抓住生命稻草的兴奋感鼓舞着他！跑到垃圾桶跟前，又发现一个大尼龙袋子，袋子上还有半截黄瓜，大概是环卫工人专门收拾垃圾用的吧。管他呢，王永昌飞快把这些废品装进尼龙袋双手掂了掂，好沉呀，足有六七十斤！

王永昌捡起半截黄瓜，一头塞进嘴里，顾不上吃，双手背起袋子就跑起来，不时转过头看着身后是不是有人追他。拐进另一条街道时，扑通一声坐在地上再也走不动了。他从旅行包取出最后一瓶水一饮而尽，两口便吃完半截黄瓜。休息了好一会，他背起垃圾袋边走边打听回收公司。一对佩戴着深圳大学校牌的情侣走过来，他强颜一笑，开始问路："同学，请问回收站在哪里？"

披着金发的女生皱着眉头，手掌不停地在鼻子嘴巴前扇着，满脸不悦，"臭破烂，谁和你同学？"

王永昌不由冷笑，撞了一句："什么素质的大学生？"

男生嘲笑道："老头，你个臭收破烂的还懂什么大学生的素质，稀罕！"

王永昌本想反驳几句，可他没有这个心思。谁说你不是收破烂的？你肩上背的一袋子破烂就证明了你的身份。他认了自己是个臭收破烂的，脸不烧，也不红，背着垃圾袋边走边问，遇到不少白眼、冷遇和歧视，他已经不在乎这些了。

终于，他找到了废品回收站。当发抖的双手接过五十三块钱时，伤心的泪水第二次涌出眼眶。李娟知道他混到这个地步该多么伤心呀！这也许永远都会成为她心中的一个阴影，女孩子太爱面子，这点王永昌知道。

收破烂这个事不能再干了！

三

晚上，王永昌找了一家最便宜的旅店，住一晚最低也要三十元，他苦苦哀求撒谎说找哥哥钱被偷了，地址也丢了，只有十块钱。店主看他这副可怜兮兮的样子就收十块钱让他住下了，但是要求他必须在第二天早上的五点半前离开，王永昌心里纳闷，旅社都是要求客人翌日十二点前离开就行了，大概店主觉得我占了大便宜，心里不平衡就这样要求我早点离开吧！

进入房间，他在房间墙上的镜子前一站，吓了一跳，蓬头垢面，上唇下巴胡须茬特别显眼，汗渍污垢彻底改变了白色短袖的本色了。难怪深大那个男生叫他老头，他才二十七岁，结婚不到一年啊！现在才明白，为什么店主要求他那么早离开旅社：影响深圳这个中国改革开放的第一个经济特区形象不说，直接影响人家旅社的生意呀！

王永昌剃了胡须，从走廊的公共卫生间端了一盆水洗了个澡，他躺在床上想了好久，决定打工，卖力气挣钱咋样都比收破烂强！

翌日，不知是店主忙没有顾上撵王永昌走，还是怜悯他，没有人惊动。醒来已是中午十二点了，要不是十二点店主查房撵他走，他也许会睡得更久一些。

王永昌换上一件干净的黑色单衣，在一个小巷理发店理完发，就开始找工作了。第一站就跑到深圳舒心可口饮料开发有限公司。进了门，只见一座座厂房，一栋栋高楼，绿化地带的绿荫中点缀着一个个菱形花圃，百花争艳。一辆辆拉饮料的货车一字排在库房前。一个四十岁的中年男子指挥着十几个年轻装卸工往车厢里装饮料箱。王永昌走到中年人跟前，赔着笑脸，说，“叔，你们这要干活的人吗？工资好说。”

工人们一下子围上来，光头小伙子眯缝着小眼睛问，“一天开八毛钱工资你干不？”

王永昌苦笑了：“好师傅，当年改革开放初期，深圳工资大概也没有一天八毛钱的吧？”

光头眨着狡黠的眼睛，嘿嘿笑了几声，说：“就这八毛钱还得给班长打报告。”说着转向中年人：“报告班长，我把我的活让他干，给他管吃管住，每天开八毛钱的工资。”

班长瞪了光头一眼，说：“和尚，你糊弄人干什么？深圳所有企业都受全球金融危机影响，我们厂没有裁人就已经很不错了。”

班长说的是实话，王永昌在西安看到《华商报》上也报道大批在南方打工的返回北方。经班长一提，感到打工也不是像他想象的那么容易。

和尚晃着刚剃过的青白色的光头问：“管吃住，一天八毛钱工资，必须完成我的任务，你干不干？不干拉倒！”

“我干！”王永昌一泓泪水。

装卸工人群爆发出一阵嬉笑，王永昌的心也在流泪……

看到王永昌这副沮丧的神色，班长怜悯之心油然而生，沉吟片刻，说：“好吧，这两天人手确实不够，我给厂里人事处说说，能让你来你就上班吧，小伙子挺可怜的！”

四

王永昌终于上班了！他默默地干活，即使受到和尚恶作剧的戏弄，他依然憨笑一下了之。他用一件干净的旧衣服把大学毕业证、学位证和各种获奖证书包得严严实实的，然后扎好装进旅行袋。穿着一件深蓝色的大褂，蓬乱的头发也不梳理，把自己从内到外，完全扮成了一个打工的。

入夜，工友们都睡了，只有飞速旋转的电扇运行着，屋里很闷，还散发着汗腥的臭味。王永昌不由回想起这一段刻骨铭心的经历，突然发现自己变了，真的变了！记得上大三那年夏天，和李娟在西安长安南路散步碰见收破烂的，他就捂鼻绕过。还有一次，他和李娟进了一家食堂准备吃饭，突然发现里面坐了几个衣着很脏的建筑工人，他不由分说地将李娟拉出门。李娟问，“你不是说吃饭吗，怎么跑出来了？”

“那帮干活人的脏衣服把人能熏死！这样的就餐环境，你能吃进去？我一见这一伙农民工心里就不舒服。”

李娟歪着头打量着王永昌，笑着问：“呵，你也是个农村娃，看不起农民工，你的灵魂竟有这么多新贵族思想！”

王永昌得意地滔滔不绝起来：“别看你是西安市娃，你就不懂，从表面上看等级观念是不对的，但这种等级差别的矛盾形成了一种竞争势态，恰恰是它推动了社会的前进。”李娟反驳道：“人与人之间虽然差别很大，但在做人的底线也就是人格上，人的自尊和尊严是平等的。”

此刻他感到自己灵魂里的那些东西是多么浅薄而肮脏！他佩服李娟！也觉得这些睡在身边干活的工友是那么亲近，甚至还有那捡破烂的四川老头……

王永昌清楚记得那次自己从装车的脚踏板上掉下来，背他回宿舍给他买饭的竟是最爱戏弄他的和尚！那次他感激地说："和尚，原来你是个好人！"和尚叹息一声："都是下苦人嘛，我也是没本事，我有本事决不在这干。公司对员工太苛刻了，不问青红皂白就罚，条条框框把干活人治得死死的，就差不准解决大小便这一条。不过话又说回来，公司对咱不仁，咱给它来个不义，就像那次库房里有一批过期变质产品，库房管理没有说，我们照样装上车拉走，需方发现后和公司打官司，公司一次性给人家赔了五万元。"

王永昌脸色凝重，若有所思。

一个月过去了，王永昌领了一千八百元工资，接过钱，他的手在发抖，这真是血和汗的结晶啊！深夜，宿舍又闷又热他怎么也睡不着，觉得喉咙发干，忙把厂里发的一瓶舒心可口饮料打开连喝了几口，盯着瓶，一口一口品味着、琢磨着，脑子里突然冒出一个大胆的设想：我搞一套改革产品的方案！弄好了也许就是出头之日！他的每根神经都兴奋了，立即打开床头的台灯在本子上划着。这一宿，他没有睡觉！

第二天是休息日，王永昌带了一瓶舒心可口饮料来到深圳大学找到化学实验室的实验员，给实验员塞了三百元，他想利用周末晚上的时间，在实验室做化学分析实验。

十几天过去了，一份打印好的舒心可口饮料改进方案摆在总经理岳振黄的老板台上。岳振黄是一个身材魁梧的中年人，浓眉下一双滴溜圆的眼睛，他在办公室里踱来踱去，思忖着："一个装卸工竟能搞出这样的方案？"

他拿起电话拨号。

王永昌正准备把一箱饮料放到车上，突然一辆蓝色的本田小轿车驶到库房前。只见一个漂亮的时尚女郎下了车，这是总经理办公室的秘书！班长立即认出来，忙喊："贺秘书，您大驾光临，有什么事？"

贺秘书急切地说："你们装卸工里有个叫王永昌的在哪里？"

"叫他干什么？"班长问。

"岳总找他有事，他人在不在？"

班长指着正扛着一箱饮料从脚踏板走向货车的王永昌，说："他就是你要找的人！"

"王永昌下来，贺秘书叫你呢！"班长喊了一声。

王永昌下了车径直走到贺秘书跟前。贺秘书忙伸出手和他握手，王永昌立即把手藏在沾满汗渍的蓝大褂口袋里，满脸歉意地说，“谢谢您，我的手很脏!”

王永昌随车来到岳总办公室。岳振黄脸色威严，上下打量着王永昌这个一米七五的汉子，厉声道：“你怎么把舒心可口饮料的配方破解了?”

王永昌毫不示弱，正色道：“岳总，我不破解配方怎么搞新方案呢?”

岳振黄双手叉腰，默默地点了点头。

良久，岳振黄自言自语：“一个装卸工能干出这样的奇迹，太不可思议了!”

突然，岳振黄浓眉一竖，睁圆眼睛，声色俱厉：“你到底是个什么身份的人?商场如战场，我不能不注意!”

王永昌一改往日求职时那种怯懦的神色，正气凛然，向岳振黄大声地说：“我一心为贵公司着想，可你却如同审问间谍一般地审问我，这样做是不是过分了?”

岳振黄涨红了脸，暴跳起来：“这些年来还没有一个人像你这样和我说话的!”

“我来厂两个月了，您在管理上受泰罗管理学的影响极深，却忽视了美国著名管理学家麦克雷戈教授创建的管理企业 Y 理论，您的这种泰罗式的管理潜藏着一种危机，不知您是否意识到了?”

“你一个装卸工竟然懂化学，还懂企业管理理论，你必须给我说明白，你到底是什么人?”这次岳振黄声音小了许多，脸色也变得平和了。

“我马上回去取个东西给您看，您就会明白!”

“你去吧!”岳振黄又掏出手机：“小贺，把你刚接来的人送回去，他给我取一样东西。”

十分钟后，王永昌把裹着所有证件的衣服抱到岳总办公室，他打开包，把大学本科毕业证交给岳振黄，说：“岳总，您看!”

岳振黄接过证书，恍然大悟，惊叫一声，“啊，你原来是师范大学化学专业的本科生!”说着，岳振黄拿起一本企业管理学结业证书，凝视良久，长叹一声：“我还真没看出你是个大学生。”

岳振黄翻着这堆证件，取出英语六级证书，若有所思，嘴唇动了动却没有出声，少顷，又重新打量着王永昌。

王永昌恳切地说：“岳总，我很希望在自己喜欢的应用化学专业领域里干出一番事业!”

“好! 我成全你! 哈哈哈……”终于，岳振黄笑了。

岳振黄一拳打在王永昌肩头，王永昌不由地缩了下身子。岳振黄爆发出豪放的笑声：“嗯，就是身子骨嫩点，不怕，锻炼锻炼就硬朗了!”

说罢，又掏出手机打电话："喂，老黄走了，那间办公室里的东西动了没有?"

电话里清晰的男音："黄总走的时候钥匙没留，里面的东西没动，您不是说还想再聘一位主管业务的副总吗?"

"好!"岳振黄高兴了："你把锁子设法撬开，让王永昌暂时住在那里上班办公。把里面的卧室也收拾一下，检查一下空调是否好着。"

岳振黄挂了电话，笑呵呵说："小王呀，从明天起你就是我的助理，你干不干?"

王永昌激动得声音发抖："岳总，我非常感谢您对我的器重！我会竭尽全力搞好工作，为舒心可口饮料的辉煌业绩做出贡献!"岳振黄双掌一拍，眉飞色舞，声音洪亮："我要的就是你这句话！我当年大学毕业在国有化工企业干，改革开放后下海来到深圳，受了不少罪，混到流落街头向陌生人要几毛钱给家里打电话的地步，唉!"

这时，王永昌一下子又觉得岳振黄和自己的距离拉近了许多，他感慨地说，"岳总，我深有同感!"王永昌把自己来深圳求职的辛酸经历说了一遍，说到伤心处，泪水不由滚出眼角。岳振黄颇为动容，双手叉腰盯着窗外的蓝天，感慨万千地说，"四百多年前英国哲学家弗兰西斯·培根有句名言：'奇迹是在厄运中诞生的。'这大概也是通向理想天堂的天路，你信不信?"

王永昌声音特别响亮，"我信，我信!"

半个月过去了，报纸上刊登了这样一则消息：深圳舒心可口饮料开发有限公司研制的舒心可口饮料Ⅲ代产品主要从营养学和口感方面对Ⅱ代产品进行了改进，这种产品补脑提神尤佳，极受广大消费者青睐。

半年后，美国出版的《世界健康报》报道：中国深圳舒心可口饮料开发有限公司的第 III 代产品，已在东南亚畅销，居饮料之首。该公司副总经理王永昌先生回答本报记者时讲，他们准备将该产品打入美国市场。

晨光熹微，茫茫大雾笼罩着大地，给人一种神秘的感觉。身为副总的王永昌开着公司为他配置的奔驰 CLK200K 型高级轿车行驶在高速公路上，身旁坐着岳振黄。因为有雾，车速并不高，王永昌打开收录机，立时韩红的《天路》荡漾在车厢里，他不由得跟着哼起来：

　　那是一条神奇的天路，
　　带我们走进人间天堂。

"小王，今年八月十五晚上，我第一次听你唱这首歌呢。"岳振黄笑着说。

"我妻子李娟最爱唱这首歌了!"

“这么说，今年八月十五晚上，你是‘每逢佳节倍思亲’啊!”

王永昌腼腆一笑，说：“看您说的，我们也算是结婚的人了，过了热恋期了。”

“甭哄我！甭看我六十岁了，我也是年轻人过来的。”岳振黄正色道，“自从公司分给你那套120平方米的房子后，我就催你把夫人接到公司来上班，你就是拖拖拉拉不执行我的命令。”

“我实在脱不开身，您不是不知道呀!”

岳振黄深有感触地说，“我知道，为了公司你不分上下班拼命干，我心里明白，记着!”

“岳总见外了，公司是我的第二生命呀!”

时值金秋，太阳露出笑脸，金色的晨雾萦绕，升向蓝天变成白云。车前的能见度恢复正常。眼前呈现出一条伸向远方的笔直的高速公路。

奔驰风驰电掣般地向前飞去，车后留下了《天路》的袅袅余音……

约会在大唐不夜城

入夜，江峰坐在大唐不夜城雕塑群旁的长凳上，左顾右盼，等着自己的大恩人——解梦人！网络世界是个虚拟的世界，显然解梦人却在江峰这个大四学生关键时刻拉了他一把，救了他。

可是，解梦人何面目，不得而知。至今，在脑海的标的——一个中学的语文老师，年龄嘛，大约50岁。这些都是江峰从帖子上的介绍中获取的。

老头子真怪，西安那么多好玩的地方，却选了这个叫江峰坐了45分钟公交车的大唐不夜城？让人纳闷！这个地方，让他总是有一种理不顺、斩不断的情愫，挥之不去的伤感。

他想到自己第一次来到这个地方的情景：那是大二的暑假，也是在今天这个日子——8月12日夜晚。江峰和文学院女生李珊的罗曼史第一页就是从这里揭开。

好一个大唐不夜城！那天晚上，华灯熠熠，霓虹灯闪烁变幻。火树银花，五彩斑斓——构成不夜城的主题。气势浩荡的庞大雕塑群，一个个高大魁梧的雕像表情各异，传神逼真，把唐代开元盛世的历史典故表现得淋漓尽致。江峰指着那一个个男女乐师演奏的雕像，有趣地问：“李珊，你盯着这些栩栩如生的宫廷乐师有什么感情?”

李珊不假思索地说：“盛唐宫廷乐曲在我耳旁回响，气势磅礴，悦耳动听，震撼心灵!”李珊张开双臂，像一个精彩的朗诵者：“在唐乐声中，放飞想象的翅膀，感悟华夏故国的辉煌。啊！一个盛唐的历史画面，在你的眼帘出现，一个古城西安人的骄傲!”

江峰乐了，拍着手：“哦，我们的李珊成了古代的李清照——诗人了!”

李珊嘴一咧：“我才不当李清照，李清照那首名诗有一句：‘人比黄花瘦’多凄凉啊，我不喜欢，我喜欢武则天，是我们女流的自豪!”

俩人来到武则天雕塑群东边的长条凳跟前。“我们在这休息一会，你额头上都有汗了！”李珊说着，坐在条凳上，把一块湿巾递给江峰。

江峰擦了一下脸，把湿巾扔进垃圾箱，坐在李珊身旁。取下双肩包，从里面取出一瓶果粒橙打开，递到李珊手里，笑着说：“诗人，你该坐这歇会，喝点饮料润润嗓子再演讲。”说着拉了一下李珊的手，李珊顺势就紧挨着江峰坐着，喝了几口饮料，然后伏在江峰的耳畔耳语：“原来，我总以为你是一个整天忙于学习的书呆子。暑假在学校复习英语，那天不见我，你知道我肚子疼，你买了大枣、蜂蜜和两大包莲子羹，看来你挺会心疼女人的，将来一定是一个好丈夫，我给你当红娘，我把最优秀的师姐师妹挑一个介绍给你，你看如何？”李珊一脸诚恳！

“我不要。”

“你当和尚？”李珊眨着笑眼问。

“当和尚倒未必。”江峰正色道：“可作为男人，把事干成，这才是真爱的基础。在当今的爱情观应考虑物质的第一性啊。”

李珊笑了，点头：“嗯，思想有进步！你接着说。”

江峰提高声音：“一个穷光蛋的男人，要让爱他的女人一生幸福，这是骗人的鬼话！”

“好好好！”

李珊乐得连连鼓掌，继而脸色变得严肃了，说：“江峰这可是你说的话，你记住！”然后掏出手机看着说：“2012 年 8 月 12 日晚 22 点整，历史系的江峰在大唐不夜城向李珊表白！”

江峰眉毛一扬，猛地双手搂住李珊，激动地说：“你是我爱的第一个女人，也是最后一个女人！”

李珊脸上绽开笑容，在他额头狠狠地点了一下，说：“看来你不是个榆木疙瘩脑袋！”

笑声伴着广场喇叭悦耳的仿唐音乐，传得很远，很远。李珊渐渐倒在江峰怀里，进入朦胧。皓月悄悄爬上中天，露出羞涩的笑脸。擎天柱上牌子“大唐不夜城”几个字五颜六色，不断变换，刷新。

好花不常开，好景不常在。大三这年江峰挂了“中国古代史”这门必修课，在系里引起轩然大波，大家都认为是因为这一学年，江峰与李珊白炽化的热恋，导致学习成绩滑落。

江峰陷入苦恼之中，李珊一反常态竟毅然决然地和他分道扬镳了！他绝望了，竟想到了轻生，他的班长王涛和李珊家是一个小区，他当着王涛的面，说着李珊是个感情的骗子，最后声泪俱下。

末了，王涛告诉他，网上有一个叫“解梦人”的老头，对日本早稻田大学依田新教授的青年心理学颇感兴趣，他要和大学生交朋友，帮助他们解忧排难。谢天谢地，解梦人救了江峰！解梦人给他讲了很多道理。尤其那句很有号召力和震撼力的话，让他至今回味，振聋发聩：“男人男人，来到这个世界就要知难而进，这才是男人的本色！”

大四这一年毕业时，江峰憋着一口气，又冲上去了。挂科的“中国古代史”过了不说，各门功课成绩名列前茅，他还成了省级优秀毕业生。当他高兴地在网上和解梦人聊天时说：“我欠学校三年的学费，已经把两千元奖学金补交了一些，就差一千元，上班后再补上欠的钱。”谁知解梦人竟给他寄了一千元！

唉，天下竟有这么好的老头啊！他急不可耐要见这个大恩人啊！解梦人答应了，要求在大唐不夜城群雕见面。唉，大恩人怎么能选这个叫他伤感的地点？但人家是自己的大恩人，你江峰还怎么强调这，强调那？没良心的东西！

一阵寒意袭来，他看了一下腕上的手表：23：50！昨晚上网，老头反复强调今晚约会，不见不散！

夜阑。不夜城依然游人不断，不时从江峰躺的长条凳前路过。江峰干脆蜷曲着身子睡着了。

“你睡够了没有?”是一个女人细柔的声音。做梦呢？当这句话再一次重复时，江峰猛地睁开了发涩的眼睛：天哪！一个身穿淡黄色雪纺长裙，披着一头柔亮秀发的二十多岁的漂亮女人，竟然坐在自己腹部和大腿蜷曲腾出的空地方上，成何体统！

江峰吓得一骨碌起身，紧张地问：“你是谁？你怎么坐在我跟前，多难堪呀！”

女人起身了，站在江峰对面依然抿嘴笑。

江峰努力揉了揉眼睛看清来人：白白的圆脸，一绺刘海在额头飘逸，妩媚身姿，长长的睫毛，一双晶莹的大眼睛闪动着青春的涟漪……

啊，这个女人太像李珊了！不可能是她，大三那个夏日夜晚分手时，李珊恶狠狠地说：“从现在起，我不愿再看到你这个没志气，没男人本色的人！”她绝不可能出现在你面前！真是活见鬼！

“你不是等你的‘解梦人’吗？人家来了，你却躺在这睡大觉！”

啊，是李珊的声音！江峰触电似的心跳起来，抓着李珊的肩头看着。

“原来解梦人是你！”夺眶而出的泪水代替了声音。

两人紧紧拥抱着……

广场，仿唐音乐依然轻轻在夜色回荡，五色流光溢彩中，一排喷泉唰唰喷涌的水柱，冲向月儿笑了的天空，绽开一朵朵玲珑剔透的花朵……

中篇小说

雨夜

呼唤

幽灵

老黄牛进城

雨 夜

一

夜阑，秋雨霏霏。沙沙雨声，撕碎秋夜的安谧恬静，搅得人坐卧不宁。瑟瑟秋风，伴着细密的雨点，摇着宿舍半开的玻璃窗。窗下，学习桌上这台二手19英寸液晶显示器电脑，正在播放QQ音乐《雨夜柔情》。我点的是单曲重复，优柔缠绵的歌曲，漫过六人间宿舍每个角落，又像一江春水在我的脑海里，汹涌澎湃，奔流……

幸好，今天是周末。那五位舍友都不知野到哪里去了，安静多了。自从有了她这个网友，我的周末就变得金贵多了，因为这是我们网聊的最佳时段。歌声依旧，我把音乐点到隐藏，点开她的QQ会话窗口，谢天谢地，她在线呢！

我急忙给她发帖：这些日子，不知怎么只要想到你总是很激动，我知道你是个很勤奋的学生，这样老想和你网聊，势必会干扰你的学习，可是不由我呀。我盼周末就像小时候盼过年一样啊！

立即，她给我发了吻的表情符号，我给她发了《遇见你是我今生的幸运》歌曲。其实，我们在网上认识不久，我在QQ音乐上发现歌词很感人，就给她发过去了。歌声轻轻地在荡漾：

滚滚红尘遇见你的人
人海茫茫难得有缘分
颗颗星辰代表我的心
相依相偎有缘也有分
梦里梦外相守在一起
再大风雨不变的真心
一生温暖写满了情缘
永恒的爱占据着灵魂

遇见你的人
是今生的幸运
遇见你的心
是我一世的知音
茫茫人海苦追寻
今生相遇的缘分
刻骨铭心的爱恋
点燃我心中的思念

啊！歌声依旧，风雨晃动窗扇，思如潮，念如澜，汹涌向前……

二

她，网名：姹紫嫣红。确切地说，在大一的第二学期，还是我的英语老师白静建议我应该有一台自己的电脑。我到电脑城看了一下，最便宜的也要三千九百九十九元，配置稍好一点就更贵了。这天，正发愁怎样向老爸开口提买电脑，白老师打电话说，有个毕业生要卖一台联想电脑，并告诉配置不低，而且有一台立体声音箱和音质很好的一副耳机。我急忙跑到白静老师办公室，一头冲进去就问白老师："白老师，人家同学要多少钱？"

白老师从办公桌前的椅子上起来，指着对面的椅子示意我坐下。我坐在她对面的椅子上，又急急地问："人家同学要多少钱才卖？"

白老师并不急于回答，反而慢条斯理地说："何阳啊，你家困难，我知道。但是你要知道，今后的大学生毕业找工作，熟练的电脑操作很重要呀，你看哪个像样单位的办公室没有几台电脑？"

我默默地点头，嘴唇动了动却没有说出心里话：老爸绝不会同意给我买电脑的。可是不知是虚荣心还是男生的自尊，还是说出来怕令白老师扫兴？我就是始终没有说出这句大实话。

白老师晶亮的大眼睛，始终没有离开我的脸，我不好意思地垂下头。

良久，白老师叹息了一声才说："我很理解你的心，但我还是要告诉你，娴熟自如地运用电脑，对应聘的大学生来说，那可就是撑门面的活。就像我们上辈人到用人单位，要是有几刷子好字，就会给单位领导留下深刻的第一印象呀！"

我抬起头，点了点头："白老师你说得很对，很对，可我……"

白老师忙摆了摆手，"打住，你不要说了，我只问一句，你要不要这台电脑？"

"我要！可是……"

白老师笑了："你要就对了，我不听你的'可是'哟！"

谢天谢地，一台半新二手19英寸液晶显示器，双核主机的电脑、音箱、耳机在窗下这张书桌上落户了，白老师还给我申请了QQ号并取网名"冬日阳光"。后来，白老师在电话里给我说："文学院的梁院长告诉我，你符合省级励志奖学金条件，文学院已经上报了。这笔钱下来，再支付六百八十块钱。我先把六百八十块钱给那个毕业生。"

嗨，真感谢白静老师！

第一次用这台电脑，我把十几个高中和大学的同学都加为QQ好友。舍友看了开玩笑说："何阳，你的好友是清一色的和尚，你看咱哪个有电脑的男生，谁的QQ好友里没有几个大美女呀？"

我们正说着，显示屏右下角提示闪动，张涛按住鼠标，点开了，原来网名叫"姹紫嫣红"的要加我为好友。张涛飞快发送了同意。又查人家姹紫嫣红的个人资料：姹紫嫣红，女，22岁（和我同龄），文化：本科，所在地：武汉。

张涛嘻嘻哈哈地说："你的桃花运来了，何阳，你要好好感谢我呀！"他又迅速点开会话窗口，飞快地打出一行字："我爱你，亲爱的朋友！"就发送了。

"你个家伙就仗着会玩电脑，欺负我这没有电脑的人，越俎代庖，第一次和姹紫嫣红聊，你就给人家女生发什么我爱你，你想，要是一个有头脑的女生就会认为你是个玩弄感情的玩家，不可交。"

张涛哈哈一笑："哥们，网络世界呀，不用太认真。"

"玩弄感情，这是不道德的，是人品的问题呀！"

张涛笑了，说："说你傻吧，可你的学习成绩在咱这一级被称为学霸，还是一个校学生会主席。在正儿八经的场合讲起话来，抑扬顿挫、有理有节，很有吸引力和震撼力。可是在日常，像个没出过门羞羞答答的村姑。"

我笑了，问："是吗？看来你对我有研究，你研究的结果是什么？可以给我说说吧？"

"双重人格！"张涛不假思索地说："就是具有两种性格特质的人。"

我笑了，说："什么双重人格？我真的不明白。"

张涛眨着诡异的笑眼，说："从人的生理心理角度说，你还具有两重性，就是你有男性一面，又有女性一面。因为有女性这一面，同性相斥，所以你对女生有一种排斥心理，除了学习和工作外，你从来就不招惹女生。"说着，他凑到我身边悄悄地说："你找个手术大夫做个变性手术，来当我的老婆吧！"

"去你的，混蛋！"我拳头伴着骂声落到张涛的身上。张涛右手抱着被我打了的左肩头，故意喊："你这个双面人！这下倒像个男人，像个健壮的公牛。"

“男人！男人！”张涛笑嘻嘻地指着我说：“你打了我一拳，我还高兴呢，看来你这辈子做不了变性手术。”

其实，张涛说的那些无聊的话不是空穴来风。我没有家庭富裕同学那样的优越感。我爸是个性格很倔的农民，整天绷着面。哥哥为了减轻爸爸的负担，初三便辍学和爸爸在建筑队干活了。他是为了供我上学，放弃了自己上学的机会，这种贫困拮据给我留下的是伤感和自卑！正是为了改变自己的命运，把生命发挥到极致，我勤奋锤炼自己，不放过任何一个上进的机会，包括像伊里奇·列宁那样很有感召力的讲演，我也偷偷模仿……

当然，我不谈女朋友是有原因的：如今女生压根就不是“梁山伯与祝英台”的恋爱观了。上大学期间，都是花家里的钱，没有面对独立生活中的问题。可是大学毕业，投身到社会中就往往因生活、工作而出现感情问题，分道扬镳者居多。原来的感情第一演变到物质第一性了！在大学和女生谈朋友，不能总是感情投入，还要经济投入呢！请女生吃饭呀，买生日蛋糕、礼品呀，哪个不花钱？这个北方的大都市公交车有两种价格，空调车投币贰元，无空调车壹元，只要没有急事，哪怕等一个小时的无空调车，也不愿坐“冬暖夏凉”的空调车。你何阳就这个条件，你凭什么谈女朋友？不谈，不恋，也不心烦！这是我的原则。

上网，我和姹紫嫣红聊天时，把我的这个原则说了一遍，她立即反驳：骗人的鬼话！我发帖问：“你怎么能这样怀疑我的人格？”

姹紫嫣红发来一条：“你同意了加我，你第一次会话就是‘我爱你，亲爱的朋友！’你压根不了解，却这样随便说话，你骗我，你以为我不知道？看来你是个玩弄感情的老手！”

这句话，像当头一棒！我懵了。自己的QQ群里只有姹紫嫣红这么一个女生，可她却这样误解了？我急忙打出一行行字，把当时张涛在电脑上做的一系列操作，包括那句“我爱你，亲爱的朋友！”发了后，和张涛争论起来的事也说了一遍。

姹紫嫣红回复：哦，原来是这样！对不起。冬日阳光！从这一段时间网聊，我算对你有了一定的了解，我相信你，冬日阳光！

嗨，我也乐起来了。姹紫嫣红的通情达理，解冻了我心情冰河上的冰！甚至上课也开小差，下个周末和姹紫嫣红该聊什么话题？同时，期盼有一天，我们相会！

我和姹紫嫣红约定，每周末网聊一个半小时，这样有利于学习。渐渐地，我也变成了自己曾经瞧不起的网恋一族的那些同学！如果一个星期不和她网聊一次，我就有一种怅然若失的感觉……时间长了，我甚至把肉麻的话说出来了。谁知，迎来的却是冰冷的那几句：请你克制自己这种青春期冲动的欲念，如果放纵自己，你就完了！！！

哼，还加了三个感叹号！尽管心里有点受委屈的感觉，可是细细把我和姹紫嫣红网恋回忆起来，感觉挺温馨的，就像我给她的帖子里说的一样：姹紫嫣红，你是我的冬日阳光啊！说到这句时，她总是飞快地回过来：你才是我的冬日阳光，冬天的阳光最温暖，没有冬日阳光，就没有姹紫嫣红的春天呀！

每听到这些话，我的心里就像吃了蜜糖一样，甜透了！我们进入网络热恋期了！

网恋一年了，我问姹紫嫣红要手机号，她回答：你是西安的号，我是武汉的号，漫游费加起来一块多钱，太浪费钱了！我问她要张照片，让她传在我 QQ 上，她就说："鄙人蓬头垢面羞见人，也许你看了我的照片那天，就是我们网恋结束的一天！像我们在这快乐的虚拟的网络世界，给自己营造一个快乐开心的世界，挺不错呀！我们在 QQ 上聊天，是这么快乐呀。我盼周末我们网聊就像盼过年那样急切、兴奋呀！"

我给她发送了几句："是啊，我早都给你说过这样的话，我盼望周末和你聊那一个半小时，也真的就像你说的盼过年那样急切、兴奋呀！亲爱的人儿呀，你给我的严格规定，周末网聊一个半小时，实在时间太短、太短了。我们延长到三个小时可以吗？"

她马上回复："不行，超一分钟也不行，甭说超一个半小时！这是你我必须遵守的规定，你现在要推翻，你无信！你要知道，言而无信，不知其可！这是一句古语，请三思！"

我默然了，仍不甘心还是发了几句："你放心，我不会再提出延长周末网聊一分钟！不过，你总该给这个真心深爱你的男网友发一张照片吧？你就是再丑，我不嫌！你就是个丑八怪，我何阳（这是我第一次说出了自己的实名）陪伴你一生！"

少顷，姹紫嫣红连发了一个拥抱三个吻的表情符号，旋即又出现一行字："啊，你的实名，何阳！好名字，何去何从的太阳？有你，真好啊！我今生真幸福！"

我刚想回复她，她又给我转发了那首《遇见你是我今生的幸运》。我点开她发的歌曲，边听边飞快给她连发一条："照片，照片，你的照片！你再丑，再丑，永远都是我心里第一个美女，也是最后一个大美女，这是来自心灵的发誓，若有半点假，让天打五雷轰！"

她很快发过来了一个拥抱的表情和"时间到下线！"五个字。

嗨，这个姹紫嫣红！不过，我内心真佩服她，自我掌控能力真强！有一个老师说过："女生因为女性心理和生理原因，往往容易情绪化，理性思维差点。可是姹紫嫣红却超越了女性的这种局限，成为出类拔萃的女生，我何阳愧不如她！"

三

在我 23 个生日这天，意外地收到姹紫嫣红发到 QQ 会话窗口一张照片，很遗憾是张微侧背影的全景照片：湛蓝明净的天空，骄阳高悬，蓝天背景下一簇簇鲜花，红的、黄的、白的、蓝的，还有粉红……百卉争妍。背影照穿着一件雪白的长裙，风卷起裙子下摆，风扬起她的披肩秀发。翘首仰望天穹，张开双臂像要拥抱高悬的太阳似的。遗憾，只能看到右侧少半个脸。她的脸色是汉白玉色，从这点可以肯定她长得不黑。可是，她为什么始终不露"庐山真面目"呢？

……

外面，秋雨纷纷，夜风习习。那扇玻璃，依然轻轻晃动，晃动。屏保缘故，显示屏成了黑屏。可是《雨夜柔情》歌声依旧。右手下意识地活动了一下鼠标，画面亮了。我鬼使神差地边听歌曲，边打开 F 盘里被命名"青春畅想曲"的相册。这里的照片都是我任校学生会主席以来，主持办的各种大型活动照片。其中，在大一时，"月光奏鸣曲"中秋节晚会上的一组照片，最能令人激动不已，那是难以忘怀的一次盛会。我不只是组织者，还是唯一的一个男主持人。我的搭档是我的英语老师白静。也就是在晚会结束，才知道白老师和我同龄，整整比我大六个月。在我大一报道前一个月，她被安排在这个学校任我们这届学生的英语老师了，而且还是在编制里呢。可我？才上大一呀，丢人死了。我的学习应该说是优秀，可是天公不作美。升高中考试时我阑尾炎动手术，复习一年后，第二年才上高中。可是在高中体检发现我是乙肝，休学治疗三年，倒霉极了！几乎使我精神崩溃！我心里时常抱怨上天：你给了我一颗理想的种子，却不为它提供生存的土壤，磨难一个接一个……

妈妈看到我整天那副痛苦的样子，总是不停地唠叨："阳娃，不敢整天这样愁眉苦脸，你要是有个三长两短，妈活在世上有啥意思？"说着说着就撩起衣襟擦眼泪。

这天晚会结束，我和白老师走在最后。校园，道沿两边，华灯熠熠。灯光下，我才大胆地把白老师看了个仔细。她身材修长，显得那么苗条，而且富有线条感，一头秀发像瀑布从头到脊背披下来。白皙文静瓜子脸，修过的柳叶眉下，长长睫毛，晶亮的大眼睛发出柔柔的光芒，总是给人一种亲切温暖的感觉。俊俏的鼻梁，棱角分明的粉红嘴唇，那么性感，透出诱人的气息。她听了我为什么现在才上大一的经过，不无惋惜地说：“你确实有点背运，但是你坚信四百多年前，英国著名哲学家弗朗西斯·培根有一句名言：奇迹是在厄运中诞生的呀！你被耽误了四年，可是你却比同班的同学成熟很多，一个大一的学生担任校学生会主席说明了什么？说明了你在这个学校用自己的睿智和才华、品德赢得了师生的广泛好评呀！你为什么能这样优秀，懂得珍惜大学生活？就是苦难和厄运磨炼的结果，也证实了奇迹是在厄运中诞生！”

我默默地点了点头。说实话，每当看到白老师的容貌，我总有一种自惭形秽的自卑感。但从这天晚上，这种自卑感就烟消云散了。每当在校园遇见白老师，她那灿烂的一笑，就像一帧定格画面，深深地埋藏在我的脑子里。

这天上午，只有一节白老师的英语课，不到十一点就下课了。因为不到吃饭时间，校园里空荡荡的。我和舍友张涛并肩回宿舍。走着走着，张涛笑嘻嘻地说：“何阳，看来咱们当初选英语老师时选白老师还是选对了呢！”

我点了点头，说：“我和你观点一样。开头咱的辅导员任凯老师说：‘这一级的四名英语老师，白老师资历最浅，她才参加工作，有的同学说，选她害怕英语课教不好，就把目光盯在那三名老师上。可是我认为白老师大学刚毕业，上进心强，授课活，会更有耐心教好我们的呀。”

张涛笑了说：“嗨，没有看出你何阳还对白老师挺有研究的呀！”

张涛接着我的话说：“说到女生，你是咱这一级的老大哥，你将来谈女朋友结婚肯定比我们早。你说，你找女朋友的标准是啥呀？”

我呵呵一笑，问：“你要我说真话还是假话？”

“当然是真话呀！”

我直言不讳地说：“就像咱们白静老师一样，天生丽质，美神，才女，还特别善良，就像她帮我买电脑一事，我死都忘不了呀！在这个大学，她长得漂亮，不是校花也是美神。白老师是内在美和外在美有机地结合一体。我的女朋友就像她一样，要是不一样，我这辈子就加入丁克族了！”

“哇，这么严重吗？”张涛眨着诡秘的笑眼，说：“要不我把你的想法转弯抹角传给白老师？”

我故作生气地狠狠地瞪了张涛一眼，在他背后给了一巴掌，说：“你再胡说，你是想挨揍了？”

少顷，我小声地问：“你能不能给我弄张白老师的照片，我请你在电子商城坊上人吃泡馍咋样？”

突然，张涛哈哈大笑，笑得眼泪出来了，右手食指不停地点着我：“何阳呀何阳，你假正经，自己坦白了，给咱这一级代课的女老师三个呀，可你为啥只想要白老师的照片呢?”

“我……”我嘴张了一下，“我”了一声却说不出话来。

张涛眨着笑眼，说：“大学嘛，虽然白老师比你大半岁，是我们的老师。但是毕竟是同龄人，好沟通呀，你去问白老师要张照片。”

“我不敢，我见了白老师脸上就发烧，可是见了那两个给咱上课的女老师却丝毫没有这种羞怯的感觉呀!”

“哼，不要脸！这说明你爱上白老师了!”

我忙捂着张涛这张烂嘴：“你再这样说，我就跟你急呀！我劲比你大，一拳头把你砸扁!”我伸出拳头，在张涛脸前晃了一下。

张涛却大声喊：“何阳，你不要脸，爱上白老师了，嘴上还不敢承认，是吧?”

“白老师，下课了?”迎面来的任凯老师的问话，这才中断了这场嬉闹。

“是啊，我和他俩同时离开教室!”白老师在我俩背后大声说话。

我俩转过头一看，天哪，白老师就在我俩后边呢!

我忙拉了一下张涛的胳膊，自己像兔子似的钻进路边的枫叶树林深处了。张涛随即也上气不接下气来到我的身边，不停地拍了拍胸膛，连声叫：“吓死我了，吓死我了！把我紧张得差点闭住气了。”我也喘着粗气，说：“今天算把人丢大了，幸亏这是大学，要是在小学中学，你我今天就把挨耳光的事赶上了。”

我像被抽了筋般瘫坐在树下一张双人连椅上，愁苦地说：“白老师肯定把咱俩的话全听到了!”

张涛哭丧着脸，噘着嘴：“她刚不是给任老师说，她和咱俩同时离开教室呀!”

这……这……我羞得咋样上白老师的课呀！白老师会不会怀疑我的人品呢?她是不是在心里说，一个堂堂的学霸、校学生会主席思想竟然这样龌龊!

远方的天空，乌云涌动，漫延，还有隐约的闷雷声。我的心灵上空，笼罩了一层沉重的乌云……

四

谢天谢地！所幸，在白老师那儿，就好像没有发生我和张涛议论她的那事一样。每当她盯着我的时候，或者见了我和张涛总是莞尔一笑，笑得那样得体，笑得好看。可是我不行，见了她，羞怯自责的心情就弄得自己脸上的血像要冲破毛细血管似的，脸上烧烘烘的。我怕见到白老师，却又期盼白老师出现在我的视野。嗨，这种矛盾的心情，折磨得整天心神不安!

学期末，英语考试后，两个礼拜白老师不在学校，我总是鬼使神差地想白老师，盼她回到学校，早日看到她。当然，我心里明白，自己的这种暗恋不会有结果，白老师是天鹅，你何阳却是癞蛤蟆，癞蛤蟆从来不能吃到天鹅肉！可我还是这样苦苦地暗恋着她呀，嗨，越是得不到，反而左幻想、右期盼，人就是这么个怪物！

白老师离开学校的这些日子，我走在校园，连景观区人工湖那个我常读书学习的好去处，都失去原本的亮丽和亲切感。

白老师回来了！我听张涛说的。下午，我没有课，就偷偷跑到了弘文楼二楼那一排办公室里。我喘着气来到白老师的办公室门外，恰好门开了一个缝，从里面传来轻轻的歌声：

滚滚红尘遇见你的人
人海茫茫难得有缘分
颗颗星辰代表我的心
相依相偎有缘也有分
梦里梦外相守在一起
再大风雨不变的真心
一生温暖写满了情缘
永恒的爱占据着灵魂
遇见你的人
是今生的幸运
遇见你的心
是我一世的知音

蔡雯君这圆润的歌声充满柔情蜜意，像一杯纯醇醉人的美酒，使人陶醉。每次听到这首歌，眼睛就润湿了。

早在白老师帮我买了这台联想电脑，给我申请 QQ，我在 QQ 音乐里发现了这首歌曲，听一遍就激动得彻夜难眠。那天晚上三点又上 QQ，QQ 上的好友只有姹紫嫣红在线！呵，看来这个大千世界，我睡不着，还有睡不着的人呢。好吧，我就发给她分享吧！我点了发送！

少顷，姹紫嫣红就回帖了："你发的歌曲很好听！你戴上耳机，我也戴上耳机，以各自的电脑时间为准，三点过一刻，我俩同时都听《遇见你是我今生的幸运》，只听三遍，记住只准听三遍，三遍后立即下线关机，因为我们明天还有更重要的学习任务。我知道你是个很聪明的孩子，应该学会理智地掌控自己的情绪。宝贝，你听话噢，你不听话，我就不爱你了！"

那天晚上，盯着屏幕。“宝贝，你听话噢，你不听话，我就不爱你了！”热辣辣的字符，听着《遇见你是我今生的幸运》的歌曲，热泪一遍又一遍模糊了我的眼睛。三遍刚听完，显示器上立即显出两个字：晚安！我用衣袖擦了下眼睛，像个听话的小孩，顺从地摘下耳机，退了QQ，关了电脑。姹紫嫣红也非常喜欢这首歌曲，我确实没有想到，这不应了歌词中“相依相偎有缘也有分”这句么？我更没有想到白老师也喜欢这首歌曲呢，还点了重复播放。嘻嘻嘻，看来我、姹紫嫣红、白老师都是蔡雯君虔诚的粉丝哟！

“何阳，你站在门口不进来是咋回事？”白老师的声音把我从遐想里拽出来。

猛然转过头，天呀，今天的白老师像换了一个人站在门里，和往日的白老师判若两人！那两道修过的柳叶眉似乎也竖起来，目光像锥子直刺我心窝。我像个小偷似的，恨不得一下找个地缝钻进去。

我欲走，她却厉声道：“你想逃？你！”我不由抬头看她，这狠狠斜瞪着我的眼睛太可怕，太可怕了！

“你到我办公室去！”命令的声音。

我只好硬着头皮跟着她进了门，她砰地带上门，随手关了电脑还在重复播放的歌曲。我怯生生地站在办公桌旁。白老师坐在真皮椅上，从桌上的文件栏取出本学期英语成绩表，拍了拍成绩表，冲着我大声问：“你知道我为什么找你？”

我嘴唇抽动了两下，却垂下头。我明白了前两天的英语考试成绩肯定不好，不然她不会拿出成绩表来。

“你的英语挂科了，你知道吗？”严厉而尖锐的声音猛地冲击着我的耳膜。

啊，我的英语挂科了？我自己心里也很吃惊。是啊，这次英语考试，第六感觉告诉我没有发挥好，却不至于挂科吧？

我又想到那次和张涛边走边议论她，她却一直跟在我们身后……唉，白老师借我挂科，开始报复了！只要是人，不打击报复都是假的，更何况聪明绝顶的白老师呢！

白老师冷冷一笑，哼了一声：“堂堂的校学生会主席就是这样给学生做榜样？不可思议！真不可思议！”最后这几个字几乎是喊出来的，“啪”的一声，她把成绩表摔在了我面前的桌上。旋即，她歇斯底里地喊：“你爸为供你上大学把你哥订婚的钱都花光了，你哥二十八的人还没有成家，你不知羞！”

呀！白老师怎么竟连这个都知道？我依稀听同学们说，上礼拜梁院长和文学院几个领导，还有辅导员袁博任凯老师一起到贫困生家走访了一次。据说，也到我们县上去了，也肯定到我家去了。白老师在外国语学院怎么能知道呢？肯定是从梁院长或者从辅导员那里得知我家的情况。作为在这个大学的学生会主席，这个穷底被揭穿，我脸上实在挂不住了！

我狼狈不堪。这时，如果我站在一面水银镜子前，镜里的我肯定是一副可怜、羞怯而很滑稽的模样。

蓦然，白老师猛地手掌一拍桌子，吼道："你说，你英语挂科对得住你爸你妈和你哥吗？"

"我……我……"我支吾着，说不出一句完整的话，变得口吃了。

白老师睥睨了我一眼，冷笑，几乎是咬牙切齿地说："我真不该当初给你买那台电脑，还傻傻地给你申请了QQ，又给你选了一个冬日阳光的网名。我做梦都没有想到你把大量精力浪费在网恋上，你当我不知道？"

我明白了，八成是张涛这个家伙把我出卖了！这个张涛呀，全宿舍谁不知道你和我最好呀，可你不该把我上网和姹紫嫣红的网恋全给白老师交了个底啊！完了完了，我何阳的良好形象在白老师心目中彻底完蛋了！

"上英语课不安心听讲，下课也不用心，脑子里乱七八糟，不知道都想些啥？"

我脸上火烧火燎得炙热，全身也变得燥热了。我的脸色一定像公鸡冠冠一样红彤彤的。我头垂得很低，突然"啪"的一响，我的左脸颊火辣辣地疼痛难忍。白老师扇了我一个耳光！

记得在大一时候，我和张涛议论白老师，我说白老师这纤细柔润的手指，酷似达·芬奇笔下蒙娜丽莎那动人的手指。可是就是白老师的手掌竟然狠狠地打在我左脸上，像被扒了脸皮一样疼得钻心呀。大学老师打人，啥东西？从来没有听说大学老师打学生，这真是怪事！再说，你白老师不过比我早来这个世界六个月，我要不是在中学阶段有病耽搁了四年，你白静是英语老师，我何阳也许还是文学院教汉语言文学的老师呢。我挂科，你作为老师批评很对，可你不该打我。别说我什么校学生会主席，就是普通的男生，你也不该这样呀！虽然，我们还在学生阶段，可是我们都是成人，男人啊！男人有男人天生的自尊！你白老师不懂这些？把你放在我这个位置，遇到今天挨耳光的事，你白老师会怎么想？想到这里，心底那些羞怯自责等等的杂念一扫而光。身上，脸上的烧慢慢地褪去，只有左脸还在疼！

我慢慢地扬起头，挑衅的目光盯着白老师。白老师歪着头盯着我，冷笑一下，哼了一声，厉声："你不服气？"

我执扭着脖梗，避开她这犀利的目光。

"你这样挂科对得住你的家人，对得住你自己曾经的辛苦付出？"女高音那尖厉的声波，像一个个巨浪猛烈地冲击着我的心岸，震撼着我的心灵。

“你说！”

“啪啪啪”三声拍桌子声，随即是女高音的穷追猛打：“你说，你今后怎么办？怎么办？”

我嗫嚅了，“我，我，我好好补上英语，下次考试决不能再挂科了！”

“不行，这样太便宜你了！”又是拍桌子和尖厉的训斥声：“你今晚好好想一想，你为什么英语挂科？好好想一想你作为校学生会主席，给同学们树立一个什么榜样？想一想你来这个大学干什么来了？”

少顷，白老师长嘘了一口气，一字一板地说：“你把这三个问题想通了，给自己制定一个学习英语全盘计划，具体地说，就是最后在离开这个学校前无论如何拿到英语四级和六级证。”

天呀，这不是强人所难？我这个现状，拿到四级证就已经不错了，还要拿六级证？教育部也没有要求本科生毕业一定要拿到英语六级证呀！

“你没有信心？”白老师冷冷地问，背靠椅背盯着天花板叹息：“在全校师生心目中了不起的何阳，我做梦也没有想到竟然有这副窝囊废的样子。为什么其他老师就没有发现呢？为什么偏偏叫我白静发现了？为什么这样呀？你是个聪明的孩子，却不理解我白静此刻的心情！”

我是孩子吗？好大的口气呀！你白静老师和我同岁呀，你忘了？我想着，觉得可笑，也许我真的脸上掠过一丝笑意吧。

白老师喟然长叹，说话比之前柔和了一些：“你觉得老师可笑吗？”

我忙不迭地说：“不不不，白老师，你说错了，我不是这个意思！”

嗨，自古来一岁的君子压百岁的臣！何况人家白老师比你还大六个月呀。你脑子里牢牢记住她是你何阳的英语老师呀。再说，这也是为你好呀！这点不可理喻，那你何阳太笨了！

“怎么不吱声了？”白老师严肃地问：“我说的你能做到吗？”

“能！”我大声说，这个字确实是发自内心。因为白老师刚才也提到我家的情况，我应该知道自己姓什么，叫什么，今后怎样去做。想到这，我变得激昂起来：“白老师，我现在明白了！”

“你明白什么？”白老师声音不再生硬了。

“你在意我，才这样对待我。我在三天内给你把英语学习计划送来！”

“你去吧！”突然，白老师声音变得有气无力。少许，柔声细语地说：“何阳，我，我今天……”

倏然，白老师转过身，给了我个脊背，面对墙角，右手不停地拭着眼睛，微弱得像久病的病人：“你，你走吧！”

我被这场景震撼了，激动了，热泪夺眶而出。看来，我这个挂科生的确叫白老师动怒了，也叫她很伤心！我冲着白老师，像庄严宣誓一样，大声喊："白老师，我一定能拿到英语六级证！"

白老师依然面对墙角，朝门口挥了挥手。

五

晚上，我刚想登QQ给姹紫嫣红说一声今后我可能上网会很少，请她不要介意。我也真怕冷落了QQ好友里这个唯一的女生！再把今天在白老师办公室包括挨耳光在内的事都给她说说，只有这样才能取得她的理解，体贴我的苦衷呀。

液晶显示屏打开，在QQ邮箱里我第一次发现白老师尾号486253的QQ号，她给我邮箱发了三份邮件：英语四级考试参考书目、英语六级考试参考书目和英语课外自修课表，课表上边还有一个眉题："太阳每天都是新的，每天都应该快乐地度过！——白静"。

早在我从白老师办公室取这台电脑，就要白老师的QQ，可她却说："我虽然有QQ却几乎不用，你有什么可直接来办公室找我，我毕竟是你的代课老师，不要见外。"好了，现在我终于知道白老师的QQ！

我把白老师QQ加了，可是得到的却是对方拒绝了你的申请。嗨，这个白老师！

……

功夫不负有心人！大三这一年的英语四级考试，我冲刺上去了！这天，我从教务处拿到英语四级证第一时间跑到弘文楼二楼白老师的办公室门口，就嘭嘭嘭地敲门，还大声喊："白老师，白老师！"

门开了，开门的却是一个平头，长得有点胖的四十多岁的男老师，他笑着问："同学，你找谁呀？"

"我，我找白老师，就是白静老师，她不就是在这个办公室上班吗？"

男老师款款一笑，抱歉地说："对不起，我还真不知道白静老师呢。"

这就怪了！我就直愣愣地问："那你怎么在这个办公室呢。"

男老师瞟了我一眼，说："噢，我没有给你说呢，我是前两天才从科大调来的肖老师！"

啊！新来的肖老师。我一扬头看，门上左边金黄色牌子的黑色宋体字不是白静老师，而是变成了"肖胜利老师"五个字了。我不由问道："肖老师，你知道白老师到哪里去了？"

肖老师双手一摊，说："我刚不是给你说嘛，我前两天才来嘛，这个大学里我只认识曹处长，别的人一个也不认识呀！”

我真想哭！白老师，你在哪里呀？我魂不附体！不知怎样回到了宿舍。宿舍里，只有张涛一个人在上网，他见我进了门，惊讶地问：“你病了？我把你领到学校卫生所看一下。”

我摇了摇头，“通”地仰面倒在床上，右手拿着英语四级证。张涛从我手里拿过四级证，惊喜地说：“恭喜老大把四级证拿到手了，你应该高兴呀，你在门后那块镜子照照你，难看死了，到底发生了什么解不开的事情？”

我苦笑了一下，说：“白老师不在原来的办公室，她走了！”

张涛也惊讶地叫道：“天哪！白老师走了，多好的一个老师呀！”

忽然，张涛一乐，说：“老大，甭难受，我马上给你查清白老师下落。你忘了，我女朋友同新妮就是软件学院学生会文体部部长。她当初选英语老师也是选的白老师。人家和白老师关系特别好，你不是早都知道吗？”

我拍了拍自己的额头，说：“我脑子乱套了，把你女朋友忘得光光的了！你马上问一下她！”

“好！”张涛走到门口的墙上挂的座机旁边，拿起电话听筒，拨号，接听，很快同新妮就回话了。她说：“就是你宿舍那个买电脑时，白老师还给垫了320块钱的何阳？”

“什么？白老师还给何阳买电脑垫了320块钱？”张涛也惊讶了。

我像触电似的从床上蹦起来。走到张涛跟前，抢过话筒：“新妮，你咋知道白老师给我买电脑垫了320块钱？”

“这是白老师走的前两天，外国语言学院我的一个高中时的男生同学说的，怎么你不知道？”电话声音很亮。

我急忙说：“我真的不知道呀！白老师说人家那个毕业生要680块钱，我领了五千块钱奖学金，立即给白老师送去了680块钱呢。”

电话里的同新妮咯咯地笑了好一会儿，才说：“你傻呀！白老师给你买的这台电脑原价五千八百块钱，是我们学校外院创办的英文杂志《下一页》的苏禹成在大四用了一年的电脑呀，外院的同学给1800，他没有卖，白老师把你家的情况说了一下，他很同情你，最后决定1500成事。可是在白老师开钱的时候，他却少收500块钱，等于1000块钱成交，不然话，白老师就得给你添820块钱呢。”

啊！竟然是这么回事，我做梦都想不到呀！我知道苏禹成，他在学校被称为“南方才子”呢。他是福建漳州市人，爱好文学、影视，在全校英语演讲大赛中获得一等奖呢。我也感谢苏禹成同学！

“怎么不说话啦？”电话里同新妮的声音打断了我的遐想。

我激动地大声问："新妮，求求你，快告诉我白老师到哪去了？"

同新妮大声说："白老师回四川绵阳了。"

我忙问："她给你留电话没有？"

"没有呀，什么联系方式都没有，我见她时她已经上了出租车走了。何阳，对不起，我有事先挂了。"同新妮挂了电话。

白老师这样匆匆离去真叫我费解！到底发生了什么事情？我忐忑不安地想着。当然，一个德才貌三全的美女老师，为什么要离开学校？嗨，这都是老师们之间的事情，作为学生咋能知道呢！但是，作为白老师不管你怎样对待别人不说，可我想，你总该给我何阳留个电话吧？这个白老师，令人琢磨不透，唉！我躺在床上双手抱着后脑勺，不知不觉泪水溢出眼眶。我和白老师相处的那一幕幕争相在脑海里回映：

平时，她那温文尔雅的言谈举止，甜甜的一笑……

还有我站在她办公室门外，听着里面传出蔡雯君的《遇见你是我今生的幸运》歌声……

白老师办公室里，白老师冷冷一笑，哼了一声："堂堂的校学生会主席就是这样给同学做榜样？不可思议，真不可思议！"

"啪"地把英语成绩表摔在我面前的桌面上……

白老师歇斯底里般的喊声在我脑子里轰响："你爸为供你上大学把给你哥订婚的钱都花光了，你哥二十八的人还没有成家，你不知道吗？"

白老师手掌猛一拍桌子，吼道："你说，你英语挂科对得住你爸你妈和你哥吗？"

白老师咬牙切齿地说："我真不该当初给你联系买那台电脑！你把大量精力浪费在网恋上，你当我不知道？上英语课不安心听讲，下课也不用心，脑子里乱七八糟，不知道都想些啥？"……

白老师狠狠地在我左脸上扇了一个耳光……

白老师手掌猛击桌面声中夹着那女高音穷追猛打的声音："你说，你今后怎么办？怎么办？"

白老师拍桌子，严厉的训斥声："你今晚好好想一想，你为什么英语挂科？好好想一想你作为校学生会主席给同学们应该树立一个什么榜样？想一想你来这个大学干什么？"

白老师一字一板说话的声音："具体地说就是最后在离开这个学校前，无论如何拿到英语四级和六级证。"

白老师又转过来，给了我个脊背，面对墙角，右手不停地拭着眼睛，微弱得像久病的病人声："你，你走吧！"

白老师办公室里，我冲着白老师，像庄严宣誓一样，大声喊："白老师，我一定能拿到英语六级证！"

……

这时候，白老师给在QQ上发的英语四级考试参考书目、英语六级考试参考书目，还有英语课外自修课表，在我的脑海浮现，课表上的眉题变成了白老师那激动的声音："太阳每天都是新的，每天都应该快乐地度过！"

这声音，像大海的浪涛，呼啸，延时混响……此刻，我脑子里全是和白老师在一起的画面。泪水，悄悄地在脸上流淌，流到耳根，全然不知。

"老大，把脸擦一下！"

一只拿着湿毛巾的手伸到我面前。啊，张涛！我这才意识到张涛一定一直看着我这种失态！我苦笑，使劲拍了拍发胀发疼的脑门，小声说了句："谢谢你，张涛！"

六

入夜，我悄悄地出了宿舍门，精神恍惚，像个幽灵在满校园游荡。

幽暗的灯光给偌大的校园增添了几分幽然的宁静。我不理会这会儿是几点了。两个高校保安骑着一辆印有"公安"二字的三轮电动摩托车巡逻，一个开着摩托，一个坐在车斗里的保安拿着手电筒在路两边照来照去。突然，那利剑似的光柱锁定在我的脸上，我急忙用胳膊挡住光线。拿手电的保安大声问："同学，都快一点了，这么晚，你还在校园晃荡啥呢？"问话间，电动摩托车就停在我面前。车斗里的保安还用手电照着，问："同学，你脸色这么难看，病了？要不我们送你到卫生所去？"

我凄然一笑，说了声："谢谢，我人好着，我在宿舍闷得慌，出来透透风！"

开车的保安笑了，调侃道："想女朋友了吧，睡不着？"

我只觉得脸一烧，赶快跑回宿舍。回到宿舍，我打开电脑，登QQ看能不能见到白老师。

这时，我才想到当初下载白老师发的四级、六级英语考试参考书目和那张课表三个邮件时，我要加白老师的那个尾号486253的QQ时就遭到拒绝。

说实话，为了兑现白老师要我在毕业前拿到英语四级六级证的承诺，除了查与这些考试有关的东西外，我几乎就不上网。这一年多，我和姹紫嫣红网聊不到十次！

今晚，我实在有一种活不下去的窒息，我点开了姹紫嫣红的会话窗口。虽然电脑右下角显示02：08，可姹紫嫣红还在线呢！嗨，这个姹紫嫣红，也睡不着！

首先，我向她道歉：“这一年多来，确实冷落了你，但确实是没有时间，我开头就给你特别说明过，你记得吗？”

姹紫嫣红立即发来：“我记得，记得！我一直很理解呢！你辛苦了！”

我告诉她两件事：“一、我把英语四级证拿到手了，毕业前一定拿到六级证；二、我亲爱的白老师突然就像从这个世界蒸发了一样，没有一点音讯，我难受得要死！”

姹紫嫣红连发了三个笑的表情和三枝玫瑰，一个拥抱和一个吻的表情符号，算是回我了。片刻，姹紫嫣红又发帖了：“一个扇了你耳光的白静老师，竟然叫你如此痴情，好感动呀！她不是你的恋人，仅仅是个大学期间英语老师而已，可你这样钻牛角尖，单相思没必要吧？”

我忙打出一行字：“求你千万不要这么说，你这样说我就很反感了！”

姹紫嫣红立即发来一句：“为什么？”

我回复：“她那一个巴掌打醒了我，我刻骨铭心地认识到，我要不忘初心，上大学必须好好学习，这样才能对得起我的家人，对得起自己，对得起我的白静老师呀！”

她立即发来一句：“亲爱的，我就喜欢你这样懂人、懂事、懂得怎样去做事，我爱你，宝贝！”

我也给她发了一个拥抱一个吻。片刻，又打出了几行字发给她：“白老师无影无踪，这种失落感、空虚感，和心中悲伤折磨着我，度日如年啊！白老师支撑着我这栋灵魂大厦，可她……”我发了一个流泪的表情。

姹紫嫣红立即回复：“好感动啊，宝贝！我都流泪了呀。”

我立即打出一行字发送：“白老师，在我心目中是伟大的爱神，是我心中的玛利亚，她塑造了一个刚毅不屈、勤奋刻苦去学习、干事做人的年轻人。”

姹紫嫣红发了回复：“呵呵呵，这么说，你的白老师简直钻进你的灵魂世界，融入你的血液了？”

我飞快地打出一行字：“是啊，你说得太确切，太好了，看来天下知我者唯有姹紫嫣红！”

姹紫嫣红发帖：“我们作为网友这么长时间，你给我说实话吧，我和白静老师相比，可以相提并论吗？”

我飞快打出三句给她：“恕直言，谁也代替不了白老师在我心目中的位置！”

姹紫嫣红发来了一个笑的表情，一杯咖啡和一枝玫瑰。说句心里话，第六感觉告诉我，姹紫嫣红真的爱上我了！爱情是自私的，更不是共享的资源，尤其女生在爱情中比男生更自私。姹紫嫣红这样问，分明是试探我爱她的深度是多少，我却傻傻地那样回答，不伤她的心才怪了。想到这里，急忙给姹紫嫣红发了一句道歉的话，她立即回复："你没有错，道歉什么呢？我也喜欢你的这种坦诚。"

姹紫嫣红没有介意，我懊悔的心情消失了。姹紫嫣红超脱了一般女生的狭隘，这点又增加了我对她的敬慕和爱戴。难道这真是"相依相偎有缘也有分"？不管怎样，我一定要珍惜和姹紫嫣红的这份感情呀。

良久，姹紫嫣红发来帖子："恕我直言，你爱你这位比你大半岁的什么白静老师吗？"

哼，这不是明知故问吗？我有些生气，飞快敲出几句："我们网聊这么长时间，我就不相信你不知道我深深地爱着她？"我右手食指使劲按了鼠标左键，把这句发给姹紫嫣红。

姹紫嫣红发了个笑的表情，旋即又发来："对不起，我忘了！我再问你一句，你想过没有？设想你未来的未婚妻应该是怎样的人？"

我不假思索，飞快地在键盘上敲出一行："应该和白老师一样！"

刚发送，姹紫嫣红发帖："你还贼心不死？还是那个什么白静，白静，白静，白静把你的脑洗净了，没有第二个女孩存在你的大脑内存盘里了。女孩的悲哀，还是你的愚蠢，真难定论！"

我立即回复："如果人真有来世一说，这辈子我和白老师没戏，下辈子白老师一定会是我的爱人，一定是！"

很快，显示屏出现了姹紫嫣红发的帖子："你真不要脸，也死心眼！你想人家都从你眼前蒸发了，你还幻想下辈子人家当你的老婆，做梦去吧，朋友！"

唉，姹紫嫣红说的话，没有顺着我的心思，可说的也是大实话。我在编造谎言欺骗自己呀！

想到这，我自然而然地回到姹紫嫣红这边来了，就发帖问他："你在武汉，我知道。可是你在哪个学校，我不知道。你家在哪，是湖北人吗？"

显示屏出现："湖北黄冈，老爸是个农民。他是建筑队的大工，而你爸却是个小工呀。所以，我爸比你爸高了一个级别。"

我笑了，也给她连发了三个笑的表情，然后发了一句："在建筑队里，无论是大工还是小工，还都不是盖房的嘛？下苦的嘛？看来，你我还真是一条战线的战友，我们都是出身于中国社会最底层的人呀！我们可以谈朋友吗？"

显示器立即出现了一个恼火的表情符号，紧接又出现一行字："你这个混蛋，是真傻还是聪明装糊涂？从你大一的第二学期开始到现在，你不知道？我们谈了这么久呀，你真的叫那个白静给你洗脑了！”

我缄默了，不知说什么好。良久，我给她了一个帖子：“我们从大一第二学期开始起码两年半呀，我知道你爱我呀。我已经失去了一个心上的女人，我再也不能失去你呀！”

忽然，只觉鼻孔一酸，泪水像断了线的珠子落在键盘上。许久，对方才发了个拥抱的表情符号，却突然离线了。

嗨，神经病！不招呼一下，突然离线。无奈，我也关了电脑。

七

大四这一年，必修课只有一门，选修课只剩下逻辑学了，我完全有时间拿下英语学习任务，最后参加了英语六级考试。领毕业证的时候，也把英语六级证拿到手了。再有两个礼拜，我们这届学生就要离开学校。

这天晚上，宿舍又只留下我这个光杆司令躺在床上了！窗外，晴朗的夜空，皓月当空。一缕明媚的月光，穿过玻璃窗照在我的身上、脸上。圆月上，隐约的黑影怎么看都像一个漂亮美女的玉容上的泪痕。倏然，我心一烫，又联想到白老师，不由潸然泪下……

在这静静的夜晚，
静，你知道吗？
都市进入睡眠，
我却把你深深地思念。
多少个像今晚，
依然望着深邃遥远的昊天，
颗颗星辰是那么璀璨，
那么的耀眼。
啊，这不正像你那晶亮的眼睛！
亭亭玉立的倩影，
无时不在脑海出现，
一头瀑布般的秀发，
一张文静白皙的妩媚脸庞，
时时出现在眼帘。
啊，亲爱的人儿！
一双清澈如水的眼睛，
承载着你心灵的气象万千，

啊，白静，我的老师，

我的至爱！

我心潮澎湃，激动得久久不能自持。

窗外，树影婆娑，风吹影动，月亮收回了最后一丝光线。我没有开灯，身心陷入黑暗之中。

夜空，月亮，愈来愈远；宿舍里，越来越黑暗了。我脑子像脱缰的骏马，纵横驰骋，想到四年来的大学生活结束，马上就告别这些朝夕相处的同学，我们将各奔天涯，我又神不知鬼不觉地想到白老师……

那一个刻骨的情景，争相涌入我的脑子里。我觉得头脑疼痛，像要胀破了，像要爆炸了。想着，想着，又泪流满面了。我摸黑打开电脑，屏右下角显示00：38，上网，谢天谢地，姹紫嫣红还在线呢！确切地说，现在唯一可以倾诉衷曲只有她——姹紫嫣红了！

我给她发了一个帖子："我在离校前把英语六级证已经拿到手了，还被学校评为省级优秀毕业生奖了两千元；其二，四年大学生活就要结束了，不由伤感起来，最叫我伤心的是，我最敬爱的白老师依然杳无音信，她要是在学校看到我拿的六级证，不知道会高兴成什么样子？不幸的是她再也不会出现在我的视野了，我心很痛啊！"

我刚发送，突然泪水又模糊了双眼，趴在桌子上啜泣。不知过了多久，显示器黑屏了，QQ信息提示声，一遍又一遍。好一会儿，才抬起头，活动了一下鼠标，屏立即亮了起来，在姹紫嫣红的会话窗口出现了一段文字："宝贝，你不要流泪，这对眼睛不好，我知道你还在想你的白老师，可你要这样想，你是男人啊！如果过度处于伤感之中，什么事情也干不成了，白老师知道后，还会生你的气的。因为君子坦荡荡，小人长戚戚。大学毕业了，你可以实现自己的梦想，这才是最重要的呀！我一个女孩子都能控制自己，你一个大男人却是这样呀！"

啊！我们从来没有视频聊天，她怎么知道我哭了？多么聪明的女孩啊！我点了点头，是啊，她说得很对呀！QQ信息提示声，我看她发的帖子："你若不嫌我长得丑，我就做你的终身伴侣可以吧？"

我立即回复："上次聊天，我说过，我已经失去了一个心上的女人，我再也不能失去你呀，在我心目中，你就是白老师的化身，是我生命的源泉，你给了我力量、勇气和自信啊！"

可是，半天不见她回复，我又发了一句："怎么不回了啊？"

呀！她回复了："宝贝，我和你一样呀！你不是很喜欢蔡雯君的《遇见你是我今生最大的幸运》吗？今晚我们同时把这首歌听三遍，听完，就睡觉！宝贝，你听话，我才爱你呀！还是以电脑时间为准。现在差两分钟就是晚上一点了，一点同时点听。”

少顷，她又把《遇见你是我今生最大的幸运》转发过来。我把光标锁定在《遇见你是我今生最大的幸运》，刚到01：00就按了一下鼠标左键，立即蔡雯君的歌声就充满了这个宁静的宿舍。

三遍刚完，姹紫嫣红就立即下线了，可是我却不忍下线，又在QQ音乐里搜到这首歌，点击重复播放：

遇见你的人
是今生的幸运
遇见你的心
是我一世的知音
茫茫人海苦追寻
今生相遇的缘分
刻骨铭心的爱恋
点燃我心中的思念

我像一尊雕像似的，静静坐在椅子上，盯着已经出现屏保成黑屏的显示器，可是歌声依旧：

歌声中，窗玻璃上，墨晶般苍穹，颗颗星辰渐渐隐入深邃的太空里。

歌声中，晨曦撕破夜幕。

歌声中，东方天际，露出鱼肚白。

歌声中，霞光万丈，一座座高楼大厦露出本来面目，宽阔的街道，车水马龙，络绎不绝……

歌声中，鳞次栉比的建筑群背后，一轮朝阳喷薄欲出……

歌声中，阳光爬进玻璃窗里，我被阳光紧紧地拥抱，可是，我依然纹丝不动，听着一遍又一遍的歌曲。

我的身心完全融入歌曲的情景里了。

八

歌声依旧，我沐浴在暖融融的阳光里。

忽然，显示屏一亮，出现了QQ音乐播放列表，屏右下角姹紫嫣红的QQ闪动的提示。我忙关了QQ音乐，啊，新的一天来到了！我这伴着歌声、纵横驰骋的灵魂，似乎才回到了我的肉躯里。这么说，我就这样一动不动坐了一夜，听了一夜《遇见你是我今生最大的幸运》！

突然，一阵困倦像千军万马之势向我袭来，尽管脑子里意识到姹紫嫣红给我发帖子了，可是两只眼皮困得打架。拖着沉重的身子到洗漱间，把头放在龙头下，打开龙头，洗了脸和头，头脑一下子清醒了。宿舍还是我一个人！我打了个哈欠，伸伸懒腰，活动了一下四肢，顿时精力充沛，回到椅子上，点开了姹紫嫣红的会话窗，看着她发的帖子："昨天晚上，你一夜未眠，你这样不听话，我可真生气了！我再说一遍，你这样不听话，我就不和你来往了。"

我立即发了一行字给她："的确，我听了一夜歌，在椅子上坐了一夜，我太激动了，你想我能睡着吗？"

姹紫嫣红立即发来："男人要学会掌控自己情绪呀！我们要学习要工作，要食人间烟火，将来成家立业呀！像你这样情绪化的男人对女人而言，并不是一件好事呀，傻瓜，这个道理你不懂吗？"

她说得有些道理，可是我并不是她所担心的那种"神"了的男人呀。

我笑了，手指敲着键盘，眼睛盯着显示屏出现的一个个字符："你放心，我是个男人呀！我懂得事业生活和学习的。我要是每个昼夜都让蔡雯君的歌曲陪伴我，我岂不成了神经病了！"

刚发送姹紫嫣红就回过来："我相信你，也希望你理智地处理一切！"

我要她的电话，把还想和她 QQ 视频的想法发送了。片刻，她回复："对不起，我不喜欢打电话，一是怕我这又粗又嘶哑的声音破坏了你对我的美好联想；其二，我长的这副模样和你心中的美神的形象有天地之别，害怕你看到我，离我而去。"

这叫什么话？从美学的意义讲，对一个人的美学审定，不是停留在外在的仪表上，而是侧重于内涵。坦率地讲，三年多的网恋，她始终不给电话，不给正面照片，并且拒绝视频聊，肯定有什么难言之隐，不是长得丑，就是生理有什么缺陷或者残疾。我已经深深地爱上她了，既是这样，那又何妨呢？张海迪躯体三分之二瘫痪了，可是山东大学的王老师照样爱慕她呀，因为张海迪是他心中的美神！人家王老师都能这样，我何阳算什么？你姹紫嫣红和我打交道四十二个月，你不了解我？还说这些见外的话，咋能不叫人生气呢？

我飞快地打出一行行字，给她发送了："我很不爱听你这样的话，你知道吗？心灵美是人间最伟大的永恒之美！你看电影《巴黎圣母院》中的卡西莫多长得多么丑陋呀，他和美女爱斯美拉达，简直无法比拟，可是当你看完这部电影回顾时候，就会发现卡西莫多丑陋的身躯，却绽放着震撼人心的美。再拿电影《泰坦尼克号》说吧，富家少女罗丝是多么漂亮，回忆中的罗丝已经老态龙钟的老人，可她在每个深入剧情的观众脑海中却永远是那么漂亮典雅华贵，你知道吗？"

显示屏上出现一个微笑、拥抱和吻的表情。

我情不自禁地打出了一行行字："在这个世界上，再漂亮的女人也不会韶华永驻。有一种女人像春天的桃花，可是过了春天却凋谢了，可是有一种女人年轻时候漂亮，老了依然美丽。"

片刻，姹紫嫣红连发了三枝玫瑰，三个拥抱一个亲吻的表情。随之，又发了三个拥抱。

我乐了，飞快给她发了一条："哎呀，你把我抱得喘不过气来了呀！"

姹紫嫣红立即发了一句："除了工作学习，我就是不准你一分一秒离开我！"

我闭目蹶态，让自己全身心地投入这种虚拟的美好网络世界里。突然，QQ信息提醒声。睁目一看，姹紫嫣红！姹紫嫣红的会话窗口发来邀请："我诚邀你来武汉，我们面谈。这样，彼此心也落在实处，是人是妖，一目了然！"

我立即发送两个字："可以！"

可是这趟旅行，得多少钱呀？在大学四年，我只在这个城市，从没有到外地去过，省级优秀毕业生奖了两千元，我一分未动放在邮政存折上呢！因为家里太需要钱了，再说到哪里找工作也得花点钱吧。

我思忖着，显示屏又出现了姹紫嫣红的帖子："你把你的银行账号给我，我给你打五百元，算是路费。"

我忙回复："不用你打钱，学校给我奖了两千元一分钱没动存在邮政折子上呢！"

姹紫嫣红发了个微笑的表情，随即又发来一句话："甭客气，学校给你奖的两千元舍不得花一分，我怎么好意思让你破费呢。你现在毕业了，把这两千元给你家里，算是你大学毕业第一次回报家里吧。再说你既然爱我，你就应该理解，我为什么给你打五百元。"

我本想开个玩笑，可是没开出来，眼睛潮湿，显示屏变成白茫茫一片了。

QQ提示声，又是她！一行字映入我的眼里："你把银行账号发给我，不听话，你就小心着。"

我笑了，用手指轻轻拭掉挂在脸颊上的泪珠，给她把我的折子账号发过去了。这天晚上，彻夜难眠。一觉醒来，已经是翌日九点过一刻，刚准备洗脸听到手机短信声，我忙打开手机，原来是中国邮政的通知：2010年7月8日9点，由武汉转存金额500元，余额2508元。

啊，姹紫嫣红真的给我卡上打了500元，看来这趟旅行非去不可。说实话，我也恨不得一下子飞到她怀抱。可是带什么去呢？我不能空手去。

第二天，我从自动取款机取了500元，在超市开始购买东西。盒装的羊肉泡馍两盒、礼泉的红富士苹果、乾州的锅盔、五包女性专用的“伊人”奶粉、一件米黄色的雪纺长裙、两瓶玉兰油化妆品。有一回我在学校听到女生为了漂亮买什么面膜。我给姹紫嫣红也买一盒面膜吧！我第一次红着脸硬着头皮来到女性专用柜台，拿起一盒面膜问价钱。瘦小却很机灵的女营业员眨着诡秘的笑眼说：“面膜价格不等，最便宜的有50块钱，好的有150多块钱，你要哪种?”

我不假思索地回答：“要150块钱以上的。”

女营业员拿起印着韩国字的盒子，说：“这是韩国生产的面膜，销量挺好的，尤其年轻女孩特别喜欢呢。”

“多少钱一盒?”我急忙问。

“168块钱。”

“好，就拿这一盒。”我从她手里接过面膜盒子放在推车里。最后去收银台结账，天呀，这些花了528.88元，倒赔28.88元，可是我心里高兴!

回到宿舍，幸好还是没有一个人。我把这些东西装了满满一皮箱。然后，又匆匆地赶去学校附近的火车售票点，买了一张次日去武汉的Z232车次硬座车票。回到宿舍，打开QQ，给姹紫嫣红发了一条车次、发车时间和到武昌火车站的时间。

姹紫嫣红发了个欢迎的表情符号，然后给我发了一条：Z232早上10：13到武昌站，你到武昌火车站后，坐个出租车把你拉到中南民族大学，你在民大的南湖边等我，那有双人连椅可以坐，我10：45到。我手里拿着一本《知音》杂志，记住，杂志卷起来，用皮筋扎着，“知音”两个字在外边，你仔细看着。

我发了一条：“到这个时候了，你给我个电话好吗?”

姹紫嫣红立即回复：“不行，原因说过了，不重复。”

少顷，她就离线了。嗨，这个姹紫嫣红神神秘秘，真真叫人捉摸不透，为什么到现在还隐藏着自己，要么是个丑八怪，要么就是说话声音特别难听。她把心早给我掏出来了，我也给她表白了，不论怎么样，今生非她不娶!

夜阑，我没有开灯。我失眠了!

九

第二天下午七点四十九，Z232次列车终于驶出这个古城。向东，向东。风驰电掣般的速度，把窗外一栋栋高楼大厦、电杆、树木纷纷地甩向后面……

我是第一次坐火车，却无心欣赏窗外瞬息万变的景象，脑子里总是对姹紫嫣红是何面目设想了又设想，久久不能平复。

次日早上十点过五分，终于来到这个陌生的大都市武昌，我在出租车里闭目回忆着姹紫嫣红在QQ上给我发的帖子："你在武昌火车站下车后，坐出租车到中南民族大学的南湖畔等我，那儿有连椅，你可以坐着休息，我十点四十五准时到，你千万不要乱跑！"

出租车一直开进中南民族大学，停到南湖边，果然这里有一个个拉开一定距离的双人连椅，我把皮箱放在连椅一端自己又坐在另一边。望着一眼望不到边的南湖，望着郁郁葱葱的山头，吸了吸鼻孔，湿润的空气特别新鲜凉爽，这种感觉在我上大学的这个北方都市是无法感受的。

今天是个大晴天，湛蓝宁静的天空，一对白鹭翩翩起舞。平静的湖面，不时有欢跳的鱼儿荡起一圈圈涟漪。习习清风，拂动着垂柳修长的枝条，不时在我脸上抚摸，痒痒的，怪舒服的，我不时看表，总觉得手表上的秒针走得太慢了，太慢了！好容易到十点钟了，再有半个小时姹紫嫣红就要出现了！我是个邋遢出名的人了，扣错上衣扣子在我这里是常事了。第一次印象很重要，这个道理我懂。所以，这次旅行的准备工作中，我始终记得一条：带个镜子和梳子，在见到姹紫嫣红前先把自己的形象检查一遍，我从皮箱盖的口袋取出一个圆镜照着自己，头发油黑闪亮，向右边倒着。一双浓浓的眉毛，一双水汪汪的眼睛。瘦削的麦色脸颊，高高翘起的鼻梁，再配上这副棱角分明的厚嘴唇。嗯，虽然颜值不是很高，够不上什么帅哥的高标准，低标准还是可以呀！朝下看，深蓝色的西装、白衬衣、白条条的蓝领带，再看裤子笔挺的裤腿，楞线笔直，脚下这双真皮黑鞋泛着亮光。这是我人生第一次穿皮鞋呢！

镜子里的我绽放着满意的笑容，心里挺兴奋的。对着镜子用梳子把头顶上几根奓起来的头发梳拢后，把镜子里自己重新审视一遍，才把镜子和梳子放回皮箱内口袋里了。抬腕看表，天呀，已经十点四十六分了，她说十点四十五准时到，可是过了一分钟了，还没有个人影，我不由得张望：远处是个健身区，各种体育设施，单杠、双杠、太空漫步，还有我自己压根叫不上名字的活动器材。中间的广场上，八个中年女教师模样的人手里拿着展开的、镶有粉红绸子边的折扇，翩翩起舞，放的音乐是曼托瓦尼的轻音乐。我很喜欢曼托瓦尼的轻音乐，每当听到这位"轻音乐之父"的乐曲，总是有一种激情在涌动，可是今天就是进入不到音乐里！

我看表：十点五十三分，按照约定时间，已经过了八分钟呀。这时，从健身区又传来《遇见你是我今生的幸运》的歌曲，我为之一震，犹如一块巨石投入心海，掀起一朵浪花。

听着这首熟悉的歌声，不由又想起那天在白老师办公室门外听到这首歌的情景，那一切的一切，倏然映入脑海，历历在目，刻骨铭心！

突然，感觉泪水在脸上流淌，忙从口袋中掏出一片面巾纸擦了把脸。嗨，你这个失态的样子叫人家姹紫嫣红看了多难堪呀！弄不好还叫人家误会，我是吃着碗里的还瞅着锅里，人家女孩就会伤心透了。

“怎么不见人?”背后传来一个女声。

这声音怎么这么熟悉?我连忙从连椅上起来站到地面。“啊”了一声，惊愕地张开了嘴，怎么，这不就是我朝思暮想的白静老师吗?我，我，我不知道怎么说好！揉了揉眼睛，终于肯定了正在向这边走的白静老师，紧挨着她的是一位三十岁左右的帅哥。他手里拿着车钥匙，第六感觉告诉我，这位一定是白老师的男朋友吧。现在正好是学校暑假期，他们大概是旅游来到这里吧?

这时，白老师也发现了我，我叫了一声“白老师”，忙上前抓住她的右手，她也忙抓住我的左手，激动得声音发抖，连声叫道：“何阳啊，何阳！想你，可想死我了!”

哼！什么叫想我想死你了?不叫骗人，也叫哄人吧?你白老师既然这样想我，离开学校该打个招呼，留个手机号吧，不费你啥事吧?可你却像突然从人间蒸发了一样。

这时的我连自己也觉得这样的心态古怪，朝思暮想的老师，真的见了面，我却在心里抱怨她！尽管如此，白老师和他男朋友的出现，对我而言，委实是件意外的大收获，这回向白老师要个电话，QQ，她百分之百会给我呀！看看他身旁的帅哥，我变得很冷静、理智了。

白老师把我拉回椅子上，她随后坐在我身旁，又对帅哥说：“你也坐一会吧!”

我忙把皮箱从椅子上移到脚前的褐色地板上，忙不迭地对帅哥说：“请坐，请坐!”

帅哥也彬彬有礼地点了一下头，说：“不客气都是自己人。”然后又对白老师说：“我几点来接你?”

白老师甜蜜一笑，说：“见到我的学生太高兴了，我想多多聊聊。”

白老师还是那件雪纺白色长裙，脸色比在学校给我带英语时胖了点，白皙如玉的脸颊容光焕发，泛起淡淡的一抹红晕，更显得妩媚动人。帅哥走了，白老师目送着他，直到他拐进一座教学楼那边看不见了，她才转过头，笑眯眯地盯着我。我急忙问：“白老师，你怎么在武汉呢?”

白老师笑了一下说：“我从咱学校调回到绵阳，在一个大学里教英语，可是在武汉工作的我哥把我从绵阳调到中南民大了。”

我嗫嚅着问：“才走的这位是你的男朋友吧?”

白老师款款一笑，摇摇头，“不是，他是我哥呀，比我大两岁。”

啊，原来是这么回事。我小心翼翼地问：“白老师，你家在哪儿呀？”

“我家在东湖路，离民大还挺远的，不过我在民大也有单身宿舍，不想回去就不回去了。”白老师说着，依然凝视着我，我不知怎么又想起暗恋白老师的那些经历，心一慌，羞怯难当！正视着南湖湖面。

“你这次到这里干啥来了？”白老师笑吟吟问。

我张了张嘴巴，却没有吱声，我本能瞟了一眼手表十一点整！不由得向远处张望，大半天依然没有姹紫嫣红的影子，我咋好意思给白老师说，这次是专程来武汉会网友？

白老师盯着我笑了，歪着头问：“哦，你是不是在等人？你不好意思给我说呀。”

“我，我，我……”我艰难得说不出一句完整的话。为了打破这种难堪，我忙打开皮箱，因为在箱子底有我给姹紫嫣红带的红富士苹果呢！糟了，不打开皮箱还好，刚打开皮箱，白老师一把从箱子里拉出装着长裙的盒子，盒子正面是一块透明的塑料，一眼就看到里面的米黄色的套裙。她又从箱子里面拿出那盒面膜，惊叫起来：“呀，韩国面膜，还有名牌化妆品！还有这么多好吃的。我在咱学校工作那段时间了解西安的情况，你这些东西下五百元买不了呀！”

“我，我，我……”我变得口吃起来。脸上火烧火燎，全身每根神经都在发烧！白老师眯缝着笑眼，又专注地盯着我，依然好像压根就没有在意我的窘态。良久，白老师饶有兴趣地说：“士别三日刮目相看！我的何阳呀，什么时候懂追女孩了。我给你带了那么长时间的英语课，就知道你除了学习、学生会工作和女生来往，私下从来不和女生来往，怎么一下子开放了，还理解女生的心！你不好意思说，我心知肚明，你是来武汉和女朋友约会呢，好呀，女朋友来了，让我看看哟！”

“我，我！”我鼓起勇气大声说：“白老师，早在大二第二学期，噢，就是你帮我买了那台电脑时，出现了一个网名叫姹紫嫣红的武汉女生，这个女生大概是民大今年的毕业生！她是我QQ好友群里唯一的女生呀！”

白老师高兴地拍了一下我的肩膀，叫到：“好事，好事，她来了让我好好看看，她一定很漂亮吧？”

我苦笑一下，摇了摇头，说：“我估计不会像你说得那么漂亮。”

白老师噢了一声，又笑着问：“何阳，你真心爱她吗？”

“我爱！”我情不自禁地说：“她要我到武汉来，还给我打了五百块钱，钱是小事，可她的心特别好！我就看上这一点，她长得再丑，我也非她不娶！她是瘫痪，我背着她；她是跛子，我扶着她；她走到天涯海角，我依然陪着她！”

忽然，白老师又拍一下我的肩膀，说：“好样的，何阳！你刚说她给你五百块钱是路费，对吧？”

我点了点头，默认。

“可你给人家买了这些东西花了多少钱？”

“五百二十八块八毛八！”

白老师亮丽的声音叫起来：“这么说你还倒贴了二十八块八毛八呀！”

“是的。”我进一步阐明自己的观点：“这样，我心安理得。起码说，我没有占人家的便宜。再说，男人的责任是担当。人家女孩把身和心给了你，不负责任你老是占便宜，这样的男人我很瞧不起！”

白老师收敛了笑容，脸色更为严肃了，紧抿着嘴唇，点了点头。蓦然，白老师又问：“她什么时候来？”

“上午十点四十五准时来这里的。”我嘟囔着，不由看了一下手表：十二点！还不见她，嗨，是不是发生了什么意外事情，这可咋办呀？白老师看出了我的焦急，笑了笑安慰：“人家女孩也许是考验你呀，你要经得起考验，我想她绝不是骗子，也不是玩弄感情的那种人！”

我默默点头，不无忧愁地说：“可是，她不来，我等到何时去呀?！我更担心她是不是发生什么意外事？”

白老师娇嗔地努了努嘴，才说：“看把你吓得这个样！”

我忧心忡忡的神色，逗得白老师笑了，拍了一下我的肩头：“别怕，她没有事的。”

“我在武汉可是举目无亲呀！”

白老师嘴一噘，佯装生气地说：“这就是你的不对了，什么举目无亲呀，我不是你的熟人嘛？放心吧！何——阳！”

我被白老师拖得长长的声音逗笑了。蓦然，白老师就像哥伦布发现新大陆一样惊奇，又上下端详着我，甜蜜一笑，大声说：“何阳呀，何阳！我还真没有看出，你收拾起来还真是一个很有魅力的帅哥呀！”我不好意思地垂下头，盯着脚上的皮鞋尖。

白老师又把我从头到脚、从脚到头打量了一遍，好像在鉴赏一个古玩。我不安地扭动身子，不知说什么好。

“何阳，我再问你一句，当时，我打你那一巴掌，你疼吗？”

谢天谢地，这句话算给我解围。我扬起头，盯着白老师忙不迭地说：“不疼，不疼，一点都不疼，你那一巴掌救了我何阳，英语四六级证都拿到手了，还被评为省级优秀毕业生，白老师，我找你，我……”

突然，我的喉咙像塞了团棉花，说不出话来，眼前一切变得茫然了。

静。世界变成了一帧定格画面。我头一低，一串串泪水掉在皮鞋和地板上。

白老师从胳膊上挎的白色女士包里拿出一包湿巾，抽出一片擦着我脸上的泪水，可是泪水还是止不住地流，白老师眨着润湿的眼睛，一遍又一遍擦着我的眼睛和脸动情地说：“何阳呀，我打你那一巴掌，你说，你不疼！是真不疼还是假不疼，我不管。可是我心疼，我心很疼，现在想起来，心，还在疼！我白静从小到大从来没有打过人，可我为什么那天竟然打了你，而且打得特别狠，你脸红得像要流血似的。我的手腕还疼了几天！为什么呀?”

我哽咽着喊：“怪我何阳不争气，让你很伤心，白老师，我对不起你!”我毫无顾忌地靠在白老师肩头啜泣。

白老师纤瘦的双肩耸动，右手胳膊搂着我的肩头接着说：“不哭噢，你不是经常想我嘛，你现在不就是靠在我的肩膀上吗?”

我浑身颤动着，抽泣。白老师右手轻轻地拍着我的背：“乖，听话，不哭，不哭噢!”

倏地，白老师推开我高声叫起来：“你快看，你说的姹紫嫣红来了!”

我像触电似的跳起来，向远处张望，没有一个人影！等我转过头再看白老师的时候，惊呆了！啊！她手里拿了一个用皮筋扎成卷的《知音》杂志。“知音”两个金黄色字赫然跃入我的眼帘，我不敢相信自己的眼睛，痴痴地追问：“白老师，这是真的吗？白老师……”一只纤细温柔散发芬芳的女人手捂住我的嘴巴。

白老师容光焕发，脸颊显出动人的红晕，亲昵地骂道：“你坏透了！那天下课，我一直跟在你和张涛后面呢，你和张涛说的话我全听到了，这时候，我发现你很早就偷了我的心，应该是我给你买那台电脑前的那个时候吧!”

“你走后，我听同新妮说，你给我买电脑的时候，还添了320块钱呢!”

“不说那些了，那是陈年黄历了。”

我破涕为笑，就势偎在她的怀里。

我陶醉了！喃喃自语：“我回到心灵的港湾吗?”

白老师，不，应该是我的爱人身边！她点了点头。

“我终于躺在你的怀抱吗?”

“是的!”这声音小得像梦中的呓语，温柔得令人怦然心动，如痴如醉。

我仰视着她，看见蓝天一架民航机在朝阳的光影中，闪着白光，轰鸣着，盖过一切音响……

呼　唤

一

二月十四日，情人节，你总是如期归来，又悄然离去。企盼你的来临，又恐惧你的来到！电脑屏上是正在敲的长篇小说《独身者》。24 尺液晶屏右下角，显示 2017 年 2 月 14 日，啊，又是一个情人节！

我呆呆地坐在电脑椅上，再也无心敲字了！显示器右下角 QQ 提示闪动，定睛一看：你有一封未读邮件。忙打开一看，啊，是在水一方！是在水一方，就是那个在美国加利福尼亚州的斯坦福大学任教的她！犹如一块巨石溅起一朵冲天巨澜，激起一圈圈涟漪，扩散到远方……

在水一方，二十年前的女友！她的实名叫李珊，是中山大学计算机应用与管理专业的硕士，原来，她给我 QQ 邮箱发了刀郎和云朵合唱歌曲《爱是你我》。珊珊，二十年过去了，你依然挚爱着这首歌！你是这样，我何尝不是这样呀？

是啊，虽然你在西半球的美利坚合众国，我在中华人民共和国，而这首歌像一条金锁链，把你我的心紧紧地连在一起……

微微颤抖的右手，点开歌曲，立体声音箱飞出云朵那嘹亮悠扬的歌声：

爱是你我
用心交织的生活
爱是你和我
在患难中不变的承诺
爱是你的手
把我的伤痛抚摸
爱是用我的心
倾听你的忧伤欢乐……

刀郎的歌声，苍凉铿锵的男中音歌声，强烈地拨动着我的心弦。我垂着眼皮，让心灵回归那逝去的岁月……

那年，在开往市区的机场大巴车里。你坐在我旁边的座位上，上身倚在我身上，头靠在我的右肩膀头上，在我耳畔轻声说：“从广州白云机场飞往咸阳机场两个小时半，可是我觉得像从广州火车站坐火车到西安火车站二十六个小时一样漫长，难熬呀！”我转过头，你脸上露出笑靥，笑得是那么甜蜜，甜蜜中含有几分羞涩呢。我本想说：“这是你的心态问题！”可是，嘴唇动了动却没有吱声，双手捧起你的双腮，在你的额头轻轻地吻了三下，你闭上眼睛，轻得几乎听不见的声音。

“我困得很，困得很，这会光想睡觉！”

“你睡吧！”

说罢，我脱下蓝呢子大衣，侧过身让你躺在我的怀里，你很快就入睡了。我轻轻地给你扣上金黄色的羽绒大衣胸前两个扣子。然后，小心翼翼地把你脖子散开的深红毛线围巾绕颈围了三圈，再把我的大衣盖在你身上，盖了个严严实实，只露出你的脖颈和脸。我盯着这张熟睡的脸，一刻也不离开，生怕你突然飞回广州似的。眼前这位姑娘，把自己一颗炽热的心交给了我啊！

车窗外，瑞雪纷纷，漫天飞舞。不由使人想起，你我第一次见面的那个瑞雪之夜，尽管二十多年过去了，可它依然是那么清晰，历历在目，就像刚才发生的事情一样——

那天晚上，我在办公室忙完已是十点四十五分，可是没有一点睡意，就闭好门窗，打开电脑的QQ音乐，点开刀郎和云朵的《爱是你我》。这是已去世的未婚妻韩芳最爱唱的歌曲，在高三那年的“红五月音乐会”上，韩芳唱的这首歌曲竟然获得一等奖。每当想到她，无论在家，还是在学校，听到这首歌曲，听着、听着，我便会不由地潸然泪下。

这时，刀郎和云朵的歌曲，盘旋在这个不到四十平方米的办公室里，显得声音特别有震撼力。

“哎呀，这是刀郎和云朵的《爱是你我》！”骤然间，一个亮丽的女声响起。我本能地从电脑椅子上跳起来，关了歌曲，忙用衣袖抹了一下眼睛。转过头，你站在我背后，依然是清脆的声音：“我也非常喜欢这首歌曲呀！我，我……”

你的声音戛然而止，茫然地盯着我。良久，才不无歉意地说：“王老师，请你原谅我的鲁莽吧！”

我眨了眨湿润的眼睛，强颜一笑，说：“没啥，下班以后没事就喜欢听听音乐，我没有别的爱好，就是听听歌曲。”当时，你坐在我对面的椅子上，我给你倒了一杯茶水，放在你面前的桌上。

你依然目光随我转动。我不好意思地避开你的目光，盯着天花板。你冲着我淡然一笑，说："人生谁能没有个七灾八难呀，上至皇帝达官贵人，下至一介草民，谁不是这样？"

我转过头盯看你的这张麦色圆脸，这是一张充满着激情的脸庞。你这双晶亮的眸子，闪烁着热烈而诚挚的目光，像春阳般的温暖亮丽而诱人。"多好的一位姑娘呀！"我心里赞叹不已。

我被你的热情感动了。面对你这种真诚，我有什么可隐瞒的呢？我给你讲了我和韩芳的罗曼史。末了，郑重地说，她进了工厂，我却高考名落孙山！她却鼓励我报这个大学的成教院，因为这个大学是全省排行老大的大学，就是成教出来，拿个大专，也算是这个大学毕业生吧！

当时，我和韩芳都是二十八岁的人了，为了供我上大专，三年竟没有买一件衣服。两家大人都希望我们尽快结婚，她却第一个反对："结什么婚？人家娃在成教院上学呢，你们这不是存心毁掉人家娃的前程呀！"

两家大人，只好闭口无言了。"我拿到毕业证没有一个月，就在这个大学上班了。可当我想在第一时间把这个消息告诉她时，却得到了噩耗——车祸夺去了她的生命！"

我难过得不能自持，站起来，踱来踱去，双手叉腰，仰望着天花板，近乎歇斯底里般喊："上帝呀，你太不公平了，为什么好人总是得不到好报呢？"

你递给我一片湿巾，我这才意识到脸颊湿漉漉的。你站在我的面前，声音有点微颤："你知道吗？人死是不能复生的呀！亲人死了，这种悲痛我完全可以理解！可是事情过去三年了，你还没有从这种悲痛中走出来，如此下去，你能全身心地在这个大学干好本职工作？我听一个老师说，你的梦想就是当个作家！可是你知道，所谓优秀的作家不是读了两本小说，模仿着别人，把自己的经历写出来，掏两万多元出一部书，呵，我是作家了！恕我直言，这叫什么来，草根文学或业余作者，这样的作品，首先我自己不屑一顾，因为作者的水平有限！"

我缄默了。你依然慷慨激昂："你的未婚妻供你上学，绝不是等你拿了个大专学历，就是她对你的最高期望值，一个早过了结婚年龄的女人，一再推迟婚期，还节衣缩食供你上大学，你可能认为，这是她深深爱你的一种必然，可是有一个关键之处被你忽视了。"我懵了，脑子里想着什么是"关键之处"？

"你未婚妻给你提过什么奋斗目标没有呀？"你眨着眼睛问我。

"没有呀，从来没有呀！"我直率地对你说。

你脸上掠过狡黠的笑容，说："看来你对女人不太懂，聪明的女人想要的，包括想说的不一定向你们男人一股脑儿倒出来。男人要想知道这一切，这就要看这个男人的悟性了。”

我笑了，说：“你说的女人这个情况我从来没有想过呢，她从来没有说过对我有什么期望呀。”

“她要是说了，那她——就——是——傻——子！天下头号大笨蛋！”

你这尖刻的言辞，使我为之一震，不由对你刮目相看。看着你一脸严肃，我不由黯然长叹，凄然一笑。你却没有笑，这双犀利的目光锁定在我的脸上，说：“如果真有灵魂这么一说，你在悲伤的深渊中死去，在那个世界见到韩大姐，她能不伤心？能不恼火？她会说：‘我辛辛苦苦供你上大学，可你啥事都没干成却到天国来陪伴我！’”

蓦然，明亮的日光灯光中，你脸上浮起一抹红晕，你垂下头，歉意道：“王老师，请你原谅我这没大没小的放肆吧！”

“你说的句句都是大实话，我很感动，也自愧不如！”

这时，你莞尔一笑，和刚才判若两人，刚才是我的严师，这会儿却才是一个大四学生呢。你端起桌上那杯没有热气的茶水，一扬脖子，喝了个底朝天。我忙说：“水凉了，我给你重倒一杯，你咋喝凉茶？”

你妩媚一笑，说：“我全身都热烘烘的，就像在伏天一样。”说完，你端起空杯子走到热水器跟前给自己接了满满一杯，放到桌边，又拿起我的玻璃茶杯接了一杯，放在我面前的桌边上。

我们隔着两个桌子面对面坐着，又像开头那样，喝着茶水，侃侃而谈。少顷，你问我：“王老师，你认识我吗？”

我摇了摇头。

“我在校报看到你发的一篇文章叫《梦想成真》，读后很感慨呀！一个没有上过高中的人，竟然在名牌大学成教文科毕业考试获得前五名，而且发了成十万字的作品，真了不起！我这个人很喜欢文学，到大四了，却没有发过一篇文章！”

“你是文学院大四学生吗？”我问你，接着又补充道，“肯定是汉语言文学专业！”

“你才说错了呢，”你笑了，说，“我是计算机信息工程学院的呀。”

从我的观察判断来看，你确定是个文科的好苗子，形象思维和逻辑思维并具，丰富的精神世界是从事文学的天然条件，不无遗憾：“你应该是一个很优秀的文科生呀，这是你自己选的专业吗？”

“是的！”

我有点惊讶：“你天赋这么好，为什么不报文科呢？”

你连喝了几口茶，不紧不慢地说：“中国有史以来人文科学就比较发达，而自然科学却落后了许多，只要是大学几乎所有大学都开有汉语言文学专业，可是计算机专业在我国兴起时间不长，学这个专业将来毕业也好找工作呀！”

我点了点头，心里折服：眼前这位大四学生聪明呀！

我站起来拿起你的杯子，又给你接满一杯水，毕恭毕敬地放到你面前的桌子上，说：“计算机专业挺好的。到现在我只能在电脑上改改稿子，放个歌曲。打一个 A4 版面，没有一个小时也得六十分钟呀！”

你“扑哧”笑出了声，说：“你说话真逗人，打一个 A4 版面没有一个小时也得六十分钟，这不还是一个小时吗？”

俩人都笑起来。末了，你收起笑容说：“王老师，你不会电脑不行，别说上网，一个小时三块，就是打字吧，打字部打一页 A4 字号放小，人家一个版面问你要五块，多费钱呀！”

我点了点头说：“啊，而且我的文章都是万字以上呀！”

你歪着头盯着我，眯缝着笑眼，问：“你想学电脑吗？”

“当然，想学呀！”

“我当你的计算机老师应该是绰绰有余吧？”

我乐了，忙不停叫道：“求之不得，求之不得呀！”

你调皮地眨了眨眼睛说：“学费嘛，不用交，可你怎么也得给老师意思一下吧？”

“我请你在电子商城吃云南过桥米线，其他地方一碗米线一块五，这里一碗米线十块呀！”

“怎么心疼了？”你这水灵灵的大眼睛一转问。

我笑了：“蓝天计算机培训班一期多少钱呀，我还是没有吃亏呀！”

你一扬头，双手叉腰叫道：“算了吧，你不适合在大学工作，倒应该在商场打拼呀！”

我笑了：“上帝从来没有给我一副商人的头脑呀！”

突然，一个重要的事情浮上心头，我忙说：“你这个小老师收了我这个大龄小学生，我可以问一下老师的尊姓芳名吗？”

“可以呀！哪有学生不知老师的姓名呀？”

你佯装肃然，响亮地说：“本人姓李，木子李，名珊，和姗姗来迟的姗字同音，你叫我李珊老师吧！”

说完，你自己先咯咯笑起来，我也不由发出哈哈哈的开怀笑声。

这是自那个她走后三年来，我第一次欢畅地笑。

二

机场大巴窗外，阴霾的天空，依然鹅毛大雪。车里暖融融的，像时令步入阳春三月。你依然在我怀里沉睡，不知是车里空调温度太高，还是盖在你身上的蓝呢子大衣太厚，你脸颊泛起了红润。摸了一下你的额头，热烘烘，我轻轻地把围在嘴唇上的围巾和脖颈上的大衣领子朝下扯了扯，露出白皙的脖颈，还有红色保暖衣的领口。

凝视着你酣睡的脸庞，我心里荡起一股幸福的暖流，不由俯下身，在你的红唇上轻轻地吻了三下，你只是嘴唇动了一下，竟然没有醒来。这时，细微的呓语引起我的兴趣，左耳贴着你的嘴唇倾听："楠哥哥，楠哥哥，黄娟和肖芳要和我争你，你，你……"渐渐消失。

我乐得"扑哧"笑出了声，竟引起前排座位上一对情侣扭过头，投来好奇的一瞥。管他呢！我又旁若无人地在你的嘴唇上吻了一下，你还没有醒！

天哪，你太累了！左手又是抱着你的左肩，右手紧搂着纤细柔软的腰肢，回味着刚才的呓语，嘻，这个李珊呀，睡觉都不老实，还争风吃醋呢！

提起黄娟和肖芳，不由得想起第一次我和她们QQ视频聊天的情景。那是你上研的第一个中秋节夜晚，在宿舍洗衣服，在粉红色的吊带下摆拭了拭湿漉漉的双手，坐在电脑桌前的椅子上，闪着光的黑色音响放在电脑显示屏旁边，带有拾音杆的摄像头放在显示屏正前方，你朝着摄像头招了招手，兴奋地说："OK，你的头像很清晰，你可以清楚看到我吗？"

"看到，看到，眉毛一根一根都很清晰！"我说着，灵机一动："喂，你把摄像头拿起来，转一圈摇拍，让我看看你的宿舍，我从来没有到女生宿舍去过呀！"你头向摄像头一伸，骂了一句："不要脸，偷窥女生宿舍！"

我笑了说："在别人不知情的情况下偷着看别人，这才叫偷窥，我这叫光明正大！等于我千里迢迢到广州去你宿舍聊天吧。"

"好吧，不过满足你这个欲望，必须经过舍友们同意呀！"你给了摄像头个背，隐约听到你的声音："有个事给大家说一下，QQ那头的人要我摇拍咱宿舍的全景，他想看看我们宿舍是个什么样行吗？"

立时，传来不同女生声音，隐约的叽叽喳喳声："不行，不行，一个男生要看女生宿舍亏他说得出！""李珊，你问那头的那位，你是不是荷尔蒙充盛了？""珊珊，你男朋友是不是雄性激素膨胀了？""是啊，李珊，你快告诉他，你这远水解不了近渴呀！"

"黄娟，我要有针线非缝你的这两片薄嘴唇不可！"你的声音最大最响了。

尽管她们的声音很小，但是我还是听清了这帮疯女子放肆的对话，不觉脸上发烧。我长这么大，还是第一次听到女生这样肆无忌惮地说话呢！

这时，听到你提高声音："我怎么给那头的人回话呀？"

少顷，一个细尖尖的声音从音箱传出来："你告诉那位，宿舍不能看，单独聊聊倒还可以。"

立时，七嘴八舌的声音又响起来："对！这样好，让我们帮你检验检验。"嗨，人家把我当工厂的产品一样，检验是否合格。

还是那个细尖的声音："你可要注意，现在有的男生太坏了，在你面前装得你是他的唯一，背后恨不得把天下所有的美女都网络起来。"另外一个女生说："是的，现在有的男生就是这样的，在这个女生面前说'亲爱的，你是我唯一的心肝宝贝'，转过身又对另外一个女生还是这句话。"

"是啊，是啊，美国的奈斯比特总结当今社会的十大趋势，其中一个趋势就是高情感，可是这种所谓'高情感'在我们这里成了一些年轻人玩弄感情的时尚呢。"这声音有点浑重，也许年龄大点的缘故吧！

"王楠可不是林姐你说的那种人呀，他平时沉默寡言，可他的心里什么都知道呢。"这是你的声音。

又是那个细尖的女声："珊珊，你知道吗？爱情达到深处，人就变成了傻子了，你的双眼已被爱的云翳挡住视线了，还是让咱姐妹们给你检验检验。"

你笑了，声音响亮："好，我马上给人家回复。"

"你急啥呀？让大家把衣服穿好，再回复他呀！"

"我才不急呢！"随即，你转过身对着摄像头说！"大家要和你单独聊呢，你看怎么样？"

我急忙说："还是算了吧，让你宿舍的同学看了我这副邋遢样，人家不笑话才怪呢！"

你又给了摄像头个背影，传来你模糊的声音："人家害羞，不想和你几位见面呢！"

立时，又传来叽叽喳喳的声音："不行，越这样，我越要看他到底是个什么货色？"

"是啊，你迷惑了我们的李小姐，却迷惑不了我们呀！是骡子是马拉出来遛遛。"

唉，这伙疯女子！我不知如何是好。你转向镜头说："让大家见你一面吧，这一关你不过不行，不要怕，我们几个都像亲姊妹一样亲呀。"

说实话，上大学三年了，除你外，我和任何一个女生都没有单独聊过天。本来，我就不善于和女生打交道，再说这个在全省高校排第一、理工科为主的大学，你王楠是“最次族”——成教中文专科，随使拉一个统招生都比你强。再说，你李珊吧，五大名校之一的高中毕业，部属重点大学的统招生，舍友知道你有个成教大专男朋友是件光彩的事吗？

想着，我本能地给了摄像头一个脊背，音箱里立时传来一个尖尖有点刺耳的女生声：“怎么，不想见我们，好，我代表李小姐向你发出最后的警告，若你再不转过头让我们看看你的模样子，我们三个会让李珊马上拉黑你，今生不再理你！”

这尖厉的女声刚落，就听见你的温柔的声音：“转过吧，让姐妹们看看你吧，乖，听话哟！”

嘻嘻嘻，你这样说话语气，像哄一个不懂事的孩子，可我不是个小孩。

我转过来，盯着显示屏上一副瘦削的黄中泛白的脸颊，紧抿的薄嘴唇，尖尖的下巴，淡淡的眉毛，一双眯缝的小眼睛闪出狡黠的目光，这目光给人一种盛气凌人挑衅的感觉。我自己觉得身子在这目光注视下，一下子萎缩了不少。刚垂下头，音箱里就传出尖厉的声音：“把头抬起来，我把你有多少根胡子还没有数完呢！”

倏然，脸一发烧，好像血液一下子全部涌到脸上一样，火烧火燎，我忙用左手掌遮盖下巴，刚想垂头，对方传来命令声：“不许低头！”

一提胡子，不由人狼狈不堪！两个月没有理发刮胡子，今天确实给李珊把人丢大了，虽然抬起头，左手依然捂着下巴。对方的脸庞像影视剧的特写镜头，甚至可以看清对方一根根睫毛。

少顷，画面变成薄薄粉红色的嘴唇，扭动的薄嘴唇，细密洁白的牙齿，“你没有胡子倒有点和我们李珊小姐般配，可你这长胡子一出现，不是‘奔五’也是个超过四张的人呀！就是李珊同意嫁给你都没门！”随即，一只女人的小手划过屏显。

这时，一个温柔带点浑重的女声响起：“黄娟，你太过分了，大家和人家王楠不熟，你别这样瞎胡闹好不好？”显示屏上这个叫黄娟的身子向后一挪，变成近镜头，迎面扮了个鬼脸，终于露出微笑。

忽然，这张薄唇又切换成特写画面：“王楠，你这双带点忧伤水汪汪的大眼睛，确实能征服女生，难怪我们珊珊小姐看上你了！”然后，随着银铃般的笑声，这个叫黄娟女生终于从显示屏上消失了！

我长出了一口气，这时才觉得额头上冒出了汗，低头从口袋掏出一片湿巾纸擦拭额头和脸。

“你好!”又是那个温柔带点浑厚的女生声轻轻地叩着我的耳膜，只见显示屏上出现一个一头披肩黄发、椭圆的麦黄色脸庞的女子，鬓角有着明显的鱼尾纹，额头上三道皱纹很显现，咋像看年龄过了三十了。她棱角分明的厚嘴唇，一双和善的大眼睛。这个女生的形象，好像上帝有意安排她和黄娟形成强烈反衬效果，相互烘托，各自特征愈显突兀。一个越显得淳朴憨厚善良，另一个愈显狡黠难缠。我彬彬有礼点了一下头，笑说：“你好！见到你我很高兴!”

对方也微微一笑：“你好呀！我叫林香玉，我也很高兴见到你呀!”

我也笑了，“恕我斗胆冒昧问一下，你是李珊上网时经常向我提到的林姐吧?”

林香玉说：“是的，在这个四人间的宿舍里，我年龄最大，今年三十一了，李珊说，你比她大五岁，今年二十七了。”我忙想纠正一下，刚说了个“我”就赶快闭嘴。很明显，我和你同相，属龙，比你大一轮，整整三十四岁了！可你却撒谎说，我仅仅比你大五岁，幸好脑子机灵一转，没把你的谎话揭穿！思忖着，音箱里传出林香玉悠悠的声音：“小王呀，我听珊珊说，你是个很了不起的人呀，我敬佩你的勤奋执着，刻苦!”

我连忙说：“林姐过奖了，我不过是个不甘寂寞的人而已，并不值得你褒扬呀！我也为李珊有你这样比亲姐还亲的姐姐而由衷地高兴呀!”

林香玉灿烂一笑：“我比他们三个都大，照顾好这些小妹妹也是分内的事。我们宿舍真正像一家人一样亲，每学期都被学校评为优秀宿舍。就拿刚才和你聊的黄娟来说吧，号称刀子嘴，其实是豆腐心。她最爱唱的歌就是《爱人》，整天一有闲时间就哼这首歌。”

“你最喜欢哪首歌?”我不由问。

“我呀，我喜欢《西游记》的主题歌《路在何方》，你喜欢谁的歌曲?”

我忙说：“我最爱听刀郎和云朵唱的《爱是你我》，每当听到这首歌曲，总有一种激情在身体里涌动呀。”

林香玉双掌一拍，高兴地：“珊珊和你一样，最喜欢这首歌了。那次全校的‘青春畅想’文艺晚会上，李珊和一个男生同台演出，她很投入地演唱，感动得大家热泪盈眶，尽管结束了，整个会场还是暴风雨般的掌声经久不息啊!”

林香玉说着，竟然背对着摄像头，揉着眼睛，显然又回到那激动人心的场面里了。

其实，她说的那次晚会结束后，你当天晚上就给我说过了。你还记得吧？我和你开玩笑说：“算了吧，你别上什么研究生了，你就学云朵，咱未来的家能出一个像云朵的歌星，日子也好过着呢。”

你立即语音回复："我不是歌唱家的料呀，你不知道？"

我不服气，说："那你为什么唱《爱是你我》，感动了大家？"

你呵呵一笑："因为有你这个勾魂的哟。"

啊！因为我？眨着困惑的眼睛，沉思片刻，恍然大悟，你想到了我们的爱情之旅！不由感慨地说："是啊！你想到我们一路走来。"

你笑了，说："聪明人，刀郎和云朵唱的这首歌曲，把你我彼此的心里话说出来了呀，这首歌曲也是你我心灵的呼唤啊！唱着，我想起你了，不禁热泪盈眶。我竭力控制自己，不失态，始终保持旋律的稳定性而不失真呀，所以得到大家的赞赏了。"

"姐夫，怎么发呆了，想什么呢？"一个夹带着江西口音的女生的普通话，把我从遐想的情景拽了出来。

林香玉已经离开镜头，旋即出现一个齐短发、圆脸女生的图像，不用说这就是李珊和我网聊时说的肖芳。肖芳属蛇，比你小一岁，江西吉安人，天津师范大学生物与遗传学专业本科毕业。

不知怎么搞的，其他女生的短发稍向内弯，而她的发梢却向外翘，这双特别圆的大眼睛，没有一丝女生那种温柔和妩媚。这双冷峻的目光，像 X 射线，能穿透你身体每个细胞似的。我傻傻地坐在摄像头前，任凭她的射线像一把手术刀游刃自如，切割着我。

蓦然，一个念头犹如一道闪电，天呀，互联网的那头的人从发型、脸型神情看多么像爱因斯坦！这个"爱因斯坦"是不是把我当成一个生物活标本在深入研究？

我沉不住气了，开口了："芳芳，把我研究完了吗？"

肖芳淡眉一挑，眼神掠过一丝笑意，瞬间即逝。她叹息一声，说："姐夫，你好，我叫肖芳，我还需要再深入介绍吗？"

我笑了："不用了，你的芳名如雷贯耳，了如指掌！我就差没有到你们江西吉安去呢。"

这时，我脑子想到一个疑问：她是生物与遗传学专业怎么住到计算机信息工程学院的研究生宿舍了？

"芳芳，你怎么住到计算机信息工程学院的研究生宿舍了？"

终于，肖芳脸上浮出笑容。这个肖芳刚才像个冷血动物，冰得令人毛骨悚然，可是这一笑却是那么富有激情。她粉红的舌头舔了一下嘴唇，是那么性感，扮了一个鬼脸，说："这是珊珊姐和我有约定的事，也不能泄露半点。抱歉，你提的问题我无法回答！"

事后，我问你，你俩有什么不可告人的契约，这么神神秘秘的？你这才说了经过。

原来，在研一的第一学期，一次在公交车上，售票员要肖芳买票，这时她才发现钱包被偷了，售票员以为肖芳逃票，那难听讽刺的话说得肖芳直掉泪，你很生气，就和售票员吵起来。售票员嘲讽地说："大小姐，你既然思想这么高尚，怎么不给她垫钱呀？学个雷锋呀！"

"我垫！"你说了一句，马上从包里掏出一张五十块塞到肖芳手里，大声说："妹妹，姐给你五十块买票去！"

肖芳接过五十块钱买了一张票，把剩余下来的四十八块钱塞进你的挎包里，你却恳切地说："你被偷了，这钱就当姐姐给你应急，再推就没意思了！"

下了车，你才知道肖芳原来也是中山大学的学生！而且是生物科学学院生物与遗传学专业研一的学生。

珊珊，你感动肖芳，也感动了我！

三

机场大巴车窗外，依然大雪纷纷。你在我怀里依然沉睡不醒，时而笑脸现出酒窝，时而喃喃呓语。凝视着你熟睡的脸庞，我感慨万千。你最爱听最爱唱的歌曲，就是《爱是你我》，我何尝不是这样呀！记得你在研一报道的那天晚上网聊时，你说："每当听到《爱是你我》，看到刀郎这双湿润的眼睛，就像你站在我面前含着热泪默默地看着我，我心里好想你啊！楠，你知道吗？"

我知道啊，珊珊！每当听到云朵那亮丽悠扬的女高音唱的《爱是你我》，就觉得这就是你在用心灵呼喊着我，听着听着，不由潸然泪下。我很感谢这两位伟大的歌手把你我的心紧紧地捆在一起！

车窗外，一排排高大的建筑物鳞次栉比。马路两边，树枝沾着绒毛似的积雪，飞驰的各种车辆一闪闪向后飞去。你依然在我的怀里酣睡。你太累了！想到这，鼻孔里有一种酸酸的感觉呀！渐渐地，我头也倚在你的肩上进入梦乡。

"到终点了，你俩还睡？"

女售票员尖厉而刺耳的声音，惊动了我。可你还是没有醒来，我摇了摇你，轻声说："到终点了，咱们快下车吧！"

你睁开眼睛，一副睡眼惺忪的模样，打了个哈欠，才说："这么快就到终点了？"

我笑了，说："下雪天气，能见度不好，车慢，已经用了一个小时呀！"

下了机场大巴，我们乘坐教育专线来到学校北门口，你指着马路对面的兴庆公园说："我们去公园转转吧，两年了没有到这里来过，还真想呀！"

"好的。"我问，"把你皮箱放到哪儿？"

"你把我的皮箱放到我师妹同新妮宿舍吧，我登机前就给她打过招呼，她说她回老家户县去了，让我睡在她的床上，并把招呼我的事给舍友都安排好了。你把我手机拿上，到六号女生公寓楼大门外就给新妮打电话，她的舍友就会在门口接你。"

我把你的皮箱交给同新妮的舍友后，立即小跑着回来，只见你在学校北门外焦急地徘徊，见了我却嗔怪地："你放了一个皮箱能放一年吗？慢腾腾的，把人能急死！"我抬腕看了一下手表，笑了说："来回共用了二十三分钟，一路小跑着呀，你还嫌我慢？"

你笑了，说："对不起，把你冤枉了！"

蓦然，你双手捂了一下我的脸颊，心疼地说："你脸咋这么凉？你摸我的脸，比你热得多！"我顺手捧起你的脸，真的，热烘烘的。

你没有理我，却一脸严肃，说："你呀，真不像话！我就没法说！"我不由一惊，忙问："我哪点不像话？"

你脸一沉，瞪了我一眼："三十多岁的人了，不理会季节变化，不知热冷，现在雨雪天气，你看你，上身穿得这么单薄呀！该减衣服时不减，该加衣服时不加，每次都是我催你，就像个三岁不懂事的孩子一样！"

"我……"我却没有说出话来，只觉喉咙像塞了团棉花。

这时，你莞尔一笑，柔声细语说："你要学会料理自己的生活，不要叫我大大小小的事都为你操心行吗？"我揉了揉湿润的眼睛，默默地点头。

"好了，听话就好！"你咯咯咯地笑起来。少顷，你指着兴庆公园大门说："我刚才说你慢，我刚急得团团转等你赶快进兴庆公园，可你来了，我却和你唠叨废话了！"

记得咱俩手拉手向公园走的时候，你振振有词道："及尔偕老，老使我怨。淇则有岸，隰则有泮。总角之宴，言笑晏晏。信誓旦旦，不思其反。反是不思，亦已焉哉。"停顿片刻，转过头问："作家先生，鄙人说的这十句你懂吗？"

我笑了，立即答道："这是《诗经·国风·卫风》中的名篇《氓》最后一段，我对计算机一窍不通，可是要说文学，我可以骄傲地说不见得比你差呀！"

"哟哟哟，尾巴翘上天了！"你笑着说："你能不能给我讲讲这十句啥意思？"

我清了清嗓门，俨然像一位大学讲师讲课的姿势："这是一首描写古代妇女被男人抛弃的故事，描述了这位被抛弃的女人和丈夫相爱、定约、结婚到受到虐待、被遗弃的过程，倾诉了她悔恨交加的痛苦心情，感情强烈，感人至深，成为千古名篇之一。”

猛地，你睁大眼睛，说：“我读到这首诗的时候，心里好怕呀！”

“你怕？莫名其妙！”

我不经意说了一句，笑了。旋即，心里说：“杞人忧天！”可是看到你紧锁的眉头，这句话没有说出来，叹了口气：“唉，女人的心事就是复杂呀！你多虑了，这一切为什么？我不解释，你应该心明如镜吧？”

你长叹一声，说：“我们女人啊，可怜呀！”

“可怜什么？”

“可怜我们把心身交给了一个男人，就像赌场的赌徒，拿自己作为最后的赌注，是输是赢，前途未卜。”

我不高兴了，说：“这不是你的性格呀，今天是高兴之日，你怎能有这种心态啊？”

倏然，我一激动，双手搂着你的脸，在你的嘴唇重重地吻了一下，俯在你的耳朵上一字一板地说：“我活着是你的人，死了也是你的鬼，你信不信？”

你也猛然搂着我的脖子，在我的额头重重地亲了一下，灿烂一笑，说：“有你，我真幸福！”我一噘嘴，说：“你刚才恨不得一下子飞进兴庆公园，这会却磨蹭了，还自寻烦恼呀！”

“好吧，我们不要因《氓》的故事破坏了我们的心情。”

你现在一定记得，当我们来到沉香亭北边的双人椅跟前，我说：“你在机场大巴上沉睡的样子，就像十年没有睡觉似的。”

你努了努嘴，指头在我的额头重重地点了一下，说：“怪谁、怪谁？”

“怪我？”我呵呵地笑起来。

少顷，一朵大大的雪花飘进了我的眼睛，顷刻融化成水，眼眶一热，嘴唇动了动，却说不出来话来了。我拭了一下眼睛。

你静静地站在我面前，也嘴唇动了动，没有说话。你就势扑到我的怀里，动情地说：“说实话，从咸阳机场上车，在车里的一个小时，真的把我两个礼拜的瞌睡睡完了，真睡完了，我发誓情人节前一定要赶回来，我再不回来，就彻底崩溃了！”

我上齿咬着下唇，不让泪水溢出眼眶。我说什么呢？纵然千言万语，也难以把你我这种心情表达得一览无余！

“要么，我坐在椅子上你在我怀里再睡一会吧！”

你摆了摆手，微笑着说：“睡完了，快在公园转转，前两天我在梦里就梦见你和我在兴庆公园划船呢。”

“今天我们就划船吧，让你梦想成真！”我说。

你摇了摇头，指了一下周围，说：“这么大的雪，有的湖面上已经结冰了，偌大个公园有几个人，谁在划船？咱俩划船，人家公园工作人员还以为是两个神经病来了吧。”

我默默点了点头。四下环顾，果然只见几个行人缩着脖子，匆匆向公园大门方向走去。我们互相为对方拍打着头上、衣服上的落雪。最后，你还用纸把我皮鞋上的土擦了擦。

“我们先从沉香亭开始转吧！”我说完，盯着你。

你瞅了我一眼，指着“沉香亭”说：“这块地方是你们的世界，不属于我李珊呀？”

我顶了一句：“尽是胡说，什么你们的世界，我们的世界？”

坦诚地说，我承认这块地方当初不属于你李珊？但是那个她去了，你却从这里走到我的心田里！

本来想说出来，可是我却没有说出来，说什么呢？彼此心知肚明，何必挑破呢？也就是这天，我给你讲了当年韩芳和我在沉香亭游玩的情景。

你一定记得，我们第一次来这里就是在你考研拿到中山大学录取通知的第二天，你打电话说你想和我出去逛逛，我顺便问你今天是几号，你说是八月十二号。啊，八月十二号，又是一个八月十二号！八年前的八月十二号，我和那个她在这里牵手游转、划船……我不知怎么挂了电话。我的心在颤抖，灵魂在嘶喊，只觉心堵得慌，忙跑到办公室阳台打开所有窗户。啊，今天的天气竟然和那个八月十二号一模一样：蓝天、白云、阳光灿烂，还是上午的八点就开始热起来呀。

我站在阳台上连抽了两支烟，呛得直流泪，拨通你的电话：“我们还是去兴庆公园，你看咋样？”你立即答应了。我又接着给你说：“我今天还有个事，请你帮忙呢？”

“什么事？”你问。

本想给你说一下，转念还是见了面再说吧。我买了一厚沓冥币，韩芳生前喜欢吃辣椒，我又买了一包辣面和一桶红牛饮料。末了，我换上一身黑色西装，一件雪白的衬衫，再配上一条白斜道的蓝领带，包里除吃的东西外，还装了校报编辑部的照相机。我俩在学校北门会合。

在学校门口，你见了我，就像欣赏一件古玩似地围着我转一圈。然后，惊喜地叫道：“哎呀，你在我的印象中是一个不修边幅的人，今天这么一收拾，名副其实的小帅哥了！哪个女孩见了不动心才怪了！”

我被你说得满脸发烧，你却更乐了：“哎呀，你害羞了？脸上淡淡一抹红晕，更显得迷人呀!”

我佯装生气地撇了撇嘴，响亮地说：“你不要忘了，你在我办公室还把我叫王老师呢!”

你却依然嬉笑着说：“此一时彼一时嘛！今年在这个城市上大学的高中同学聚会上，才知道我是唯一没有脱单的人。今天就请你给我当一回男朋友，我从来没有和男生单独逛过，让我也感受一下和男朋友一起逛的滋味吧!”

“胡闹!”我大声地说。

你收敛了笑容，顿时，我觉得自己言辞不当，忙赔笑说：“好吧，好吧，今天就当一回你的男朋友，但是有两个要求。”

你脸上又绽开笑容，饶有兴趣：“哟，雇个临时的男朋友，手续挺麻烦的，还有交换条件呢。只要你同意当我的男朋友，照几张照片，我回家把照片让我爸妈看看，省得他们见了我整天唠叨快找男朋友，烦死我了。”

我郑重其事地说：“你这就不对了，人常说，一条儿女一条心嘛，可怜天下父母心!”

“言之有理，我听你的。”你点了点头，说：“所以说，你一定要演好这假女婿，当好了，你就是十个要求我都答应。”

我兴奋地说：“好！一，今天我俩在兴庆公园游玩的事，不能给任何人说；二、我在沉香亭前，给我的那位在天宫的人烧些纸钱，送点辣面和饮料，你给我拍两张照片。”

你显出诧异的神色，叫道：“咱俩玩，你还想她呀?”

我忙说：“你听我说，你听我说。”

你唉了一声，翘首仰望蓝天上那朵飘逸的云彩，沉吟良久，才爽快地说：“好吧，我答应！她走了这么多年，你心里依然装着她。在天的韩大姐呀，你真幸福啊!”

沉吟片刻，你对我说：“现在的年轻人整天嘴里喊什么爱呀情呀的，真正懂得爱情的有几个？说直白一点，无非是青春期两性相吸的生物行为罢了。”厉害，我打心眼里喜欢你这种坦率而科学的观点。

两个人说着，来到沉香亭西边。我把包交给你，你却说：“甭着急呀，你看你额头上都出汗了。”说着，你从自己的挎包里取出一片面巾纸，叠得四四方方，轻轻地沾去我额头脸颊上的汗珠。看到你这样，我好感动呀！我脱下外套和包一起塞在你怀里，从包里取出那台佳能数码照相机交给你，又拿出包里冥币、辣面和饮料，走到沉香亭西边底座下。

少顷，纸钱很快燃起熊熊大火，一阵风吹来，几片灰烬旋转、旋转，飘向天空。我把辣面和饮料打开，洒在燃烧的纸钱上，只听身后“咔嚓”“咔嚓”拍照声，我叩首后拧回头，却是一个戴金丝眼镜的学生模样的人给我拍照呢！

这时，你走过来从这个小伙子手里接过照相机说：“谢谢你！”

“不用谢，这是举手之劳呀！”小伙子说完走了。

我走到你跟前，你歉意一笑：“对不起，我害怕呀！就叫那个男生给你照相。我要是知道这样害怕，我……”

突然，你语塞了，从自己的斜背的包里取出一块纸巾，轻轻地在我的眼睛上沾了沾，又抽出一张湿巾轻轻地在我的脸上擦拭了一遍。嗨，我竟然不知泪水已经流到脸颊上了！

倏然，整个兴庆公园像凝固似的，没有炎热，一切都变得那么虚无恍惚，游人个个都像机械的玩偶。

时间不知过了多久，你又拿出一片湿巾擦着我眼睛和我的脸，轻轻地拭着、拭着。突然，一个细微得几乎听不见的声音，叩着我的耳膜：“你不要难过，人死是不能复生的呀！作为活着的你，你不能让天上的她期望落空呀！韩大姐走了，还有我呢，韩大姐没有完成的任务，我代替她完成！”说罢，你捧起我的脸颊，粉红的嘴唇，慢慢地凑到我嘴唇上亲吻。

时间好快呀，两年过去了。你我相互心里很清楚，就是这个炙人的八月十二日，一个值得我永远纪念的日子，同样也值得你永远纪念的日子！这个八月十二日，你大踏步进入我的世界，并不停地向纵深走着，走着……

四

这时，公园里的落地喇叭里响起刀郎和云朵唱的《爱是你我》，把我从那个八月十二号里拽了出来。

“你听，这是谁唱的歌？”你的目光，在我脸上扫来扫去。

忽然，你提高声音：“怎么，你的神还没有回来呀？那好吧，我回学校去！”

这下我才彻底从往事的影子走了出来，急忙说：“对不起，对不起，你问广播里放的歌曲是谁唱的吧？是刀郎和云朵唱的《爱是你我》。”

“哼，我还以为你把这首歌忘记了。”你收敛笑容，神态凝重。

我笑了，“我想到两年前那个八月十二号，我们在这里出现的情景”。

沉吟片刻，你故作生气道：“我真后悔，那天就不应该承诺给你拍照片，在兴庆公园的沉香亭旁边我把心丢了，被你拿走了，我好后悔呀！”霎时，我们开怀的笑声，在这漫天飞雪的兴庆公园显得特别响亮，抖落了枝丫上的积雪。

猛然，你拉了一下我的胳臂，说：“今天，你不要再想那个她好吗？”

我凄然一笑，点了点头。

你抢了一步赶到我面前，又转过身，盯着我说："你要珍惜此时此刻的你我，我们应该高兴才是呀！"

我专注地盯着，点了点头，轻轻地拍了拍你羽绒服上、头上、肩头、围巾上的落雪。你翘首凝视着漫天雪花，颇有感慨地："瑞雪兆丰年，二人同入园，心心又相印，情歌亦缠绵。"

我惊喜地："哟，你一个理科研究生，怎么转专业了？"

"别废话，我们唱个歌好吧？"

没有等我回答你干脆地："就唱《爱是你我》吧，放开声音唱。"

"叫别人看见，笑话，俩神经病来了！"

你环指了一下周围，说："你给我找个人吧？"

可不是嘛，四下环顾，竟然没有发现一个游人。一个个灯杆上，挂着一对对大红灯笼，光秃秃的树丫上挂满拳头般的小红灯笼，大雪丝毫没有遮掩春节的气息，反而更显得红红火火，春节的喜庆气氛驱散了寒意。

这时，天色愈来愈暗，鹅毛大雪像迷雾充斥着公园。仿树根造型的落地广播依然播放着《爱是你我》，歌声夹杂着细微的沙沙落雪声，犹如一对情人窃窃私语呢。

你把绕在颈上的红毛线围巾松开两圈，清了一下喉咙，问："你先唱还是我先唱？"

我说："刀郎和云朵唱的时候，第一句是云朵唱，由'爱是你我'开始，你的声音和云朵的声音很相似。"忽然，我灵机一动，冒出一句："兴庆公园有个山寨版的刀郎和云朵！"

你咯咯笑着，说："你真有意思，山寨版的刀郎和云朵！"我扶着一棵树枝歪着头，看了你一眼，正好和你的目光相撞。你又笑了，说："你这一瞬间，这快活的笑眼，歪着脑袋，调皮的笑模样和我弟一模一样，咋样看都觉得你比我小。记得第一次在你办公室，总觉得你比我大了许多，同样一个人，两种场合，感觉反差竟然这么大，这是怎么回事呀？作家先生，恳求回答！"

我抿嘴一笑，盯着这双被爱的烈焰燃烧的大眼睛，颇为动容。

时间悄悄地流逝，流逝。暮色苍茫，点点鹅黄的华灯，散发着柔和的光芒。一对对大红灯笼醒目的红光，穿透迷茫，亲吻着人的眼睛。终于，你这激扬高亢的歌声响起：

爱是你我

用心交织的生活

爱是你和我
在患难之中不变的承诺
爱是你的手
把我的伤痛抚摸
爱是用我的心
倾听你的忧伤欢乐
……

凝重的暮色，一簇簇华灯淡黄的灯光，一双双醒目的大红灯笼的红光。漫天鹅毛大雪，像在舞会狂欢的少男少女，在飞舞，在旋转，搅得灯光时暗时明，反反复复。雪花一阵阵扑到我们的头上，身上，你我的歌声震撼着这个偌大的公园。

歌声中，头上、脸上的雪花，不断化成雨水，夹着汗水、泪水，漫过你我额头脸颊，流到下巴。我们反复唱着，仿佛心底久日积郁翻滚的爱的熔岩，今天终于找到喷泻口了……

你我身上每个细胞像沉浸在炽热的暖流之中，管你雪儿的冰，风儿的冷，管你汗水、雪水、泪水怎样流淌！

两个精神狂人，我行我素，肆无忌惮，一会儿男女独唱，一会儿合唱。这歌声，松涛声，不时抖落松针、树枝上的雪块……

歌声刚落，几乎是同时，我们张开双臂相互拥抱着对方。泪水像泉水涌出眼角，相互狂吻。我疯狂地一遍又一遍吻着你的额头、脸颊、耳根、脖颈。

珊珊，现在我还记得，那天晚上十点钟，工作人员清园的时候，我们才依依不舍离开了兴庆公园。

在回学校的路上，我们半拥半抱着向学校北门走着。你动情地说："楠，我有你这个心肝宝贝真幸福！真幸福啊！我长这么大从来没有像今天这样激动，兴奋，疯狂，简直像个疯子！"

我在你额头上重重地吻了一下，深有同感："是啊，我也一样，从来没有像今天这样激情奔放，这样疯狂啊！"

过了马路就到学校门口了。可是，你我却不约而同地停住了，相互对视良久，又是暴风骤雨式狂吻，拥抱！

五

快到学校门口，我想起一件事来，似乎全身在战栗，结结巴巴地说："我在金地大厦开了间双人床房间，我想，我想……"

路灯柔和的灯光中，你收住脚步，脸上笑容消失了。犀利的目光，扫了我一遍，最后锁定在我有点窘态的脸上。

“你说什么?”你厉声问，“你是在金地给我俩开了房间?”

我点了点头，垂下头。

“多少钱?”你问，“你的钱多吗?”

“一百二十元一晚。”

“你想干什么?”

“我，我……”我支吾着。

你推了我一把，眉毛一蹙，一双骇人的大眼睛上下打量着我。我忙避开你的目光，懊悔自己不该把开房这事说出来。可是又想，不说你怎么能知道我在宾馆开房的事？唉!

良久，你叹息了一声，说：“我没有想到你也是这样的男人呀！在我上研到广州时，你送给了我一个日记本，扉页上写着‘人生的一切价值莫过于自我价值，若失去自我价值，包括金钱在内的所谓价值将失去存在的意义’。这是你一种超凡脱俗的境界！我肃然起敬，我以你是我的人生楷模，可你也……”

顿时，我惊慌失措起来，忙解释道：“珊珊，你千万千万不要误会，我刚说的话，你不要放在心上，你就当我没有说呀!”

“话出口如泼出的水，好一个就当你没有说呀，你骗鬼!”

我急得眼泪又滚出眼角，大声说：“我绝不是像你此时此刻想象的那种不争气的龌龊男生呀，我要是像你想象的那样，就不会把你的皮箱送到同新妮宿舍去。再说，今天我们自见面后，我始终没有说呀!”

你冷笑了一下，说：“你前边没说，可是后边说和前边说有啥两样?”

我哀求着，你仍仰望着劈头盖脸的漫天大雪。许久，才喃喃自语：“大学生同居，最吃亏的是女生，有多少女生之前做了多少努力，付出多少辛苦却毁于一旦。同样，给男生也带来不幸！这种大学男女未婚同居，毁了多少年轻人啊!”

“那是他们傻，不懂生理知识，倒霉活该!”我冒了一句。

“你聪明呀，是不是?”你提高声音：“亏你还能说出这样的话来！我做梦都想不到啊!”

你满脸愠色，恶狠狠地打量着我。良久，耐着性子说：“王楠，我真不明白，你是故意装不懂呢，还是真的无知?”

我苦笑一笑，摇了摇头。心里明白就你这个个性，脾气，我要是再说下去，我们肯定会吵个没完没了！我咂了咂嘴唇，缄默了，茫然不知所措。

这时，我才意识到雪夜的寒冷了。

在这个时候，你给我讲了去年九月份你们研三开学，黄娟退学的事。

原来，黄娟好长时间没有上课了，你问辅导员何老师，何老师说："黄娟家里有事请了长假。"你不放心跑到导师刘杰办公室想问个究竟。

那天下大雨，整个校园成了人工湖。你淌着水，跑到导师刘杰的办公室。刘老师背对着门口，盯着窗外一条条线的屋檐水，吸烟。办公室弥漫着浓烈的烟草味。

你迟疑了一下走到刘老师身旁，轻声叫了三声"刘老师"他才转过头。刘老师严峻的神色，吓了你一跳，忙问："刘老师，你、你没有啥事吧？我看你脸色不好。"

刘老师苦笑了一下，专注地盯着你，突然站起来，挥舞双臂激动地，"李珊，我带的研究生你们宿舍三个女生和男生李新杰，我曾经给你说过什么，你记得吗？

"在我们四个人中，您认为我和黄娟天资最好，要求我俩一定要读博。"你回答。

"对，你说得很对！"刘老师慷慨激昂，"你两个年龄最小天分却最高，好好培养保准会成为国家级人才呀！可是黄娟她，她……"

"她怎么啦？"你心一下子提到口里，焦急地问。

刘老师喟然长叹："她怀孕四个月，她回男朋友陈小强在甘肃的老家生孩子去了。"

你急了问："黄娟好傻呀，怎么会这样？"

刘老师气愤地说："这都是大学周边那些黑了心的私人诊所闯的祸，他们为自己的利益，丧尽天良，坑害这些年轻还不懂事的学生！"

你还不明白刘老师说的具体情况，就问："这到底是怎么回事？"

原来，黄娟有两个月没来例假，本来想到学校医院检查，又怕万一是怀孕影响不好，就在那个私人诊所检查，检查结果是学习劳累，营养不够形成闭经。到怀孕第四个月才告诉黄娟说怀孕了。黄娟哭闹着要做人流，这个老医生却说黄娟身体太弱，必须要打七天的吊瓶补补身体。黄娟花了她和陈小强一万四千多元，那个老医生说还不行，还需要挂吊瓶。这时两人怀疑可能是骗钱！就跑到广州市一家大医院检查，结果是身体倒无大碍，如果做了强制人流，黄娟会终生不育。

至今，我还记得你说刘老师当时很激动，抓住你的右手摇着说："李珊，你可不能再叫老师伤心呀！"

听到这里，我的身子瑟瑟发抖。

雪夜，依然风雪交加，厚厚的积雪埋没了两人双脚，几乎成了雪人。

突然，你冲着夜空呼喊："你突然说在金地大厦开房，我心凉了，就像这雪夜，冰透了，没有一点热气。我感到恐惧，我真怕我成了第二个黄娟，是第二个叫导师伤心落泪的学生啊！”

我深有感触地说：“珊珊，我……”本来想说我才发现你是个事业心很强的人，又怕这句话惹你多心，引起你的伤心，你会说：“啊，原来你并不了解我！”

又是一阵沉默。昏黄的路灯下，马路上空无一人，偶尔，过来一辆轿车，给宽阔马路上的积雪，留下两条永远不能相交的平行车辙线。我也仰望着漫天飞雪，长长地吐了口气，强打精神说：“珊珊，我等你，就是三年、四年、五年、八年、十年我都等你！”

你脸上绽开令我心酸的微笑。沉吟良久，说：“在那个八月十二号，我在兴庆公园给你说过：‘韩大姐走了，还有我呢，韩大姐没有完成的任务，我代替完成！’只要你王楠是个争气的人，我说到做到！”

我百感交集，却又不知如何说才好。这时，凛冽的寒风，旋起一团雪雾，搅得天昏地暗，风过后，你一点点拂去我头上和肩头上的雪花，由你鼻孔喷出的热气暖着我冰冷的脸。

六

翌日，我睁开眼睛，顺手拿起床头柜上的手机。已是上午的十点过一刻了！我急忙起身穿好衣服下了床，刷牙、洗脸，然后点燃一支烟坐在沙发上，想着今天的安排。刚抽了几口烟，你就敲门了。你过来后，蓬乱的头发，一看就是没有在同新妮宿舍洗漱。

“嗨，甭提了！”你苦笑了一下说：“宿舍的三个同学都上课去了，我起来时候，打开四个保温瓶都没有水，拧开洗漱间面盆上的龙头，一点水都没有，我下到一楼问楼管阿姨，才知道昨天晚上通往公寓的自来水管道出了故障，半夜三点就停水了，就干脆到你这来了！”

你在我这里洗漱完毕，你才想起，手机还在同新妮床头柜上呢。我给你倒了一杯茶，放在茶几上说了句：“我把手机取回来。”就一溜烟地跑出门。到了六号女生公寓，我让值班员和我一起去同新妮宿舍，她打开门，我从床头柜拿起手机就走了。

你手机接连的短信提示声，引起我的注意。谁发短信？这么多呀！我好奇地放慢脚步，打开短信，原来是一个叫孙伟的给你发的短信。一个内容完整的短信，分了十二次发完。不读则可，一读如晴天霹雳。怅然若失的凄凉从头脑生出，顷刻间，延伸到全身每根神经的末梢。

我简直傻了眼！犹如当头给我了重重一棒！许久，懵了的头脑才理出点头绪来：在你面前，千万不能让你知道我看了孙伟发的短信啊！

……

正月初八早上，我还没有起床，你的电话把我从昏睡中吵醒，睁开惺忪的睡眼。手机铃声一阵接一阵，拿起手机见是你的电话，忙说：“对不起，我还没有起床呢！”

“今天是啥日子，你知道吗？”你问。

我心不在焉回答：“昨天是正月初七，今天应该是初八吧？”

你在电话里“噢”了一声，再不吱声了。良久，才问：“今年是公历的几号？”

我回答：“我这两天心里总是乱糟糟的，不是二月十二就是十三吧？”

立时，电话里，你厉声问：“我盼星星盼月亮，就是盼的你这样的混账吗？为了尽快在情人节赶回来，用我给大二学生兼职的三十六节课时费买了一张白云机场到咸阳机场的机票。可你咋能是这样呀？”

我不由顶了一句：“你心思太多了！”

“我心思多吗？”你哼哼笑了几声，很明显是冷笑。

我强辩道：“你回来这几天，我没有一次冒犯过你，可你却用这样的口气和我说话呀？”

你又冷笑几声，说：“作家先生，你也太小看人了！”

我不由问：“怎么小看你了？”

你好像从牙缝蹦出一个字一个字说：“你把我当傻瓜吧？”

我刚“我”字出口，你立即制止：“打住，你不要说了！”

你像打机关枪似的：“这几天，无论是吃饭还是在一起，你这种涣散的目光，心不在焉地说话，丢三落四。我问你心里是不是有啥事情，你却直言否定。可是凭着女人敏锐的第六感觉告诉我，你心里确实有什么不可告人的事情，只是不愿意给我说罢了。”

我争辩道：“确实，我一切都很正常，你再不要自寻烦恼了好吗？”

你立即发话：“今天是公历二月几号？”

“我，我……”我词穷了。唉，你话说到这个份上，就是傻瓜也会知道，今天肯定是二月十四号情人节！本想和你抢辩点理由，可是自己心里都没有底气，干脆来个沉默。

沉默，难熬的沉默。突然手机传来你的挂机声。我急忙给你打过去，回答的是“你拨打的电话正在通话中，请稍后再拨”。很明显，你不愿接电话。我再打时，手机立即传出：“你拨打的电话已关机。”完了，完了，看来你这回真的动气了！

我颓然地倒在床上，只觉心跳得特别厉害，气短，甚至窒息。不知过了多久，又给你打电话，依然是关机，我浑然不知所措，就给同新妮打电话，她告诉我，你早都离开宿舍了，不行，我得马上去找你！

我匆忙穿衣服，胡乱洗了把脸，没有刷牙就拿起手机向外走。突然，“通”的一声，你踢开门，横眉冷对，看到我这副落魄的样子，那一副怒气消失了，喘了一会儿气，走到我跟前，唉了一声，说：“是不是我回来的那个晚上，在兴庆公园把你冻感冒了，你身子难受？”说着，摸了一下我的额头：“还好你不烧。我看你脸色不好，以为你病了呢！”

倏然，我只觉得鼻孔发酸，眨着早已潮湿的眼睛，先是嘴唇动了动，没有说话。好久，用近乎哀求的声音问：“珊珊，今天是情人节，我们合一张影可以吗？”

你上齿咬着下唇，一言不发，盯着雪白的天花板，不停地眨着眼睛。我抓住你的肩头，你却一把推开我，依然眨着眼盯着天花板，我不知如何是好，竟然神经质地问：“我们是在谈恋爱吗？”话间刚落，“啪”地一巴掌打在我的左脸上，耳膜吱吱响，脸上火烧火燎地疼。你一双骇人的目光，像利剑直刺我的心！

我倒在床上，用被子蒙住头，伤心地哭了。我真想号啕大哭，可是我不能，不能，千万不能，这住的都是单身男女教工，让别人听见影响多坏呀！

不知过了多久，我困了，我累了，只觉得眼睛里的泪水干了，渐渐掀开被子，像一个泄了气的皮球软瘪在床上。

时间不知过了多久，我仰面躺在床上，脑子里依然是一片空白，呆痴的眼睛，死死盯着天花板。

“啪”地一团湿漉漉的热毛巾落在我的脸上，你“嘘”了一声，小声说：“你把脸擦一擦，我们照相去吧！”

我们进了照相馆，俩人站在大镜子前，呀，我们俩都大吃一惊！你一双大眼睛有一暗圈，眼睛深陷下去了；我呢，蓬乱的头发，一对忧伤的眼睛，一脸憔悴，像害了一场大病！

你梳了梳头发，使劲眨了眨眼，又把梳子甩到我面前的台板上。我拿起梳子，这才一下一下梳着自己的头发。

照相的是个二十四五岁的小伙子，一边倒黄头发，穿紧身的牛仔布夹克，热情地把我俩让进摄影棚。硕大的背景画面：蓝天、乱云飞渡，下面是碧波荡漾的大海，左侧近景向中间倾斜的是一棵孤零零的椰子树。你和我站在中间，黄头发拿起照相机喊：

“你俩人中间留那么大空隙干啥？靠近一点，靠近一点！”

你没有动，我本能地向你靠拢了一下，感觉我衣袖挨着你的袖子了。

黄头发又喊：“再靠近一点，我说一二三，你们就喊茄子！”他又举起相机调试，喊：“一——二——三！”

一道闪光，特别刺眼。

小伙子看着相机后面的画面，摇了摇头，说：“照得很不理想，你们能挑今天这个日子照相，说明你们很恩爱，可你们却像吵架了一样，个个神色都不好，一定要重拍。大姐大哥呀，中国有句古语，一日夫妻百日恩，百日夫妻似海深！”

你眉毛一蹙，狠狠地说：“你个小屁孩，我们要的是你照相，不是听你讲大道理来了，你没资格给我们讲这些！”

黄头发咧了一下嘴，像吃了个酸杏似的，沉默片刻，小心翼翼地问：“我再麻烦问你们一声，要几寸的？”

“要八寸，洗两张！”我回答。

七

两张八寸半身照片洗出来了，左边的你紧蹙眉头，冷峻的目光，一脸凝重，令人感到压抑；右边的我，紧锁眉毛近乎拧成一个疙瘩，忧伤困怠的神色，就像十天十夜没有睡觉一样。照片上的你，正襟危坐显出不可侵犯的架势，而我像患了维生素D缺乏症般佝偻着身子。更令人悲哀的是背景画面大海边的那棵椰子树，竟然把你我上身分开了，怪不得黄头发要给我们重拍一张。

教单楼宿舍窗外，风雪交加。宿舍里没有暖气了，我盯着照片，一股凉意从脚底真往上蹿，凉透了，仿佛全身的肌肉也随之萎缩……

嗨，与其照这样的照片，还不如不照！

当你接过照片的时候，双眉一扬，为之一震。继而，上齿咬着下唇，死死地盯着照片，许久，两个像凝固的蜡像，伫立在房子中央。相互嘴唇动了动，却没有说出话来。是的，说什么话好呢？中午吃饭的时候，两个各一小碗鸡汤刀削面。几乎是同时，只吃了多半碗饭，就停下来。你说：“我不想吃了。”我也说：“唉，我还没有尝出啥味道。”

俩人不约而同出了饭馆，沿着咸宁路漫无目的地走着。雪停了，凛冽的朔风摇撼着树枝、电线，发出阵阵呜咽。人行道上的雪沫，不时落在俩人的头上脖颈上。你在前面，走得很快，始终和我保持着两三米的距离。除了风声就是偶尔驶过的一辆公交车，车后依然是两条永远不能相交的黑色的平行线。

唉！我不由深深地叹息了一声，也许你听到了叹息声吧？你站住了，转过头，我快步走到了你的身旁，呀，你的眼睑有着暗圈，很明显这是没有休息好。

嘴唇动了动，没有吱声，说什么呢？安慰还是质疑？浑身软绵绵的，没有力气，也没有勇气。

突然，你厉声质问："王楠，你来到这个世界比我早十二年，尤其你还是一个优秀的文科生，总认为你对爱情的理解比我们这些理科生懂得多呀，可你为什么平白无故这样折磨我呀？"

我缄默了，垂下头。

"你说话呀，"你急了，"你今天说不明白，就别走！"

你使劲拉了一下我的衣袖，我的身子摆动了一下，仍然没有出声。难道我能说，我偷看了孙伟给你的短信，我吃醋了？你和我都是受过高等教育的人，要是这样说话岂不是显得我太没有修养了？

"怎么还不愿意回答我？"你的胸部起伏，喘了一会儿气，说："我回来已经五天了，原计划正月十六走，现在决定明天走！"

我嗫嚅了，"我不是已经给你预定了机票吗？你不能叫我白忙活一场吧。"

你冷笑了一下，说："我虽然是一个穷学生，但是还你一千多的机票钱还是可以的。"

嗨，这正应了那句"话不投机半句多"！你也是一个中山大学的研究生，怎么能说出这样伤人心的话？

顿时，我只觉得血液涌上面部，第一次感受到灵魂被亵渎的滋味。积郁在心里的话终于爆发了："你和孙伟的关系，你以为我不知道吗？"

"啊，原来是这样啊！"你惊愕地张了一下嘴巴，继而脸红了。良久，才结结巴巴说，"你，你，你看了孙伟给我发的短信了？"

"若要人不知除非己莫为！"我有点得意，又有些心痛，冷笑着盯着你。

忽然，你发出一阵令人毛骨悚然的冷笑，用凶狠的目光盯着我，厉声问："你如果没有得健忘症就应该记得我们第一次在这咸宁路散步的时候，我给你讲的那些故事吧？"

我怎么能不记得那个难忘的夏日！那是你和我商量决定考研的时候，因为在你考研的问题上，你妈抱着反对的态度，她认为你能上这个全省大学排名第一的理科大学，作为一个女孩已经很了不起了。你问我怎么办？我的回答很简单，也很坚决："五四运动就喊解放妇女，妇女解放，社会因素是一个重要的方面，但不是它的全部，它的核心还是妇女自身的文化素质的提高和自身能力的提高，这样才能孕育出一个自强、自尊、自立、自爱的独立自由的人啊！"

当时，你对我的这种观点颇感兴趣，把我大大地夸赞了一番。也就是这天，你给我讲了宋庆龄和孙文的故事、宋美龄和蒋中正的爱情故事、梁实秋和韩菁清的爱情故事，还有鲁迅与许广平的故事，我听得好感动啊！

“怎么不吱声了?”

你的问话把我从那个夏日的往事拽了出来，我不由喟然长叹。

“你不回答也行，只要你姓王的是一个真正意义的君子、男人，在你老了的时候你就会懂我的，不信走着瞧！”

本来，想说自己怎么能不记得呢？可是，心里却没有勇气说出来。

少顷，你哼了一声，发话了，“现在，我才明白你这几天的反常了，你一定是偷看了孙伟发的短信了，不然你不会判若两人。”

就是这天，我才知道孙伟从大一开始一直追你，你只是很委婉地拒绝了。可是，并没有坚决拒绝呀！对你这点，我很不以为然！当时，你和我吵起来：“你也是学过哲学、心理学、逻辑学的人，按理你不会犯这样低级的错误，可你这样的心胸叫我瞧不起你！”

听到这里，我不由嘟囔道：“你既然心里没有孙伟为什么他发这些过激的短信，你不但没有反对，反而一直保存在手机里?”

你脸上露出轻蔑微笑，郑重地说：“手机在孙伟手里，他发什么内容，我能管住吗?其二，我从来没有给孙伟说过，韩大姐走了，还有我呢，韩大姐没有完成的任务，我代替她完成！作为一个女生给你把话能说到这个份上，不知道在脑子里转了多少遍，你不知道我鼓了多大的劲，应该是肺腑之言吧！”

“我，我，我……”我变得口吃起来了，半天才骂了自己一句：“我混蛋，我混蛋！”

你依然反复打量着我，我恨不得打个地缝钻进去。你说得好，按理我不会犯这样低级的错误，可我还是犯了！

俩人面对面站在雪地上，雪花随风飘扬，落在你我的头上脖子上。我本能地走近你的身旁，伸手要拂去你头上的雪花，你却忙后退了几步，大声说：“你不要这样，你这几天的表现，我还真的伤心了！原以为你是一个很单纯的人，可谁知道你竟然是一个小肚鸡肠的人，跟你这种人在一起生活一辈子，中途还不知道会生出什么事来，我害怕了！”

我急了，歇斯底里般喊：“珊珊，我错了，我错了，我给你承认错误！”

你还是紧抿着嘴唇，一脸冷峻的神色，末了，斩钉截铁地说：“你知道，我非常喜欢计算机专业，因为它对我国的现代科学技术而言，有着广阔的开发前景，这也正是我今生的奋斗目标和自我价值的彰显。从我们认识开始，你不是也说过，人生一切价值莫过于实现自我价值吗?”

此刻，我觉得心在一点点下沉，无法面对你了！

又是一阵沉默！最后，还是你打破这种冷场：“王楠，你也不要产生误解，你在那样艰难的环境中脱颖而出，我敬佩你，你是我学习的榜样！那年八月十二号，你在兴庆公园悼念韩大姐，我给你说，韩大姐没有完成的任务，我代替她完成！我说话算数，那天晚上的梦里，我获得了诺贝尔奖，你获得了茅盾文学奖呢！”

这时，我再也控制不住自己，热泪夺眶而出，张开双臂把你搂在怀里，大声疾呼：“珊珊，你是我心中的太阳，你是我心中的月亮，任凭尘世何等变化，我依然在你的身旁。”

你笑了，笑得那样灿烂，刚说了一句“我爱你，宝贝！我，我……”便哽咽了，搂着我的脖颈，俩人拥抱在一起。

八

连日风雪终于停了，天空一蓝如洗，太阳也露出亲切而灿烂的笑脸。你和我又来到兴庆公园，公园游人熙熙攘攘。我俩来到湖边的健身器材区，在并排的“太空漫步”上尽情地前后晃荡着身子，你提出，同时开始，活动一百下，由你数数，可是当你数到五十的时候，我的脚步却越来越慢，最后竟然停住脚步，涣散的目光四下环顾，眼睛最后锁定在远处的湖面上。

湖面，倒映着天光云影，没有波澜，也没有涟漪……

奇怪了，我疑问：今天怎么没有你回来那天下午那种激情，那种炙热，更没有那种疯狂啊！

“怎么停下来了？”

你的声音中断了我的遐想，我不由偷偷瞥了你一眼，你依然兴致勃勃，一脸幸福。可是当两双目光碰撞在一起的时候，你脸上的笑颜消失了，停下脚步，正色道：“你怎么脸色这么不好？”

我急忙掩饰：“没有呀，我好着呢！”

你笑了，说：“没有就好，重来，两个各一百下。”

你又双手抓着扶手，双腿飞快地前后荡起来。

我随即前后晃荡起来了，晃动着，眼睛却盯着平静的湖面，湖面有一个员工划着小船，不停地打捞着湖面上偶然出现的漂浮物，这场景又勾起我的回忆，孙伟给你的短信在我的脑海里浮现：

> 珊珊，自从跨进我们本科的母校大门，我认识的第一位女生就是你!!! 那时，你没有现在这么高吧，现在你大概快一米六五的样子，那时，你不超过一米六，我肯定！别的女生身边总是不时有帅哥陪伴，可

你呢？总是那一身淡绿色女西装，背着个大书包，孑然一身，形单影只，匆匆行走在校园。我原以为你是个贫困生，几乎很少见你换衣，即使换也春秋一套，夏季一套，冬季一套。后来，听我们的辅导员陈贵霞老师说，你爸还是个包工头，每年挣十几万元呢。

那次，你给我辅导英语，我很佩服你惊人的天赋，我们是同级同班，你却当了我的老师！记得那年国庆节也是你的生日，在学校商业街我请你这个小老师吃饺子，问你："小老师你家是富翁呀，你家里舍不得给你穿！"你说，这怪你妈，你爸很舍得给你花钱，可是过不了你妈这一关。你妈总说俭养德，为这事，你爸和你妈没有少吵过架。你爸说："珊珊大了，女孩家不受贫。"你妈却说："人生穷不过三代，富不过三代，这话是有道理的。你爸没有上高中就是一个穷字害了。"

你妈说："为啥说富不过三代？就是有钱了，放弃了奋斗的精神，有钱了惯孩子，娇惯的孩子长大会产生惰性，人精就开始走下坡路了。"你妈当着你和你爸的面下命令：女子上学营养上一定要给上，穿衣凑合就行了。"她特别警告你："你就当你是个贫困生，如果不好好学习早早找个有钱的男人嫁出去，那你将来就完了！"亲爱的，你没有辜负你妈的期望啊！

你是我心目中的爱神！我爱你！我爸一心要我出国学习，可是我的英语水平太差。你知道吗？我们的同学都说，"李珊对别的同学总是不冷不热，对你孙伟热情倍加！"

珊珊呀，你不知道，听到这话，我是多么地高兴啊！

在你上研的时候，我在美国的斯坦福大学上学，这里几乎每天说的都是英语，我流利的英语受到国内同去的留学生的赞赏。每当这时，我恨不得一下子飞到你的身边。珊珊，除了学习外，剩下来的时间就是想你，想你！还是想你！！！我真想放弃留学回去，哪怕我跟你回你老家农村种地我都愿意！只要你我能长相厮守，我心甘情愿！

可是，我一想，我真的那样，你会抛弃我的！因为我是个没有出息的家伙，你会伤心的。

我心中的爱神，你知道我学的软件开发专业，你是计算机专业，搞软件人谁能离开计算机呀？把计算机比作土地，软件就是土地上茁壮成长的树苗，没有土地，树苗焉能活？

在我孙伟的世界里，你是天空太阳，你是夜晚月亮，陪伴着我，我们走向辉煌！！！

珊珊，来吧，你知道我心灵家园里，唯一的女孩就是你李珊啊！你知道吗？你知道吗？你知道吗?！

珊珊啊，没有你，我会坠入黑暗深渊，我的事业需要你，我生命更离不开你啊！宝贝，你是一个事业心很强的女孩。就我所知，你的中文水平也不差，可你却偏偏选了计算机应用专业。只有我才能给你搭建一个最佳发展平台。使你生命的价值，发挥到极致呀！

恕我直言，其他人对你再好，有这个心，却没有这个力啊！

瞬间，孙伟这一句“恕我直言，其他人对你再好，有这个心，却没有这个力啊！”像影视剧的延时混响音，我脑海里又渐渐浮出你清晰的声音：“你知道，我非常喜欢计算机专业，因为它对我国的现代科学技术而言，有着广阔的开发前景，这也正是我今生的奋斗目标和自我价值的彰显。从我们认识开始，你不是也说过，人生一切价值莫过于自我价值吗?”

你这清丽的声音，愈来愈响，盖过一切音响！

九

“作家先生，又怎么像冻在那儿一样不动了?”

背后，传来你温柔的声音，瞬间把我从激烈痛苦的遐想里推了出来！我头脑一阵昏眩，不由眼睛一闭，摇摇欲坠，你却从后面抱住我的腰。站稳身子，转过来盯着你困惑的眼睛，强颜一笑，“我没有事呀，你放心吧。”

你上下打量着我，最后目光锁定在我的脸上，问：“你心里有啥话就说，不要难为你，也不要折磨我呀。”

“我，我，我……”我语塞了，艰难地张了张嘴，没有说出一句话。

你瞟了我一眼，脸色不悦，沉吟片刻，才嗔怪地说：“你和我往来这么长时间，你不知道我的脾气？喜欢快刀斩乱麻，不喜欢你这种丝丝蔓蔓的，难为自己又难为别人，你心里有什么就说什么，无论在短信还是QQ聊，你说过多少次，我是你的唯一！中文是你强项，我是理科生不懂中文，你给我解释一下什么叫唯一?”

我觉得脸上火辣辣的，急忙避开你这挑衅的目光，垂下头。

“怎么回答不上来呀?”你提高声音，“你不说，让我这个不懂中文的人来给你解释吧！”此刻，我像一个做错事的小学生，直直地站着，双臂垂直，低头听任你的训示：“唯一，就是在大千世界的茫茫人海中，对你而言，像我这样把身心给了你的人，只有我李珊一个！人类的语言和文字是用来相互交流的，可是有些语言文字尽管存在，交流还得看对象，搞错对象，乱放一通，不是你品质有问题，就是脑子有病了。可是在我这里就不存在这些问题，你可以毫无顾忌地畅所欲言，因为我是你的唯一。”

听到这里，我慢慢抬起头，瞅了你一眼，你激动得脸上飞起一抹红霞，更增添了几分妩媚。

我脑子乱如麻理不顺斩不断，像脱缰马纵横驰骋，像暴风骤雨……

“把眼睛擦一下！”你的声音轻轻叩着我的耳膜，一只女人的小手拿着一片面巾纸轻轻地擦去我脸上的泪水。你又把我从苦苦的遐思里猛推出来了，只见你一脸疑虑，瞋目而视，“你还在为孙伟的短信纠结，你还在自寻烦恼，你知道孙伟为什么用短信发那些话？”

我摇了摇头，长叹息一声。

“现在大家都用QQ了，我的QQ好友里包括你在内有男女同学二十三个人，就没有孙伟，所以他才用短信给我发那些话。你难道还要我把我对你的好，一桩桩一件件都给你重复一遍吗？”

这时，我脑子不由冒出一句话：“彼此对对方都不错！”事后，我真的意识到自己这句话很不合时宜呀！

你立即反驳道：“我不像有的人脑子一热把别人对自己的好忘记了，你对我的好我都记在心里。”

接着，你口若悬河把你那次晚上零点在街道遇见三个小流氓纠缠，幸亏我及时赶到解救你的事；还有那个周日晚上，突然天下暴雨，我打车赶到火车站给你送伞的事；那次我从聂阿宁那里得知你胃溃疡病犯了，在高新医院住院，我偷偷给你交了住院费等等的大小事，讲得那么详细，我都忘记了，你却连时间都记得那么准。最后，竟然激动得声音有点发抖：“我和孙伟是高中同学，比我大两岁，长得很帅气，他爸是工商银行行长，他妈是工商局局长，家里很有钱，本人学习很优秀。可是有钱子弟的那种浮躁张扬，我一点都看不惯！”

噢，原来是这么回事！我点了点头，默认了。但是我还是说了有悖于你的思想的话：“可是人家孙伟对你那么痴情，你没有看出来？”

“我要是连这点看不出来，我就太笨了！”你哼了一声，“他不懂！”

我不由眉毛一扬，不解的目光落在你的脸上，不由问：“他不懂什么？”

“他不懂什么叫真正的爱情！”

我苦笑了一下，摇摇头。你接着说：“在大学里，无论从生理还是心理正是人进入青春旺盛期，大家都喊什么爱呀情的，无非是两个异性情窦初开的痴语罢了，一旦进入社会，所谓的‘爱情’经不起诱惑，顷刻土崩瓦解了！这就是大学谈恋爱成功率很低的原因。”

我也深有同感！却故意问：“那你说什么是真正的爱情？”

你瞟了我一眼，说：“你不是很崇拜苏联作家高尔基一句名言‘文学就是人学’嘛，这个问题应该由你来回答了，我不说了。”

我清了一下嗓子，“真正的爱情不一定都是甜言蜜语，真正的爱情就是心甘情愿为自己深深爱的人付出！”

你拍了一下手，高兴地喊了一声：“好，我李珊还是认准人了！”

我却垂下头了，心里琢磨着怎样开口给你提出我们分手。

这天下午，夕阳西下染红大地的时候，我们才离开兴庆公园。这天晚上吃过饭，当我提出分手，我原以为你会又哭又闹。可是你没有这样，你凄然一笑，只淡淡地问我为什么要分手？我回答你，我感觉自己很累，很累啊！你仰望着星空，良久才说：“对不起，五年来让你跟我受累了！实在对不起你！再见吧，王楠，没有你，我真的不知道我这五年怎么过来呀！”

你伸出右手依然笑吟吟地说：“王楠，来吧，看在我五年为你付出的面子上，伸出你这只右手，让我们最后再握一次手吧！”

我连忙抓住你双手摇着，摇着，嘶喊着：“珊珊，你永远都在我的心里，我永远都爱你！”

你摆了摆手：“你说这样的话有什么意义？”

你仍笑着盯着，显得很平静，用力甩掉我的双手，转过身消失在远方。

珊珊，那天当我得知你和孙伟在美国结婚了，我是百感交集呀！我喝了很多酒，可是我脑子里本能地又想到，你我在兴庆公园那个疯狂唱着《爱是你我》的情景，我踉踉跄跄来到兴庆公园，沿着那个大雪天我们走的路线，像个疯子又唱起《爱是你我》，尽管遭到游人怪异的目光，嘲笑，我依然如故：

爱是你我
用心交织的生活
爱是你我
在患难之中不变的承诺
爱是你的手
把我的伤痛抚摸
爱是用我的心
倾听你的忧伤欢乐
……

幽 灵

一

大学礼堂里正在举行2016年艺术节颁奖大会。在滚动播放的《运动员进行曲》中，一个个获奖者捧起奖杯或者奖牌。照相机闪光后，一张张洋溢着成功者的笑容，一个个矫健的步伐走下舞台。

主持人握着无线话筒："摄影作品一等奖《纯情》的作者格兰上台领奖！"环视台下，提高声音："摄影作品一等奖《纯情》的作者格兰上台领奖，大家欢迎！"伴着轻悠的乐曲声，主持人又重复了一遍。王校长举着奖杯，四下环顾。末了，也响亮地喊："请格教授上台领奖呀！"礼堂里，依然是轻轻的进行曲。主持人大声喊："格兰教授上台领奖！"

这时，一个五六十岁的男人走上讲台。他没有急于从王校长手中接过奖杯，整了整褪色的黑西装，正了正白衬衣的红领带，理了理后拢的稀疏的头发，清瘦的脸庞，愈显额头宽大凸出。这张有点苍白的脸上，没有一丝笑容，而是一脸凝重肃穆的神色。然后，从王校长手里接过奖杯。王校长呵呵一笑，说："格教授，不算我请你，主持人请你三次呀！你看哪个领奖的人都不是笑容满面？你……"

格兰凄然一笑，说："谢谢校长！我太激动了啊。"

照相的校报记者魏老师举着相机："格老师，你把奖杯举起来，我给你拍一张。"

"这样抱着奖杯照相就行了。"格兰淡淡笑了一下，依然紧紧抱着奖杯。

取景镜头的画面里，格兰的眼睛里闪着晶莹的泪花。庄严肃穆的神情，一双深陷的大眼睛，竟然溢出亮晶晶的泪珠。

一道闪光，镜头取景框画面留下一张特写镜头。这双深陷的大眼睛里，显出伤感、梦幻般的神色。

二

格兰是教文学概论的，虽然不懂摄影，出门却总是挎个数码照相机。不懂的地方，请教魏老师，所以拍出来的作品还算像模像样。2016 年艺术节征集作品，就选了一张樱花照片，竟然一鸣惊人！

这天，格兰给北院校区讲完课在校园溜达，发现教学楼外面的空地中央有一棵盛开的日本樱花树。馥郁的花香，沁入心脾，令人精神为之一振。在一朵白色花的花心，一只蜜蜂正在忙碌采花粉。格兰急忙取下照相机仰拍了一张照片：黑色的枝干，纵横交错，一朵朵雪白的花朵，是那么的素净而圣洁。枝干上，点缀着一个个绿色的芽，给人们报告春天的信息。在花枝的空隙间，蔚蓝的天空，天光云影，尽收眼底。蜜蜂啊，你是春天的使者，你用自己的辛勤，给人类酿造着甜蜜的事业啊！

樱花树下，格兰激动地不能自持，目光又投向蓝天。碧蓝天空，莺歌燕舞，一朵白云悠然飘逸，向远方飘逸……云儿呀，请你慢慢飘，带上我，带上我吧！我要到天国看望我春天的使者、我的酿蜜者——韩蜜。

大四毕业后参加公务员考试，格兰以超出面试分数五十分的成绩，获得面试资格。可没想到的是，格兰面试没有通过，被淘汰了。而和他是高三同桌的唐娜却一举成功，成了县委组织部的一名科员。唐娜的父亲是主管文教和人事的副县长。当年高考，她进入一个民办大学，上了个三本，专业是文秘。格兰上了这个部属文科大学，汉语言文学专业，可他的爸爸是一个农村建筑大工。两家大人差距，天地之别。

然而，这种社会地位和经济的巨大差别，并没有影响唐娜对格兰的爱慕。有时两人去吃饭，基本上是格兰吃饭，她买单。久而久之，格兰那种对唐娜生活的奢侈反感也就淡化了。一次，在家里吃饭的时候，格兰谈到唐娜对自己特别好，妈妈高兴地说："将来你大学毕业了，人家唐娜要是看上你，多好呀，你们订婚一定不会问咱要那么多的彩礼吧？"

在一旁吃饭的爸爸冷笑了一声："你是癞蛤蟆想吃天鹅蛋了，甭想美事了。唐娜她爸是干啥的，是县太爷！我是个闹啥的呀，我是个黑脊背农民。"

妈妈叹息了一声，说："人家娃她爸是当官的，给咱娃能有个扶帮，现在社会办个事情都要有熟人，你认得谁？你就认得沙灰砖头，认得那个'二把刀'垒墙跑线了。"

对妈妈的观点，格兰也不苟同，反驳道："妈，您的这个说法，我不赞同！对于一个在校的学生来说，知识改变命运，这才是一条真理啊！我铁蛋哥头一年考上师范大学，考虑我姑父供不起，第二年报考军校，最后成了国防科技大学的博士后，军校也要，部队也要呀！他现在武汉军校待遇多好啊，现在有的人给大学毕业的孩子找工作，为了一份好工作，甚至花几十万块钱，可是我铁蛋哥的工作，我姑父一根烟也没有摊呀！”

妈妈闭口无言了，爸爸在旁边却乐呵呵地说：“把你批倒了吧？”

良久，妈妈还是不甘心，小心翼翼地问：“娃，你太年轻，不懂事呀，咱这里娶个媳妇得十万多块钱，你爸在建筑队干活供你和你两个兄弟上学都是紧巴巴的，哪有钱给你三个公犊犊定媳妇呀？”说罢，竟然撩起衣襟擦眼睛。

妈妈的情绪感染了爸爸，他也随之叹息了一声：“你妈，你说得有点道理，现在社会都是权力和金钱的世事呀。所以，我就是把肠子挣断，也要把我三个娃大学供出来！不然，三个媳妇得三十多万块钱，还不算盖房子。”

屋里，沉寂了。格兰本来还想给大人说点宽心话，这种沉重的气氛，堵得人说不出来话。我把这一切刻在心头上！格兰在心里发誓：不改变自己家这种命运，我格兰誓不罢休！

“嗨，咱村东头老韩的大女子韩蜜和你不是一级吗？”爸爸带着笑模样的声音，打断了格兰的心绪。他和妈妈不约而同盯着爸爸这张古铜色的四方脸。妈妈的神色，变得开朗了，点了一下头，说：“韩蜜这个女子确实不错呀，不过她家比咱家强是从席底强到席上，强不了多少呀，我估计彩礼钱口能开的大些呀。”

爸爸苦笑了一下，摇了摇头，“嗨，人都说，男人肚里行个船，女人肚里装个钱，你才真正是这样呀，过来过去，就是钱钱钱！”

妈妈狠狠瞪了爸爸一眼，不服气地说：“你们男人就是说大话差不多，你不爱钱，把日头从东山背到西山，把自己晒成腊汁肉，为的啥？还不是为了钱吗？”爸爸噘起嘴巴，不吱声了。妈妈得意地一笑：“我说的有道理吧？”接着，又把话题转向韩蜜，催着爸爸有时间去韩家探探人家的口气，看看儿子和韩蜜的终身大事有门没有？

三

韩蜜比格兰大半岁，她和唐娜性格截然不同。唐娜活泼开朗，能歌善舞，那一头金色的大波浪披肩秀发，柳眉大眼，瓜子形脸庞，经过化妆品的粉饰，脖颈上的金项链，再配上一身不断更新的时尚服饰，愈显得阳光靓丽。可是韩蜜却不同，总是一身干净的衣服，一头齐耳短发，白皙的圆脸，显得文静优雅。长长的睫毛，晶亮的眸子流溢着青春的活力。她的数学特别好，她严谨的逻辑思维，令格兰十分敬佩！她和格兰是同一年大学毕业的本科生。韩蜜很喜欢文学，擅长写散文。不过，在高三分科的时候，韩蜜报的却是理科班，最后上了矿业大学。她心里很清楚，这类大学毕业，工作辛苦，工资却比文科专业工资高。

虽然，两个人不是同一个大学，却是同城。韩蜜的学校离大雁塔很近。在开学的第一个周末，两个人来到这里。在十八岁的格兰的记忆里，最叫他开心的日子有两个，一个就是拿到大学录取通知书那天，一个就是第一次和韩蜜来大雁塔玩的这一天呀！

早上七点半，两个人就到了大雁塔东边的广场。格兰是不苟言笑的人，今天却一反常态，说话如打机关枪嘟嘟不停。见到韩蜜，格兰第一次大胆地握着她的手。她的神气就像哥伦布发现新大陆一样惊奇，说："哎呀，太奇怪了，从在小学一年级上学开始，我们就认识，在我的印象中你是踢一脚都不吱声的人，今天却像变了另外一个人似的。"

"是吗?"格兰笑了，"从认识你那天起，从来没有见过你脸上像今天这样笑容满面，眉宇间都是幸福快乐的神色，这双乌亮的大眼睛，满是青春的流光溢彩啊!"

韩蜜咯咯笑着大声说："好了好了，我的诗人呀，你再不要作诗了。"停顿了片刻，又像审视一个陌生人似的："我们在一个学校的时候，我有时候甚至觉得你像个不食人间烟火的冷血动物一样，整天除了书还是书。今天我才发现你还有热血沸腾、激情飞扬的一面呢。"

"我还是头一次听到你这样爽朗的欢笑声呢，你不是也像换了一个人一样呀?"说着，格兰自己先笑了。

暮色苍茫，夜幕下的都市蜕变为灯光的海洋。格兰和韩蜜相依相偎，悠然漫步在马路的道沿上。格兰特别兴奋！从记事那天起，他那个家几乎没有笑声。妈妈蹙眉苦脸的神色，爸爸整天板着脸，给人一种很压抑的沉重感。爸爸除了白天给建筑工地干活外，晚上还在家里加班给工地做门窗。

入夜。电锯、电刨子的呲呲啦啦声，特别刺耳。每当夜晚，这刺耳声如雷贯耳，不由为之一悸。持续不断的斧子声，不像砍在木头上，倒像剁着格兰的心呀！回首往事，历历在目，不由得让人感慨！想起这个家全部由老爸一人支撑着，一种歉疚的隐痛，顿时在格兰心里油然而生，他恨不得马上就辍学挣钱去。

俩人走着，说着，格兰深有体会地说："好多家庭环境不好的同学，上了大学却干出惊人的事业来，而那些家庭条件优越的同学不一定能赶上他们呀，从这里悟出一条真理呢。"

"什么真理呀?"韩蜜挺直身子站在格兰的对面，饶有兴趣地问。

"奇迹是在厄运中诞生。"

远处，报话大楼顶端的报时大钟，传来清丽而柔美的乐曲《月光曲》，沁人心脾。片刻，报时声，喤，喤，喤，喤……响了十二响。

“妈呀，十二点了！学生公寓晚上十一点准时关门呀，在新生开学典礼大会上，主管学生工作的副书记就把学生在校外居住一事，讲得非常严重。还让学生公寓值班室把学生每天的居住情况，输入学生个人数据库，作为综合考评的辅助参考资料呢。”

韩蜜惊恐的叫声，把两个人从炽热的情感世界里拽出来了。天呀！这时格兰才发现，喧嚣的都市变得清静了许多。宽阔的马路，出租车不时出现，偶尔才有一辆通宵公交车通过。唉，这可怎么办呀？韩蜜面临着这个问题，你格兰不是也面临着这个问题吗？

格兰在韩蜜的眼前，如热锅上的蚂蚁团团转，不时焦急地搓着手。

“你在我眼前晃来晃去，我都晕了，你快拿个主意吧！”韩蜜几乎拖着哭腔说：“大一刚刚开学，闹了个这事情。报话大楼那个大钟表每隔一个小时报一回时间呀，我不信你听不着？”

格兰扑哧笑出声：“我倒要问你，你耳朵也不背呀，我就不相信你听不到那么洪亮的报时声呀？”

韩蜜张了张嘴，哑口无言。少许，苦笑着摇了摇头，说：“嗨，这真正应了那一句，再聪明的人，在喜欢的人面前智商就变得低下了呀，一对傻子！”

俩人几乎同时笑起来，几乎同时伸出双臂抱住对方。末了，韩蜜附在格兰的耳朵说：“宝贝，你回学校路远，没有公交车可以打出租回学校，可怎么才能找到一个合理的理由叫开公寓大门呀？咱俩都成了瓜子了！”

俩人欢畅的笑声，在这渐渐变得宁静的都市夜晚，传得很远，很远。蓦然，格兰附在韩蜜的耳畔，叽咕着。她把格兰推了一把，惊恐地：“亏你想得出这馊主意！”

可是不听格兰这个馊主意，什么又是好主意？韩蜜叹息了一声，跟着格兰向着远处的青春旅社走去。

四

清晨，不到六点，格兰和韩蜜就起来了。格兰不无歉意地说：“昨天晚上我要求我俩人只准脱外套衣服，只准谈未来的规划，不准谈性的话题。”

格兰笑眯眯地打量着韩蜜：“你的‘约法三章’对男生来说太严厉了！”

“是啊，我理解男生的心，觉得确实有点苛刻，可是没有办法呀！”

“你做得很对，因为，你的企盼就是我们要做一个真正意义的人！”

格兰响亮的声音打动了韩蜜，她深有同感地说："矿大有个师姐说，她宿舍有个女生还是个贫困生，和男生在一起怀孕了，要到医院做人流，需要八千块钱，没有钱，舍友让她找那个男生，她却说，男生已经联系不上了。"

格兰叹息着，末了，问："最后怎么样了？"

韩蜜没有笑，神情严肃："最后因挂科太多，被学校劝退学了！"

"活该！"格兰气愤地说："这样的结果是社会的悲哀，也是家庭的伤痛和个人的悲剧啊！父母在家还以为我娃上大学，大人再苦再累也值得，岂不知娃在大学里竟是这样呀，大人知道这种事不气死才怪了！"

"这就是你刚才说我们要做一个真正意义的人！"韩蜜盯着格兰气愤得有点发红的脸颊。沉吟片刻，说："生人家的气干吗？"

格兰颇有感慨："大千世界啥事都有！"

韩蜜点了点头："是啊，从别人那里吸取教训，调整自我才对，走正、走稳自己路。"

"好哇！"韩蜜拍了一下巴掌，"昨天晚上，忘记给你说一件事呢！"

韩蜜把头伸向格兰这边："你不是多次问我，为什么我喜欢文学却报了矿业吗？"

格兰这才紧紧抿着嘴唇，聆听着：

原来是俩人上高一那年，格兰爸有事没事爱和韩蜜她爸在一起聊天，连韩蜜妈都看出格兰爸的意图就是希望将来两个娃走到一起，可是格家的条件太差，格兰爸凭什么挑明自己的意图呢？那次以后，格兰爸在她爸面前说的话时不时在心里浮现，"咱村谁不夸格兰、格英和格伟兄弟三个书念得好？在学校老是第一名，可是命就是不好，生在咱这个穷吊杆的家，我哪有钱能供二个上学？"格兰爸说着不停地擦眼泪，喘了好一会儿气才说："有一次又到开学的时候，我说格伟上了初中就行啦，让格兰和格英大学毕业工作了，把他的用钱包了，格伟给我说，'老大老二上学你能供起，到我这里没有钱供了，我就死去！也省得你养活啊！'格兰爸紧紧握住韩蜜爸的双手泣不成声说："我真想弄一包老鼠药了结自己，可我实实在在放心不下别人来我家管我三个娃呀！"听到这里，韩蜜热泪盈眶，她怕自己哭出声了，就急忙跑出去了。

……

格兰只觉得鼻孔一酸，眼前的姑娘面孔模糊了。韩蜜用手抹去格兰脸上流的泪珠，有点沙哑的声音说："从那天起，我就把自己的一生押在你身上了，为了这个梦想，我愿付出我的一切，乃至生命！我要好好赚钱，而且赚很多的钱，供你上研究生，支持你考博。"

"这就是你报矿业大学的目的啊!"格兰大声说着。

"我也打听了，像我们这样的地质勘探专业在野外，不算伙食费，月工资都可以拿到一万多呢!"

这时，泪水像泉水般涌出格兰的眼眶，他伸出双臂紧紧抱着韩蜜，使劲摇着，泣不成声："你，你，你……"

韩蜜甜蜜一笑，取出一片面巾纸擦去格兰的泪水，沉吟良久，佯装生气地噘起嘴巴说："你和人家王兵比起来可差远了!"

王兵？格兰一时没有反应过来，眨着困惑的眼睛盯着韩蜜。

"就是我们在高一的时候，我班那个有名的王诗人呀，你忘记了?"末了，韩蜜笑了，"你从来都是一心放在学习上，对身边的事置若罔闻，我理解!"

其实王诗人在格兰的心里是有点印象的，因为在高一的第一学期，王兵就在《中学生》杂志上发表了一首现代诗《拥抱青春》，在学校引起轰动。有一次校长和韩蜜班的班主任李老师在校园遇见王兵，李老师指着王兵给校长说，这就是《拥抱青春》作者王兵同学，校长拍了拍王兵的肩膀说："不错，你是我们学校的王诗人!"从此，王诗人竟然代替了王兵的姓名了。

王兵从高一开始，就没有停止追求韩蜜。他给韩蜜写的情诗不少呢，尽管韩蜜无动于衷，他依然如故，到高考前有一次，他又给韩蜜发了一首情诗，这次韩蜜恼火了，当着全班的同学义正词严说："王兵，你无休无止给我发了那些无聊的诗作，有什么意义呢？我没有回过你一次呀，你不觉得自己乏味吗？你有男生的自尊心没有？现在面临高考，我压力很大，你知道吗？你不为我着想，你也得为自己着想，人家北大招文科生也不是你发了那首诗就录取你了!"

格兰记得韩蜜给他说这个事的时候，还气呼呼的。

"怎么不吱声了?"韩蜜的声音打断了格兰的回忆，"你想啥呢?"

"我想起王诗人了。"格兰叹息一声："他就是喜欢学语文，偏科太严重，两次高考落榜，第三次勉强上了民办大学的文秘专科，哎，你刚才不是说我和人家王兵比起来可差远了啥意思?"

韩蜜嗔怪地瞪了格兰一眼，说："可以说我把一切都给了你，没有见你给我写一篇抒情诗呀，不想要的铺天盖地而来，想要的一篇如此艰难!"

格兰脸上终于有了笑容，"因为我不是王诗人呀!"

最后，韩蜜柔声柔气说："我还打听到，如果去了西藏，工资就会翻一倍呀，我也想去啊。"

突然，格兰紧紧抱着韩蜜，歇斯底里般喊："蜜蜜，你别说了，你别说了，我的心快要疼死了呀！我求你了哇!"

韩蜜再也控制不了自己，刚说了一句："为了爱，我，我我我……"

两个人抱着，泪水湿了两张脸……

五

格兰喜欢坐在学校图书馆靠落地窗的座位学习。窗外，东方耀眼的朝阳，炫丽的晨光霞彩，总是让他浮想联翩，激动不已，联想到自己的未来。窗外那棵水蜜桃树，根深叶茂。春天，粉红的桃花，散发着馥郁的幽香，涌入窗口，令疲惫的身心为之一振，又埋头在自己要干的事情里面了。

窗外，花谢花开，四季轮回四次。韩蜜梦想成真，如愿以偿进了国家地质勘探队。格兰本科毕业，在韩蜜的资助支持下，又在母校上研究生。大弟弟格英上了南方一个理工科大学，二弟格伟上了高三理科班。格伟的学习成绩名列前茅，上个好的大学也是铁板钉钉的事了。瞧这一家子，日子过得很清苦，年近花甲的爸爸大牛酱紫色的脸庞却变得开朗了。每当人们赞扬大牛的儿子个个都有出息，他总是不由感叹地说："唉，我家把村东头老韩家的女子亏得重了，欠人家这样的恩情，我一家拿啥还呀？"

是啊！虽然格兰上研三年，属于公费，韩蜜还是给他卡上打了三万八千块钱。除了自己用，格兰偶尔还给两个弟弟买些学习资料之类。父母有个头疼脑热，也用这笔钱给两个人看病。这两项也是韩蜜建议的。每当从校园的自动取款机取钱的时候，一股爱的暖流在脑海里翻腾，让他激动得不能自持，同时有一阵隐痛却搅得难受哇！"研究生毕业了，赶快就业，堂堂的一米七五的格兰，你啊！怎么能让女朋友养活你、供你上学啊？"格兰时不时在心里说。尤其，研三的时候，这种心态，愈演愈烈，恨不得明天就上班！

这天晚上，格兰在图书馆修改毕业论文。突然，手机铃声打破了宁静。同学们不约而同地把目光集中在他这边。注目一看，啊，是自己所在的人文学院主管学生工作的马书记的电话。急忙离开座位，钻进卫生间接听马老师电话。原来人文学院需要一个辅导员，虽然暂时没有编制，只要好好干，将来还是有望进入编制的。格兰激动得声音有点发抖："马老师，我太感谢人文学院领导对我的关心啊！这个事，我答应了，请你给别的老师说一声，我格兰一定不辜负你和其他老师对我的殷切期望啊！"

在电话里，马老师强调道："如果这个事情决定了，就不能轻易改变呀。你是个贫困生，院领导也很同情你啊，也照顾不少，这一切你都知道呀。"

"马老师，你放心，我是一个知恩图报的人！"

"为了慎重起见，你还是和你的家人商量一下吧。"马老师停顿片刻，提高声音："哎，我突然想起你那个在国家地质勘探队工作的女朋友了，你一定要把你留校当辅导员的事给人家娃说一声，人家娃给你付出得那么多，你也要把人家娃当个事呀！"

格兰笑了，说："马老师，我肯定给人家说这个事情的呀！"

"那好，你在三天之内，给我回话。"最后马老师又提高声音："格兰呀，大学生就业形势这么严峻，你也知道，如果三天后不见你的话，我们就把这个名额给别人了。"

格兰急了，说："马老师，我的女朋友也会百分之百支持我留校呀。"

马老师挂了电话，格兰还在想着自己最后给马老师说的话。说实在话，韩蜜能不能同意他当辅导员的事，他自己也没有底呀！

格兰出了图书馆卫生间门，回到自己座位上，再也没有心情修改毕业论文了，索性收拾起桌上的底稿，放进书包，背起书包出了图书馆大门。

夜幕下的校园，恬静安谧。幽暗的路灯光，把树影涂在灰白色的路面上，风吹影动，斑斑驳驳，校园呈现出几分梦幻般的神色。校园响起温柔的月光奏鸣曲，渐渐变得热闹起来了。到下晚自习的时候了，从一栋栋灯光通明的六层教学楼一楼的玻璃门，涌出一簇簇男女同学。

格兰没有回宿舍，径直拐到通往人工湖景观区的路上。迎面碰上英语老师李阿妮，还没有等他问话，李老师却先开口了："格兰，碰到你，我还真有个事情问你呀。"

格兰笑了，问："李老师，什么事情？"

"人文学院的何院长和李副校长为进一个辅导员的事情闹翻了。"

"啊，有这么回事呀？"格兰惊叫了一声。旋即，却笑了，说了个"我"字却打住了。本来，还想说他不光知道，而且马书记还给他谈过呢。可是作为一个研三快要毕业的学生来说，这样的事还是不说为好，这点智商他还是有的。

李老师看到格兰不吱声，眨着笑眼问："你'我'了半天，我还不知道你'我'的啥意思呀？"

"李老师，是这么回事，我想我不行呀。"格兰眨着笑眼盯着李老师。

李阿妮收敛了笑容，认真地："你争取嘛！我总觉得你有戏。省上有个文件，凡是进高校计划内的人，要求至少是个研究生毕业呀。在教学口进的人，必须是博士以上学位呢。"

"啊，你说的这个情况，我一点都不知道呀！"

李阿妮笑了，"这一下你不就知道了吗？"末了，压低声音说："你知道何院长为什么和李副校长闹翻了？"

“不知道。”格兰笑着摇头，说：“我对老师之间的事情，从来没有兴趣呀！”

“你说得对，学生没有必要去过问老师的事。”李老师清脆的声音，“这一次不同，你不能不关心。因为李副校长执意要把辅导员这个名额给人文学院今年本科毕业的他外甥呢。何老师火了，说：‘把一个马上就毕业却挂科两门课的学生留校，你叫这个人文学院的院长怎么当呀？大学的教育对象是早已有了辨别是非能力的大学生呀，不是小学一年级小学生，你糊弄就过去了！’”

“何老师确实是个很正直的学者，我也知道呀！”格兰感慨地说，“那次学校把省级励志奖学金八千块钱给我了，我当时不要。因为学校好多人都知道，除学费外，韩蜜每月给我寄一千五百块钱呢。钱用不完了，我还给弟弟打到银行卡上。当时何老师就生气地说我，这不是简单的钱的问题，而是体现国家对那些勤奋学习的人的认可和鼓励呀！”

李老师笑了，连声说：“好好好，这就对了。所以刚才我不是给你说过吗？你争取嘛，你各科成绩优秀，你在全省大学生的英语演讲大赛获得第一名，省教育厅还给咱学校发了优秀组织奖，我总觉得你有戏。”

李老师是一片好心啊，再说自己上研期间，英语过了六级，与李老师给他开的“小灶”也有关系呀！说啥他不能哄她呀！就如实地把马老师给他说的让留校在人文学院担任辅导员的事情，一点不漏说了。然而，韩蜜能否同意？他心里没有底呀。

李老师自信地说：“只要你同意，你俩先沟通。万一她不同意，你女朋友这方面的工作我来给你做吧，我俩都是女人，我们女人想事情是很务实呀！这是女人和男人对事物认知的差别之一呀。”

“好，我今晚就给她打电话，必要的时候，我去她单位和她当面交谈。”

“好，那就这么定吧！”

“拜拜！”李老师说着，左手做了一个优美的打电话的姿势。

六

“什么？你要留校当辅导员？”从来没有高声说话的韩蜜，凌厉的声音猛烈地叩着格兰的耳膜：“你上大学七年了，辅导员工资待遇低不说，事无巨细，一揽子事都管，难道你不知道？”

“我家的情况，你不是不知道呀。”格兰拿着手机嘴里说着，心里却觉得没有底气，嗫嚅道：“我，我，我是一个男人，我不能让你老养活我呀！”

立时，手机里传出韩蜜厉声地质问：“格兰，这难道就是我要的结果吗？你混蛋！猪脑子！”

格兰懵了！第一次听韩蜜骂人了。当然，他并不弱智，也明白后面她会说什么话。但是，无论如何让自己把话说完吧？真正的爱，不一定都是甜言蜜语，这个道理他也懂。何况韩蜜骂你，就是打你格兰，也不过分呀！可是自己早日就业，也正是为了不让自己深爱的女人，为了你格兰不在那么艰苦的野外环境工作。我一定要韩蜜理解我的这种良苦用心啊！一定，一定让她同意我留校当辅导员。想到这里，对着手机说："蜜蜜，你不要生气啊！你听我把话说完吧，咱俩心平气和地讨论这个事情，你也要理解我此时此刻的心情吧？"格兰从两个人的罗曼史讲到男人的责任与担当，越说越激动，滔滔不绝。讲了大半天，不见韩蜜说话，就问："喂喂，你听着我说话吗？"

手机悄然无声，对方早已挂机了。格兰沮丧地把手机扔到枕头旁，背靠着被子仰面躺在床上。幸好，宿舍就他一个人，说话方便，就急忙拿起手机给李老师打电话："李老师，我女朋友听到我想留校当辅导员的事情，很生气呢，你说怎么办呀？"

"好，我亲自去找她吧。什么时候去？"李老师在电话里爽快地说："你先联系韩蜜。你不是当面给我说，马老师给你定三天时间，三天后不见你的话，就把这个名额给别人了吗？"

"对！"格兰大声地说："我现在就给她打电话，今天晚上，无论如何你不要关机，和她联系后我及时给你打电话噢。"

"好的。"李老师挂了电话。

格兰拨打韩蜜的手机号，要么无人接听，要么关机。嗨，看来她真的动气了！尽管如此，格兰还是不停地拨打着韩蜜的电话，得到的依然是移动语音："你拨打的电话已关机。"格兰第一次生韩蜜的气了！蜜蜜呀，充其量就是我格兰一切听你的就对了吧，压根没有必要用这种强硬的冷战态度对待我呀，多折磨人！

"我明天一定去地矿局找她！"格兰在心里狠狠地说。

翌日早上，不到八点，格兰就来到坐落在这座城市的西北角的地矿局。传达室那个老头听说格兰找韩蜜，立即让他进了值班室，倒了一杯水递到格兰手里，笑着问："你找韩工呀？"

什么韩工？格兰纳闷了。韩蜜和他通了不知道多少次电话，从来没有听到韩工一说呀！他怎么一点都不知道啊？

老头看到格兰困惑的神色，笑了，说："这么说你还不知道韩蜜已经是副工程师了呀，你们平时不太来往吧？"

嗨，这老头子话真真可笑！格兰拖长声音："好我的师傅呢，我是她的男朋友，你想我们来往不来往？"

“啊！你就是韩工那个上研究生的女婿娃呀！”老头连连作揖，“对不起呀，对不起！你屋人上辈子积了大德，今辈子逢上这么个好媳妇，你爸一分钱不掏不说，你媳妇还供你上大学呢，你爸烧了桶壮的香了呀！我们那儿给娃子娃定个媳妇至少十二三万元。”

也许是男人的自尊心的驱使吧？格兰脸上热烘烘的，脸上有点挂不住了，心里抱怨着韩蜜：“你就不该把资助我上学的事给别人说呀。”旋即，又在心里骂自己了：“同一个单位上班三年了，她几乎每月给你卡上打钱能不走漏风声？再说，就是她给单位同事说了，又有何妨呢？”

格兰脸上恢复常态，笑着说：“老人家，你说得很对，人家就是供我上大学呀！我有急事要找她呀，你快说她在不在？”

“韩工早上六点就到机场去了呀。”老头摊开双手晃动着，“她是八点十五分的机票。”

“啊！她出差了，我怎么找她呀？我怎么办呀？”

格兰叫苦不迭的样子，感染了老头。他安慰道：“你不用着急呀，给她打个电话不就把问题解决了吗？”

格兰苦笑着，说：“昨天晚上和今天早上给她打电话，把我的手机打得都没有电了。”

“韩工不接？”

“不是不接，而是关机呀，就是无法接通，急死我了！”格兰差点眼泪都出来了。

“韩工是前天才从甘肃回来的，她在那待了三个多月，昨天下午在重庆的工队发现啥稀土了，请她去重庆，机票还是重庆那边给她在网上买的。”

“你怎么知道的呀？”

“我早上六点给她开大门，我说，你才回来两天又急着走呀？她就把今天去重庆的事给我说了。”

格兰无可奈何地摇了摇头，长叹一声，默默地出了传达室门。

这是一个大晴天，晴空万里，阳光灿烂，风和日丽。格兰却无心感受这良辰美景，他心急如焚。倏然，头顶上空，一阵轰鸣。一架民航机披着耀眼的阳光，飞向东方的霞光里。

七

清晨，一架银白色波音747民航机，时而在碧空翱翔，时而在云海穿行。格兰是第一次坐飞机的。透过舷窗，很明显看到机翼的倾斜，啊！乳白色的云朵里，一个彩虹般的圆圈里，有一只燕子形状的淡灰色东西，原来就是这架民航机的影子。鸟瞰大地，逶迤连绵的秦岭山脉，千山万壑，万朵云彩，宛如丘陵地带的片片残雪。眼前的万千气象，在地面是无法想象的呀！

昨天，格兰在网上订了张机票。这张建行网银卡还是在研一的时候，韩蜜到学校看望他的时候办的，密码和她的建行卡一样：486253，这六个阿拉伯数字也是她的手机尾号。当时，她就给卡里打了一万八千元，尽管如此，只要没有什么特殊情况，还是每月给格兰这张卡打一千五百块钱。所以，从家庭看，格兰确实是一个贫困生，实际并不贫困。不过，韩蜜有个要求，每月要给她有个消费报表呢。格兰心里很明白，这是怕他胡乱花钱。这一点，韩蜜担心都是多余的。格兰心里很明白，为了你格兰，不惜一切，甚至用自己的命运作为赌注啊！每一分钱都包含着她的心血，你要珍惜每一分钱，你没有权力和资格浪费！这次，为了尽快见到她，自己擅自用一千二百块钱，买了这张机票，韩蜜一定会理解的。

……

韩蜜去的地质勘探队在重庆市的奉节县境内的乌云顶山峰，它属于巫山的主峰。格兰在江北机场下了飞机，雇了辆出租车，径直奔向乌云顶山峰。灰黑色的柏油路，像一条飘逸的绸带，在群山之间绕来绕去。盯着偏西的太阳，无心欣赏窗外瞬息万变的夕照美景。格兰心里很清楚，在这偏远的陌生地方，不宜太晚。幸好，司机是一个来过这里的中年男子，他也知道地质勘探队的驻地。

绿色的出租车经过四个半小时的行程，停在乌云顶的半山腰偌大的坪地上，眼前出现了一字线排开，而且保持一定距离的三个像农村瓦房形状的草绿色帐篷。每个帐篷有四个门，中间的帐篷顶上有一个卫星锅。

这时，一个穿着发白的牛仔布夹克上衣和裤子的女青年从中间的帐篷的门里出来。戴着红色的鸭舌帽，头发收拢在帽子里。西斜的阳光，照在这张黝黑中带有红云的脸上。长长的帽檐阴影，遮住了她的眉毛和眼睛。

格兰付了车费后，立即向她奔去。老远就喊："美女，你们是不是国家地质勘探队的？有个叫韩蜜的人是不是在这里呀？"

"啊！格兰是你啊？"一个清丽悦耳的女高音。

这不正是韩蜜的声音吗？格兰喊了一声："蜜蜜，原来是你呀！"一个箭步跨到韩蜜跟前。

两个人紧紧抱在一起，手拍着对方的背，转着笑着，几乎同时喊着对方的名字。狂欢的喊声，引来了一个粗犷有点洪亮的男人的声音："韩工，出来了，出来了！"

格兰循声望去，一个中等个子的五十岁左右戴着黑边近视镜的男人，向这边跑过来。当看到两个年轻人的时候，却收住脚步。

韩蜜急忙推开格兰，面转向来人，急忙说："王队长，化验结果出来了?"指着格兰，笑嘻嘻说："我不用给你介绍这位先生了吧?"

"不用，不用！大家谁不知道你有个叫了个女娃名字的男朋友?"

王队长笑容满面，上下打量着格兰，用探寻的目光在两个年轻人之间，扫来扫去。

韩蜜笑了，饶有风趣地说："王队呀，我们两个不是你们这次发现的Sm2Fe14NX呀!"说完，转向格兰："这是我们的王队长呀，在稀土研究方面硕果累累呢。"

格兰急忙和王队长握手，热情地说："感谢你对韩蜜工作的支持指导呀!"

王队长呵呵笑着："你才说反了，是人家韩工支持我们呀！韩工在甘肃那待了三个多月，前两天才回来的，听说没有来得及看望你，又来到这里了。"

"这是她应该做的呀。"格兰笑呵呵地说，"我这不是看她来了吗?"

王队长转向韩蜜高兴地说："好哇，我让炊事班晚饭弄几个菜，一为我们的发现庆贺一下；二来为你老公的到来洗尘，表示一下大家的心意呀!"

韩蜜脸上泛起一抹红晕，几分羞涩的神色，说："看你说的，什么老公不老公的?"

王队长憨厚一笑："对对对，现在还是男朋友哦!"

韩蜜佯装生气地瞪了王队长一眼，王队长朝格兰努了努嘴，扮了个鬼脸，把她逗笑了。随即，王队长挥手告别，转身进了中间的那个帐篷了。

夕阳光辉照在韩蜜这张黝黑红润的脸上，犹如油画家在一幅人物肖像的面部涂上重重的一层色彩斑斓的油彩，逼真而动人。盯着这张脸，格兰脸上的笑容消失了。他印象中的韩蜜可不是这样啊！那个韩蜜一头齐耳短发，白皙的圆脸，显得文静优雅。尽管这长长的睫毛，晶亮的大眼睛，流溢着青春的活力，同时也显现出坚强不屈、成熟。格兰搂着她的脸庞，专注地盯着，盯着，仿佛要把眼前这个女人一下子收进眼底，融入自己的肉体里。张了张嘴，喉咙像塞了一团棉花，说不出话来。眨了眨润湿的双眼，全神贯注地看着她。忽然，一个温柔的声音，悄悄地叩着格兰的耳膜："宝贝，我觉得自己比原来难看了许多，是吗?"

蓦然，格兰疾声说："你是这个世界上最漂亮的女人！你就是八十岁的没有牙齿的老太太，在我的心灵世界里，你依然韶华犹在，光彩照人啊!"

韩蜜软绵绵地倚靠在格兰身上，依然仰起头，任凭眼前的这个男人一遍又一遍抚摸，亲吻。

不知过了多长时间，格兰摘下她的鸭舌帽，塞进韩蜜的上衣口袋，这才发现原来的齐耳短发变成用皮筋扎着的一缕“马尾巴”，盘在脑后。格兰解开韩蜜盘着的头发，两只手分着韩蜜薄薄的头发，不由惊叫起来：“啊，蜜蜜，你头上有了白发了！”

韩蜜甜甜一笑，说：“我早都知道呀！”

格兰小心翼翼地拔掉了七根白发。韩蜜垂着头，低声问：“你拔了几根白头发？”

“目前发现了七根。”

格兰说完，迅速从上衣口袋取出钱包，韩蜜急忙问：“你要干什么？”

“我舍不得这几根头发呀，我要把它经常带在身上！”格兰响亮地说。

“你既然这样，你再拔一根吧。”

格兰微微一笑：“我舍不得拔掉你的黑头发。”

“拔吧，这是命令！”说完，韩蜜自己咯咯地笑起来了。

格兰顺从地又从韩蜜的头上拔了一根黑发，把八根头发装进钱包有韩蜜照片的夹层里。然后，又认真地检查了一遍，才把钱包装进上衣口袋里，末了还下意识拍了拍口袋。

八

入夜，格兰和韩蜜吵架了，惊动全体工队人员。王队长好说歹说，两个人虽然不吱声了，却都在生闷气呢。韩蜜没有掉泪，严厉的目光死死盯着格兰。最后，再也忍不住了，大声地问：“你还想当辅导员吗？”

“嗯。”格兰摇着韩蜜的肩头，近乎歇斯底里般喊：“看到现在你这样辛苦，我、我心就像刀子割一样难受哇！”

突然，韩蜜搂着格兰的头，泣不成声：“我知道你心疼我呀，可是，你难道不知道，为了让你的生命价值发挥到极致，我愿意付出一切，包括生命！”

格兰急忙捂住韩蜜的嘴巴，大声地喊：“不许你这样说，我们所做的一切就是为了我们将来有一个幸福快乐的未来呀，不是为了死啊！我不准你说，为了你，我愿意付出一切，包括生命！”

“你把我快气死了！你这样一根筋地犟着，不就是存心气死我吗？”

望着韩蜜伤心流泪的样子，格兰再没有勇气固执己见了。他答应了韩蜜，放弃辅导员这个工作，继续考博，三年拿到博士学位。最后，格兰告诉韩蜜，他明天必须赶回去，既然人文学院何院长亲自点名要你格兰，你必须把自己不能留校上班的客观原因说明，不然自己做事就对不起院领导了。

五月的早上，天空湛蓝如洗，朝阳从东山梁露出半个笑脸，把温暖的阳光慷慨地洒在千山万壑的每个角落。漫山遍野，绿茵葱茏，百花吐艳，清爽的空气弥漫醉人的幽香，令人心旷神怡。韩蜜穿着粉色连衣裙，化了淡妆，披着一头秀发，更增加几分妩媚动人。俩人迎着旭日，相依相偎，柔声细语说着话，沿着盘山公路，一步一步向山下走去。

山脚下，站牌没有一个人。这时，两个人谁也不开口说话，彼此好像都能听到对方的心音似的。是啊，分别时，纵有千言万语，却不知从何说起呀！春风轻轻地舞动吐出嫩芽的枝条，宁静的世界此刻那么安谧。偶尔，头顶上空，两只燕子互相追逐，燕语呢喃，诉说自己的衷曲。格兰站得腿有点困了，就蹲在地上，他感觉自己的心像放在烫热的水里，一样热，一样疼。此时此刻，身后这位姑娘对自己的那一切的一切，一齐涌上心头。终于，泪水不争气地滚出眼眶。一串串泪水，落在路边的嫩草上。

时间一分一秒，悄悄溜走。韩蜜依然站在格兰的身后，一泓泪水，淡妆后的脸庞却露出清纯的笑靥。嘴唇动了动，没有吱声，格兰依稀的抽泣声，像大海的狂涛猛烈地拍打着她的心岸。

良久，格兰耳边响起细微如丝般的女人声："你冷不?"是韩蜜的声音，是她的声音！尽管声音那么细微，稍纵即逝，瞬间像有着一种很强的拉力，把他从地上揣了起来。当他看到韩蜜眼睛里闪动的晶莹泪花，再也控制不住自己了，发疯般地搂着她的脸庞。俩人疯狂地吻着，韩蜜被吻得几乎喘不过气来。本能地推着格兰，看着这双睁得大大的眼睛，亲昵地骂道："你这双公牛般的牛眼，怪吓人的，像要把我一下子咽到你肚里去似的!"

"宝贝，如果真的能够那样才好呀!"

格兰说完，使劲搂着她。韩蜜也不甘下风，狠力把这个男人融入自己的躯体里一样。一辆白色的班车的刹车声，把两个人猛然弹开了。

班车里座位已满员了。格兰站在车门口，盯着站牌跟前的韩蜜。泪水在她的脸上流淌，全然不知，微笑，挥手……

九

格兰从乌云顶山回来后，决定放弃辅导员这份工作，惹得人文学院何院长很生气。现在全国大学生就业形势这样严峻，这个格兰竟然这么不知好歹！

那次，人文学院领导走访贫困生家的时候，何院长和院上五位领导去过格兰家里。他家土坯垒的灰白色墙，靠近地面的地方，被雨水侵蚀得露出黄土本色了。瓦房顶上，好几处还苫着油毡塑料纸呢。屋里，烟熏的墙壁黑乎乎的，还散发着刺鼻的异味。再看格兰爸那有补丁的上衣，包括何院长在内的四个领导，颇为动容。也许是这个缘故吧，过了两个礼拜，何院长还是建议，让格兰和家里人商量一下，再给他回话。无奈，格兰只好在电话里敷衍性地给家里人简单地说了一下，全家四个人一致认为难得何院长这样好心肠啊！

再有俩月，格兰这一届研究生就要办离校手续了。何去何从？搅得格兰彻夜难眠。不答应何老师，有负恩师一片心意；答应吧，可是给韩蜜咋交代呀？

宿舍里，其他三位舍友早都进入梦乡了，可是他怎么也无法入睡。唉，做人怎么就这样难呀？在床上翻来覆去。

突然，枕头边的手机最大铃声催命似地响着，急忙拿起来一看是老爸的电话，就接听，压低声音："喂，我的老爸，有啥事明天早上也可以打呀，其他同学都睡觉呢，你晚上一点多打电话，像话吗？"电话里立时传来老爸那粗犷的喊声："今晚上，你舅来咱屋和我为你的工作事扯了半夜，他要我问你，你到底想干不想干你老师说的那个啥员工作？"

"院领导是为我好，我知道呀，可我和韩蜜商量过，我们决定我上博。"格兰小声说。

电话里，老爸粗暴的声音猛烈地冲击着格兰的耳膜："我不管你上薄（博）上厚，你给我把这个工作干好！你认为你是谁？你是皇上他孙子？"

格兰急忙来到阳台，从外面关好阳台门，才提高声音："好我爸呢，我不是给你说过了吗？"不由压低声音，"你这个人不可理喻！"

"你说啥来？我不可咋来？"老爸虽然不懂儿子最后这句话的意思，却心里明白，这不是好话，暴怒地说："娃，我虽然是一个初小文化，你不要把我当瓜子！你认为你能行，你比我聪明，你记着，山外有山，天外有天，人上有人，人一辈子不要太张狂了！"

老爸在电话里一阵狂轰滥炸，格兰简直头都晕了。虽然，儿子的学历比小学三年级毕业的老爸高得多，但是内心还是佩服老头子的。

当年，爷爷在山里砍柴从山上滚下来成了半身不遂，年仅十四岁的老爸就顶起这个家的担子。长期的生活重担压得喘不过气来。尤其弟兄三人相继来到这个世界，几乎就没有看到老爸的笑模样。他性格粗暴，甚至有点暴戾得让人无法接受！不过，有一点格兰弟兄三人都知道，每当看着他们一个个拿着考试名列前茅的高分成绩单的时候，老爸整天绷着的黑脸变得平和了一些，眼睛眯成一条线，咧开大嘴巴，这就是他的笑。尽管弟兄三个很少和老爸交流，两个弟弟怎么样想，格兰没有想过，起码自己很敬佩老爸能把孩子念书这个事看成头等大事，这点就很了不起啊！不知哪位哲人讲过，贫穷与愚昧是一对孪生姊妹。在这个贫困的山村，六十多户人家，竟然没有一个高中生！因为，男孩子长到十七八岁的时候，不是在建筑队干活，就是学个赚钱的手艺。

……

“你半晌不吭声嘴是叫驴踢了？”电话里，老爸粗野的骂声，打断了格兰的遐想。唉，逢上这样的人，你格兰有啥办法啊？

为了尽快让老头子挂电话，他满口答应干辅导员这个工作了。

格兰一觉醒来，已经是上午十点整了。本来醒来第一件事情就是给韩蜜打电话，把老爸强行要他干辅导员这个工作事情说一下。可是刚拨完她的手机号，心里却嘀咕起来了：“韩蜜的态度早已明确，你不是不知道，你不是存心惹她生气吗？”心里很明白，哄老爸是躲过初一，躲不过十五！韩蜜、老爸，都是自己惹不起的主呀。

这时，格兰才发现那三个舍友走了一双半。陈小强和他的床是顶头，陈小强的枕头边放着一盒“大前门”烟，还有打火机。他伸手把烟盒和打火机拿过来，顺手取了一支烟，点着，狠狠地抽了一口，立时呛得直掉泪，就急忙坐起来。许久，才慢慢地吸着烟。这是他第一次抽烟了！

渐渐地，淡蓝色的烟雾弥漫开来。烟雾笼罩着这张沉思的脸庞。

十

中午十二点，格兰出来打了一保温瓶开水，才发现乌云铺天盖地从东方涌向中天，已经遮住太阳，好像还有隐约闷雷声。他来到餐厅，每个窗口都有排队的同学，整个餐厅，座无虚席。他就回到宿舍泡了一包桶装方便面吃了，然后怔怔地坐在床边，依然觉得好像没有睡醒。一阵困倦袭来，索性又躺在床上，渐渐地进入梦乡。梦里他和韩蜜在一个空旷的田野行走，一会儿像在荆棘丛生的大山里的羊肠小道，艰难地行走着。啊！天哪，怎么天上地上浑然一体成为土黄色了？啊！一片混黄色的洪水，掀起巨浪，席卷而来，韩蜜被卷入浪涛里了。格兰扑进水里，在浪中挣扎，急声嘶喊着韩蜜的名字。

奇怪，谁在轻轻地摇着他的胳膊！

“格兰，格兰，你快醒醒！”好像是陈小强的声音。

格兰终于睁开迷惘的眼睛，起身坐在床边，揉了揉眼睛，这才清醒过来。呵，三个舍友都在呀！自从到研三以来，各忙其事，宿舍四人很难到全。今天这样还是少见呢。格兰本来想说：“哎呀，今天大家到全了！”可是，他的目光碰上谁的目光，对方要么避开他，要么垂下头。这是咋回事呀？是我格兰哪样事情得罪了舍友？格兰在自己大脑数据库以每秒万分之一的速度搜索，结果两个字：没有。啊，他明白了！肯定是院上拟定自己留校的事情泄密了，是啊，哪有不透风的墙？

格兰考研被录取后，就从原来六人间的本科生宿舍，搬到四人间的研究生公寓了。这里和本科生宿舍相比，要好得多，有空调，有专门的衣柜和带电脑桌的书柜，更值得一提的是，四个人关系和睦，亲如兄弟，连年被评为优秀宿舍。一床的黑龙江籍的一米八五的史长青，外号“东北松”。二床的郝韶光是西安人，胖墩墩的个头，因为一次在公交车上发现小偷偷一个女生的手机，他刚刚攥住小偷的脖子，旁边钻出来两个同伙，其中有一个拿出匕首，倒叫他一拳打在额头，倒在车门口，后脑勺碰得鲜血直流。同乡两个男生来宿舍看望他时说：“你个冷娃胆子真大呀！”来自福建的陈小强问：“冷娃什么意思？”格兰给他解释：“这是关中的方言，就是不怕事，坚强勇敢的意思。”从此，郝韶光就有了雅号“陕西冷娃”。

格兰怎么也想不出三位舍友用这样令人不可思议的神色对待自己，嘴唇动了动却没有吱声。忽然，格兰目光落在宿舍中央的正方形桌面上：一本名叫《五彩石》杂志，封面人物是个二十五六岁的姑娘，戴着白色的鸭舌帽，头发收拢在帽子里，那张白皙的圆脸，长长的睫毛，晶亮的眸子洋溢着青春的活力，简直和韩蜜像一对孪生姊妹！不同的是在重庆乌云顶山，韩蜜穿着却是发白的蓝色牛仔服，送他回来时候换了一件粉色连衣裙。而照片上的姑娘却是穿着橙红色的夹克工作服。尽管如此，还是不由自主地走到桌边拿起杂志，陈小强却从旁边抓住了杂志的一角，忙说：“我下午买的，还没有看呢。”

格兰更是觉得奇怪，今天是咋回事呀？越是这样，格兰就越抓住杂志不松手，陈小强只好松手了。格兰双手捧着杂志看着封面人物，金黄色楷书粗体字标题赫然映入眼帘：君子如玉的境界。副标题是：记国家地质勘探队副工程师韩蜜的英雄事迹。

“啊！我的天，这不是说的我的那位吗？”

格兰惊叫了一声，三人不约而同围上来，个个泪珠在脸上滚动。格兰脸色突变，把杂志撇在桌面，双手狠力抓住个头最小的陈小强的双肩，摇着，喊着：“这一切到底怎么回事啊？她怎么了啊，韩蜜怎么样啊？你说话呀！”

陈小强被摇得全身晃动，艰难地从嘴里挤出几个字来：“她，她为了救人，她……”

“不可能，你胡说八道！不可能！……”

格兰咆哮如雷，瞪着一双骇人的大眼睛，那架势好像一下子要把陈小强捏扁、捏碎似的。突然，天空一声霹雳，舍友个个大惊失色，像电视剧里的定格画面，他身子一软，两手不由自主从陈小强肩头滑落下来，摇摇欲坠。三个同学几乎同时扶住格兰……

十一

中午，天空的乌云像一口浅黑色的锅，紧紧扣在整个巫山上，作为巫山最高峰的乌云顶山，被铺天盖地的雨雾湮没了。王队长和韩蜜带领着五位队员正在崎岖的羊肠小道艰难地向山下走着。本来，韩蜜在前，王队长断后招呼那五个队员注意安全。新来的两个女队员李丽和穆俊华，从来没有经过这种场合，吓得软瘫了，几乎是男队员拖着走。王队长不时从后面扶着这个，一会儿又扶着那个。

这时，雨越下越大，浑浊的黄色泥水，夹着树叶杂草枯枝，从山上面流淌下来，偶尔还有小石块滚落下来。韩蜜急了，回过头大声喊："大家快点呀，再有五分钟，我们就到安全地带了。"

韩蜜说完，折回身走到王队长后面，她让王队长扶着前面的李丽，自己扶着走在最后的穆俊华，紧紧跟在大家后面。尽管她和大家都穿着雨衣，额头上的刘海粘在额头上，汗水和雨水在脸上流淌。穆俊华失去支撑力，完全靠那个男队员从前面拖着，韩蜜从后面扶着走。身后不时有石块滚下来砸在树上的噼里啪啦的响声。她惊愕地盯着山上，嘶声喊："快点呀，快呀！"

大家拼命地跑着，喊着："快快，快跑呀！"韩蜜在最后也拼命喊着："快跑呀！"说着不由加快脚步。

倏然，头顶上方的山上，响起令人恐怖的山石崩裂的巨响声，旋即，又是石头相互碰撞声。几乎同时，韩蜜狠力推了穆俊华一把，竟然把两个人推出两米多。霎时间，石头碰撞声中夹杂着树枝被折断的咯嘣声，浑然一体，恐怖的声响淹没了狂风暴雨的震撼声。一块大石头冲着韩蜜滚了下来，她"啊"了一声，倒下了……

《五彩石》杂志封面人物的近照：韩蜜戴着白色的鸭舌帽，头发收拢在帽子里，那张白皙的圆脸带着一种含蓄的微笑，长长的睫毛，洁亮的眸子流溢着青春的活力。格兰双手捧着杂志，一串串泪珠洒落在照片上。格兰觉得头脑木然了。眼前的三个舍友站在他面前，像一尊尊没有生气的塑像。不时，他们嘴巴抽动，说什么话？格兰的脑子一片茫然，像一个盲人似的摸索着走到自己的床边，颤抖的身子摊在床上。头脑里一片混沌，一种昏昏欲睡的感觉，不由合上眼皮。

悲恸，像魔鬼一样吞噬着格兰身上的细胞，饮着他的血，一米七五的身躯简直就剩一副骨头架子，瘦削的脸庞是那么苍白。

格兰病了，三个舍友把他送到学校医院，很快就办完住院手续。病房的床头柜、地上都摆放着包括何院长在内的老师和同学们带的各种水果和糕点之类的东西。他们都说了些什么话？格兰的记忆却依然一片空白。闭着眼睛，昏睡。他的灵魂离开了肉体，飘向巫山那座最高峰乌云顶山。耳畔依然是石块滚下来砸在树枝上的噼里啪啦的响声。韩蜜惊愕的脸庞，还有她的嘶声呼喊：“快点呀，快呀！”

突然，格兰脑海里浮现出恐怖的一幕：令人毛骨悚然的山石崩裂的巨响声，继而，又是石头碰撞声。韩蜜狠力推了穆俊华一把，把两个人推出两米多。霎时，石头碰撞声中夹杂着树枝被折断的咯嘣声，淹没了狂风暴雨的震撼声。一块大石头冲着韩蜜滚了下来，她“啊”了一声，倒下了……

电闪雷鸣，狂风暴雨。狰狞的闪电，犹如一条一条金色的毒蛇，不时把乌黑的天穹劈成两半。他像一个疯子般奔跑，喊着韩蜜的名字。这歇斯底里般的喊叫声，穿越风雨飘摇的世界，传得很远很远。

“嘿嘿，我这样喊叫她一定能听到的！一定能听到！”他这样喊着，心里想着。

十二

狂风暴雨里，格兰漫无目的地奔跑，声嘶力竭反复喊着：“蜜蜜，你回来呀！”倾盆大雨，淹没了声音。终于，倒在满是泥水的地面上……

轻轻地摇曳，还有轻轻的呼唤声：“格兰你醒醒，你醒醒呀，你要把大家吓死呀！”啊，怎么是陈小强的音呀？格兰睁开迷惘的眸子，终于意识到自己刚才做了一个很长的噩梦。眨了眨干涩的眼睛，发现自己原来躺在校医院的病床上，舍友陈小强站在床边，抓着自己的肩头摇着。

陈小强看到格兰终于苏醒过来，脸上绽开笑容，说：“一会学生处的李煜老师要来看望你呢，刚才还打电话问你醒来了没有？”

陈小强拿起手机给李老师打电话：“李老师，格兰醒过来了，你放心，有我们三个舍友轮流看护他。你不是要和格兰聊聊吗，你什么时候过来呀？”

李煜老师是学生处的心理咨询中心的主任，他接到陈小强的电话就立即来到病房。进了病房，看到格兰憔悴悲伤的样子，不由得热泪盈眶，感慨地说：“格兰呀，看到你这样，我心里好疼啊！对不起，老师来晚了！”

陈小强给他搬来一把椅子，他就坐在床边和格兰聊起来。陈小强扶起格兰，让他靠在床头上，然后就给李煜老师拧开一瓶绿茶，恭敬地递到他手里。李老师喝了两口，语重心长地说：“你这样长时间沉浸在这种极度的悲伤里，伤害了自己的身体不说，会毁了你啊！如果这样下去可不行，你对不起生你养你的父母，因为他们从你这里没有得到一丝一毫的回报，没有得到本应该得到的快乐和幸福。你现在生不如死地活着，你给他们带来什么？”

这时陈小强插话了：“是啊是啊，李老师问得很对。格兰，你现在这个样家里人知道了，你给他们带来了绝望、悲恸，甚至是在要他们的命呀！”

“小强说得好哇，格兰你听到了吗？”李煜老师拍了一下坐在他对面的陈小强的肩头赞同地说。

沉吟片刻，李煜老师郑重地对格兰说：“你知道你女朋友为什么不惜一切深深地爱着你？”

格兰慢慢地抬起头，和陈小强不约而同盯着李老师温和而亲切的脸庞。

良久，李老师微微一笑：“好了，你两个不说，我说吧。”转向格兰响亮地说：“我让你回答这个问题，确实不是一两句话可以说清的，我知道呀，你女朋友这样全身心投入爱着你，不是你长得是一个帅哥形象，也不是你仅仅是六岁上学，竟然一级都没有留级的聪明的孩子。”

格兰和陈小强眨着眼睛，盯着李煜老师。

李煜老师把手里的绿茶瓶放在床头柜上，站起来，挥舞着双手，冲着格兰，神情颇为激动：“你头脑聪明，你才华横溢，以及刻苦勤奋地学习，征服了她，打开了她那厚重而不易打开的心扉。令她同情——爱慕——深爱——奉献。最后，全身心地投入。因为，你身上承载着她的人类至高无上的境界和梦想啊！”

李煜老师铿锵有力的声音，强烈地拨动着眼前两个学生的心弦。

许久，陈小强把绿茶瓶递到李老师手里。李老师喝了两口，又把绿茶瓶放回床头柜上，双手叉腰，踱来踱去，脸色凝重，异常严肃：“古今中外，在佛学里有一种说法，人死了肉体腐烂消失，可是人的灵魂依然存在。如果按照这个观点看，韩蜜没有死，她啊，不过是变成像物理科学发现的暗物质一样，人的肉眼看不见，依然存在宇宙之间，也许她的幽灵此时正在我们三个人之间。格兰呀，你想过没有？当她看到你这样悲伤，绝望，甚至轻生，她能高兴吗？她能安息吗？”

格兰双手捂着脸，慢慢垂下头，泪水从手掌下流到腮帮。

十三

白色水蒸气，弥漫在整个洗漱间。碗大的淋浴喷头，喷出的条条浓密热水的雨线，洒落在雾气里的格兰的身体上。多少天没有洗澡，格兰自己也记不清了！用搓澡巾搓着皮包骨的身子上的污垢，这时候才意识到自己确实太脏了。搓了好一会儿，关了淋浴，给头发上涂了一层洗发露，闭着眼睛，双手挠着头皮。

过了一会，就摸着开了淋浴开关，依然闭着眼睛，挠着头皮，冲洗着头发。挠着，在淋浴声中，渐渐显出一个清晰的中年男子的声音：“她啊，不过是变成像自然科学发现的暗物质一样，人的肉眼看不见，依然存在宇宙之间，也许她的幽灵此时正在我们三个人之间。”啊，是李老师的声音！韩蜜的幽灵也许此时在我的身边吧？

淋浴喷头喷出的热水，像条条浓密的雨线，洒落在乳白色雾气里的格兰的头上、身上。闭着眼睛，挠着头皮的双手渐渐慢了下来，身心完全陷入超然的梦幻里：

韩蜜披着一头秀发，白皙的脸颊泛起一抹红晕，更显得妩媚动人。长长的睫毛，晶亮的眸子依然流溢着青春的活力，同时又有几分羞涩的神色。线条匀称优美的身材，俊俏的鼻梁，棱角分明的红唇，修长四肢。啊，格兰陶醉了！全身软化了，好像要软瘫下去了。

“啊！”格兰本能地叫了一声，额头一阵剧痛。

原来额头挨在竖立的热水管上被烫了一下。他笑了，只是揉了揉额头，丝毫没有生自己的气。呵呵，这个澡洗得痛快！

格兰刚回到宿舍，陈小强告诉他，何院长打了几次电话没有人接，何老师不放心，要陈小强找格兰。陈小强告诉他格兰洗澡去了。

“格兰，你真了不起，你一个普通的农村孩子，却有那么多的人关注牵挂，真是三生有幸啊！你活得值得！”陈小强竖起右手大拇指点着。

格兰憨厚一笑，指着陈小强说：“你个家伙，再别糟蹋人了。”

陈小强眨着笑眼，眼球轱辘转动，若有所思，点了点头，像自言自语：“鄙人明白了，你的人格魅力，帅哥的形象，学霸的才华，刻苦学习的精神，等等，形成很强的磁场，辐射着很强的磁力线，一下子把周围的人们吸引住了。有多少靓妹向你暗送秋波，抛来橄榄球，其结果竹篮打水一场空，唯有韩蜜捷足者先得，她太聪明了啊！”

陈小强说着，又伸出大拇指点着。突然，发现格兰脸上的笑容消失了，忙吐了吐舌头，连连作揖：“对不起，对不起，今天看到你脸色好多了，一高兴话就多了，该死该死。”

格兰凄然一笑，叹了一口气，认真地说：“小强呀，三年来，我们宿舍四个人亲如兄弟，你不是不知道，韩蜜出事后，我受罪，你三个陪罪，心里真的感激你们！”

这时，陈小强的手机铃声响了，他拿起手机一看，原来又是何老师打电话，忙接听：“喂，何老师，格兰洗澡才回来，我叫他马上到你办公室来。”

格兰来到何老师的办公室门外，敲了敲门。何老师从里边拉开门，一看是格兰，忙意味深长地说：“自从你女朋友出事后，我不好再问你在我们院担任辅导员的事，可是我还是不甘心你放弃这个工作呀，我给你交个底吧，虽然刚上班没有在编制，但是后面会解决编制问题的。为了慎重起见，我和人事处的曹处长靠实了一下，学校有一个编制名额都是你格兰的。”

格兰淡淡一笑说：“我知道这个辅导员名额后边会解决编制的。”

“你知道更好，你还不知道吧？”何老师压低声音说：“有人已经把后门走到省教育厅了，要不是新来的王书记撑着，这个名额早都到别人那里了。你要珍惜呀，傻孩子！”

格兰扬起头，一脸凝重，斩钉截铁道：“何老师，我知道你们都是为了我好呀，可是我难以从命啊！”

何老师叹息了一声：“嗨，我知道你女朋友出事对你打击很大，你精神受了刺激，你……”

“何老师，你错了，我精神很正常！”

格兰的声音大得令人吃惊。

“格兰，你下一步打算怎么办？”

何院长的声音也提高了，显然有点怨气。

“我不当辅导员，我要考博，将来一定要拿上正教职称！”格兰的声音洪亮铿锵，特别有力。“何老师，你还不知道，韩蜜还活着！”

“什么什么，韩蜜还活着？”

何院长惊愕地睁大眼睛，连声问着。

“是啊，她活着，真的活着！”格兰的声音简直像打机枪，大声说：“她真的活着，真的活着！”反复着最后这句话。

何院长默然了，痛苦地摇了摇头。

格兰急了，大声质问：“你还不信我的话？”

格兰激动得脸庞涨红了，说：“她的灵魂时刻伴随着我，一分钟都没有离开过我啊！她陪着我睡觉，吃饭，学习，她陪着我……”突然声音哽咽了。倏然，热泪夺眶而出，泪水在脸上流淌……

十四

大学礼堂里，举行2016年艺术节颁奖大会。

这时，格兰走下讲台。他怀里抱着奖杯，独自离开了大礼堂。他径直回到自己的工作室。在写字台的真皮黑色转椅后面的墙上，黑边镜框里是一张长75公分，宽50公分的3D打印的《五彩石》杂志封面韩蜜近照：她戴着白色的鸭舌帽，头发收拢在帽子里，那张白皙的圆脸带着一种含蓄的微笑，长长的睫毛，放大后的照片更显得这双晶亮的眸子流溢着青春的活力，感人的魅力。镜框下面是一个紫红色的条柜。这个一米八长的条柜里放的都是他从上研上博士，以及三十五岁拿到正教授后发的所有论文和出版的全部著作，还有他在全国各地大学应邀讲演的讲演稿和演讲时的摄像资料。柜面上放着一排各种荣誉证和奖杯。每当格兰教授坐在这张转椅上，总觉得镜框里的那位站在自己的背后，甚至挨着转椅呢。这双晶亮的眸子专注地盯着他写字、敲键盘，看着他在电脑上改东西。每当这时候，一股幸福的暖流油然而生，那种陶醉，那种甜蜜，只有他自己能够体味到啊！

格兰把奖杯放在照片下面的柜面上，然后整了整黑西装，正了正白衬衣上的红领带，理了理后拢的稀疏的头发，清瘦的脸庞，没有一丝笑容，一脸凝重肃穆的神色。最后，对着照片深深地鞠躬三下后，闭目穆哀。

室内，悄然无声，格兰一双梦幻的眼睛。啊！韩蜜一脸甜蜜的笑容，满意的笑哦！她迈着轻盈的步子向他走来，走来了，格兰本能地张开双臂……

老黄牛进城

/（童话中篇小说）

一

这个故事发生在横亘于中国中部的一条巨大的山脉，它东西走向，气势磅礴，蔚为壮观，被尊称为华夏文明的龙脉。其中的一个深山老林地带，崇山峻岭，层峦叠嶂，逶迤连绵。站在山巅，极目远望，湛蓝的天空，白云缥缈，饱含负氧离子的空气，是那么清新怡人，令人心旷神怡。每年春天，漫山遍野郁郁葱葱，青青绿草给山坡披上绿色的春装。绿色的世界，百卉绽放，给悠然的自然界添了几分幽香。翠绿的山坡，点点雪白，点点橙黄，还有深红……白的是羊群，浅黄的、深红色的是悠悠闲吃草的牛，还有黑白相交的花花奶牛呢。

我们的主人公——老黄牛就是其中一只大犍牛。它十五年口龄，和正在吃草的任何一头牛比较，它都是老黄牛。尽管如此，它有一副宽大结实的体格，但是它有神的大眼球，头顶两边一对又粗又尖的大犄角，向前冲着令人望而生畏。人们把它叫老黄牛，与其说老黄牛不如说是麦色牛，因为毛色是亚洲血种的黄肤色。嘻嘻嘻，不是把亚洲人称黄种人嘛！

尽管村上有人给主人说："一头老犍牛养了十五年，干脆把它交到杀房去吧。"主人道："我让它在我家待一辈子，它就是病死了，我也要隆重送埋它呀！"

谢天谢地，老黄牛深深感激今生有幸逢上了一个好主人！所以，活得很开心呵，尽管是做了绝育手术的大犍牛，可有时高兴了撒起欢来，撵得母牛们满山坡乱窜呢！哈哈哈，满山坡都是放牛羊人的笑声。

这天，太阳爬上山巅。山脚下车水马龙，游人络绎不绝。热闹的气氛打碎了多少万年的沉寂。开头老黄牛心里纳闷，你说这沟沟岔岔有啥好看的，它从生下来那天起就看到这里的一切呀、几座古塔、几栋仿古建筑的圣母庙，司空见惯。可是人家城里人就是喜欢到这里来。

老黄牛打从记事起，听人说过去这地方把人分了三类，一类人是县城人川道人，吃得好，穿得好，还有钱；二类人是黄土地的岭区人，虽然缺钱，广种薄收，但总有口饭吃；三类人就是山里人，石山土瘠薄加上气温低，山外一年两料庄稼，唉，这里一年只种玉米，一年一熟，而且产量很低。穿的衣服，补丁摞补丁，山里人上山下山走惯了，走路时便习惯了把脚抬得很高。老黄牛记得它还是牛犊时，主人有次带它去了县城，走到街道，县城人就在背后指着主人公说：

“哟，瞧这人走路的姿势，搭眼一看就是个山蛋！”

嘿！主人听到后，转过身冲着那人喊：“咋咧，山蛋？山蛋比你坏蛋好！”那人立即讥笑着：“呵呵呵，你还知道坏蛋哟？没文化落后的山里人，还有这种人模人样的人！”

那次，回家的路上，主人边走边发狠地说：“我就不相信，咱山里人永远就这样穷，这样被山外人瞧不起！”

还真是应了主人的话了！现在的深山里人家的光景，可真是今非昔比呀！几年前，村支书领着大家在一线连着的每个山头上，立了偌大的十个正方形大红色牌子，每个牌子都写着金黄色的宋体大字：“绿水青山就是金山银山。”几十里路外的山口都可以看到呢。

那年，老黄牛每次和伙伴们去山上吃草，看到干部们忙着督促村民加快整修那几座唐代的古塔和圣母庙的建筑，电视里还放了好几次整修刷新后的古塔和圣母庙呢！主人看了电视高兴地说：“咱自小长在这里，还真的没有发现这山里有啥好处，电视一放，呵，绿葱葱的座座大山，那几个古塔钻出云间，还真吸引人呢！”

旁边坐的村上串门的王老师慢条斯理地说：“是啊！我也是咱山里生这里长，可过去就是没有发现这大山的美，这正应了古人说过的一句，不识庐山真面目，只缘身在此山中。”主人连连点头称是。

老黄牛看到这些山民脸上放光了！腰里不再是那几张皱巴巴的纸币了。一条像黑色绸带的公路在千山万壑间缠绕，把在大山怀抱的一座又一座灰白色、白色、黑色、紫红色的仿古建筑和匣式楼房连接起来。

这天，旭日爬上东边那座最高的山巅上空。山脚下，游人撑起五颜六色的伞，给这以绿色为主调的山区增加了一道美丽的风景线。在山顶吃草的老黄牛也感觉热了，就势卧在一块平面的彩色巨石上。凉飕飕的，好舒坦呀！它盯着山下依然向山坡上走的游人，心里升起一种自豪感，山里人不再是被山外瞧不起的第三类人——山蛋了！想到这里，老黄牛得意地仰天长长地“哞”了一声。浑厚的声音，盖过一切音响，在深山峡谷久久回荡。

可是老黄牛这一声鸣叫，惹事了。一群十人男女游客循声而来，围着老黄牛。其中有一个挎着长筒照相机的白发老头，惊叫起来：“天哪，这老黄牛卧的石头，是一块上乘的玉石呀！”说着便指着玉石，“你们看，这些发绿的就是翡翠呀！”

白发老头对戴鸭舌帽的中年人说：“团长，你把这块玉石买下，让玉石厂加工成玉器赚钱多得不得了！”

鸭舌帽走到老牛跟前，眨着狡黠的目光盯着它，饶有兴趣地说：“牛老先生，把你身下这块烂石头卖给我们行吗？”

老黄牛心里明白，他肯定是想占便宜，就把这块毛料玉石说成是烂石头，就凭这一点，它会给村上所有人说，不要卖给这帮人！

“你们主人卖这块石头吗？”白头发老头问。

老黄牛瞟了一眼白发老头，“哞”地叫了一声，把这群人吓了一跳。

不知谁喊了一声：“团长，这头牛很健壮，你看它的眼神，跟一般牛不一样呀，很有灵性，把它弄到城里动物园，再教几个有趣的动作，会吸引很多人，肯定也会赚不少钱！”

这句话震动了老黄牛，它抬起头，打量着这群人，又“哞”地叫了一声，心里却想：“哼，想得美，我真的有那个能耐，我自己何不去一趟城里，给可敬可爱的主人挣一大笔钱，报答他养育我十几年不把我送到屠宰场的大恩大德呢！”

“是啊，是啊，把这头牛弄到马戏团也行呀！”这个声音很细，又很娇柔。原来，是一个披着黄头发的女郎，她有一张白皙的瓜子形脸庞，一对弯弯的眉毛，一双吸引人的眼睛。身着一身粉红的旗袍，在这绿山陪衬下，更添了几分姿色。老黄牛想到自己屁股下面脏粑粑的样子，有点自惭形秽了，主人忙着盖“农家乐”，哪有时间给它洗澡呀？

主人自从盖了三层楼后，不到一年又在后院给老黄牛建了一个新式钢筋水泥结构的牛棚，主人有时间就把电闸一推，水像一条线的雨点，给它洗澡，身上的脏东西、地上粪便冲得干干净净。它自己也养成了习惯，要是两天不洗澡浑身难受呢。

这时，老黄牛看到黄头发女郎，从随身的白色包里掏出一个小瓶，拔开盖子，在自己嘴唇上抹了一遍。老黄牛看得很清楚，她的嘴上有一层像它主人当年衣柜的那种深红色油漆一样红，红得鲜艳。她抹完嘴唇，朝后理了理黄头发，对鸭舌帽说：“头，你给我拍一张我和这老黄牛的合影，我要发到网上去！”

鸭舌帽说了句“好”就走到老黄牛跟前，抚摸着它的头，亲切地说：“牛先生呀，你太幸运了，林小姐和你照相，你高兴吗？”说着又去摸老黄牛的犄角。

老黄牛猛一摇头，犄角差点把鸭舌帽摔了一跤。老黄牛不情愿地“哞”了一声，腾地跃身而起，吓得这群人哗地散开了。

忽然，老黄牛灵机一动：连这个摩登女郎对我这头老牛都有兴趣，我何不去城里赌一把，为心地善良慈悲的主人做点贡献呢！

老牛决定要进城了！它今天回去就给主人说这事。

二

老黄牛要去很远的大城市去了，轰动了和它经常在一起吃草的牛帮羊群。比老黄牛大八岁的老黑牛也来了，它比老黄牛要高一辈。它们都纷纷为老黄牛送行。独角老山羊走到老黄牛跟前说：“牛哥，据说城里花花绿绿，车呀、人呀，热闹非凡，好看的景致也不少，可也有坏人。我就是那次进城，被人抓住，拽着我的两犄角要杀我，我和他们拼命，虽然逃出城市，却被人砸坏了一只犄角，你一定要小心呀！”

“是啊是啊，城里也不是咱山里人待的地方呀！”比老黄牛还高一辈的大红牛。虽然它的牙齿掉完了，乌亮的眼睛还是有神的。

别看大红牛年岁已高，深红色的皮毛依然光彩如锦，不由使人想起曾经非常漂亮的它，在秦川牛选拔赛还获得过第一名呢！当然这一切源于主人对它的精心喂养、训练。大赛组委会从全省三层筛选最后选出一色深红的一百头牛参加决赛。老黄牛至今还记得自己的主人讲大红牛那段辉煌的历史呢！

那年，阳春三月，正是农历的二月，也是各种牛换毛季节，青草刚刚破土，草食动物吃过冬的干草，毛色不同程度逊色。大红牛一身深红色的毛色，在阳光下闪着光泽，吸引了评委们的眼睛。不仅如此，大红牛还懂人的语言呢。

主人径直走到大红牛跟前，大声说：“大红牛，立正！”

大红牛脚下“啪”的一声，牛蹄立正，眼睛正视前方。七个评委“哗”地围了上来，看着大红牛和主人。

“向评委先生们三致敬！”

主人话音刚落，大红牛深深地向着评委们点了三下头。评委们和围观的人们一下子热烈议论起来。

最后，评比结果大红牛获得第一名，还奖给主人一万元奖金，评委主席还亲自把用大红绸带绾成的大红花挂在大红牛头上，那大红花还镶着金子般颜色的花心，好看极了。后来，主人专门做了一个玻璃大盒子，把大红花放在里面，常年放在桌子上。

老黄牛还是个牛犊的时候，在大红牛主人家发现了这个玻璃盒子，觉得好玩，便用前蹄子把玻璃盒子拨到自己跟前看个究竟。谁知，玻璃盒子掉到地上碎了，主人急了，骂声咧咧不说，刚拿起一根木棒，老黄牛知道大事不好，撒腿就跑。回到家，老黄牛感到很委屈，你就是一个玻璃盒子装了一朵花，有啥了不起？老黄牛的主人笑了，解释道："那是他家的最高荣誉呀，你把人家的盒子打碎了，弄脏了大红花，人家不生气才怪了。"说完，他拿起手机给村东头一家玻璃油漆店老板打了电话，给大红牛主人重新做了一个玻璃盒。

第二天早上，老黄牛和自己的主人带着玻璃盒子来到大红牛家给人家道歉。老黄牛和自己的主人态度诚恳，感动了大红牛的主人。临走，老黄牛情不自禁地对大红牛主人说："我将来长大了一定要像大红牛叔一样挣好多的钱，赢最高的荣誉啊！"

两家主人同时笑起来。笑毕，大红牛主人感慨地说："可你知道吗？梦想的实现，要靠实干。就像唱戏的，台上三分钟，台下十的功啊！"

也许经过这次教育，老黄牛就已经产生了梦想。

那只黑毛中有着片片白毛的奶牛犊挤到老黄牛跟前，依依不舍地说："黄牛伯伯，你什么时候回来呀？"

老黄牛舔着奶牛犊头顶上的毛，亲切地说："我会回来的。如果在城里干好了，我会接大家去城里玩。"

这时，老黑牛还是心有余悸地说："好黄侄呀，你到那里如果不行，你就干脆回来吧！省得大家都操心！你不要把命送了，成了城里人餐桌的美味，皮成了油光闪亮的皮鞋，最后连骨头带骨髓也成了城里人的保健品！"

老黄牛笑了，说："黑牛叔，你怕我在城里出事，我理解你的心情呀。可咱活在世上就是为生存拼搏，敢于迎接挑战，老死待在这深山老林，有啥出息？牛奔草处去，人往高处行！"

老黑牛摇了摇头，"哞"了一声："我说不过你，反正你在城里千万要小心呀！"

大红牛听完冲着老黑牛说："黑牛哥，黄黄说得对，咱作为长辈就应该多鼓励才是啊！"

老黄牛笑了，点了点头。

太阳爬上那座最高的山巅，苍翠的群山晨雾环绕。老黄牛盯着渐渐被阳光染成金黄的雾霭，两个前蹄一合，向大家深深作了一个揖，动情地"哞"了一声，告别了大家。

老黄牛第一次单独出门。那无限憧憬的未来世界深深地吸引着它。它恨不得一下投入那个陌生的未来世界！

走了两天，老黄牛终于走到这个城市的远郊。它回头盯看那遥远的、隐入云雾之中的群山，那是它的故乡。不知怎么，盯着群山，老牛心里总本能地升起一份留恋的感伤。

突然，老黄牛想起告别主人的大前天早上，主人说："老黄牛啊，在这个世界上，很多东西，当你拥有的时候并不觉得怎么重要，当你有一天失去它，你就会感觉它存在的重要和珍贵！"当时，它并不在意，可是此时此刻却想到还是待在那深山老林好，自由自在在山坡吃草，吃饱了来到山泉边尽情地享受那清澈见底甘甜的泉水。然后躺在自己喜欢的那块彩色石头上，多舒服呀！想着、想着，老黄牛竟然有点惆怅！

背后，传来一声长长的"哞——"叫声，打断了老黄牛的遐想，它回头一看：平坦的田野，公路交错。它意外地发现这块平原上，竟然架着一座望不到两头的高架立交桥，桥的两边有一排灰白的电杆，每根电杆上有一个向路里边伸去的横担，横担上系着一条很粗的电线。一条犹如白色的巨蛇呼啸着，飞驰而过。仅仅是老黄牛眨了一下眼的功夫，它就消失在远方了。这条大蛇的出现又使老黄牛兴奋了：嗨，好厉害的一条蟒蛇，在故乡压根想都想不到呀！嘿嘿嘿，我老黄牛想到大城市闯一闯的想法还是对的！此刻，老黄牛彻底把惆怅的心情抛之脑后了。

"嗨，谁家的人把这么大一头牛丢了?"

老黄牛背后又传来一个洪亮的声音，它转过头，原来是一个满腮白胡子、童颜白发的老头，拉着一只没有犄角的大母羊。老黄牛轻轻地"哞"一声，算是打招呼了。

大母羊吊着一对丰腴的乳房，老黄牛很羡慕，大母羊的羊崽好幸福呀，有一个可让它尽饱吃的乳房呀！老黄牛想到自己命运，嗨，甭提了，自己生下来没有多久，妈妈生了它后，也许是身体太虚弱吧，领着它吃草，脚底下一滑，掉下崖岩摔死了。主人硬是用奶瓶装着羊奶把它养活了。看到这只大母羊，老黄牛觉得很亲切。

"羊妹妹，你好！"

大母羊抬起头，也就礼貌地说："牛哥哥呀，你怎么跑到这里来了?"

"我要去大城市。"老黄牛响亮地回答。

"你去那干啥?"大母羊歪着头打量着老黄牛。

"我要去那里，看看大城市，有挣钱的事就干干，报答主人的大恩大德！"

老头插话了："嗨，你这头犍牛比有些人还强，你知恩图报，现在社会有些人还不如你这个牲口呀！"

唉，人类是有这样的人呀！嗯，和人打交道还是要慎重呢！这应该是老黄牛走出深山老林的第一收获。

“呜——”这声音洪亮悠长，高架桥上又出现了一条银白的蟒蛇。老黄牛还没有看清，它又呼啸而过。

田野又恢复了平静。老黄牛不由激动地对大母羊说：“羊妹妹，这桥上飞跑的啥蟒蛇？我在大山里长，还从来没见过这怪事呢？”

大母羊“咩咩咩”叫了几声，“牛哥哥，你真笨，连这都不知道，这叫高铁，这上面的火车就是你说的蟒蛇，比普通的火车快好几倍呢！”

噢，原来是这样！老黄牛恍然大悟，说道：“看来，人类还是厉害呀！不过，想不通，人类这么能干，可为啥还有那些不知恩图报的人呀！”

这时，老头开口了：“嗨，五十八亿人口，就像你们山里林子一样大，啥鸟都有呀！”

嘻嘻嘻，老黄牛第二收获——人类和山里的鸟一样，啥鸟都有，有好人还有坏人呢。

大母羊又“咩咩咩”叫了几声：“牛哥，我家主人没有给你说全面，人类总是好人多、坏人少。”老黄牛大牛眼珠转来转去，不解其意。

大母羊笑了，“咩咩”地叫着：“牛哥呀，人类现在好多了，包括咱这些动物在内，都不是像过去任人宰杀，还有个动物保护法呢。”

“是吗？”老黄牛高兴了。

大母羊说：“那次，我主人家女儿从大学回来说，网上报道广州有一个女子穿高跟鞋踩死一只小猫，结果网上的人声讨她，大家都说她是人面兽心呢！”

老黄牛惊喜地“哞——”了一声：“这下看来，大红牛叔担心我进城后有风险是多余的。”

人类开始关爱生命了！这一发现叫老黄牛对未来充满着一种安全感。

“羊妹妹，我走了！”老黄牛说着，刚想转身，大母羊抢了一步，温柔地“咩咩”了几声：“牛哥呀，我还没有到山里去过，你能不能在这边吃草边聊，讲讲你山里人的事。”

“你不是生长在山里？”老黄牛不禁一愣，原来它总认为牛羊都是生长在山里。

大母羊笑着说：“我们在这里生活了四五代了。”

老黄牛问：“你的老根本还是城里吧？”

“嗨，你别这样说羊，就是人最早也都是由农村或者像你们山里人来到这个城市，人多了，发展了，就是大城市了。”

噢，原来城里人就是这样来的。哼，就这样，你城里有的人还瞧不起我们山里人？你们的老祖宗不一定都在城里！

这时，老黄牛也想起了自己来大城市，还是那些从城里去山里旅游的人启发了它！它有点自负地想，我就不相信，我来城里干不成事！

三

老黄牛知道城里人老祖宗不一定都在城市，它心里把原来对城里那种淡淡的敬畏心态取消了。城里人有啥了不起？你们不过就是不受农村人种地的苦罢了，你们张狂啥呢？哼，有一天我老黄牛混得好了，说不定比你们城里人还强呢！

老黄牛得意地“哞”了一声，竟然唱起主人在山坡放牛的时候唱的歌曲：

牛儿还在山坡吃草

放牛的却不知哪儿去了

……

四只牛蹄飞快地敲打着水泥马路，像伴奏的打击乐。走着走着，眼前出现一排排鳞次栉比的高楼大厦，有一座五十层的圆柱式大楼拔地而起，直插云天。我的乖乖，这样高，咋能把那些材料送上去呀！老黄牛放慢脚步，仰头看着，一架高耸入云的塔吊把一大捆钢筋轻轻地吊上楼顶。

“爸爸，为什么塔吊那么细的钢架，吊那么重的钢筋，却压不塌塔吊呢？”这是一个幼声幼气男童声。

一个男人的声音回答道：“这是有两个方面的道理，一个由高密度分子结构的优质钢材做的塔吊架子。二个是工程师设计时候，根据吊钩的承重，找出力的平衡支点，这方面涉及物理学和材料学以及力学方面的知识，你长大了好好学习就懂得了！”

老黄牛停住了脚步，站在人行道上偷听父子俩说话。父子们说的这些话，它的主人可从来没有说过呀！庄稼人，不懂！

嘿嘿嘿，老黄牛又有收获：看来城里人就是比种地的人懂得多，就是包括它的主人压根做不出来像塔吊这样的东西呀。

突然，背后传来男童的惊叫声：“爸爸，不好了，动物园那个犀牛跑出来了！”

“犀牛？”老黄牛惊讶了，和它一起山坡上吃草的有各种公母牛，红牛、黑牛、黑白相交的奶牛，可从来没有叫犀牛的牛呀？

这时，三十五六岁的男人才注意到前面竟然站着一只老黄牛，也大声喊：“嗨，怪事怪事，我家祖祖辈辈在这个城里，第一次看到在马路上走着这样的一头大犍牛。”

“爸爸，犍牛是啥牛？”男童问。

爸爸拍了拍儿子，饶有兴趣地说：“儿子哟，你上了大学，学了动物学就知道啥叫犍牛。”

男童说：“爸爸，牛奶就是这个牛的奶吧？”男童撒娇道：“爸爸，我要喝这个牛的牛奶呀！”

爸爸哈哈哈大笑，笑得眼泪出来。然后一字一句给儿子说：“我刚不是说了嘛，这是个犍牛，犍牛就是把睾丸摘除的公牛，只有母牛才有奶水呀。”

男童说：“你骗人，爸爸骗人，我喝过牛奶粉，还没有喝才挤出的牛奶水呢？”

男童竟然跑到老黄牛前面，对老黄牛说：“牛爷爷，我要吃你的奶奶呀！”

老黄牛羞涩地摇了摇头，低声“哞哞”了几声说：“你叫我牛爷爷对着，我不是牛奶奶。傻孩子，就是牛奶奶年龄大了，也不会有奶水了。”

男童很沮丧，干脆坐在地上，撒野哭起来：“你俩都骗我，呜呜呜——”哭得好伤心呀！

爸爸抱起男童，哄着说：“虽然这个牛爷爷没有奶可吃，可它可以驮着你呀，这多有趣呀！”

嗨，这招真好！男童破涕为笑，站起来抱着爸爸的腿说：“你给牛爷爷说说，让我骑在它身上。”

爸爸抚摸老黄牛的头，央求道：“尊敬的牛先生，让我儿子坐在你的背上感受一下，可以吗？”

“哞”一声，这声音一点不刺耳，而是那么温柔地说：“行，让孩子坐上去吧！”

老黄牛说完，前翘的犄角，轻轻地把男童拨到自己腿跟前，爸爸高兴地说：“牛老先生呀，你真好！这么通情达理，善解人意！”这句话，老黄牛可以听懂，因为主人也曾经说过这样的话呀！

倏地，老黄牛灵机一动，想到主人曾经说过：“现在社会有一种不好的现象，屁大点事都得拉关系，没有关系什么事都干不了呀。”这个男娃要骑我，不正是和父子两个拉一下关系对自己也好嘛。

爸爸把儿子放在老黄牛的背上，然后又抚摸着老黄牛头顶上的毛，感激地说：“谢谢牛先生，儿子，快谢谢你牛爷爷吧！”

男童在老黄牛背上摇晃着大声喊：“谢谢牛爷爷，谢谢牛爷爷！”

老黄牛高兴地“哞”了一声：“城里的人就是文明礼貌，我在坡上吃草，我们村的孩子骑在我身上，谁谢谢我呀？”

老黄牛驮着男童和爸爸并肩走着，就打开了话匣子。这时它才知道这男人是一个年轻作家，它不由问：“作家是干啥的？”

“作家就是写书的。”男童爸回答。

这点老黄牛很清楚，因为当年没电视机时，它主人经常拿着一本厚厚的书看呢，看得入迷时，有次在它的草里撒料竟然一下把一天的精料倒在牛槽里，被老婆痛骂了一顿。想到这，老黄牛“哞”地叫了一声：“我知道，我知道！”

爸爸转过头盯着老黄牛，笑呵呵地问：“你知道什么？”

“你写书，就是写的我主人经常看的那本厚厚的长篇大说呢。”

“什么长篇大说？”爸爸先是一愣，然后哈哈地笑起来。

男童在老黄牛背上晃动着，笑着拍着老黄牛的前背说：“牛爷爷那不叫长篇大说，而是叫长篇小说呀，哎哎哎，牛爷爷，你真笨、真笨呀！”又连连拍着老黄牛。男童在它背上又是脚蹬，又是手拍，差一点掉下来了，老黄牛急忙收住脚步。爸爸扶稳儿子，又和老黄牛聊了起来。当他得知老黄牛进城是为了挣钱报答主人的养育之恩，不由仰天长叹道：“了不起呀，一个畜生都知道养育之恩，都知道知恩图报，可现在有人却不懂这些，我住的小区院子里有两口子养了两个儿子，大儿子是乡政府干部，小儿子是大学毕业的教师，就是为给小儿子上大学花钱多了点，大儿子不管老人，分家时兄弟俩因为赡养老人闹到法庭上了。”

老黄牛沉重地哞了一声：“人类怎么有这样的孬种呀？”

这时，男童冲着爸爸这边说：“爸爸，我长大了，一定像牛爷爷那样记着你和妈妈的养育之恩，知恩图报呀！”

爸爸高兴地抢了一步走到老黄牛跟前，拍了拍儿子说：“儿子呀，你今天能明白这个道理，爸爸的心哪，像吃了蜜糖甜透了！”

爸爸和老黄牛悠然地漫步在这个繁华喧嚣的都市马路的人行道上。不知不觉来到一个大十字路口。忽然从靠着他们这边东南角的地方一个大玻璃棚里涌出一股人流，老黄牛挺纳闷：这些人怎么从地下出来了？就问：“人是在地上走的，那些人怎么从地下出来？”

爸爸没来得及回答，儿子抢先回答了：“牛爷爷，这叫地铁呀！他们坐地铁出来了。”

“地铁是什么东西呀？”老黄牛又哞了一声：“地下是铁的，人怎么能从那里出来呀！”

爸爸笑着摇头，叹息了一声说：“嗨，你到底是深山老林的老黄牛没见过世面呀！这地铁就是地下的铁路，也就是说，地下有火车站，人们上下班地面公交车不够，就坐地下的火车呀！”

男童在牛背上又摇晃了几下，拍着老黄牛的背，笑嘻嘻说："牛爷爷，你真笨，你真笨到家了！"

老黄牛没有一点不好意思的感觉，反而低声"哞哞"叫了几声："傻孩子，爷爷就是笨才到这城里学习来了哟！"

这时，爸爸冲着儿子喊："儿子，下来吧，咱俩也坐地铁回家吧，地铁快，不然的话回去就晚了，你妈做的面条就放成一块了！"

老黄牛站住了，爸爸从背上边抱儿子边问："儿子，今天坐在牛爷爷背上高兴吗？"

"高兴！"儿子回答。

"开心吗？"爸爸问。

"开心！"儿子甜甜地喊了一声。

"那你就要好好谢谢牛爷爷！"爸爸也兴高采烈地说，"儿子呀，牛爷爷把你驮了这么长时间，要是放到旅游点，咱俩今天不掏百十块钱才怪呢！"

老黄牛又纳闷了：怎么在旅游点掏这么多钱是什么意思呀？

看到老黄牛不解地眨着眼睛，爸爸明白了，忙说："那次，我和儿子在旅游点骑一个小时的马就给人家出了118块钱呀！"

噢，原来是这样！老黄牛心里生出了个想法！

四

在旅游点，游人骑一个小时的马要118块钱，这个信息可把老黄牛乐坏了。它眨着圆眼球想，一个小时118块，那十个小时就是1180块。老黄牛听主人说，他叫人盖"农家乐"，大工干一天才110多块钱，还比骑马一个小时的钱少8块钱呢！"我要是能在旅游点找到工作，主人就不用再辛苦了！"老黄牛走着想着，一高兴不由又唱起来：

牛儿还在山坡吃草，
放牛的却不知哪儿去了

突然，一片刹车声、一阵比一阵紧的汽车喇叭鸣叫声，钻进老黄牛的耳朵。这才发现自己已经走到大十字路中间了。对面马路红灯亮了，面前左边有四排各式各样轿车、公交车全部停了。妈呀，四面的车辆包围了它！大家好像都把目光集中在它这边了。慌乱中，两个交警满头大汗跑来，一人拽着它一只犄角，两个人使劲把它往前拖，它"哞"地叫了一声问："你两个人干啥？干啥拖我呀？"

其中一个交警一只手仍抓住它的犄角，另一只手指挥着一眼望不到边的停在那儿的车辆，厉声说："你还有脸问呢？红灯亮了，你还洋洋得意唱着歌闯红灯？”

“蹿红灯？”红灯在那么高的电杆横担上，我能蹿上？老黄牛大眼珠轱辘轱辘转动。另一个交警笑着说：“你是山里的牛，没见过世面，在马路上行走，看见前面的红灯亮了，就不能再向前走了。不然的话，你左右方向行驶的车会撞死你，闯红灯多危险呀！”

老黄牛这才明白，闯红灯会撞死自己，多危险呀！

两个交警把老黄牛拖到十字路中间时，前面的红灯熄了，黄灯闪了几秒，变成绿灯。两个交警急忙把它一直引到对面的人行道的道沿上边，才松了手。老黄牛盯着眼前飞驰的四排车辆，心里真的害怕了，自己要是被撞倒在马路上，非叫这些车轧成牛肉饼不可。嗨，走在这大城市的马路上，千万不要闯红灯呀！

老黄牛走着想着，一阵尖利的汪汪汪声打断了思绪。定睛一看，面前有一只雪白的长毛小狗，老黄牛在飞红马家见过，它还知道这个狗还有个洋名字叫马尔济斯犬呢。马尔济斯犬叫着，躲在女主人身后。女主人戴着一顶墨绿色礼帽，沿着帽檐根的一条红色彩带，偏扎着一朵鲜红的花，一头披肩长发，一条超短连衣裙，弯弯的眉毛，很长的睫毛，搭眼一看就知道是假睫毛。人们睫毛哪有这样长，她瘦削的脸白得像粉过的墙一样，俊俏的小鼻子，小口红唇特别鲜艳。

马尔济斯犬嘶叫着，盯着老黄牛，圆圆的小眼睛打量着它，用鄙夷的目光，厉声说：“哪里的野公牛跑到城里来了，把人能吓死！”

老黄牛“哞”了一声，不高兴地：“咋咧，国家就没有规定山里的老黄牛不准进城呀？”说着，它右前蹄“啪啪”地拍了几下，吓得马尔济斯犬挣脱绳子拼命向回跑。女人急了冲着老黄牛狠狠瞪了一眼，说：“都是你这个臭气冲天该死的老黄牛惹的祸，我这只小狗是我 18500 块钱买的呀，你十个抵不过我的一个小狗狗钱。”

女主人说着向还在奔跑的小狗追过去，老黄牛很清晰地听到女主人伤心的腔调：“我可怜的爱罗·露依丝呀，我的女儿呀！你怎么只顾自己却把妈妈扔下了，妈妈多伤心呀！”

嘻嘻嘻，真有意思，这只胆小如鼠的小狗竟成了这个漂亮的年轻女人的女儿了。人能生小狗吗？老黄牛没有见过，可在这城市里竟有女人能下狗崽子！

老黄牛不由头一偏垂下，偷偷地笑了。“一只叫爱罗·露依丝的马尔济斯犬的小狗竟然值 18500 元，想不下去。看来城里钱确实好挣呀！”想到这里，又回想到自己真的能到城里的旅游点，在那里一定好好努力，肯定会赚很多钱的。

旅游点在哪里？老黄牛心里问着。这时正好迎面走来一只很脏的黑狗，一看就是只流浪狗，它一只后腿向后拖着，很明显腿坏了。老黄牛走到流浪狗跟前，彬彬有礼地问："请问这儿的旅游点在什么地方？"

流浪狗上下打量着老黄牛，用蔑视的口气说："不知哪个山里的老黄牛跑进了城，这里是你山里老黄牛来的地方吗？"

"哞——"老黄牛叫了一声："这么大的城市谁都可以来呀，为啥我不能来呀？"

这时，流浪狗凑到老黄牛旁边，老黄牛才看清这是一只没有尾巴的狗，它好奇地问："狗弟弟，谁把你尾巴砍了？"

流浪狗苦笑了，汪汪几声说："我生下来就没有尾巴呀，我的家族叫防暴犬，你懂吗？当年我离奶时，主人用13000元把我买回来了。"

"你的身价不低呀！"老黄牛惊叹地说。

流浪狗苦笑了一下，呜呜呜地伤心哭起来了。

老黄牛同情地说："可怜的没尾巴狗狗呀，你这一哭，我心里都难受了。"说完，抬起右蹄在流浪狗头上身上抚摸起来，安慰道："甭哭了，城里人的钱很多很多，你给谁家看家护院，都可以挣不少钱，勤劳致富呀！"

流浪狗连连摇了摇头，苦笑着说："你不知道，城里人有钱人很多，可你甭看穿得洋里洋气，骨子里坏得很。我的主人买我就是给他看那辆六十多万元的宝马车，在第五年腊月的一个晚上，五个小偷拿着铁棍砸开车玻璃，偷了车里东西，我就和他们干开了，结果一根铁棍打在我的后腿上，当时就粉碎性骨折，头上又挨了一棍，就什么也不知道了。第二天醒来时，才发现我被主人扔到大街垃圾桶旁边。我好不容易回家，那个该死的主人大儿子把我摔到马路上，还好没有被车轧死。"

老黄牛不由仰天长叹："这城里人咋这样没良心呀！"老黄牛愤愤不平，说："这太不公平了，你给他家看车护院五年了，没有功劳也有苦劳呀，你吃三顿饭值几个钱呀？"

流浪狗长叹一声："城里人把钱抠得比你乡下人还紧呢，你当城里人钱好挣？"说到这里，流浪狗不由问："哎，说了半天，你不好好待在山里，跑到这里干吗？山里空气好，山清水秀，环境优美，何苦跑到这大城市经受汽车尾气污染？"

老黄牛这才把它想到城里挣钱的想法说了一下，特别说到它想到旅游景点赚钱的事。

流浪狗冷笑了几声："没有那么傻的城里人，你甭信！你别看城里的钱确实多，真正不好挣，我建议你还是回你山里多好呀。"

老黄牛心里琢磨着，短短一天呀，竟然了解了这么多事呀，确实把老黄牛的心绪搞乱了。它建议我回去？难道我就这样空手回去吗？要是回到山里，伙伴们不耻笑我才怪了呀！可是不回去，在这城里找不到挣钱的工作，这样下去自己不就成了流浪牛了？想到这里，心里好凄凉呀。

老黄牛无精打采走着，眼前出现一个广场，广场的中间是铺着黑色大理石的地面，周围是一圈体育活动的东西，中间是一个男女组成的一个方队，队前一个美女做着舞蹈的动作。旁边放着一个长方形的音箱，音箱放着迪斯科舞曲，那咚咚响的音乐和狂欢的方队，震得老黄牛耳朵好像要聋了。它刚想逃离这块地方，眼前不远出现了翠绿的草地。呵呵，它高兴了，飞奔到草地里。这里的草，不像山坡的草，一点杂草没有，齐刷刷。老黄牛觉得好笑，城里人就是闲得无聊，没事了把草剪得整整齐齐。草地很松软而且潮湿，一个个黑褐色牛蹄坑，在草地上特别显眼。老黄牛急忙一嘴接一嘴啃着青草。不一会儿，肚子就圆鼓鼓的。

“嗨，哪来的老牛进了绿化带，破坏城市绿化你们还不给我把这个东西抓住送到屠宰场去!”

随着震耳的吼声，一个黑胖小伙子指挥三个彪形大汉向老黄牛这边飞跑。老黄牛大吃一惊，沿着来时的路，撒开四蹄逃出绿化带，幸好老黄牛四条腿飞快，总算把后边的那四个两条腿的人甩得远远的。它寻思自己沿着马路跑不是个办法，一定要叫他们看不见自己最好。前面出现一个小巷，它一头钻进小巷子，还是拼命地跑。

老黄牛跑了一个多小时，出现了一片菜地，都是绿色的芹菜、包菜，路边一条清澈的细流汩汩地流入菜地。嗨，这水呀，像它吃草的山顶上流下来的水。

这时，老黄牛才感觉身上湿漉漉的、口干舌燥，一头伸向水渠，咕咚喝起来，直到一个老头走到它跟前，也没有发觉。

老头拍了老黄牛的屁股，哦：“这是从厕所流出来的水，你敢喝?”

什么，厕所流出来的水？老头肯定是哄我，厕所水能这样清？它大眼瞟了老头一眼，“哞”地叫了一声说：“厕所哪有这么清的水呀，你哄人!”

老头拍了拍它的头，笑着说：“厕所里的水流的过程中，不能溶解的东西却在流的过程沉淀了，所以水变清了，可是那些水里依然含有大量的有害细菌，甚至病毒，还有肉眼看不见、对人身体有害的各种有机化学成分呢!”

经老头这么一说，老黄牛确实感觉肚子隐隐作痛。过了一会儿，呀！肚子怎么疼得难受，还咕咕响呢，它想拉稀，还没有等它再想，肛门就打开了，稀里哗啦还溅到老头身上了。妈呀，自己惹事了!

老黄牛撒腿又向前跑去了。

五

老黄牛拼命跑着，汗水把牛毛紧紧地沾在身上。前面出现了一个黄瓦红院墙的园子，老远就可以看到大门上赫然闪着红光的大字：城市运动公园。它从门口往里看，竟然有一个男孩骑在马背上晃悠。老黄牛可高兴了！这正是自己要找的地方呀。

这时，肚子里咕咕一阵，又拉稀了。背后传来一个粗犷的惊呼声："快抓住前面这头犍牛，它给路上拉了多大一摊呀，把人能臭死！"接着又听到一个中年女人的破锣声也喊："城管，快，快把这头老野牛抓住呀！"

老黄牛知道自己又惹下事了，拼命甩开四蹄顺着院墙跑起来，直到听不到后面喊声了，这才回过头发现再没有人撵自己了。它放慢脚步缓缓地走着，眼前又出现一个大门，大门上还是闪着红光的六个大字：城市运动公园。这个公园好大啊！

老黄牛想，城市好，人多、热闹，可是管你的人太多了。在老家的山坡上、小路上、田间地头，谁管我老黄牛撒尿拉屎呀！可在这里却没有那么随便了。想着，它向里望去，一匹看来口龄不小的枣红马背上有一个短胡子的小伙子，一手拉着缰绳环，一手挥舞着皮鞭抽打着马的屁股。枣红马像一团火似的转了一圈又一圈，可那个坏家伙还是不停地打着枣红马的屁股，好像存心要把它累死呀。嗨，人类都在喊要关爱生命，可是这个短胡子的小伙子却这样无视生命，该死！老黄牛心里狠狠地诅咒着。

公园里楼台亭阁，金黄色圆顶，翘檐对称，绿色瓦、深红墙，在葱茏的树丛中显得特别好看。人工湖，轻舟悠悠游荡。呀，还有一大片用铁丝网围起来的浅绿色草地，竟然还有吃草的山羊、马驹，几个游人分别身着武士古装骑在马背上，悠然地走着。

在入口处，大门敞开着。这时候老黄牛从看到小伙子打马的不愉快中走出来了。看到这些马，想起那个男童爸说过的话，一个小时赚118块钱的事多美呀！虽然我老黄牛没有马那样灵巧飞快，骑一个小时100块钱该没有问题吧？10个小时计算，就是1000块，这个账它会算的呀。1000再乘30天，一月挣3万块钱呢。再来一年12个月，3万乘12就是36万块钱，一年36万，10年就是360万呀！凭我老牛的身体状况，10年内干这个事应该没问题。

老黄牛还想呀，当它敬爱的主人看到这360万块钱，就再也不用辛苦搞什么"农家乐"了，也不用辛苦种地了！老黄牛想着，"哞"得高兴地大叫一声，吓得两个保安大惊失色，异口同声喊："快，快抓住这头野牛！"

忽然，真有十几个穿保安服的年轻人扑过来。老黄牛急了，嚎叫一声，一头向离它最近的保安冲去，吓得这个保安屁滚尿流逃走了，其他保安也望风而逃。它哼了一声，看看这些盯着它的保安和游人，又昂起头，显摆着自己头上那一对足以致人命的犄角，耀武扬威地进了公园，沿着铁丝网溜达。

铁丝网栏里边的马驹呀，羊呀，看到网栏外面竟然有一个稀客老黄牛光临了，觉得挺稀罕！一只褐色的普尔山羊咩咩叫来好几只山羊，接着那匹枣红马也来了，后面跟了一只毛驴呢，大家七嘴八舌地议论：

"咩咩咩，真稀奇，哪来这个脏兮兮的老键牛！"

"啊噢，啊噢！"叫个不停，这是毛驴的声音。

打着响鼻的枣红马身上的汗水直往下淌，它用头拨开羊群和马驹，挤到毛驴前边。它和老黄牛只隔着一道铁丝网，"咴咴"两声后，算是招呼了老黄牛："牛哥，你跑到这个大城市干吗？"

老黄牛认出来这就是那个驼着短黑胡子小伙子飞跑的马呀！它又想起来，骑马赚钱的事，就急忙问："红马兄弟！"

枣红马笑了，说："牛哥，对不起，我不是公马，我是生过三个马驹的母马呀！我和你年龄大概差不多吧？"

老黄牛"哞"地叫了一声，说："对不起。"片刻，又急不可耐地问："你是不是一个小时就挣118块钱呀！"

枣红马"咴咴"了两声，摇了摇头："哪有这样好的事呀？城里挣钱门路比乡下和山里人多，可城里人把钱抠得比农村人还紧，人家骑我一个小时，100块钱，老板给我才15块钱。就这15块钱来得够辛苦的，你看我的屁股。"

枣红马把屁股转到老黄牛这边。它才看清枣红马后腿裆中那只干瘪的奶包，屁股上一道道皮鞭抽过留下指头粗的梁，身子不时还微微发抖呢。老黄牛扬起头"哞"地大叫一声，说："大妹子，你受苦了，我都不忍心看了！"

枣红马垂下头，泪水夺眶而出，半天才小心翼翼地问："牛哥呀，你待在山里多好呀，跑到这大城市干吗？人家城里人压根儿就瞧不起你。"

老黄牛这才把想在城里赚钱的事说出来。

枣红马又摇了摇头，连着"咴咴"了几声，说："牛哥呀，大城市并不像你想象的那样好啊，像刚才在我身上骑的那个短胡子小伙，为了寻求刺激，拼命地用皮鞭抽打我的屁股，还嫌我跑得慢。本来想前蹄腾空摔死他，可是转念，他死了老板赔命价不说，我也甭想活了。我的三个孩子还小呀，还要我照顾呀。所以就忍着，好死不如赖活着。可这赖活着，活受罪，到哪年才是个头啊？"

老黄牛刚想安慰它几句，枣红马大声说："牛哥哥呀，你们那儿多好呀，有山有水，空气清新，哪像这大城市，雾霾一来，街道上车都限号行驶，哪像山里自由自在生活着。依我看，你还是早早回山里吧。”

这时整个公园响起了“叮当当”的铃声，枣红马、羊群，还有那头驴一哄而散。

太阳偏西了，暮色愈来愈浓。游人一拨又一拨从出口处涌出来。老黄牛心里明白，这是公园闭园了。它拖着疲惫的身子，一步一步离开了公园。马路两边的灯亮了，照得地面如同白昼。老黄牛无精打采地走着，可怜的枣红马屁股上一道道伤痕，还有那干瘪的乳房却在它脑海晃来荡去。枣红马的嘱咐声在耳畔久久回荡。

“牛哥呀，大妹子给你说实话，你快回你们山里吧，那儿的空气好，自由自在，再不要到这花花世界的大城市里来了!”

也许是老黄牛心情不好吧，也许是喝了城里的污水拉稀的原因吧，老黄牛只觉四腿发软，全身冒汗。它向来的路上走去，走着、走着，头不由得往下垂，两个前蹄一跰，差一点来个啃地皮。唉，可怜老黄牛几乎筋疲力尽了。眼前远离公路的是一片空旷的场地，从尘土覆盖的一堆又一堆建筑垃圾来看，这是一个才拆迁的城中村废墟。幸好，空地上长着荒草，一条黑色皮管汩汩流着水。

它觉得又饥又渴，四肢似乎无力支撑着它这庞大的身躯，就势躺在荒草上，啃着草，然后喝着皮管的水。

六

老黄牛从城里逃回来了！整个山村都震动了。主人家门外老松树跟前，牛呀，羊啊，猫呀，狗呀，一齐把老黄牛围在中间。咩咩咩欢叫，还有哞哞的喊声，是常在山上吃草的羊朋牛友们。树荫底下，老黄牛垂着头卧在地上，毛色零乱，沾满灰尘的后腿上，拉稀留下的臭粑粑散发着臭人的气味，大红牛看着老黄牛这副脏兮兮的样子，就拖长声音哞地长叫一声：“黄侄呀，当初你要去城里，我就给你说过，城里不是咱山里人和牛羊去的地方呀！可你就是不听，你看你现在这副样子，我就断定你这些日子进城受了苦，受罪了。”

“老黄牛伯伯，你可回来了!”

老黄牛抬起半闭的牛眼，循声望去，黑白相交毛色的奶牛犊，一蹦一跳来到老黄牛跟前，惊讶地哞地叫了一声，说：“黄牛伯伯，这些天不见你，你看你的毛色不再像黄缎子那样光亮好看，你这双眼睛变得失神无光，你看你的后腿档里档外，全是拉稀干的，臭死……”

大红牛生气了，哞地叫一声，生气地说：“你这小崽子，你不说话，你黄牛伯不会把你当哑巴吧?”

奶牛犊吐了一下舌头退去了。

这时主人来了，他先是一愣，然后说了声：“黄黄呀，好几天没有见你，你……你……你怎……”啜泣声中止了说话声。

霎时，哞哞的牛叫，咩咩咩的羊叫声，响彻一片。老黄牛抬起头，后腿刚撅起，却扑通一声又瘫在地上了。唉，自从喝了城里菜地里的脏水，拉肚子没有止呀，它太虚弱了!

主人见状，抱着它的头，号啕大哭着说：“我的黄黄牛，我知道你是感恩于我呀，你要去城里挣大钱，报答我一家人，我知道啊！可是外面的世界，固然风情万种、新鲜好看，却也不知道有多少险恶呀!”

老黄牛抬起眼皮，一泓泪水。主人越说越激动：“我好说歹说，不让你去，你就是不听，硬要去城里闯大世界。你看你，你成了这样，胯骨暴起多高，肚子成了深坑，你知恩图报，你比两条腿的有些人还强百倍呀！黄黄牛呀，你第一次来到山坡吃草，你一定记得妈妈死的情景吧？是多么刻骨铭心啊，你虽然是个畜生，可是你在我的心目中就像我的儿女一样，你要是有个三长两短，我怎么活呀?”

主人说老黄牛第一次在山坡上吃草那时候，它还是个很小很小的黄牛犊呢，它来到这个世界才四天呀！可是那天早上是它一生的第一记忆吧：

那天早上，太阳爬上门前这棵老松树上，才会摇摇晃晃走路的小黄牛，脐带还没有掉呢。阳光不热不冷，黄牛妈妈第一次把儿子带到山上。妈妈一嘴又一嘴啃着草。小黄牛卧在一片厚厚的草甸子上，好舒服。渐渐地，闭着眼睛睡着了。

不知过了多久，满山的牛羊叫声和人们的嘈杂声，把小黄牛从梦里惊醒。睁开眼睛第一眼看到主人哭着抱起它，两个小伙子扶着主人，一步一步向山下走去。到底发生了什么事情，主人哭得这么伤心？小黄牛纳闷，幼声幼气地哞哞了几声，主人走着还是哭喊着：“我的扁担角呀，你生娃刚四天，你竟然走了哇!”呜呜呜的哭声把两个小伙伴感动得掉眼泪，他们安慰说：“叔，甭哭了，扁担角功劳大呀，它虽然是个牲口，可就像你家一口人一样，精心喂养，冬天饮牛从来没用凉水，你买回来时，原来瘦得皮包骨头，可几个月就肥起来了。后来，扁担角几乎每年生个牛崽呢，成了你家最大的一笔经济收入!”也许就是在这天，小黄牛才知道自己的妈妈叫扁担角。妈妈和它一样的毛色，只是头上两只犄角向左向右直直地长着，像头上一条直直的扁担。妈妈的性格是那样的温柔，总是舔着它的头发，那种爱抚舒服极了呢!

就是这天，妈妈吃草掉到悬崖下摔死了！后来小黄牛长大了，才明白不管牛市价钱如何上涨，主人从来没有卖它的念头呀，因为自己是妈妈最后一个孩子呀！

……

主人抱着老黄牛的头，它的伙伴簇拥着，把它送进牛圈里。细心的主人先是用热水把老黄牛清洗干净，然后用干净的床单把它全身上下擦干。最后，用干拖把拖干地面的水，在水泥地面铺上厚厚的稻草，让它躺下。

末了，主人打电话叫来了兽医。这个年轻的兽医，开始给老黄牛打点滴，接连打了五瓶药。

好几天的折磨，加上拉稀，老黄牛本来健壮的身体，现在彻底垮了。经过几天的流离颠沛和疾病的折磨，老黄牛极度疲惫，躺在厚厚的稻草上很快就睡着了。

雄鸡一阵接一阵叫着，老黄牛醒来了。主人还躺在它旁边的竹躺椅上，眼睛盯着药瓶。主人一夜都没有睡觉！

老黄牛好感动啊！它想到妈妈摔死时主人伤心的哭喊，想到主人为了给它喂牛奶，废奶瓶就装了两箩筐。

老黄牛现在还记得很清楚：那次，来了个收破烂的老头，主人把两筐白塑料奶瓶拿出来卖的时候，收破烂的老头很奇怪：“兄弟，你家能有几个娃？竟然用这么多奶瓶呀！”

主人打趣地说：“一个儿子呀，就用这么多奶瓶呀。”

老头摇了摇头：“我不信，一个儿子能用这么多奶瓶呀？你骗谁去吧！”

“你还不信呦？”主人笑着说：“我那儿子俏皮得动不动把奶瓶咬破了，奶瓶破了就得买新的呀！”

老头笑着问：“你儿子吃奶瓶呀？我就不相信一个吃奶娃能把那么多的奶瓶咬破？你越说越玄乎了！”

主人笑眯眯，说：“你还不信，我把儿子叫来，你看看就明白了。”

这会儿，已经是六个月的小黄牛，正在外边和小伙伴抵仗呢。

那时候，黑白花奶牛犊的妈妈，也是个七个月的奶牛犊，它看到小黄牛把另外三个牛犊撵得乱转，就不服气，冲着小黄牛喊：“黄黄，你有什么了不起呀！你就凭着你是一个公牛犊子劲大欺负人呀，来呀，和大姐比试比试吧！”

花奶牛妈妈抬起了前蹄，向小黄牛比画了几下。小黄牛心里想：什么大姐，便冲着它喊：“你比我大一个月，还是我的大姐？看招！”

小黄牛说罢，就离弦的箭似地飞过去，一下子撞倒了花奶牛妈妈，还死死地压在它身上，得意地叫着：“这下服输了吧！”说着便在花奶牛的脸上疯狂地舔着，累得花奶牛妈妈喘不过气来。

“黄黄，快过来，黄黄快过来呀，有人要看你呀！”

主人喊时，老黄牛只是得意地噢噢叫，并没有听准，倒是上气不接下气的花奶牛妈喊着："该死的黄黄，你主人叫你呢！"

这下老黄牛听到主人喊它的声音，连蹦带跳地跑到主人面前，哞哞地叫了两声，亲昵地舔着主人的手。

主人笑着对老头说："这就是我说的用了两筐奶瓶的儿子呀！"

老头乐了，说："原来是头公牛娃子呀！亏你把它比作你娃！"

主人正色道："嗨，你这句话倒是一句实话，我不光把它当儿子，还比我儿子还用心呢！"

"啥，比对你儿子还用心？听不明白。"

主人收敛笑容，认真地说："它生下来四天呀，它妈吃草到崖边，不小心摔死了，我就是用这些奶瓶盛的羊奶一口一口把它喂到六个月断奶了。我的儿子小时候，除了我还有他妈管呢，可这黄黄呀，四天就失去母亲，现在想起来，我心里都难受呀！"

主人说着，竟然抹了一下湿润了的眼睛。当时，这一切都深深地刻在老黄牛心里。

嘻嘻嘻，老黄牛至今还记得，收破烂的老头指着它说："这个牛崽娃子，你咋样吃奶，竟这样费奶瓶子？"

这会儿，主人佯装生气地对它说："你个崽娃子，吃奶时总是用那么大的劲，动不动就把奶嘴咬破不说，有时候还把奶瓶盖瓶身也咬破了呢。"

至今，老黄牛还记得主人给那老头讲，六个月的它比其他的牛犊跑得都欢呢。在山上，吃草撒欢起来，满坡的牛都比不上它呢。

主人看着老黄牛最后一瓶药完了，就轻轻地拔下针头，用酒精棉花球按在针眼上，揉了好长时间，才扔掉棉球。

这时，一缕金灿灿的阳光透过玻璃窗，照在老黄牛脸上身上，温暖，温馨，惬意。嗨，还是有个家好呀！

七

兽医给老黄牛一连挂了五天吊瓶，服了半个月药，它才能站起来了。

这天，老黄牛躺着，主人用锯条做的刨子，刨它身上的脱毛，刨着刨着竟然爬在它的前膀子上睡着了。老黄牛心里很明白，半个月来，主人已经劳累得瘦了一圈。多么勤快善良的主人呀！它心里也很感动。可自己却没有能力报答呀，有史以来，山里对牛的评价很高："牛，是山里人的半个家当呀！"老黄牛还记得，在它很小的时候，主人给它用奶瓶喂奶时，儿子在旁好奇地问："爸，你把这个牛犊看得比我还珍贵呀!”

主人笑了，说：“傻儿子，毛主席在《在湖南农民运动考察报告》那篇文章里，还有一句话：牛是农民的宝贝。牛憨厚、诚实、吃苦耐劳，种地、犁地、拉车，农民的重活都是由牛来完成的。牛粪又是很好的有机肥料。”

儿子嗷嗷叫着：“我明白了，怪不得黄牛妈妈摔死了，你哭了好几天!”

当时，主人脸上的笑容消失了，长长叹了一口气，说：“黄牛妈妈给咱家共生了十个牛犊子呀，九个牛犊卖的钱是咱屋主要的收入。六畜通人性，咱家的牛，不管公牛母牛是大是小都很听话。那次，不是黄牛妈妈把我从地里驮回来，你爸我就没命了。”

妈妈救了主人的命，这个事老黄牛也知道——

那是个盛夏，主人拉着老黄牛妈妈去犁地。早上，太阳刚冒出东边的山巅有几丈高，天气就热了。黄牛妈妈已经耕了快一亩地了。在地边树荫里，主人和黄牛妈妈都在休息。主人带了四个蒸馍，自己吃了两个。把另外两个蒸馍掰成小块，一点点给黄牛妈喂。从地边路过的小伙子，看到此时此景，笑着说：“叔呀，这么大个老牛，一口一个蒸馍都能咽下去，可你却像喂木犊娃一样，一点点地喂，不嫌麻烦。”

主人笑了，哼道：“亏你这崽娃子还是中学生呢，不了解牛的胃和人的胃不一样，牛是反刍动物，蒸馍韧性好，牛吃下去不好消化，时间长了，牛就生病了。”

小伙子走后，主人喝了点小暖水瓶里的水，把剩下的水给黄牛妈倒进嘴里喝了。

淡蓝色的天空，太阳愈来愈高，天气越来越热。黄牛妈呼哧呼哧地喘气，主人拍了拍它的头，笑吟吟地说：“宝贝，再干二十分钟，这块地就犁完了，咱俩回去好好歇一歇，今天天太热，后半天就不干活了。”

主人扶着铁犁犁地，用一根木棍按着铁犁身，说：“宝贝，开始吧!”

片刻，沉重的铁铧，掀起深褐色的波浪，在阳光下闪着光，主人兴高采烈地唱起了他老爱唱的《二小放牛》里的那两句：

牛儿还在山坡吃草，
放牛的却不知哪儿去了
……

正唱着，主人“啊”了一声，丢下犁把和掌握左右转向的撇绳，倒在地上，双手捂着胸部，在地上滚。黄牛妈急忙转过身，大吃一惊，“哞哞”地叫着，转过身走到主人面前，卧在地上，前蹄把主人搂到自己身边。不知主人是疼得直淌泪，还是被黄牛妈这么通人性感动了，泪水像泉水般在脸上流淌。他挣扎着爬到黄牛妈背上，黄牛妈“哞哞”叫了几声，招呼主人抱住自己。它腾地站起来，驮着主人，拖着沉重的铁犁，飞也似地跑到主人家邻居赵医生家门外，“哞哞”地叫个不停。

这天正好赵医生背着药箱刚要出门，见此情此景，大吃一惊：“扁担角，你主人冠心病又犯了啊？”

赵医生比主人年龄小六岁。他经常给主人和家里人看病，有时还逗逗黄牛妈：“扁担角呀，你这两个直犄角要是真的像扁担能担庄稼多好呀，真的那样，就等于你主人雇了个廉价长工。”

老黄牛妈驮着主人“哞哞”叫了几声，就势卧在赵医生跟前。赵医生急忙把主人仰放在地上，然后，从药箱里取出一支亚硝酸异戊酯吸入剂，用一小块纱布包好药瓶，然后在主人的鼻孔处捏破药瓶，立时浓烈的气味直扑主人鼻孔里。

片刻，主人终于不呻吟，脸色慢慢变得正常了。赵医生从屋里搬出一个躺椅，扶他躺下。然后，抱怨说：“你有冠心病，平时一定要带上‘炸弹’（亚硝酸异戊酯吸入剂的俗称，一种冠心病的急救药），昨天正好给别人买了两盒这个药，还没来得及给人家送呢，正好给你用上呀！”

主人喘着气，说：“今年，我觉得身体一直都很好呀，多半年了，没有犯过一次病！不知今天早上怎么突然犯病？”

突然，赵医生惊叫一声：“哥呀，你快看你‘扁担角’两只眼睛！”

可不是嘛！老黄牛妈乌亮乌亮的大眼睛淌着泪水呢。主人再也控制不住自己，走到扁担角跟前，抱住它湿漉漉的牛头，泣不成声：“恩、恩人哪，救命的恩人哪！”

黄牛妈妈张了张嘴，没吱声，眼角依然淌着泪水啊！

赵医生感慨万千：“奇了，怪了，一个老母牛竟然能理会救主人一命呀！大概是你这人太善良，感动了上帝吧！咱村的牛，哪个牛没挨过鞭子？唯独你从来没有打过牛，犁地种地拿一根木棍，只是为了扶住犁身，不然，你连根木棍也不用拿吧。”说着，他把主人扶回躺椅，又给主人端来一杯纯净水。

主人躺在躺椅上，喝了几口水，长叹一声：“兄弟，你说得很对呀！你看这个世界上，哪个亏人干坏事的人有好下场呢？”

“对着对着！”赵医生连点了几下头，“拿咱村原来的那个死了的村主任来说，掏了五万块钱买了个村主任官，上台后，以给村上引进扶贫项目为名，套了国家六十多万元。国家把钱出了，村民没有得到一分钱的好处，却肥了他，又是盖房又是自己三十万买了本田小轿车。说话也像撂刀子，伤人，群众敢怒不敢言。看谁不顺眼，除了你办事刁难外，还利用黑道上的人黑整你，党的干部形象就让这些家伙破坏了。”

主人哼了一声说：“这些货，共产党非收拾不可！嗨，没等上边查，那天雾大，他开车太快了，穿到沟里，车毁人亡，人死了，像他这样的结局，给他个金山有啥用呢！”

赵医生意味深长地说：“这叫啥？这叫人在做，天在看，恶有恶报，善有善报，若还没报，时候未到！”

……

正回想着，突然，“咣当”一声，酣睡的主人右手拿着的刨子掉在地上的落地声，把老黄牛从往事中拽了回来，它眨了眨湿润的大眼睛，大嘴张了一下却没有出声。它心里明白：自己的叫声会把主人吵醒呀！

老黄牛转过头，轻轻地舔着主人的手。忽然，外边传来马的叫声，还有叮当叮当铃声呢。老黄牛心里纳闷，谁家马脱了缰了，跑到我家门外了？

八

老黄牛抬眼向门口望去，啊，一匹枣红色的高头大马！枣红毛色如锦似缎，长长的黑色尾巴一直拖到蹄后根，油黑的马鬃整齐地披在长脖子上，脖颈上挂着金黄耀眼的项圈，项圈系着十二个拳头大小一样的金光闪闪的铜铃，啊！好威武，好漂亮啊！这马高高扬起头，目光炯炯，也显出成功者的几分骄慢自得。从外表看，它那么高大，其实它不过是个枣红大马驹罢了。它在省城马戏团上班，老黄牛还知道它有个艺名叫“飞红马”，它的挂着铜铃的项圈是用真金丝织成的，是在西方哪个国家比赛活动获得的最高奖项呢。

这时，老黄牛心里抱怨自己：我傻呀，到省城去前应该问一下，它在那个马戏团，让它给自己找个挣钱的事。嗨，人都说马比牛聪明，牛笨脚笨手的，可人家马呀，一个腾空姿势，会叫人们刮目相看，惊叹不已，可牛却不行呀！

老黄牛心里却不服输，想到飞红马很有能量，也许可以给自己帮忙，似乎又有一线希望，忙“哞哞”叫了几声：“马叔呀，快来吧！”

别看飞红马年龄小，它妈和老黄牛妈年龄差不多呢。它是妈妈最小的孩子，比老黄牛小整整十岁，当年，主人告诉它要尊老爱幼，懂得礼貌，应该把飞红马叫叔，老黄牛却不依为然：“比我整整小十岁的马驹子，我还叫它什么叔叔，不叫！”当看到主人生气的难受样子，老黄牛就答应把飞红马叫叔了。嗨，尊敬别人，就是尊重自己。

飞红马这一双大眼睛，总是闪现出目空一切的盛气呢。没有办法呀，有的成功者就是这样，正常现象。这要是在往日，老黄牛也许见到这副盛气凌人的样子，才不会理它。可是想到有求于它，还是对人家热情点好。

牛圈里，老黄牛站起来把主人带醒来了。他和老黄牛几乎同时招呼已经来到牛槽前边的飞红马。

主人说："小马呀，好几年没见你啰，你在马戏团混得不错吧？"

飞红马笑了几声，打了个响鼻。说："还可以吧，我团每到一处演出，白天两场，团长给我报酬，每场付500元。"

"哞——"老黄牛惊叫一声："天哪，你真棒！每天两场，每场给你工资500元，两场就是1000块钱，太厉害了！"

主人问："小马，每场几个小时？"

飞红马笑眯眯地盯着主人说："每场两个半小时呀。"

老黄牛急忙问："你每场要马戏两个半小时，两场就五个小时，你累不累？"

飞红马一笑，说："不累不累，人家马戏团还有其他节目，我就二十五分钟呀！"

老黄牛惊叹不已："天哪，这么说你每天上班两场只有五十分钟，五十分钟就挣1000块钱，太诱人了啊！"

主人赞叹不已，说："小马呀，你真厉害了，你给你妈妈争气了！"

飞红马又笑了几声说："是啊，我刚去的时候，马教练教我学本领，我不认真，妈妈就说：孩子呀，我们活在这个世界，只有付出才有回报。像你这样下苦吧，怕出力；靠知识凭本事，你不好好学习，什么本事都没有，你在这个世界就没有办法混下去呀！从来没有大人把自己的孩子陪到老的道理。"

飞红马头伸到水缸咕咕喝了几口水，接着说："那时，我不懂事，对妈妈的唠叨压根儿不在意，我成了大马驹子，驮东西，没劲，啥技能都没有呀。主人也不满意，经常当着妈妈的面说，养我不如养头猪，养一头猪年底也卖几个钱！"

主人插话了："小马，这事我也知道，那年收麦时，黄黄生病，我没有让黄黄帮我干活，你妈妈帮我拽了几回架子车，你妈说过，每次你的主人给马槽拌草料，给你这边的谷杆草里撒豌豆精料时，要么少撒，要么不撒精料。你妈妈担心要是离开它，你会被人折磨死呀！"

飞红马点点头，说："对，每次吃草料时，妈妈总是把自己嘴前多撒豌豆的草拱到我这边呢。"

主人说："小马，你大概不知道吧，为你的事，我好几次到你主人家说他呢，而且批评得很厉害！"

飞红马舔着主人的手腕说："我妈给我也说过，你那天给我家主人发脾气了，指着我家主人的鼻尖，怒气冲冲地说：‘你就不配是个人，从本质上讲，人类从猿进化到人，不过就是发展成高级动物而已。人类倡导保护大自然，人和动物和睦相处。老虎、狮子、狼都是肉食动物，也是吃人的呀，人类却定了动物保护法，别说在野生动物园，就是在野山你打死一只老虎，国家要判刑的。人和其他动物共同生活在这个地球上，我们就要互相关爱生命。你不好好给你屋老马它儿子吃料，你是不是盼它死？你家的枣红马驹，它就和你家的儿子一样，不懂事呀，难道你儿子生下来就能上大学，给你带来荣耀吗？任意践踏动物生命，动物法不容，作为人的良心能允许吗？人没有善行，没有良心，不如猪狗呀！’就这样把我家主人收拾了一顿。”

飞红马越说声音越大，舔着主人的手。感激地说：“我妈妈给我说过，从你狠狠地把我的主人批评后，他才对我好了呢，所以，我永远记着你的大恩大德呀！”

主人摇了摇手，拍了拍飞红马的头，说：“因为我懂得人要有仁爱之心，对你来说，我谈不上大恩大德，看到你主人被我收拾了一顿，改变了对你的态度，我很欣慰。因为给别人带来好处，同时也给自己带来欢乐，这就是做人的意义吧？黄黄母子俩给我家做了很大贡献。就拿这次黄黄进城来说吧，它为了报答我，非去不可，差点把命搭上了。”

老黄牛急了忙抬起前右蹄拍了一下主人的胳膊，“哞哞”叫了几声，说：“丢人到家，你还提我进城事呀？”

飞红马笑起来：“黄黄老侄呀，我就是在省城遇见咱村上一个人给我说，你进城游荡了好几天，一分钱没挣，还得了一场大病，你主人守着你，看病花了不少钱呢。”

“是啊，是啊，我心里也难受呀！”老黄牛“哞哞”叫了几声：“我太没本事了，太无用了，哞——”老黄牛声音哽咽了。

主人也很感动，说：“黄黄呀，你总想着给我挣钱，让我享清福，安度晚年，但我告诉你，现在政策比过去好多了，只要咱家农家乐开了，一年也不少挣钱呀！”

老黄牛羞愧地说：“我现在已经是个老黄牛了，我死了见到我妈妈。妈妈问：‘你为大慈大悲的主人带来了什么？’我怎么回答呀？’”

主人笑了，拍了拍老黄牛的头，感慨万千：“一头牛都有这么高的思想境界，可是我们的人类有的人就是忘恩负义，不知道知恩图报呀！”

飞红马点点头，抬起前右蹄，拍了拍老黄牛，笑了几声：“你现在还想进城去吗？”

“我还想去！”老黄牛大声说，“你把你成功的经验给我说一说行吗？”

飞红马高兴了，叫了几声，竟然前蹄腾空，把主人和老黄牛吓了一跳。还好，主人为了保证牛圈通风好，天花板是用空心塑胶板材做的，有四米五高，再低点，飞红马这个动作把天花板就冲开了呢。

飞红马笑了，说：“别怕呀，我知道这个天花板是四米五高，我就没有再敢往高跳呀！”

“马叔，你真聪明呀！难怪人们都说，马灵性、敏捷，牛老成持重、笨脚笨手，牛不如马呀！”老黄牛颇有点伤感的话刚落，飞红马咴咴咴笑了起来，前蹄又拍了拍老黄牛，说：“老侄呀，你这话不对，老黄牛的吃苦耐劳、任劳任怨就是它的特点。马类吃的草都是谷草，谷草营养比麦草好，价值贵。而且，马类吃的精料是豌豆，豌豆比其他粮食贵多了，豌豆营养成分高，可是牛却从来没有抱怨，不管好坏草料吃饱为原则呀！”

老黄牛仍然摇头，沉吟片刻说：“你看你五十分钟挣了1000块钱，我这辈子不行了，下辈子我一定成为马呀！”

飞红马笑了，叹了一声，说：“你现在看我的待遇相当高呀，可你不知道，我为了今天这一步付出的艰辛，你就压根想象不出来呀！”

主人和老黄牛几乎同时说：“怎么，你当初在马戏团受罪了？”

“可不是嘛！”飞红马说完，长长地叹了一声，讲起自己学艺的经过。

飞红马为什么拿上那么高的工资，因为它有俩强项；一是“腾云驾雾”，二是“飞跃火海”。“腾云驾雾”就是在场地中央铺上一层厚厚白色粉，飞红马飞奔，达到最高速度，前蹄腾空，后蹄要飞速弹起一片片高高升起的雾状的白色飞沫，马头要高于腾飞起来的白色云雾。“飞跃火海”，就是在场地中央燃起一片十二米高的大火，飞红马预先在场地飞奔达到极速后，腾空跃起，飞穿过火苗上空，而且，必须不能烧着一根毛。

听到这里主人惊呼道：“天呀，你这两项，真是难度太大太大了呀！”

飞红马笑了，说：“是的，为了练习‘腾云驾雾’，我没有少挨师傅的皮鞭，身上经常一道道指头般厚的伤痕，有两次摔得腿骨折了，在兽医院住了三个月；为了练习‘飞跃火海’身上的毛一次又一次被烧焦、烧伤，这样还得练呀！”

老黄牛心疼地说：“啊，你真是受罪了呀！”

主人笑了，拍着飞红马的前膀，感慨地说：“从你走过的路来看，应验了人们说的那句话呀！只有付出才有收获！英国有个哲学家弗·培根说得好：奇迹是在厄运中诞生！小马在这种厄运中没有退缩逃避，敢于迎接挑战，后来不就成功了吗？嗨，现在你主人提到你，眉眼脸上都是笑，经常在人们面前夸奖你呢。”

飞红马说：“我确实给主人挣了不少钱，但挣钱不是我的最终目的。”

主人和老黄牛听到这里觉得好奇怪呀，这个世界上人们都是为了挣钱，让自己生活得好点呀，人为财死，鸟为食亡！

飞红马深有感触地说：“除了挣钱，还有自我价值呀！我是挣了不少钱，包括在国外巡回演出，我给祖国争光，我的价值提高了，这个城市只要提到我飞红马，没有人不知道，没有人不赞叹。”

老黄牛抬起两个前蹄拍着，喊：“马叔，真了不起，太伟大了，太伟大了！”

主人没有笑，庄重地说：“小马呀，现在有好多人也只看到你今天的辉煌，却不知道你前期的艰辛付出，我不羡慕你挣钱多，我敬佩你为自己的梦想坚忍不拔和英勇拼搏精神！”

飞红马深有感触地说：“是啊，大城市确实好，方方面面都比农村好，可是你没有几下本事，这里还是不会接纳你的。没有真本事，别说什么个人价值，你就是吃饱肚子都很困难呀！”

老黄牛长长地出了一口气，眨着一双大眼睛，半晌才问：“马叔，你把老侄子带到城里去，找个工作可以吗？”

主人急了，生气了，大声说：“你还想出去呀？你是不是看没有把我吓死，你心不甘呀？”

飞红马笑了，对主人说：“你放心吧，有我大名鼎鼎飞红马在，你什么都不用怕的。”说完，眼球轱辘一转，说：“嗨，我还在这个大城市真的有一个新项目呢！”

“啊，真的呀！”老黄牛高兴得几乎要跳起来了。

飞红马重新端详了老黄牛半天，主人依然生气地说：“小马呀，你少给我勾引黄黄，它就是能驼回一座金山，我都不让它去！”

飞红马诡秘一笑，算是对主人的回答。

九

飞红马说的新项目，就是马戏团想搞一个西班牙式的斗牛比赛呢。飞红马小声告诉老黄牛，可老黄牛毕竟不是小牛犊呀！老黄牛急了，冲着飞红马说：“马叔，你别担心，我的年龄大点，可是我的身体挺棒的呀！”

飞红马仍然担心：“黄黄，事情是个好事情，但前期训练是很辛苦的呀！”

老黄牛昂起头，一副威风凛凛的样子，飞红马笑了，感慨地对主人说：“嗨，一提工作事，你黄黄就像变了个牛一样，变得很有精神了！”

末了，飞红马对主人说：“黄黄这一辈子遇上你这个好主人呀！”

主人摇了摇头，又给飞红马讲当年老黄牛妈妈扁担角救了他的命！最后，他还是不放心，又问老黄牛学斗牛到底有多大的风险？

飞红马看到老黄牛主人还心有余悸，告诉他，这个世界上压根就不可能没有困难、没有艰辛和风险就能得到你要的一切呀！

看到主人还是一副担心的样子，老黄牛可着急了，大声“哞哞”连连叫了几声：“亲爱的主人，村上人把我叫老黄牛，但是我总不服老，你这样犹犹豫豫，再耽搁了时间，我真的老得动不了，老死了，到了那个世界见到妈妈。妈妈问我，你给这个世界做了些什么？我怎么给它说呀？”

善良主人啊，终于拍着老黄牛，苦笑着摇了摇头，说：“黄黄，拿你真没有办法呀！你和你妈一个脾气，认准了的正事非干成不可！”

飞红马也随声附和：“对呀，认准的正事一定要有非干成不可的决心和毅力啊！”

第二天，太阳还在远山的背面，老黄牛被主人洗刷干净，精神抖擞地站在那块彩色玉石上，冲着围了一圈的伙伴们讲话。

原来，老黄牛要求大家和它展开格斗，看看谁能把他斗过，谁就是英雄。

独角老山羊“咩咩”叫了几声：“牛哥吔，你上一次进了一回城，差点把老牛皮挂在树上了，今天早上看你还精神着，兄弟佩服！佩服！”说着，两个前蹄一合连连作揖。

老黄牛大眼珠转了两下，趾高气扬地说：“独角弟弟，现在佩服还早，等我成了西班牙斗牛的获胜者，那时候再佩服吧！”

大红牛“哞”地长叫了一声，问：“黄黄侄呀，你肯定你能获胜？”

老黄牛仰天长啸“哞——”，说：“我一定能获胜！”

大红牛说：“好，我相信你！不能光说大话，遇到困难却当了缩头乌龟了！”

老黄牛笑了，说：“你太小看我老黄牛了！”

大红牛盯着老黄牛这副自信的神色，笑着问：“你刚才说什么西班牙斗牛获胜者，我还没有弄明白呀！”

这时，大家都议论起来，向老黄牛讨教什么叫西班牙斗牛获胜者？这个问题可真把老黄牛难住了呀，到底西班牙斗牛是怎么样？飞红马并没有详细说明情况呀。大家一声接一声催问它，它心一横，说：“西班牙斗牛呀，就是两个牛打架，谁输谁赢的事呀！简单一点嘛，就是谁胜了就叫获胜者！”

大家不由笑起来，大红牛走到老黄牛跟前，笑吟吟说：“哎，谁不知道胜了就叫获胜者呀，不用你给大家解释。大家问你西班牙斗牛到底是怎么回事，你是所答非所问。”

大家又笑起来，老黄牛不好意思垂下头，心里说：嗨，我还是要好好学习，不学习就落后，也很丢人现眼呢！

忽然，老黄牛灵机一动，忙问："红牛叔，今天怎么不见你家的两个儿子常胜将军和大力士呢？我就想和它俩比试比试呢。"

大红牛笑了，说："今天主人让它两个去县城拉钢筋和拉水泥去了，主人还在盖苹果加工厂呢！"

老黄牛不由惋惜地说："嗨，它两个不在，我只有请大家配合我了，你们全部上来和我斗了！"

大红牛笑了，说："黄黄呀，好汉难敌四只手，你能斗过大家？"

老黄牛笑了，说："大家一齐上，越是艰难，才能锻炼我呢！"

围观的口龄大的、口龄小的牛不少，最后只有五头青口公牛敢和老黄牛比试。这五头公牛除了干公鸡骨架子很大很瘦外，其他四头个个膘肥体壮，跃跃欲试。大红牛看到五个气势凶猛的公牛，担心发生意外，就叮咛道："你们一定要注意，不要伤着谁！"

五头牛里边弯弯角最凶悍，大伙儿从来不和它争草地，只有老黄牛敢和它较量，其结果还是平手。

弯弯角是一头白色的公水牛，有两个转了一圈的粗壮的犄角，主人就叫他弯弯角。主人家有十畦稻田，总面积十三亩，它拉着沉重的大铁犁，简直就像一辆手扶拖拉机，在潮湿的稻田翻起黑褐色的波浪，用不了四天时间就完成任务了。长期承担着这样沉重很累的农活，它练就一身超常本领。别看弯弯角给人一种勇夫的样子。它的心眼可多着哩！所以，在山上吃草时，伙伴都说："这家伙不叫弯弯角，倒像它主人的外号弯弯绕。

看到老黄牛这次是下了狠心要学斗牛比赛呀！它想：我和老黄牛斗，平手罢了，大家都知道呀。可是老黄牛这一次不是一般的玩玩而已，它会玩命的，如果输了，确实没面子呀。

弯弯角是个有心计的牛。它眨了眨大牛眼，对老黄牛说："黄黄，我这两天病了，不知怎么就是不想吃草，浑身没劲，再说在这里除了大红牛叔口龄大，下来就算你了，我今天不和你斗了，你和它们玩玩吧。"

老黄牛哞哞叫了一声，说："你怕了？"

弯弯角笑了，说："我才不怕你，这会儿我才想到，咱俩斗过多少次，总是平手也没有啥意思，最后还把咱俩都累坏了，今天我身体不行了。"

老黄牛得意一笑，右前蹄在地上一踩，环视了一下另外四个公牛，大声说："那我就只有和你四个拼了！"

另外四个公牛磨腿擦蹄，围着老黄牛跃跃欲试，因为他们都是比老黄牛低一辈的公牛。大红牛毛遂自荐为裁判，它提高声音喊：“西班牙斗牛比赛开始！弯弯角放弃参赛资格，参赛者有老黄牛、小红、小黑、葫芦和干公鸡。”

小红和小黑都是五岁口龄的红颜色和纯黑色公牛，葫芦是一个没有犄角的黑红色公牛。干公鸡是一个骨架子很大却很瘦的褐色公牛，主人给它起了个干公鸡的名字。你别看它很瘦，劲还不小，尤其脚底特别快，平时也是个好战分子。

比赛开始，四个牛分开在老黄牛的前后左右包围着冲向老黄牛。嗨，真是大红牛说的好汉难敌四只手呀！它四个全部围上。前面的小红和小黑同时狂撞过来，老黄牛不由向后退了两步，屁股差点坐在地上了，后面的葫芦和干公鸡同时从同一个方向向老黄牛后左胯冲去。老黄牛不由身子来了个一百八十度大转弯，小红和小黑从它右前大腿处进攻了。两头在前，两头在后，同时向老黄牛进攻，给老黄牛形成一个四牛推磨的架势。老黄牛被撞得不断在原地转圈，随时都有转晕倒地的危险！

山顶上，牛羊欢叫声响成一片，招揽了山下的不少游客。人们远远围成一个大圈，观看着。也许是人们看到四头牛竟然围攻一个老黄牛，这是一场不公平的竞赛，怜悯老黄牛吧，男女老少不约而同呐喊：“老黄牛，加油，老黄牛加油！”“老黄牛必胜，胜利永远属于老黄牛！”

人们的呼喊声，确实给了老黄牛很大的鼓舞。它心里明白，自己未来的服务对象就是人类呀！只要人们认可你，钦佩你，爱戴你，你的自身价值自然而然会提高，你也会赚钱的。就在老黄牛走神的瞬间，后面的葫芦和干公鸡蹿到它屁股后面，想从后面把它顶翻。它急了，两个后腿猛然摔了几下，一脚一个才把后面两个甩得远远的。还没有站稳，干公鸡细长的前腿突然一伸差点把老黄牛绊了个嘴啃地。大红牛和弯弯角跟在后面观看，老远望去，山坡上腾起的尘土像一团团黄色的土雾。

汗水从五个牛身上都渗出来了。这场激烈的搏斗，深深地吸引着游客们，其中一个年轻人扛着摄像机尽量靠近五个搏斗得难分难舍的牛群跟前摄像。

时间一分一分过去了，五只牛还是分不出胜败来。老黄牛急了，我斗不过这四个家伙，还能参加西班牙斗牛吗？它急了！今天就是玩命也不能叫这四个家伙放倒自己呀！也不要叫游客失望啊！老黄牛眼睛红了，它要下狠招了，必须各个击破，方能获胜呀。

这时，干公鸡蹿到老黄牛前面，还想使绊，想把老黄牛摔倒，它“噢噢噢”叫了几声，从老黄牛头左侧把长腿伸过去，说时慢，说时快，它的右腿刚冲进老黄牛前腿裆中，老黄牛像马儿一样前半身子向上跳，避过干公鸡，瞬间头一低狠力冲向它，正好干公鸡右蹄挂在老黄牛向前冲的犄角上。老牛腾起后蹄冲向干公鸡，摆了一下犄角，只听扑通一声干公鸡倒在草地上了，干公鸡痛得长叫了一声，另外三个张牙舞爪的公牛几乎同时收住脚。

啊！游客们几乎同时欢叫起来："老黄牛胜利了，老黄牛胜利了！"老黄牛的伙伴们也欢呼起来了！

老黄牛大汗淋漓，瞪着红了的大眼睛，盯着在地上试图爬起来，却因右腿动弹不得又卧趴在地上的干公鸡。

这会儿年轻人的摄像机摇过三个呆呆站在远处喘气的小红、小黑和葫芦，末了把镜头对着还躺在地上呼呼喘气的干公鸡。最后，摄像机镜头对准老黄牛，先是全景，后是中景、近景拍摄，最后推成特写镜头。

年轻人边摄像，边啧啧称赞道："牛先生，你太厉害了，你太伟大了！是什么力量支持你竟然能战胜四头公牛啊？"

老黄牛没有搭理年轻人，昂着头，仰望着蓝天上那只歌唱的雄鹰。它呀，此刻想得很多啊！想到主人对待自己就像对他的孩子一样，它刚生下四天妈妈就死了，主人把它抚养了十五年啊，才使自己健康地活着啊！想到自己进城遭遇的一幕幕。此刻啊，老黄牛甚至还回想着主人疲惫的脸庞。同时，想到自己第一次进城的誓言啊！

"牛先生，你能不能给我讲讲你的故事？我想在电视台的《人与动物》的栏目播出今天的录像，你同意吗？"

老黄牛没有理他，只是瞟了年轻人一眼。两双目光正好撞上，年轻人惊呼道："牛先生，你怎么流泪了！"

年轻人说着，又抢在老黄牛跟前对着它眼部给了一个大特写镜头。

十

次日，电视机的屏幕上，老黄牛和四个公牛搏斗，草地上腾起黄色的土雾。一个男画外音重复着："先生们，女士们，你们看一个十五岁口龄的老黄牛，竟然勇敢地应对着四头凶猛的公牛。场面激烈刺激，震撼人心！先生们，女士们，是什么力量促使老黄牛这样勇敢，顽强，敢于挑战？因为它心中有一个梦想，有梦想就有动力。同时，产生一种精神，就是为了梦想，刻苦学习，英勇拼搏，不达目的誓不罢休！"

镜头不停地变换着，一会儿是全景，蓝天白云、苍翠欲滴的大山秀丽景色，一会儿是老黄牛冲向另外四只公牛的画面……

主人和自己的孙子孙女也坐在沙发上看电视。主人脸色凝重。五岁的孙女和八岁的哥哥，却欢呼雀跃。还是八岁的哥哥懂事，看到爷爷的脸色如此严肃，再也不敢吱声，附在妹妹耳畔，小声说："爷爷不高兴了，你还在喊叫呀？"

最后，老黄牛很大的牛头占满电视屏幕。昂着头，遥望着蓝天，屏幕左上角的蓝天上还有一只飞翔的雄鹰呢。老黄牛这对又大又圆晶亮的大眼睛，闪着晶莹的泪花。

"爷爷，老黄牛叔叔怎么哭了呢？我也，我也想哭！"说着，孙女儿真的呜呜地哭了起来。

大铁门的咚咚声，打断了孙女的啜泣声，主人急忙走出门，呵，原来是飞红马在敲门，还有它的主人也跟在后边呢。主人热情地迎接两位的到来。两个主人和飞红马一齐来到牛棚，看见老黄牛卧在干净的稻草上打瞌睡呢。

飞红马"啊奥，啊奥"叫了几声，老黄牛才睁开眼皮，忙站起来，喊："马叔，你两位来了呀，欢迎，欢迎！"

这时，飞红马告诉老黄牛，最近马戏团在各县巡回演出才结束。所以，完全有时间回家，还高兴地告诉老黄牛，它也看到了电视台播出的老黄牛战胜四头公牛的故事。它的一只前蹄子拍了拍老黄牛，啧啧地称赞老黄牛实在了不起！

老黄牛心里挺高兴呀！哞哞哞高兴地叫了几声，小声问："马叔，西班牙斗牛就是这样吗？"

飞红马笑了几声，说："从精神上说，你的精神很好，但是西班牙斗牛就不是你想象的那样把对手打翻在地就算赢了。"

老黄牛脸上笑容消失了，它原以为电视台放自己一对四的搏斗就是西班牙斗牛比赛呢，当时，听到那个年轻的摄像师在拍它和四头牛斗的时候还喊："牛先生，你太厉害了，你太伟大了！"它还以为就是自己在西班牙斗牛比赛获得胜利呢！

飞红马听到这里一笑摇摇头，说："嘿，谈不上什么西班牙斗牛比赛，叫牛抵仗还差不多，人家那是有着详细规范的呀，没有规矩不成方圆。"

老黄牛心里不服气了，牛嘴噘得老高，飞红马笑了，拍了拍老黄牛，认真地说："虽然不是什么西班牙斗牛比赛，但从电视台放的视频看，从你的眼神看出，你是个心中有梦的牛呀，有梦想才有希望，有理想才有目标，为了这个目标你真正是在英勇拼搏，不达目标誓不罢休呀，这种精神就像电视台记者说的旁白台词那样：你太厉害了！你太伟大了！可是要梦想成真，还有很多值得你学习的知识呀！"

老黄牛眨着大眼睛，打量着飞红马。飞红马心里明白，老黄牛是不是还没有想通自己说的话？想到这里，飞红马笑着说："西班牙斗牛，不是牛和牛生命的斗呀，它是由体格非常健壮的斗牛士展开一面像红旗一样的红布，在牛的眼前展开，晃动，里边还有很多规则，如果不按规则办事，你就是再有劲能斗过全天下的所有牛，也不算胜利者！”

老黄牛“哞”地长叫一声。说：“原来这么复杂呀！”

飞红马笑了，说：“有梦想很好，没有实现梦想过程的知识和本领，你的梦想还是竹篮打水一场空呀！”

老黄牛终于从打败四头牛的沾沾自喜中走出来了，它沉默了好一会儿，诚恳地对飞红马说：“马叔呀，我知道你是真心帮我的，那你说我下一步怎么办呀？”

“很简单，我给你找一个学校，可以在那学习两年。毕业后，把学到的知识用到实践中去。既然我们来到这个世界上，干什么都要一步一个脚印，没有一步登天的捷径呀！”

飞红马说的学校就是一所动物高级智能培训学院。这个学校坐落在风景秀丽的大山里。老黄牛到了学校一看，呵，什么动物都有，马呀、牛呀、羊呀、狗呀，还有梅花鹿和脖子很长很长的长颈鹿呢。天哪，还有不少肉食动物：比如老虎、豹子、黑熊、狮子、豺狗和大灰狼。

老黄牛在西班牙斗牛班，除学习这方面的专业知识外，还学了一些公关礼仪方面的知识，教练甚至要求每个学员学好英语开场白。对于这个要求，它很不以为然，学习英语不认真听讲，受到老师的严厉批评。最后，老师语重心长地说：“我们的国家是个礼仪之邦，文明之国，有着五千年优秀文化传统，我们要走出国门，走向世界啊！”

啊，原来是这么回事呀！老黄牛恍然大悟。从此，学习英语课可认真了。

毕业了，学校想把老黄牛推荐给一个飞天动物俱乐部，并且告诉老黄牛这是个国家级单位，待遇比马戏团好得多，这也正合了老黄牛上学就是一味挣钱的目的。

老黄牛摇了摇头，不同意去飞天动物俱乐部。它想呀，不能让飞红马尴尬呀！自己能有今天与飞红马有很大关系，再说，马戏团团长听了飞红马对老黄牛的介绍，那天在电视里也看到老黄牛战胜四头公牛的节目，更是欣喜若狂，令老黄牛感动的是这个团长亲自到学校给它交了四万块钱的学费。当时，校长问它毕业去向时，老黄牛说：“我毕业一定到马戏团来！我不能做昧着良心的事呀！”

所以，即使飞天动物俱乐部出再高的工资自己也不能“跳槽”。老黄牛心里很清楚，如果你不诚实，言而无信，你就是再有本事，你后面的路就会越走越窄呀！最后走进死胡同。

老黄牛二次进城了！嗨，这一回老黄牛进城可不像第一次进城那样狼狈不堪。

毕业离校的这天，是一个风和日丽的早上，老黄牛刚醒来，发现飞红马就来了，这么远的路，飞红马怎么这么快就跑来了呢？原来是团长派它来接老黄牛了！

十一

汽车在山间公路飞驰。窗外，绿水青山，连绵不断。一会儿，窗外又变成和公路平行的高铁立交桥，一会儿，一幢幢各种样式的高楼大厦飞过。老黄牛盯着窗后，回想起两年前第一次进城那副样子，现在觉得可怜可笑呀，喝了污水拉肚子，拉在马路上被人追……想到这，不由得"哞"叫了一声。这一声把卧在它旁边酣睡的飞红马惊醒了，它不高兴地说："黄黄侄子呀，我好不容易睡着，你把我吵醒来了，你有什么事大呼小叫的？"

老黄牛依然盯着窗外，深有感触地说："我深深体会到活着要有本事，没有本事，人瞧不起你，你也觉得活得心累身也累呀！"

飞红马也颇有感慨地说："记得当年，妈妈给我说过：'娃，你不好好学习，什么本事都没有，你在这个世界就没有办法混下去呀！'"

老黄牛连连点了点头。

这时，汽车行驶得越来越慢，拐进了一个菜园子，老黄牛总觉得这个地方有点眼熟。地里种着稀疏的白菜萝卜，靠近路边放了一大堆钢管、沙灰搅拌机、竹架板。

突然，地边那间水泥平房映入它眼帘：靠路边的墙上淡红色字变得斑驳，从车窗口闪过。它急忙大声喊："马叔，这地方我来过！"

飞红马也来兴趣，问："你来过这里，就是第一次进城吧？"

"对对对，就是第一次进城，再甭提啦，把人丢尽了！"

"这里离我们马戏团不到一公里呀，你为什么不到马戏团来找我？"

老黄牛苦笑，说："我哪能知道你们离这里竟然这么近？我就是喝了这里路边厕所流出来的水拉肚子，差一点把命送了。"

飞红马笑了，大马眼珠转了两下，对老黄牛说："黄黄，到了马戏团你千万不要说你第一次进城误饮了厕所流出来的脏水，你说了丢你人，还丢我人，叫人听了多恶心呀，在城市里不能乱扔垃圾，更不能随地大小便，要是发现了有这些不文明行为，就要被罚款的。"

嗨，飞红马高估了老黄牛的智商和情商了！

十二

锣鼓声越来越近，原来是马戏团全体成员欢迎老黄牛的到来呢！

夜里，老黄牛被白天欢迎它的热烈气氛激动得睡不着觉，卧在它旁边的飞红马兴奋得也睡不着觉。因还有一个意外的惊喜，飞红马也参加这次斗牛比赛。它和另外一只白马承担着两位前导的坐骑任务。

这天晚上，老黄牛终于知道，所谓西班牙斗牛比赛原本是一场很刺激的血淋淋的厮杀活动，要么牛死，要么人亡啊！可以说参赛的牛，几乎没有活着离开斗牛场了。幸好，全世界已经对这种残忍的斗牛比赛提出质疑，最后，基于动物保护法的实施，无论哪个国家、哪个地区开展这一项活动，决不能伤了牛的心脏。尽管如此，活着的牛，身上总是免不了有镖伤或者长矛的刺伤。

飞红马原本以为老黄牛听到西班牙斗牛比赛那样血淋淋的场面，可能会退缩了。可是，老黄牛没有丝毫的畏惧，盯着飞红马，淡然一笑，说："马叔呀，你太小看我了！"

"你真的一点都不害怕？"飞红马歪着长马头，盯着老黄牛问。

老黄牛笑了，说："现在法律规定斗牛时不得伤害牛的心脏，保证牛的生命权。就是真的像你说的那吓人的西班牙斗牛比赛，我都敢上！"

飞红马一只前蹄在老黄牛头上抚摸了一下，说："你真是个奇才呀，咱山里的牛就知道为主人拉犁拉车运东西，谁像你一心想进城干一番大事情呀！"

老黄牛这双又圆又大的眼睛，目光炯炯，说："当一个生命来到这个世界上，第一面临着各种挑战和竞争，在不间断的挑战、竞争和拼搏中，获胜者叫成功，否则呀，就叫失败！"

飞红马竖起身子，两个前蹄使劲拍起来，连声叫好！

十三

老黄牛梦里都企盼的时刻到来了！

这是一个能容纳一万五千人的体育运动广场。喇叭口环形观众席，环绕一圈的是一层一层由下而上的皮革靠背座椅。最下面的场地是有一万平方米的圆形场地。周围一圈一米五高的铁丝隔离网，把运动场和观众席隔开。高高的主席台，左边有一条大红底黄字的横幅：同是地球村。右边是一条同样横幅：生命同珍贵。在对面看台上方挂着一条鲜红的横幅：人类动物和谐相处，关爱生命至高无上。

下午，凡是参赛的各种颜色的牛都被关在主席台后面的一间很大的房子里，老黄牛也在其中。在亚洲黄色牛种里，老黄牛个头最标准，身材最好。可是，那头叫罗曼莎的大黑牛竟然比它还高出半米！这头黑牛两只粗大犄角转了一圈长长的角尖才向前冲去；两只贼亮的大眼球足有大茶杯口那样大。别看这头大黑牛叫了个西洋美女的英语名字，倒反衬出它的暴戾凶狠的本性。那两只眼睛冒出的凶光，让人看了不由得毛骨悚然。

罗曼莎傲慢地踱来踱去，走到哪头牛跟前，那头牛就赶快给它让道，避开它的目光。

在学校时，老师就把和罗曼莎一模一样的黑牛照片在 LED 上放过。这就是全世界最凶猛的非洲纯种公牛，可以说，任何一种公牛力不及它呀！老师还对老黄牛说："我在电视看过你和你四个伙伴对战的纪录片。你确实厉害，可是你和非洲这种公牛比起来，就很难说了！可以这样说，全世界的斗牛比赛中，这种牛获胜概率极高！"

老黄牛问："我就不信，这个世界上就没有斗过非洲这种公牛的牛了？"

老师叹口气说："可以这样说吧，不过哲学家告诉人们，世界上任何事只有相对没有绝对。我总想只要善于研究探讨，智勇综合起来找方法，也许能战胜非洲纯种公牛吧？"

在这批学员里，老黄牛最善于用脑筋。有时间就和老师探讨对付这种非洲纯种公牛的办法，或者练习礼仪方面的英语发音。在学校的时候，老黄牛和老师研究非洲纯种公牛的准确高度和体重，作为体重只有三百公斤的老黄牛，极限量多少。老黄牛就想了个办法，用身子扛着河边那块挺立的巨石。累了，不像别的动物躺在地上呼哧呼哧喘气，而是甩甩四蹄，在河边走着圆圈，嘴里练习着礼仪用的英语单词。

那个褐色的公牛见了它，笑着说："老黄牛呀，你如果出国比赛，我给你两只犄角挂两朵大红花，把你打扮得就像个新郎！"

本来这是一句调侃的话，说者无意，听者有心。老黄牛却信以为真，长长的"哞"了一声，说："尽量吧！"

褐色公牛笑了，挖苦说："行呀，等你们山里的松树叶落光了，你就能出国了！"

在老黄牛的记忆里，它从来没有见过松树落叶。这时，老黄牛才想到人家并不是真心盼它出国，只是想看它的笑话。它一心想着如何刻苦锻炼，努力实现自己的梦想啊，脑子压根不注意其他事情呀。这种大智若愚的样子，遭到伙伴的不理解，或者嘲笑，只是淡淡一笑了之。

想到这里，老黄牛看了一下周围参赛的伙伴。牛棚里只有偶尔吧嗒吧嗒的牛蹄踩踏水泥地板声，再就是出气声，显然有一种比赛前的紧张气氛。

罗曼莎一步一步向老黄牛靠近了。它垂下头，用犄角尖在老黄牛头上划了一下。老黄牛急忙抬起头，只见它用挑衅的目光盯着老黄牛，很傲气地说："喂，就你这个头还和我编在一组？”老黄牛昂首，大眼珠转动着，逼视着罗曼莎。

下午两点整，两个一胖一瘦的中年男人，身着十六世纪西班牙装束，打开房子大门，领着老黄牛、大黑牛、红牛、白牛、褐色牛、黄白相交等各种颜色的牛，涌出门来到斗牛比赛现场。整齐地列队站在主席台前。嘿，老黄牛这才看清，整个一圈圈从下层座位到顶层座位，座无虚席。

主席台上，九个评委，其中有一只东北虎、一只狮子，还有一只年长的黑猩猩，呵，还有动画片《熊出没》里的熊大呢，它可神气啦，戴着金黄色礼帽，穿着一身米黄色西装呢。剩下来五位是大赛主席，马戏团团长，一个披着一头金发的摩登女郎，还有两个长得很帅气的年轻人。

主席坐在正中，他头戴黑色礼帽，一身黑西装，红领带，披着一件红紫色斗篷。年龄不过五十岁，浓眉大眼，白皙的圆脸呈现出庄严的神色，整个会场都响彻着他洪亮的声音：“先生们、女士们，这次由欧洲和亚洲国家组成的八个斗牛比赛队，有一点必须强调，本次大赛和传统的西班牙斗牛比赛有着本质上的区别。他们的斗牛比赛都是血淋淋的屠场，而我们的主题却是：同是地球村，生命同珍贵，关爱生命至高无上！

“先生们、女士们，这次斗牛大赛充分体现了这种精神。所有斗牛士不得攻击参赛牛的心脏部位，否则将取消其终生参与任何斗牛赛的资格；废除原定的参赛牛最终被处死的规定；斗牛士三人、大头牛为一组，坚持到最后者为胜，若最后出现两头牛成绩相同，需展开牛与牛间的体能竞技，获胜者为冠军。”

哇！全场鼓掌声，呼喊声，如雷贯耳。第一场参赛的六头牛同时抬起前蹄，拍打着发出鞭炮似的声音。

这时，一个年轻人扛着摄像机走到老黄牛跟前彬彬有礼道：“牛先生，我们是老朋友了，你记得吗？”

噢，原来他就是拍老黄牛在山上和那四个伙伴拼斗的电视台记者。它连忙向记者作揖。记者靠近老黄牛耳朵，小声说：“老朋友，你知道这头大黑牛是从哪来的？”

老黄牛摇了摇头，说：“不知道，刚才认识的，它叫罗曼莎。”

记者这才告诉它，罗曼莎是真正参加过西班牙无数斗牛夺魁的非洲纯种公牛。最后特别提醒老黄牛和它交锋时候一定注意啊！老黄牛感激记者，小声说：“谢谢你，记者先生！”

这时，广播里又传出主席的喊声：“老黄牛，你磨蹭什么呢？快上台来！”

记者推了一下老黄牛毛色如缎的屁股，说：“快上去！越是这样场合，越冷静，才能发挥好呢！”

老黄牛四蹄“噔噔噔”地响着上了主席台，老黄牛两个前蹄一合转了一百八十度，向大家施礼。

然后，对着话筒“哞——”地叫了一声，先用英语来了个开场白：Ladies and gentlemen, nice to meet you! A prominent mountain range, located in the middle part of my country, is praised as the origin of the Huaxia Civilization. And I, an aged ox, come from that hallowed mountain range.（先生们，女士们：你们好！在这个国家中部有一个巨大的山脉，被尊称为华夏文明的龙脉。我就是来自这个山脉深处的一头老黄牛！）

哇，全场观众几乎同时起立，雷鸣般的掌声，经久不息。我们的老黄牛接着用英语洪亮地说：Ladies and gentlemen, welcome to the new version of the international Spanish bullfighting competition! That is the honour of all the matadors, and I, as the representative, thanks for your honourable support.（先生们，女士们：你们不辞劳苦，观摩本次的国际新版西班牙斗牛大赛。在此，我谨代表所有参赛的牛士们，对大家的光临表示衷心的感谢！）

暴风雨般的掌声，久久回荡。老黄牛缓了口气，环顾四周，改用纯正的汉语激动地说：“同时，向那些为我付出很多的主人、老师和马戏团团长麦克先生，以及飞红马等朋友，表示衷心的感谢！向尊贵的评委们，表示崇高的敬意！我来到这个城市两次，第一次是失败的一次，因为我把这个世界想得太简单了，总认为凭着我聪明的大脑，健壮的体格，不相信挣不来钱。不好好学习，什么都不懂，到城里像个没头苍蝇乱闯，喝了沉淀的污水，害了一场大病，差点把老命送了，这次是第二次进城。为了今天，我用两年时间勤奋学习，经过别的伙伴难以想象的刻苦训练，终于走进今天这个盛大的会场……”

“呜，哦，啊！”全场欢呼雷动，响彻云霄。老黄激动得再也说不出话了。这时，大型 LED 屏幕上回放，老黄牛在山顶战胜四头牛的画面。

尔后，主席台下面的西洋乐队奏起嘹亮的斗牛士进行曲，包括罗曼莎和老黄牛在内的六头膘肥体壮的公牛，整齐地排成一字队形进场。其余的四头牛分别是：一头枣红色的取名叫维克美斯，黑红色的强者王，白色的北极熊，褐色的纯种亚洲公牛叫亚洲狼。当然啦，老黄牛也得有个像样的雅号，它的主人给它起了个非常响亮的名字——东方巨人！三个镖手及三个骑着白色马的长矛手紧随自己的斗牛士。三个斗牛士、三个镖手身着十六世纪西班牙古装武士衣帽。在灿烂的阳光下，古装武士衣帽闪闪发光，十分耀眼。三个穿着金黄色武士古装服的长矛手，英俊威武。三个斗牛士手执红色斗篷，像三团飘忽不定的火焰在逗引着六头公牛。以罗曼莎、老黄牛为首的六头牛向着他们横冲直撞。各方的拉拉队高减着给自己的参赛者加油。

赛场上，罗曼莎好厉害！三次把斗牛士冲翻！啊，勇敢的斗牛士也不服输，又站立起来了！又勇敢地迎上去逗引对手！维克美斯、强者王、北极熊、亚洲狼个个如狼似虎，凶悍无比。它们先后撞翻斗牛士，迎来一次又一次的热烈掌声和惊天动地的喝彩声。

唯一没有撞翻斗牛士的只有老黄牛了，也是唯一没有出汗的一个！斗牛士的红斗篷挡住它的视线时，却掉转头向另一个方向跑去。当红斗篷再次挡住它的视线的时候，它一个跳跃冲向对方，对方回避的时候，它却大踏步地向相反方向跑去。和其他五位比较，显得差之甚远，好像不求进取应付罢了，这可不是老黄牛的性格啊！心向着老黄牛的马戏团的观众都不由喊着“东方巨人，加油！东方巨人加油！加油！”播报员也沉不住气了：

“东方巨人，加油！再不加油，你就要输了！”

确实，此刻的老黄牛的表现有点不尽如人意呀。为什么出现这样的情况，只有飞红马自己知道。比赛前一天晚上，它和老黄牛把每个环节探讨了大半夜呢！

这时，维克美斯、强者王、北极熊、亚洲狼和罗曼莎个个像落水牛，全身淌着汗。老黄牛金黄的毛色变成暗黄色了，不过只是潮湿了皮毛呀。

播报员宣布第二个环节开始的话音刚落，三个长矛手分别骑着大白马，右手握着长矛，向着六头牛冲去，六头牛也不示弱，散开后从不同方向迎接对方的长矛，维克美斯、强者王、北极熊、亚洲狼的北部、腰部和颈部被刺伤，血流不止，渐渐力不从心，动作变得迟钝了。三个长矛手来了个敌疲我追，追得这四头牛满场乱窜。三头高大凶猛的白马伴随着主人的嚎叫，也仰天嘶鸣，维克美斯、强者王、北极熊、亚洲狼被撞得纷纷倒地，四个倒霉的家伙又不同程度挨了几下长矛，要不是这次比赛规定不准刺穿参赛牛的心脏，这四头牛在第二个环节就一命呜呼了。可怜的四头牛惨叫着被工作人员拖出赛场，三个长矛手喘息间，罗曼莎朝老黄牛挥了一下前蹄“哞——”怒吼一声，这声音犹如霹雳贯耳，然后前腿一挺，后半身腾起的同时前腿跃起，像一座黑色山石向三个长矛手砸去，一个长矛手的坐骑躲避稍慢一秒，竟然被它砸中，“扑通”一声巨响。腾起的黄色土雾里，观众看到罗曼莎压在那个长矛手和白色的大洋马身上了，就再也没有看到这个长矛手和白马站起来。那两个长矛手站在马镫上，气急败坏地狂叫着，两把闪着雪亮寒光的长矛几乎同时从后面向罗曼莎刺来，老黄牛腾空跃起，牛角把前面的长矛撞飞了，后蹄踢在另一个长矛手的白马肚子上，白马打了趔趄，长矛手从马背上掉下来了。他从地上捡回长矛再次坐在马背上，马头拨向罗曼莎这边，对着它的脖颈猛刺过来，不料老黄牛从侧面一个猛撞，这一长矛又刺空了。

本来嘛，应该说老黄牛两次给罗曼莎解了围，可是向来狂妄自大目中无人的罗曼莎，却认为老黄牛的行为伤害了它的自尊心！它冲着老黄牛吼道："赛场如战场，有你没有我，有我没有你，你装什么好人？"

"不知好歹的东西！"老黄牛心里想，"下来了我要好好给这个家伙上一课。"

就在老黄牛走神的瞬间，感觉一股风袭来，它本能地头一低收缩了一下身子，一把长矛带着风声贴着脖颈上的皮毛穿过。当它转过头的时候，两把长矛从两边再次向背部刺来，它飞转过身，前后蹄分别击退了刺向它背部的两把长矛，"哞"地大叫一声，像一朵金黄色的云彩飞向远方。

突然，一支八十厘米长的花镖"嗖"向老黄牛射过来，老黄牛像个灵巧的小鹿，飞快转圈，跳跃，前后蹄子犄角并用，对付着飞来的花镖，要么花镖被击落，要么被反弹到远处。老黄牛就这样，奔跑躲过一支又一支的花镖。

整个赛场，呼喊和口哨声响彻云天。播报员响亮的声音在观众头顶上空回响："先生们女士们，可以看到东方巨人知耻而后勇，越战越勇！"

"胡扯淡，什么知耻而后勇？"

十四

在距赛场不远的宾馆里，老黄牛主人和孙子坐在沙发上，全神贯注看着电视里转播的西班牙斗牛赛实况。本来，主人想到现场观看，可是老黄牛不同意，它知道，尽管比赛规定不能刺穿参赛牛的心脏，可是谁也不敢说绝对安全呀！要是自己万一有个事主人能接受了？再说主人本身就有冠心病呀！平时都要带上"炸弹"呀。老黄牛知道八岁的孙子对主人特别体贴，它就给孙子交代一个任务，一定要精心照顾主人，要让主人开心！

茶几上放的一大一小的两盘饺子，小盘饺子剩下三个，大盘饺子依然是满满一盘。主人没有心情吃呀！主人"老三届"的高中生，本来可以推荐上大学，可是家庭的富农成分害了他，被取消了推荐上大学的资格。当他听到播报员说："先生们女士们，可以看到东方巨人知耻而后勇，越战越勇！"的时候，嘴里不由吼了一声：

"胡扯淡，什么知耻而后勇？这是我家黄黄的睿智！"

孙子歪着头问："爷爷，你说的这些话啥意思？"

"这个广播员胡说八道，黄黄那是一种策略呀，它为最后发力到极致做着准备呀！"

孙子又刨根问底："发力是啥意思？"

"快看电视，不要打岔！"主人依然目不转睛看着电视：

屏幕上，那个足足有两米高的主斗牛士，那威武的形象就像《西游记》里的二郎神。他握着带弯头的长剑，前面走着一个穿着银灰色古装的助手，挥着红色斗篷冲在老黄牛面前。老黄牛一头猛向红色斗篷冲去，瞬间来个嘴啃地动作，两个犄角用极快的速度，把斗篷和助手一齐抛向天空。这个斗牛士一个箭步飞到老黄牛跟前，老黄牛向前一个飞跃，他扑空趴在地上了。在他还没有起来的十儿秒里，老黄牛紧紧抿着嘴唇，一下一下晃动着牛角。这时候，播报员又兴奋地播报：

"先生们女士们，请你们看，东方巨人这个动作就叫发力，就是把精气神凝结在力点上，使之发挥到极致。"

呵呵呵，主人脸上笑成一朵花！

"孙娃子，你刚才不是问啥叫发力，广播员说的就是你要我回答的问题呀。"

孙子盯着电视，拍手喊道："那个拿宝剑的敌人又向老黄牛叔叔进攻了！"

爬起来的斗士脸上的血迹都没有擦，就腾空跃起，竟然站在了老黄牛的背上，老黄牛来了个飞马腾空，身子抖了一下，"扑通"一声，斗牛士掉在地上，他刚站起来双手握着这把长剑向老黄牛后裆刺去，却被老黄牛尾巴狠狠地抽在脸上，还没有回过神，只听老黄牛"噢噢噢!"怒吼三声，一百八十度急转过来，头一低，挨地猛冲向斗牛士的脚下，两只牛角竟然挑起来，吼叫一声，猛然头一扬，把斗牛士抛向空中。斗牛士在空中转了四个圈才落地，再也没有起来。

全场欢声雷动，经久回荡。

主人笑着，和孙子一起喊着："我们胜利了，我们胜利了！"

主人抱住孙子却像个小孩似的哭泣了。

"爷爷，你还哭啥？你快看，那个大黑牛魔王要吃黄黄叔了！"

"真的?"主人用衣袖子擦了一下眼睛，只见电视画面上：

罗曼莎前膀上中了六支镖，鲜血直流，一把长矛深深扎在它的屁股上，它瞪着骇人的一双牛眼，疯狂地撞倒了追赶它的斗牛士。旋即，拖着长毛，扬起前蹄，又疯狂地向老黄牛扑过来。

老黄牛急忙匍匐卧地，罗曼莎前半身刚穿过老黄牛的头。老黄牛后半身猛然跃起，竟然把罗曼莎弄了个仰面朝天。罗曼莎"噢噢"直叫，在地上滚了几下，立时地上出现了一大片血迹。原来，罗曼莎前膀上的六支镖重重地碰在地面，两只直插的花镖，深陷进肉里，在外面只露出三十厘米。另一支断在肉里了，只有十厘米的断茬露在外面。鲜血又直流，染红了它的前膀子和前腿，趴在血泊中，挣扎着，号叫着。

不一会儿，罗曼莎发疯般站起来，向老黄牛猛扑过来。老黄牛飞快地来了个九十度转弯，罗曼莎扑空了，只听一声巨响，又趴在地上了。

老黄牛转回身说："对不起，罗曼莎！"

罗曼莎变得血红的眼睛，依然目光凶狠，呼哧呼哧喘着气，嚎叫："你装什么好人，你厉害！你狠毒，你要我的命！我罗曼莎参加了多少比赛，哪一次冠军不是我？一个深山老林的老黄牛，你见过多少世面，经过多少事？你就是凭你的小伎俩，我不服输，我不服输，我……"

罗曼莎声音愈来愈小。最后，只是喉咙里咕咚咕咚响着，大口大口的鲜血从嘴里流出来。

罗曼莎气息奄奄，身子不断抽搐，老黄牛伤心的泪水像泉水一样流了出来……

这时，在经久不息的欢呼声中，嘹亮的斗牛士进行曲盖过了一切音响。深邃的蓝色天空，太阳公公的笑脸是那么灿烂，笑得是那么可爱可亲。在进行曲中，大赛主席宣布："东方巨人是本场大赛冠军！"

啊！整个赛场沸腾了，人们跳跃着、欢呼着，有的把帽子抛向天空，有的挥舞国旗。

在响彻云霄的乐曲中，老黄牛全身湿漉漉的，深黄色的牛毛上淌着汗水，它不时用前脚挠着耳根和头部。大红牛的主人双手捧着那朵大红花，走到老黄牛跟前，把红花挂在了两个牛角中间的头顶上。

老黄牛只是微微一笑，点了点头算是表示感谢了，然后慢慢垂下头。是啊，它太累了！

看到这里，主人呵呵笑着对坐在旁边的孙子说："嗨，这个老东西，当年你黄黄叔小时候，在他家玩，想看看这朵红花，不小心把装这朵花的玻璃盒打碎了，这个老家伙竟然撵到咱家里，我还给他赔了个玻璃盒呢，今天倒好，竟然舍得给你黄黄叔戴在头上了！"

嗨，你的成功，会让人嫉妒，也会让人敬佩呀！主人心里想着。

忽然，孙子大喊了一声："爷爷，快看黄黄叔怎么头不停地往下垂呢？身子也好像站不稳了呀！"

"我的天哪，我的黄黄怎么这样了？"

主人大惊失色，从床上拿起一条浴巾，拉着孙子急匆匆跑出宾馆。

十五

主人拉着孙子一口气跑到赛场，赛场还是人山人海、熙熙攘攘。主人和孙子好不容易挤到老黄牛跟前。老黄牛像从水里捞出来一样，身上的汗还在淌，头几乎垂到前裆了。主人再也忍不住了，扑过去抱着老黄牛的头，叫了一声："黄黄，咱今后再也不参与这样玩命的活动了！你，你，你……”

老黄牛慢慢地抬起头，啊！老黄牛的泪水就像身上的汗水一样流淌，长长的舌头舔着主人的脸和手背。大红牛主人从地上捡起掉在地上的浴巾，擦着老黄牛身上的汗水。

电视台记者、报社记者蜂拥而上，争相拍照。飞红马前蹄搭在老黄牛肩膀上，激动地直流眼泪，大声说：

“黄黄呀，你给我们山里人争了一口气，你给我们这个国家争了光！你给马戏团带来荣耀！我们团长说，只要你还活在这个世界上，你永远失不了业呀！你老了，我们养你！”

年轻的电视台记者扛着摄像机，快步到老黄牛旁边：“老朋友呀，两年前，我就说过你，太厉害了，太伟大了，今天呀，我再说一遍，你太厉害了，太伟大了啊！”

这时，熊大也来了呢。它一把抓住老黄牛的前蹄握着，兴奋地说：“东方巨人啊，刚才主席让我告诉你，请你务必于三日之内把你主人的银行账号给我，大会组委会给你要发奖金呀！”

飞红马不由地问：“熊大，那是多少钱呀！”

熊大伸出右熊掌，摇了一下，说：“五百万美金。”

“呀，这么多钱，就是人民币的三千五百多万元啊！”飞红马拉了一下老黄牛主人的衣袖，说：“老哥哥哟，这一回你应该好好请我一顿吧？”

老黄牛主人哼了一声，狠狠瞪了飞红马一眼，说：“请你？我没有找你算账还好了，你给黄黄找的这些事都是要钱不要命的事情！”

飞红马故作生气地说：“哼，你黄黄今天给你挣了三千五百多万块钱怎么样？”

老黄牛主人急了，大声说：“你不知道我们村处在绿水青山间？旅游业一年每人分不少钱呀，你不知道？”

这时候，电视台年轻记者的摄像机镜头对着老黄牛的主人，很恭敬地说：“主人先生，我有一个很关注的问题，请你回答。”

主人从口袋里掏出一片湿巾擦把脸，顿时脸上容光焕发，终于有了自豪幸福的模样了，清了一下嗓门说：“我的黄黄在学校那两年，我去过学校四五回，才知道为了学习对付长矛、飞镖的办法，全身总是旧伤未愈又添新伤，把我能心疼死，要不是校长给我做工作，我早就牵着黄黄的鼻子把它拉回来了。今天，我的黄黄是个胜利者，可谁知为了今天，它付出多少汗水和鲜血，甚至是生命的风险啊！”

一直听着大家说话的老黄牛，这时候插话了，尽管声音带有倦息，却依然一字一板："罗曼莎因我而死呀，我和我的主人一样善良呀，可我……"它哞哞了几声，再也说不出话来！

飞红马却淡淡地说："罗曼莎看到你肯定是夺魁的获胜者，很嫉妒呀！嫉妒，是万恶之源，当时，你两次给它解了围，它不但不记你的好处，反而是存心置你于死地，这叫什么？它悲惨的结果，是必然的。人生本身就是一场拼搏啊！"

忽然，远处响起一阵欢庆的交响乐，大家寻声望去，一支男女老少和马牛羊混编的队伍，浩浩荡荡向这边走来。呵！还有一个大红色横幅，金黄色的宋体字特别醒目：热烈迎接中华巨人凯旋。还是飞红马眼最尖，大喊："啊，全是我们村上的两个乐队，我们村上的人，你看那不正是独角老山羊、花花奶牛犊、干公鸡、弯弯绕、小红牛、小黑牛、葫芦牛。嗨，大红牛带着它的儿子常胜将军和大力士也来了呀！"

大家蜂拥而去。欢叫声、锣鼓声、中西乐器的混响音，直冲云天……

话　剧

从零点开始

从零点开始

/（独幕话剧）

时　间：冬天的夜晚

地　点：大学女生公寓院内

人　物：王老师　男　36岁　公寓管理科的总值班人

江　坤　男　22岁　大三学生

苏　珊　女　21岁　大三学生，系江前女友

小　汪　女　30岁　女生公寓值班员

女生甲　22岁　苏珊舍友

女生乙　21岁　苏珊舍友

家　长　50岁　其女儿在苏珊所在公寓

布　景：在蓝色背景光中，画面是一个“凹”字女生公寓楼矗立在星光夜色中

幕　启：轻音乐声中王老师的幕后独白：

奥林匹斯山上，宙斯的女儿阿芙洛狄忒——主管爱和美的女神，让爱和美遍布人间。然而，恋爱有时如一位惑人的魔女，有时似复仇女神厄里倪厄斯，令人昏迷，自甘堕落，激人发狂，甚至酿成奇祸……

（江坤急上，在光圈中可以看到他发怒的神色）

江　坤：（面对公寓）苏珊，你给我下来！你给我下来！

（小汪急上）

小　汪：公寓马上就要关门了，你在这喊叫啥？

江　坤：（不屑一顾）和你没关系！

小　汪：（笑）没关系？我是六号女生公寓值班员，现在快十一点了，马上就要关门了，你一个男生在女生公寓院内大喊大叫，我能不管？

江　坤：（环视，喊）苏珊，你给我下来！你给我下来！

（家长头戴安全帽急上，走到小汪跟前）

家　长：这位老师，俺娃在你这六号公寓住，我找她。

小　汪：你女儿在哪个学院？

家　长：娃说，她在商啥院？

小　汪：（笑）噢，商学院，你女子叫啥名字？在哪个宿舍？

家　长：叫杨娜，好像还是啥管理主任呢。

小　汪：哦，我想起来了，就是学生自我管理委员会主任杨娜同学，我很熟，是个很优秀的学生，不过这会，她不在宿舍。

家　长：到哪去了？

小　汪：她在校外计算机培训班上课呢，回来还得等一会。

江　坤：（旁若无人地狂喊）苏珊，苏珊，你跑得了和尚跑不了庙！

家　长：这小伙子，你这么厉害，你妈你爸叫你来是上大学，不是叫你和人家女娃闹仗的。

江　坤：（气冲冲地）你个乡巴佬知道个狗屁！

家　长：（冲小汪）她姨，这娃他屋在农村还是在西安？

小　汪：我隐隐忽忽，听苏珊说过，她男朋友家在商洛，大概就是这个学生。

家　长：（扑哧一笑，上下打量江坤）噢，你屋也在山区，你还瞧不起我这农村人，我以为你屋在西安钟楼下呢！

江　坤：（咬牙切齿）我没工夫跟你费唾沫。

家　长：你是个啥大学生？

小　汪：（对家长）大叔别理他。你到值班室喝水去，那有一个学生干部替我看着呢，你让她给你注意一下杨娜回来没有。天气这么冷，那也暖和。

家　长：（感激地）那就谢谢你了！

小　汪：不客气！（盯着家长的背影）

（家长从右边下，王老师从左边上）

江　坤：（喊）苏珊，苏珊，你给我下来！

王老师：（厉声）小汪，这是怎么啦？

小　汪：哦，王老师，今晚你是总值班？

王老师：对，现在公寓马上就关门了，怎么不叫这个男生出去？

小　汪：（苦笑）王老师，这个学生不听我的话，你来了正好！（冲着江坤，指王老师）这是公寓管理科的王老师，来巡查了，你马上走。

江　坤：（歇斯底里般）苏珊，你给我下来，下来！

（幕内女生的讥笑声）

女　生：（旁白）喂，院子里的帅哥，你人长得帅，可你这声音太垃圾，倒像个魔头。

（幕内女生的讥笑）

江　坤：（神经质的）你们都笑话我！你们都笑话我！

王老师：你是几号公寓的？

小　汪：他是五号男生公寓的大三学生。

（王老师走到江坤跟前，抓住他的手向外拖。江坤就是不走。最后王老师放开江坤）

王老师：（厉声）同学，你也是大三学生了，也是懂道理的人。不管怎么说，现在快十一点半了，到公寓关门的时候了，你没有任何理由待在这！

（苏珊在女生甲乙的陪同下，走到江坤跟前）

苏　珊：（指着江坤）你不要脸在这大喊大叫，宿舍里的同学都对我有意见了，我再给你重申一遍我们已经分手了！

江　坤：你这个势利小人，我挂了三科，你就提出分手！

苏　珊：（冷笑）哼！你当着这两位老师还有脸说挂了三科！我替你害臊！

江　坤：（恶狠狠地）我为啥挂科？就是因为你！

苏　珊：哼！因为我？

江　坤：就是的！

苏　珊：我叫你上课时一个接一个地给我发短信？我叫你上课时不停地给我打电话？你把我弄得多尴尬！

江　坤：那是因为我爱你！

苏　珊：爱我？可你知道，一个男生不好好学习，整天把心思放在一个狂热的所谓爱的海洋里，女生跟这样一个男生将来会是什么样的生活，你想过没有？

江　坤：我……我……我原来在我们院也是好学生！

苏　珊：可是你变了，变得和原来的江坤判若两人！你还死皮赖脸缠着我，没门！

（江坤欲扑向苏珊被王老师一把抓住胳膊甩到后面）

女生甲：你还能把我舍长吃了!?

女生乙：你把我舍长动一下，我就和你没完！

江　坤：我命都不要了还怕谁?!

王老师：你冷静点！

小　汪：（看了一下表）他再不走，我叫保卫处来人。

江　坤：你把谁叫来我都不怕！

王老师：（笑着上下打量江坤平静地）江坤，咱俩到公寓外边，你跟老师好好谈一谈，也许老师能帮你一把呢。

江　坤：（犹豫）你能帮我？我不信！

王老师：你看，咱俩到外边说话，在这说话影响别人休息，有些话，我还不好说。

（江坤犹豫着，不知不觉被王老师拖到台前，灯暗、背景是幽蓝的灯光。两人走着）

王老师：咱现在出了公寓门，你有啥话尽管给我说。

江　坤：好，我看你这老师心好！

王老师：你给老师说说，你是怎么认识苏珊的？

（灯渐暗，终于看不到公寓，只有台前灯光跟着两人。）

江　坤：那还是在大一那会儿……

（台前灯渐暗，消失，俄顷，台前灯复明，背景是人工湖景观区，苏珊和江坤坐在椅子上，江坤双手抓着苏珊肩头）

江　坤：珊珊，你好漂亮！

苏　珊：（幸福地）我漂亮吗？

江　坤：真的，谁哄你是小狗！

苏　珊：我觉得女人长得漂亮不如活得漂亮。一个女人可以长得不漂亮，但是一定要活得漂亮。

江　坤：怎样叫活得漂亮！

苏　珊：无论什么时候，渊博的知识，良好的修养，优雅的谈吐以及一颗充满爱的心灵，一定可以让一个人活得足够漂亮，就是活出一种精神，一种品位，一份至真、至诚的精彩。

江　坤：这话很经典！

苏　珊：你能做到这些吗？

江　坤：嗯？

苏　珊：看来，你还真不懂！

江　坤：我懂，我的 angel！

苏　珊：但愿如此！女生都喜欢勤奋好学、刻苦钻研的男生，我对你要求也一样。

江　坤：如果我挂课了，咱们的爱情能经受住考验吗？

苏　珊：（笑）亏你说得出来这样的话！

江　坤：这话不对？

苏　珊：如果你真的那样，那很简单，只有两个字做结论。

江　坤：哪两个字？

苏　珊：拜拜！

江　坤：我的妈，你成了冰山大王，太可怕了！

（苏珊坏笑着没说话）

江　坤：（用拳头在苏珊肩头捶着）你坏、你坏！你欺负人呀？

苏　珊：（笑）这叫客观存在嘛！（灯渐暗，灯光渐渐熄灭，俄顷复明，背景变成晴朗的夜空）

王老师：这就是你谈恋爱的经过，挺浪漫的。

江　坤：多好的一个苏珊，怎么一下子变成睁眼不认人了？（俩人边走边谈）

王老师：从你的话看，人家苏珊是一个很勤奋的学生，可你竟成了挂三门科的挂科生，怎么不叫她失望？

江　坤：老师，可……

王老师：（摇头）可什么呀？你刚才不是说，人家苏珊刚才说一个不好好学习、整天把心放在一个狂热的所谓“爱情的海洋”，女生跟这样一个男生将会是一个什么样的生活你想过没有？

江　坤：可是爱情都是文学艺术永恒的主题，真正的爱情是经得起任何考验的！

王老师：（笑了）唉，你这是本末倒置，也正是发生在你身上悲剧的根源。

江　坤：悲剧的根源？

王老师：你还不信？

江　坤：我……

王老师：你再别“我、我”了，你想，在大学里，男女学生正在青春的萌动期，谈恋爱很正常，可是真正谈成的概率很低呀！

江　坤：（不解）为什么？

王老师：（掰指头）

一、吃穿家里供给；二、零花钱家里供，你们没有后顾之忧，没有任何精神压力。可是出了校门，外面不像你想象得那样简单，那样美好，别说买车，就是基本生活资料，住房呀、结婚呀，都要叫你出几身汗才能完成。

江　坤：（默默点头）嗯！

王老师：你想现在的这个社会，不光吃饱还要追求生活质量。私家车、豪宅多的是，可是你没有本事，连最基本的生活来源都保障不了，人家女生跟你能幸福快乐吗？

江　坤：（本能地点了一下头）嗯！

王老师：还有学校领导为了端正学风，为了出人才下了多大的力气，你知道吗？

江　坤：我……（不好意思地垂下头，停住脚步）

王老师：（站住）你最近还到人工湖那去了没有？

江　坤：自从苏珊不理我后，我再不到人工湖那鬼地方去了，一到那儿，我就很伤感！

王老师：这就是你的不对了，你到人工湖看看，同学们不是看书的就是写字的，想想自己，看看同学们！

江　坤：唉，我没有勇气到那个地方！

王老师：（眉头一扬）你家几个孩子？

江　坤：就我一个。

王老师：你爸干啥工作？

江　坤：卖菜的。

王老师：很辛苦吧？

江　坤：可不是嘛。每天晚上三四点把菜拉到县城菜市批发，回来后还得在地里忙呀。

王老师：他是个啥文化程度？

江　坤：当年是个初中，当时推荐工农兵大学生时表都签了，可是到公社却被别人挤掉了，把他气得大病了一场。

王老师：（笑一笑）好了，你别说了，你听我说，你爸为什么这样辛苦无怨无悔？

江　坤：为了过好日子，供我上学。

王老师：你能认识到这点很好，你不是无药可救的学生！

江　坤：这……（垂下头，抚弄着衣角）

王老师：（激动地大声）为什么他精神那样大？

江　坤：我……

王老师：（摆手）你听我说，你能考上大学是圆了他的梦，在你身上寄托着他的企盼、他的理想，他为了你辛苦，为了你活着。可是他要是知道你不好好学习，挂了三门课，不争气，被人家甩了，（大声地）你想他会是个什么样的心情，江坤同学，你好好想想啊！

（江坤低下头）

江　坤：（嗫嚅）我……我……（右手揉着眼睛）

王老师：（激动地）他要是知道你这样疯狂，他的心定像刀子捅一样难受。

（江坤仰起泪流满面的脸，猛地趴在王老师肩头）

江　坤：（哽咽）老师，老师……你别说了，我错了，我错了，我错了啊！

（远处大钟响了十二下，音乐骤起，王老师拍着江坤的背，仰起头仰望）

王老师：（旁白）零点整，我衷心期盼江坤的生活也从零点开始，进入新的明天！

（激越的音乐声中幕急落）

影视剧

划在空中的“?”
琴弦上的挽歌
那年、那月、那天下午
昨夜下了一场雨

划在空中的“?”

／（电视剧）

公路边，一只男人的大手在画面左侧挥着。

韩芳（35 岁）拉着儿子（6 岁）的手，伫立在路边。

镜头推向韩芳：烫发、浓眉、大眼、清瘦的脸庞，风拂动额头上的刘海，脸上露出笑容，眼睑红红，一泓泪水，呆呆地凝视着那只挥舞的大手。画外传来浑重的汽车喇叭声，好像猛地惊醒了她，那纤细的手在空中挥了一下，随着手势空中出现一个鲜红的“?”（定格）

旋即，音乐骤起，一个字一个字出现在“?”号的左边：划在空中的“?”

上 集

1. 韩芳家

韩芳（15岁）扎着小辫，躺在炕上，头枕着被子，盯着炕上跳跃的煤油灯光。炕边坐着头包旧毛巾的韩芳爹（54岁），对面坐着韩启哲（50岁），俩人叼着旱烟袋吸烟，闲聊。

韩芳爹：启哲，哥叫你给芳娃寻个婆家的事，咋不见回话？

韩启哲：（在炕楞磕着烟锅灰）唉！芳娃整十五你就给娃寻婆家，这事不靠谱，将来人大咧心大咧，谁能知娃们的心变不变？

韩芳爹：（长叹一声，忧愁地）话对着，可这青黄不接的二三月，一家人的生活是个大问题呀，把人能熬煎死！养女解困，娃娃亲在咱这一带是一层人呀。

（韩启哲皱着眉头抽旱烟。）

韩启哲：现在打下的那一点粮，背点粮食上集市换几个盐油钱都不行，市管会把人撵得鸡飞狗跳墙，庄稼人的日子难过！难怪咱这里人早早把女子都嫁了。

韩芳爹：唉，我心里也明白，婚姻是人一辈子的大事，一个仅仅十四五岁的女子能把握了吗？

韩启哲：（笑）你明知故犯。

韩芳爹：大道理谁都懂，可我一家人得活命吧。（不耐烦地）其他人给芳当媒人我还不放心，你是咱村最有文化的人，哥最相信你兄弟了，你光说你给哥帮这个忙不？

韩启哲：（右手一拍大腿）我把给芳娃寻个婆家的事包了！

韩芳爹：（脸上露出笑容）那我先代替你侄女谢你了。

韩启哲眨着一双沉思的眼睛，特写画面闪现一个个儿童期的男生画面。最后，定格在王英的近景画面上。

儿童期的王英推成特写。（淡入）

韩启哲：我班上有一个叫王英的娃很不错，我想把这个娃给咱芳娃说，你看咋样？

韩芳爹：这个娃家里景况咋样？

韩启哲：嗨，甭提了，这娃命苦尽了。

韩芳爹：（面向里屋）芳她妈，你出来一下。

〔韩芳妈（52岁）进入画面，端了条高凳子坐在韩启哲对面。〕

韩芳妈：（急忙）她三叔，你得是给咱芳娃说媒呢？

韩启哲：我和我哥正说这事呢。

韩芳妈：这娃是谁家的娃？他屋都有啥人？屋里日子过得咋样呀？他屋的人和咱这些人能合得来？娃灵醒不灵醒？

韩芳爹：（生气地）你一进门就像打机关枪，嘟嘟不停，烦人不烦人啊？

（韩启哲笑了，面转向韩芳爹。）

韩启哲：你再不要说嫂子了，一条儿女一条心呀！我理解，我理解！

（韩芳妈脸色变得平和了，佯装生气地瞪了韩芳爹一眼。然后，又转过头盯着韩启哲。）

韩启哲：这娃叫个王英，三岁的时候，亲生爹妈就离婚了，他妈抱着他就回到娘家。四岁时候，他妈就死了，外婆把他养大，他舅一家在兰州市工作。本来他外婆也在兰州，因为农村妇女不习惯城市生活就回到老家了。现在家里只剩下婆孙两个人。

韩芳妈：唉，两个大人为啥离婚？

韩启哲：因为他爸和村上一个寡妇好上了，就嫌弃他妈了，千方百计为难他妈，实在过不下去了，两人就离婚了。就是因离婚事，他妈得了精神病，有次病犯了，掉在涝池淹死了。

（韩芳妈撩起衣襟擦眼睛。）

韩芳妈：三兄弟，你把这个媒事说成，我把王英不当女婿，我只有芳娃和盈娃俩女子，我把王英当我儿子一样，唉，可怜的娃！彩礼钱多少你看着办，能度过这困三二月就行了。

韩启哲：好，我嫂子人心好我早知道。（转向韩芳）芳娃，三叔给你说的这个没问题！你俩都是好学生，还可以共同进步，哈哈哈……

韩芳：（佯装生气）我不愿意！（转过身）

韩芳妈：（急了）瓜娃，你真不愿意？

韩启哲：（从口袋里掏出两本连环画）给，芳娃，这是王英送给你的两本小人书，一本是《梁山伯与祝英台》，一本是《一个老红军的家史》，你不要，三叔明早到学校后还给人家娃噢！

韩芳：我不要他的书！（猛地从韩启哲手里夺过书，转身又给了煤油灯个脊背）

（屋里，响起欢笑声。）

2. 高小校园里

在黑板宣传栏贴着红纸写的新生录取榜。新生们把黑板围得水泄不通，韩芳和好友红叶（14 岁）也在其中。一男生低声念：五年级甲班韩芳、杨惠芳……五年级乙班王英、张世民……

红叶拉了一下韩芳的衣袖，俩人挤出人群。

红叶：（笑嘻嘻地）芳姐，全公社五年级新生两个班的头名都叫你俩给占了，真是天生的一对呀！

韩芳：（拧了红叶一把）谁叫你多嘴？（笑了）

3. 高小校园里，雨天

黑板宣传栏前空无一人。韩芳、红叶和学生们躲到教室的房檐下。王英（15岁）走到黑板前看着榜，不时用白布衫擦着脸上的雨水。

红叶：（惊讶地）芳姐，看那是谁？

韩芳垂下头，右手伸进肩上背的花布书包。片刻，又抬起头，正好和王英的目光相遇，俩人不好意思地避开对方的目光。韩芳悄悄地从书包取出一大块千层油饼，目光再次投向还站在雨中看榜的王英。

红叶：（狡黠地）哟，我的姐姐，咱一块上学，谁不知道咱俩好？可你有这么好的油饼，我咋不知道？原来我姐是个偏心眼。

（韩芳脸红了，砸了红叶一拳，红叶故作疼痛的样子。）

红叶：（转向王英）喂，雨中那位同学，我朋友给你送千层油饼来咧！

王英本能地转过头，发现四周教室檐下的老师、学生目光一齐射向他，他变成一副狼狈相，继而皱着眉头，恨恨地瞪了她俩一眼，猛地一转身走了。

韩芳一愣，油饼竟掉在房檐水壕里，一条线的雨水溅在油饼上。

4. 韩芳家

韩芳爬在被子上哭。

旁边，韩芳爹、韩芳妈和韩启哲劝说韩芳。

韩芳妈：（抚着女儿头发）就为人家娃瞪了你俩一眼，没接你的油饼，你就生这么大的气，小小个娃心数这么多的，长大不成了麻女子了？

韩芳爹：（斥责）哼，为这点葱皮蒜胡子事把人家王英骂了个美，长大以后还能把人家娃吃了？你看王英不多说一句话，多腼腆？哪像你舌尖嘴快，嘴比刀子还利？你要是再骂，我非给你嘴巴子不可！

韩芳：（毫无惧色，大声哭骂）我还要骂，见了面，我还要骂这个狗东西！

韩芳爹欲打女儿，韩启哲忙拉开他，按他坐在椅子上。

韩芳妈撩起衣襟抹泪。

韩启哲：（笑着）可不是兄弟笑话你俩大人，你就不懂，聪明能行的女娃十个有九个都厉害，这种娃个性强，自尊心强，当大人的要理解这一点，不理解这一点，就不是个好当爹妈的。

韩芳爹、韩芳妈不吭声了。韩芳爹坐在椅子上抽旱烟，韩芳妈给女儿擦眼泪。

韩芳妈：你三叔夸你灵娃，我看你一点都不灵。你想那么多的同学、老师，人家娃咋好意思接你的油饼呢？

韩芳：（止住哭）妈，你没见他那么个难看样，把我能气死！

韩启哲：俺侄女将来肯定是王英家的掌柜子，厉害，能看住摊子哟！

韩芳破涕为笑。

5. 学校操场舞台上

横幅剪贴着美术字“庆祝元旦”两侧写着：“热烈庆祝一九六六年元旦的来临！”“抓好教育质量，为祖国培养新人。”

舞台左边坐着校长、教导主任及公社党委书记和两名教师，右边是乐队。女报幕员走到舞台中央，用普通话报幕。

报幕员：下一个节目，由五年级甲班学生韩芳女声独唱《翻身农奴把歌唱》。（退下）

韩芳化装后，穿着藏族姑娘的服装，在热烈的掌声中走向舞台正中。

6. 舞台下

坐满师生，目不转睛地瞅着舞台。

王英坐在长凳中间，垂头瞅地面。两边坐的男同学甲乙戏谑地撕着王英的耳朵。

男同学甲：头扬起来，不准低下！

男同学乙：咱班长羞脸多，我是专治这病的专家。（使劲撕王英耳朵）

王英面红耳赤，仍垂下眼皮。

同学甲：（盯舞台）哟，韩芳正瞅着咱班长呢？

同学们发出一阵哄笑。王英一副窘态。

7. 舞台上

长笛过门后，合奏，响起韩芳悠扬明快的歌声：

太阳哎，霞光万丈，
雄鹰啊，展翅飞翔，
雅鲁藏布江翻作浪，
高原春光无限好，
叫我怎能不歌唱？
……

8. 舞台下

王英如坐针毡扭动着，垂头盯着地面。

9. 舞台左边

校长：（50 岁）韩芳不光歌唱得好还会唱秦腔戏，那次全县教育系统文艺汇演，她和另一名同学演的《姐妹看语录》还给咱学校得了个奖。

教师乙：（扶了扶近视镜）韩芳的歌声，无论旋律音色都成功的。

党委书记：老冯，你这个音乐教师都是这样说，看来这一等奖又该是韩芳的了。

众人附和地点头。

党委书记：（感慨地）发现好苗子就要加强培养，将来为国家出人才，干社会主义没人才是不行的！（转向教导主任）老兀，你说呢？

教导主任：王书记说得对，不过中国历史沿袭下来一个通病，嫉贤妒能，某些领导人把有才的人当作危险分子，这是何等可悲可叹。

王书记：（笑着）老兀，我王某可在你的“某些”之外吧！

四人笑了。

10. 舞台上

音乐和掌声中，校长站在讲台上念着得奖名单。

校长：第一名五年级甲班韩芳同学，学习、文艺综合奖……

11. 舞台后

韩芳卸完装，搓手，好像没有听见似的。

12. 舞台上

王书记站起来，先拿起一张奖状和一个日记本，校长给他递过来唯一的一支“金星”牌钢笔。

校长：（佯装生气）韩芳，放快一点，领奖还磨蹭啥？

韩芳这才从后台出来，从王书记手接过奖品，仓惶地跑回后台。

校长又宣布：第二名五年级乙班王英，课外科技活动、学习综合奖。

王英慌忙从王书记手里接过一本《无线电基础知识》、奖状和日记本。

13. 山沟

小溪流旁是一个椭圆的水潭，像一面镜子映照着促膝坐在一起的王英和韩芳。王英从棉衣口袋里掏出一本《新华字典》塞到韩芳怀里。

王英：这是送给你的字典！

韩芳：（翻看字典）你哪来的钱？

王英：我把咱婆给我买鞋的钱给你买了这本字典。

韩芳莞尔一笑。从腋下的口袋里掏出针线，飞快地给王英缝鞋缝。

王英：你能念书能唱歌唱戏，又会做针线活，真是心灵娃！

韩芳：（把鞋缝好扔给王英，又拿起字典翻看）先生，你为啥用七种颜色在字典最后一页空白处描了“永恒之华”几个字？

王英：（神往地）我爱横贯长空的彩虹，除了气势磅礴，还有它的美丽，它不是由七种颜色构成吗？

韩芳：哟，没看出你还有诗人的感受呢！

王英：（绯红了脸）再别讽刺人，我早知你嘴头利。

韩芳从书包里掏出奖给她的黑色钢笔，放在王英怀里。王英推辞。

韩芳：（拿着字典）你光说要不要？

王英：你的一等奖品，我咋能要？我不要！

韩芳：（娇嗔的）好，我不稀罕你的字典！

韩芳把字典塞到王英怀里，站起来要走。王英忙拉她坐下。韩芳依然满脸愠色。

王英：（哀求）你生啥气？我要，我要！

王英从韩芳手里接过钢笔，他把字典又塞进韩芳手里。

韩芳：谁当我好欺负，哼，瞎了他狗眼！

王英：你啥都好，就是爱骂人，我今第一次才听到你骂我。

韩芳：哼，你才知道，这已经是第三次骂你，骂你的日子还在后头呢！

王英：这叫打着亲，骂着爱，不打不骂看的外？

韩芳：（双手捂脸）不要脸的东西！

韩芳狠狠地在王英肩头打了一拳，跑走了。王英拔开韩芳给的钢笔，金笔尖闪着耀眼的金光。

14. 村庄

倒春寒的一场白雪覆盖了村庄。

娇嫩的桃花，在寒风中颤抖，黯然失色、枯萎、飘落——

字幕：一九六九年三月

15. 山坡小径

王英一下一下扫着路上的雪，不时哈着气，扬起头盯着天空。

16. 天空

寒气茫茫，一队大雁哀鸣着，缓缓飞过。

王英画外音：啊，天真冷！春天来了，花都开了，却下了这场大雪！

17. 山坡小径

王英缓慢地扫雪，身后出现一条弯弯曲曲的小路。王英头上热气腾腾，扶着扫帚，喘着粗气，心事重重的神情。

王英画外音：“文化大革命”停课两年半，说是贫下中农推荐上初中已经开始，可是现在还不见音讯。莫不是我的名字又被取了？韩芳被推荐了吗？二尺多深的雪，我啥时才能扫到韩芳村？

王英急得掉下热泪。

18. 韩芳家院子

韩芳拼命地扫雪，累得满头大汗，猛地拉下头上的红头巾，扔到窗台上。

屋里传来韩芳妈的声音：叫你爹给人家大队贫协主任李二送礼去，他不去；叫你去，你也不去，你两个咋这么犟的？人家是招生领导小组副组长，硬邦邦的贫下中农代表，比咱高一头大一膀的人都巴结，何况咱？你这娃咋这瓜的？

韩芳：（停下扫帚，气冲冲地）要叫我巴结他，除非柏树叶落，碌碡开花！（烦恼地）妈，你少说些话行吗？

屋里传来妈的叹息声。

韩芳：（嘴唇动了动）……

韩芳狠命地用扫帚扬起雪团。

19. 面试场

墙上贴着红纸标语：贫下中农管理学校就是好！教育要革命，资产阶级知识分子统治学校的现象再也不能继续下去！

主席台上坐着九位“考官”，其中穿黑粗布棉褂的人，头上包着很脏的毛巾，眼角沾着眼屎，他就是李二（60 岁）。

王英坐在距主席台两米远的椅子上，回答问题。

李二：（嘴唇不停颤动）你……你……

门口等待口试的学生发出轻微的笑声。韩芳脸上露出轻蔑的笑容。王英忍住笑，等李二说完。

李二：你——你说，牛的耳朵，长——长在犄角前头还是后头？

王英：后头。

李二：你——你还好，好样的！我再给你出一道题，牛——卧在地上，起来的时候，是——是先从前头起还是从后头起？

王英：（竭力忍着笑，干脆地）后头起。

李二咧开大嘴，脸上露出满意的笑容。

李二：你屋中农，不——不是——是贫哈（下）中农，你——你和我贫哈（下）中农是——是一条裤——裤子。中农是——是团——团结的——的对象吗？

学生发出哄堂大笑。

秃顶组长（45 岁）站起来，满脸怒色。

组长：（猛击主席台）笑什么？笑李副组长没文化？他没文化，这是谁造成的？是万恶的旧社会！你们这伙王八蛋崽子不痛恨旧社会却笑话贫下中农，你们站在哪个立场？

学生们悄然无声，有的缩着脖子，有的咬着嘴唇。

李二：（板着脸，嘴唇抽动）你——你说，木犁前头那个木钩钩叫……叫啥来？

王英：（眨着眼）……

李二：（脸色不悦）你——你到底和——和贫哈中农有——有区别，问了三个，你——你才答——答上俩（右手伸出黑粗的食指和中指挥了一下）这这这不——不——不行！

王英涨红了脸，惊慌的神色。韩芳伸长脖子瞅王英，挤出人群，大胆地走到王英跟前，盯着李二。

韩芳：李组长，这个题答不上来不要紧，毛主席说农业要实现机械化，并没有说农业实现木犁化，你这和难为王英有啥两样？王英连年分数全班第一，你问的沾课本哪个题？

同学中又传来笑声，议论声。

同学甲：像这样考试的是开天辟地头一次。

同学乙：这不叫考试，这叫谝闲传。

……

组长：（吼叫）你们想造反吗？革命无罪，造反有罪，是造资产阶级的反，你们都想造无产阶级的反，造贫下中农的反，（转向李二）这个疯女子叫啥？

李二嘴唇颤抖着附在组长身边。

组长：（狞笑）你叫韩芳，是富农他兄弟——上中农子女，你爹还是国民党宪兵，凭这一点，你就被淘汰了，你爹大搞买卖婚姻，破坏婚姻法，把你早早卖给这个王英，怪不得你向着王英。

王英：（慌了）组长老师，李二叔，一切都怪我太冲动了，我向领导承认错误，这一切与韩芳没关系呀！

韩芳嗔怪地看了王英一眼。李二也拍桌子，小眼珠瞪得圆圆的。

李二：你——你——这疯女子不想上学？

韩芳：（毫不示弱）上你这样的学校，我觉得乏味！

韩芳一头冲出考场门。考场哗然。

20. 韩芳家

韩芳在炕上滚着、哭着。王英和红叶都坐在炕边擦泪。

韩芳妈边哭边抚着女儿的头发。

韩芳妈：芳娃，妈心也难受得很，咱上不了初中，咱可以当工人去。昨天你爹回来到现在水米没沾呀，早上又给你跑当工人的事。

红叶：（拖着哭腔）芳姐，王英也可以把中学学过的课本都给你呀！我爸也叫我当工人。

韩芳妈：现在城里的念书娃都下到农村了，何况咱庄稼人的娃，现在我算把这世事看透了，不识字的人一层呢，他们都能活过来，咱活不过来？

韩芳：（痛哭）妈，我爱念书，我最爱念书呀！

（王英和红叶擦眼泪。韩芳爹急匆匆走进门，满头大汗，喘着粗气，走到韩芳跟前。）

韩芳爹：（兴高采烈）芳，哭啥？你当工人的事支书同意了，支书也很同情你，不枉是你舅在西北野战军当兵的老战友，他也生李二的气，不过现在政策就是这样，谁有啥方子？

王英、红叶脸上露出一丝笑容。

韩芳止住了哭声。

21. 化工厂单身宿舍（夜晚）

韩芳床头箱盖上的摆钟时针和分针在“12”上重叠了。响了十二声。箱盖上的台灯亮着。

镜头摇过另外两个睡得正香的姑娘。韩芳爬在箱盖上写信，写了一张又一张。摆钟时针指向“3”分针指向“6”。钢笔尖在信纸上飞舞。韩芳缝着装书的白布包裹。她用毛笔在裹包上写着。她把“王英”二字描得又粗又秀气。末了，露出惬意的微笑。

22. 王英家（夜晚）

王英拆开白布包裹，翻着韩芳寄来的书，从书里掉下韩芳写的信。

王英展开长信，默读，脸上浮现出幸福的笑容。

韩芳的画外音：上面我谈了进厂后的情况。现在把我的心思谈一下。的确，我心里难受，要是咱俩都上学，上中学、上大学，将来成为有出息的人那多好啊！可是我没有上学的福气，我这个人心比天高命比纸薄，就像我这性格一样没法改变。

王英揭过一页，继续看信。

韩芳画外音：我从厂技术员那儿给你找来了原来的初中全套数理化课本，你应该好好学习。现在流行的课本实在是误人子弟呀！这一点你一定要明白。社会要进步，人类要征服自然，向生产的广度进军同时还要向深度进军。靠的什么？靠的知识呀！你爱无线电，想当物理学家，我想当作家，也想当歌唱家，尽管实现我们的理想历尽艰辛，但一点，却是客观存在，我们是有理想的人，生活充满意义。我总觉得人一生无所追求，其一生将是乏味的。王英，你我都是十八九的人了，在正常情况下，我们是上大学的年龄啊，可是你才上初一，我还被剥夺了上学的权利！

王英揉了揉眼睛，长嘘一声，继续看信。

韩芳画外音：外婆有病，来厂前本想到你家好好伺候咱婆，可谁知我刚做好饭，咱婆没来得及吃，妹妹就来你家，让我马上准备到化工厂上班。当时，又高兴又难过，高兴的是我当了固定工，跨出了农村这个穷得发慌的地方；难过的是过了七十岁的外婆，身体有病，你又在学校上学。这往后的日子怎么过呀？把人愁死！想到这些，我整夜整夜睡不着觉呀。

……

王英将信又夹在书里，思绪万千。

23. 教室外

桃花开了，花枝在春风中摇曳。桃树上，硕果累累。

24. 教室里

学生们上自习，大声念着课文。王英却趴在桌上偷偷看着信。韩芳画外音，渐渐湮没了同学们的朗读声。

韩芳画外音：一年多来，得知你的学习成绩一直名列前茅，你在课外还学我给你寄的课本，我很高兴。我就是喜欢爱学习的娃，你知道吗？你来信反对我给你在信里装钱，这没有必要。我不用解释，你会明白呀，我的未来的大学生先生呀！

王英看信，幸福地笑着。

韩芳画外音：我每月从十八块半的工资中拿出五块给你，小事一桩，不值你叩头感恩。

25. 教室外

王英又拆开一封信看。

韩芳画外音：告诉你两个好消息，一我现在已到达辽宁阜新市学习，路过北京，我们游了天安门、故宫，我还在天安门、北海公园照了相，现寄给你一张。本来还有一张在天安门前的，我的一个同志拿去了，没法给你寄了。第二个好消息就是工资涨了，我每月二十三块多点，从现在起每月给你十元是没问题，你剩下一点钱可给你家买盐油酱醋，给咱婆买些滋补品，也算我的一点孝心吧。

王英眼里含着热泪。他从信封里倒出一张十元包的二寸照片，镜头移向照片：韩芳扶着北海公园桥栏杆，遥望着远方。

26. 教室外

桃树光秃秃的枝条在风中摇晃。

27. 教室里

王英把韩芳的信装进信封，拿起笔开始给韩芳写信。

笔尖在纸上刚写了“芳：你好！”画外传来《学习大寨赶大寨》的歌声，笔尖停在纸上。

画外喇叭声：各班注意，现在紧急集合，现在紧急集合，我们反复强调行动军事化，今天就是一次考验。希望各班、干部务必于五分钟内打背包带队在操场集中。

28. 中学校园

学生一窝蜂般涌出各班教室门，乱哄哄的。

29. 教室里

同学们争先恐后涌出门，只剩下王英一人。班主任在窗外向里瞧。

班主任：王英，你咋这慢的。

王英皱着眉头，长叹一声，收起信纸笔，装进书包，背着书包，悻悻地离开了教室。

30. 韩芳宿舍（夜晚）

韩芳呆呆坐在桌旁边的椅子上，盯着镜背面镶的王英半身照片。

韩芳画外音：王英，你心真狠，信寄出一个月，你一个字的回音都没有，你把人能急死！

红叶进门，拿着一个椭圆形钱包，放到韩芳跟前的桌面上。

红叶：芳姐，你都是心细人，咋这两天光遗鞋掉帽子？昨天我把你的工作证从机器旁捡回来，今天你又把钱包忘在工作椅上，里边可有饭票，你大概下午没吃饭吧！

韩芳点了点头，神不守舍。

红叶困惑不解地打量韩芳，她发现韩芳目光死死停在王英照片上，不禁笑出了声。

红叶：芳姐，我当啥大事把你难住了，弄了半天，你想女婿娃，其他再大的事妹子都可以帮忙，唯有这个事妹妹实在是无能为力噢！

韩芳忙把镜正面翻过来，嫣然一笑，打了红叶一拳。

红叶故作“哎哟”一声，躺在自己床上，双手抱着后脑勺。

红叶：（戏谑）哎嘘——女婿娃女婿娃，不来信，活气煞！

韩芳哭笑不得，又在红叶肩头打了一拳。

红叶：哎哟，你把对王英的气出在你妹子身上，冤枉呀！（面向墙壁）好了，瓜妹子不言传了，再说下去，我还得给我姐擦眼泪，我刚下夜班，人乏马困，懒得干这个义务活。

红叶躺在床上，和衣睡着了，韩芳给她放好枕头，又拉开被子给她盖在身上，然后回到椅子上。

韩芳充满疑惑的眼睛，化成一双粗暴的手把信撕成两半，信和钱包的照片掉在地上，她捡起地上的钱放在自己的口袋。韩芳眼里浮现出外婆躺在炕上呻吟，王英烟熏火燎煎中药的场景。

画外音：唉，越想越把人能急死！

韩芳写信，写着写着，泪水滚出眼眶。

31. 山沟

水库工地上，红旗猎猎，夯声阵阵，高音喇叭声放着《学习大寨赶大寨》。

广播声：东方红中学的老师和同学长途跋涉三四十里来到咱们草坪这深山老林帮助学大寨，他们来了一个多月做了伟大的贡献，尤其同学中的青年妇女们干得和小伙子一样美。

正在挖土、装车、推车的男女学生发出哄笑声。

王英疲惫不堪，他坐在推车辕上。迷惘的眼睛含着令人怜悯的神情，他没有笑。

王英画外音：一个多月了，给韩芳的信还没法寄出，真急人！

画外音：王英，你的信？

一个男同学背着行李，手里拿了一封信，径直走到王英跟前。

王英接信，却被另外一只手夺走了。

同学甲：（拆开信，仿女声）王英，你好？信寄出一月多，不见回音，很感不安，是不是谁把信拆了，为了得十块钱把信拆开毁了？是不是咱婆有病你在家中？你是不是有病了？

同学乙夺过信，扮着鬼脸念信。

同学乙：王英，你知道吗？在这数千里之外有一颗姑娘的心伴随着你。

男女学生喜笑颜开。王英尴尬得无地自容，他几次想扑过去夺信，均被同学们拦住，同学丙从同学乙手里抢过信。

同学丙：（仿着电台男播音）同学们，陕西人民广播电台，现在是小说连播节目，广播小说《情书》，作者韩芳。

男女学生爆发出欢笑声。

同学丙：白天上班，外界干扰我心里还能好点，可是到了晚上宿舍里只我时，一种沉重的失落感袭上心头，就像丢了最珍贵的东西一样难受啊！

同学们出奇地静下来听信。

同学丙：（有表情地朗读信）本来，厂里安排我的探亲假在明年六月份，可是此时此刻恨不得一下子飞回去，飞到你身边，大声问：你为什么不回信？你是啥目的？你说！

同学甲乙猛地撕拉着王英。

同学甲：快说，你为啥不给人家韩芳回信？

同学丙拿着信，展开双臂，学鸟飞。

同学丙：（边学鸟飞，边走到王英跟前）我从几千里外飞回来，你为啥不给我回信，亲爱的！

工地爆发大笑声。有的笑得在地上滚，几个女同学笑得抱成一团，有的笑出了眼泪。

王英狼狈不堪，从同学丙手里夺过信跑上山梁。

32. 县城汽车站候车室

墙上挂的自动日历显示牌上显出：六月十九日，星期六。连椅上，坐满男女旅客。扇扇子的，抽烟的，排队买票的………

墙角的连椅上坐着韩芳、王英，俩人依偎在一起。

王英：去年冬天，我在水库工地上劳动期间，你来信说，今年六月份你回来，好容易盼回来，你又走……（声音哽住了）

韩芳：（苦笑，嘴唇动了动）……

静。

镜头摇过候车的人，人人像一尊尊机械的偶像。

王英、韩芳挂着苦楚的脸庞。

韩芳：（清了一下嗓子）你不要这样，人生悲欢离合，月亮有亏有盈都是常事，你何必……（掏出手绢拭眼睛）

王英垂下头。韩芳强颜笑了，从提包掏出几个鸡蛋。

韩芳：快吃，你早上在我家只吃了一个馍，一碗稀饭，走了四个小时的路，早该饿了，刚才给你买的肉丝面你吃了一碗，一碗二两你能够？

王英抬起头，眨着润湿的眼睛。

韩芳：快吃。

王英：（凄然一笑）我不饿。

韩芳：（脸色一沉）快吃，你总把自己当个旁人，太不像话！（剥掉两个鸡蛋壳）给，像小孩一样还要大人管！

王英苦笑一下，接过剥了壳的鸡蛋，心不在焉地吃着。

韩芳：（手指拭掉沾在王英嘴角的鸡蛋黄）我明年四月底在阜新学习就结束

了，五月份你有时间来我厂。人家那些对象主动找厂门，可你还得叫人请，架子倒不小。

王英含笑不语。

33. 同上，进站口

铁门打开。

工作人员：到西安的旅客排队进站。

王英匆匆替韩排队。

韩芳：（从王英提的包掏出一双鞋和一把折扇）我今天像丢了魂似的，差一点把给你的鞋和扇子又带回阜新去了！

王英拉韩芳站在队里，他从韩芳手里接过鞋、扇子，韩芳要从他手里拿回提包，王英却没给她，依然随着拥挤的队列朝前走。

工作人员：没有票不能进站！

王英：我马上就出来。

工作人员：（粗暴地）"马下"也不行！

人们发哄笑声。王英脸红了，韩芳从他手里接过提包。

韩芳：不要送了，千里送客总有一别！（进站）

34. 县城汽车站，候车室

王英：（喊）你一定要来信！

35. 县城汽车站，停车场

班车车门下，韩芳踮起脚尖，目光搜寻王英。

售票员：还看啥？关门了。

韩芳猛然跨进车门。车门关了。班车缓缓驶出大门。

36. 县城汽车站外面公路

王英本能地追着韩芳坐的那辆班车。班车飞快地向前开去，愈来愈小，最后变成小白点消失了。王英左边腋下夹着鞋，右手拿着折扇，呆呆地站在公路中间。王英漫无目的走着。王英打开折扇。

折扇占据了画面：蔚蓝的苍穹，寒气茫茫，悬崖上挂着条条冰凌，冰凌间却长出一枝娇艳的梅花。

镜头推向梅花，梅花占满了画面。两滴泪水落在梅花的花瓣上。

中　集

1. 王英家

墙上挂着日历。一只手撕去一张，可以清晰看到："一九七三年五月九日"。

旁边写着“到韩芳厂”字样。

2. **平原**

一列客车在辽阔的平原上飞驰。车厢里，王英靠窗坐着。他右肘支在窗棂上，右手托腮帮，凝视着窗外急速变换的原野。

3. **机车**

机车鲜红的大轮，在摇连杆有力地推动下。飞快地旋转……

4. **原野**

远处，缓缓移动的原野，一只老黄牛缓慢地拽着犁。铁铧犁起褐色波浪。（淡入）

5. **车厢**

王英脸上现出焦急的神色。

王英画外音：嗨，人都说除飞机就数火车快，可这趟火车像牛拉铁犁一样慢，把人能急死！

6. **车厢**（夜）

窗外，远处的灯光在夜色里缓缓移动。

7. **列车**（晨）

晨光中，列车长鸣一声，风驰电掣般地向前飞去，消失在地平线尽头。

8. **男宿舍**

青工甲乙忙从王英肩上取下两个旅行包，李良（23 岁）给王英端来洗脸水。

青工甲：李良，快给韩芳说一声，我乡党来了！

李良出了门。

李良画外音：韩芳，你女婿来了，这一回不吃喜糖怕你交代不了吧？

韩芳画外音：小心把嘴想歪了。

王英腼腆地笑了。

韩芳推门进来。她背后拖着两条细长的辫子，满面笑容瞅着王英。

王英拘束地站着。

韩芳：你啥时由家走？

王英：昨天早上。

韩芳：咱婆身体好？

王英：好。

李良用方盘端着三碗盖浇米饭，放在桌上。三人围着桌子吃饭。韩芳坐在两个男人的对面。李良把自己碗里的肉片放在王英的碗里。

李良：唉，我知道咱那里成年见不到肉，谁家过年能买二斤肉算够奢侈的了。

王英：（感激地）李良，你家在那儿？

李良：金山。

王英：（高兴地）金山和我三官庙连着，我们也是正儿八经的乡党呀！

李良：可不是嘛，你村现在还可以吧！

韩芳收拾饭桌的残汤剩饭。

王英：（叹了口气）报纸上电台上，天天喊消灭三大差别，现在这个政策咋说呢？背几十斤粮食到集市卖了换个盐油钱，被市管会撵得鸡飞狗跳墙的，谁跑得慢了叫他们逮住了就把粮食收没了。

李良：唉，农民是最可怜的群体，因为没有一点钱的来路，可是没有一毛五分钱一斤盐就拿不来呀。

王英：去年年底队上决分，全年一个劳动日是十分工，值一毛钱，一个强壮男劳力每天十二分才是一毛二呀，农民天明就上工，天黑才回家，一天都不要耽误，一个月才是三块六毛钱。可是你们上班时间八个小时，一个人一月三十六块钱是农民的整整十倍呀！你们工人每月四个礼拜，一个礼拜休息两天，每月休假八天，农民谁给放一天假？

李良：我爸来信说，他一天把日头从东山背到西山，挣不到八分钱一盒“羊群”烟，多栖惶！

王英：（激动地）你们刚刚进厂不到一年，我不知道你金山公社的情况，我们三官庙公社在你厂有十个人，只有红叶和韩芳没有和在农村的对象退婚。红叶的女婿是供销社合同工，他哥又是商业局的领导，端的是国家的铁饭碗，家里很有钱，要不是这样，红叶早和她女婿解除婚约了！一个月工资十八块半的学徒工，有什么了不起？看不起农民，把农村定的媳妇抛弃了！

韩芳和李良收敛了笑容。李良避开王英咄咄逼人的目光，垂下头。

韩芳：（狠狠地瞪了王英一眼，生气地）你刚来第一次发啥神经呢？那么多中央干部都改变不了工农差别，你去把国家主席当上你能改变吗？

王英缄默了，脸色不悦。

李良：（诙谐地）怎么，你们刚见面就拼火了？来来来，我给你们撮合撮合。

李良径直走到两人之间，王英和韩芳同时盯着他。李良左手猛地揪住韩芳的辫子，把她拖到王英跟前，右手揪住王英的头发，把俩人头叩在一起。

青工甲乙闯进门。

青工甲：（佯装生气地）哎哎哎，你金山人欺负我三官庙人呀？

青工甲乙分别在王英和韩芳的腋下揉搓。王英和韩芳扭动着身子。四人扭成一团，转来转去。笑声和喊叫声响成一片。王英、韩芳扭动着身躯，使劲掰开李良的手。

韩芳：（指着甲乙）原以为你两个乡党给我帮忙，可谁知道你两个为虎作伥！

甲乙呵呵笑着。韩芳整了整乱了的头发，喘着粗气，瞪了李良一眼。

韩芳：（指着李良）你真狠，要是放到你淑芳你保险不是这样。

李良：（脖子一扬，笑嘻嘻地）那当然了！别不好意思，将来你俩难道不在一头睡？

众人开心地笑了。韩芳绯红了脸，双手掩面。王英脸上就掠过不易觉察的不悦。笑声中，变成李良从王英睡的床头箱子里取裤子。

李良：（歉意地）我听韩芳说，你这个人羞脸多，我是个好热闹的人，你不要见怪。给，今早上刮风冷，你把我这件呢子外套穿上。（把外套扔在王英怀里。）

王英：（感激地）我来给你造了多少麻烦，害得你晚上寻地方睡。

李良：这有啥，咱们也算乡党嘛。

王英：你媳子在这厂？

李良：（点了点头）在这上班，就是你韩芳说的那个淑芳。

王英：（由衷地）那好呀，你们是双职工！

李良：还不错。

9. 小卖部门前

韩芳怀里抱着两条精装“红叶”香烟和两包塑料袋装的白糖走着。迎面来了一位女工杨大姐（26 岁），她衣着入时。

女工：（奇怪地）喂，小韩，买这些干啥？

韩芳：（莞尔一笑）我的对象来了。

女工：（懊悔地）对不起，我以前不该给你说咱厂办公室的小黄！

韩芳：（笑眯眯地）你杨大姐也是为我好呀！

女工：这话就甭提了。昨天，我才听到“路透社”消息：你还经常给你那个男娃的信里装五块钱、十块，三百多名女工谁像你？

韩芳：（叹了口气）农村被治得死死的，没有一分钱的来路，啥都弄不成，他上中学，家里没有其他经济来源，文具总该要几个钱吧？（猛发现自己失言，忙改口），我可没有给他在信里装钱，我可没有给他在信里装钱。（急走）

女工盯着韩芳，摇了摇头。

女工：（画外音）傻子呀！天下头号傻子！

10. 男宿舍（夜）

王英在靠近电灯的细绳子上搭刚洗过的蓝学生服。门开了。韩芳进来径直走到搭衣服的绳子跟前仔细打量。

韩芳：（取下衣服扔到大铁盆里，佯装生气地）二十多岁的大小伙子还不会洗衣？

王英含笑专注地盯着韩芳。韩芳给大铁盆倒水，放洗衣粉。然后，开始洗衣服了。大铁盆里，溢满洗衣粉泡沫。韩芳给王英洗着蓝学生服上衣。两条油黑的长辫，调皮地从肩后滑到胸前，摆来摆去，她不时把它甩到肩后。桌上的座钟和分针在“12”上重叠了。

11. 男宿舍

王英坐在床边看书。韩芳进门，撕着搭在绳上的蓝学生服，脸色阴沉。韩芳使劲拍着洗皱了的口袋盖。王英放下书，盯着韩芳，转动着眼睛。

王英画外音：我哪儿惹她生气了？莫名其妙，姑娘的心最叫人难捉摸！

韩芳：（转过身，冲着王英）你来了几天？

王英：（怯懦地）四天了。

韩芳：（厉声地）你干啥来了？

王英：（嘴唇动了动）……

韩芳：（浓眉一蹙）这几天，你钻在男宿舍不出门，和他们没完没了说个不停，你这次是不是专门看你男乡党来了？

王英避开韩芳那像锥子一样的目光，低头不语。韩芳猛地拉开门出了门，“嘭”地带上门。王英本能地拉开了门，追出门。

12. 男宿舍，外面

“当”一声，一把铜钥匙甩在王英脚下。绿荫中，一缕阳光透过树枝的缝隙照在钥匙上。特写：钥匙闪着耀眼的光环。韩芳转向镜头，脸上却是云开月朗。

韩芳：（甜蜜地）这是我门上的钥匙！（急出画面）

王英把钥匙按在心口上，神情激动。

13. 天空

阳光灿烂，一对燕子翱翔，燕语呢喃。

14. 韩芳宿舍

两个床铺的被褥整齐叠放在床头，只有韩芳的床上睡着王英。王英仰面躺在床上，盖着大红缎被，手里翻着一本包着牛皮纸背的《新华字典》。字典末页，“永恒之华”四个描成的七色字占满画面。

15. 山沟（闪回）

小溪流旁是一个椭圆的水潭，像一面镜子映照着促膝坐在一起的王英和韩芳。王英从棉衣口袋里掏出一本《新华字典》塞到韩芳怀里。

王英：这是送给你的字典！

韩芳：（翻看字典）你哪来的钱？

王英：我把咱婆给我买鞋的钱给你买了这本字典。

韩芳莞尔一笑，充满感激。

韩芳从腋下的口袋里掏出针线，飞快地给王英缝鞋绽缝。

王英：你能念书能唱歌唱戏，还会做针线活，真是心灵娃！

韩芳：（把鞋缝好扔给王英，又拿起字典翻看）先生，你为啥用七种颜色在字典最后一页空白处描了“永恒之华”几个字？

王英：（神往地）我爱横贯长空的彩虹，除了气势磅礴，还有它的美丽，它不是由七种颜色构成吗？

韩芳：哟，没看出你还有诗人的感受呢！（淡入）

16. 韩芳宿舍

韩芳下班回来，盯着坐在桌边的王英。王英蓬乱的头发，神不守舍。

韩芳：（关切地）你今身体不舒服？

王英：（摇了摇头）唉，我的心事太多了！

韩芳点了一下头，喟然长叹。

王英：（忧心忡忡）芳，如今这推荐上大学，不是谁学习好就能上大学，我一无靠山，二无后门，上不了大学，我咋给你交代呢？

韩芳：（激动地）不，话不能这样说，我给你寄原来的课本也罢，在信里装钱也罢，目的是支持你学习，充实你的知识。这些绝不意味着你只有上了大学，我才和你结婚！

王英：（心事重重地）我不管怎样，学习情绪不能受影响。我来了已经一个礼拜，明天无论如何得回去。

韩芳长嘘了一声，从箱子里取出一张崭新的十元钱、十斤补票。她把钱、粮票递到王英面前，王英把钱放在桌面上。

王英：我来给你一分钱的东西都没有带，只带了外婆给你烙的十个葱花饼，在这里还花了你不少钱，我不要你的钱和粮票，我是一个男人啊！

韩芳：（咯咯一笑）我知道呀，你是一个男人，你要是一个女人那就没有咱这八年的历史呀。

王英：（笑了）你真有意思，我是说，我要做一个有志气的男人呀！

韩芳右手食指在王英的鼻梁上狠狠刮了一下，看着王英手捂着鼻子，笑眯眯地凝视着他。

王英：（揉着鼻子）没有看出你的指头劲这么大，再重点我的鼻子就掉了，你心真狠!

韩芳得意地一仰头，佯装一副盛气凌人的样子，把王英逗笑了。

韩芳：鼻子掉了算个啥？我真想把你咬碎咽下去呢。

王英：为什么这样？

韩芳：这样你融入我的身体里，我们就不用写信了，写一封信邮票八分钱，信封二分钱，加在一起一毛钱，相当咱老家一个男劳力干一天的收入呀。

王英笑了，端详着韩芳。

王英：呵，你真会算账，省下来的钱干啥用呀？

韩芳：(干脆地)给我弟弟买糖呀。

王英：嘿，你就英娃一个妹妹，啥时候给你认了一个弟弟？

韩芳：你还不知道呀？已经八年了。

王英：在哪？

韩芳：(睁大眼睛盯着王英)在我眼睛里!

王英眨了几下眼睛，右手拍了一下脑门。

王英：嗨，弄了半天你绕了个大弯，我成了你弟弟了？你不过比我大了半岁呀。

韩芳：我村有一对姐弟双胞胎，他姐比他弟早生三十分钟，他弟照样把比他大半个小时的女孩叫姐呢，何况我比你大六个月呢，你给我当个弟弟委屈你了？

韩芳拿起钱和粮票，装进王英学生服上衣口袋，王英又把钱放回桌面。

王英：(倔强地)我不要，我说过我不要!

韩芳：(脸一沉)你说个啥？你不要，谁叫你来？(又把钱和粮票装进王英上衣口袋)

韩芳：(压低声音，微微一笑)乖，听姐姐话噢，你用这钱可以给外婆买点好吃的嘛，书呆子，傻瓜!

王英盯着韩芳，两颗热泪滚出眼角。

17. 公路边站牌附近

王英和韩芳靠在站牌边。脚旁放着一个旅行包。阳光给山峁、原野、河边柳涂上金黄色。河水，清波粼粼，闪着碎金似的光泽，汩汩流向远方。

镜头摇过天空、大地、树木、飞禽……最后停在王英的脸上，水汪汪的眼睛，上齿咬着下齿。镜头推向韩芳面部：长长的一圈睫毛闪着泪花。

18. 山坡上

通往矿区的专线拉煤列车，轻轻地喘息着，悄悄地滑向远方，转过山梁后才长长地鸣叫了一声。

19. **路边站牌跟前**

王英的泪水从眼角流溢出来，他急忙蹲在路边。韩芳站在他身后，紧挨着王英。

王英胳膊盘在膝盖上，额颅枕在胳膊上，肩头耸动，身子微微颤抖。

韩芳：（发哑的柔声细语）你冷不？

王英身子剧烈地战栗。一辆乳白色的大轿车在王英脚前停下，嗤地一声门开了。售票员头伸出窗口。

售票员：有上车的快上车！

王英擦了一下满脸泪水，猛地他的目光和韩芳目光碰在一起，韩芳一泓泪水，眼圈红红的，脸上却露出多情的微笑……

大轿车愈来愈模糊，最后变成小白点消失了。韩芳猛然身一软，就势靠在站牌边拭着泪眼。

20. **王英家**

王英蒙着被子呜呜地哭。地上乱扔着课本、本子、纸张，一派狼藉。外婆站在床边，抚摸着王英的头。

外婆：傻孩子，你不要难受，人家没有推荐你上大学就算了，何必计较呢？王英依然哭着。外婆无可奈何地摇了摇头走开。突然，王英钻出被子，面对镜头，像在凝神谛听。

韩芳画外音：（遥远，依稀可辨）我给你寄的课本也罢，在信里装钱也罢，目的是支持你学习，充实你的知识。我绝不意味着你只有上了大学，我才和你结婚！

王英下了炕，从地上捡起书、本子。

21. **山坡上**

大红牛在那悠闲地啃着草。王英坐一块石头上专心致志地看书，边看边用钢笔在书上勾画着。他翻过一页，一封拆开的信掉下来。

王英放下书、笔，捡起信，取出信纸，默读。

韩芳画外音：从来信看你战胜了被取消了推荐上大学的苦恼，很好。明年争取再努力！功夫不负有心人，只要你有真本事不愁没有前途。我告诉你，今年八月十一号回家，十二号你来我家，咱俩一块到你亲戚家走一趟，省得那些爱说闲话的人说我不想跟你这个农民，叫你烦恼。

王英消瘦的脸上露出欣慰的笑容。

22. **韩芳家的院子里**

王英坐在石墩上，赤着的一只脚踏在布鞋上。韩芳坐在小凳上给王英缝着丝光袜子上的绽缝。缝毕，咬断线，把袜子拿到嘴边，咬断线，把袜子扔给王英。

王英：（穿着袜子）谢谢你！

韩芳：哟，几个月没见的家娃现在长大了，会说客套话了。

王英：（不服气地）老眼光看人。

屋里传来韩芳妈的画外音：芳娃，你俩还要走路，快吃饭，妈给你俩一个人四个荷包蛋！

画外男声：嫂子看把你高兴成啥了！你真是丈母娘见女婿像个老母鸡——翅膀一闪鸡蛋两碗。

韩芳：（嘟囔）三叔几十岁的人咧，还把他当个娃一样。

王英：（狡黠地盯了韩芳一眼）三叔说得对。

韩芳在王英脊背打了一拳，佯装恼怒。

韩芳：对不对？（连着打了王英几拳）怪不得人都说，把女婿甭当人，把土地爷甭当神。我问你，三叔的话对不对？（猛然拧着王英的耳朵）对不对？

王英掰着韩芳的手，挣扎着。

王英：（求饶）三叔说得不对，不对不对，还不行吗？我耳朵快被你拧掉了呀！

韩芳：（得意的笑容）耳朵掉了活该！

王英揉着被拧过的耳朵。

王英：（喘着气）哎呀，我的妈呀，我算第一次领教了你的厉害了。

韩芳：好呀，你知道了，今后，不，应该是永远记着，欺负我的人，我就是这样还击呀。不获全胜决不收兵！

23. **天空**（傍晚）

红色的天宇，一群归宿的鸟儿，欢叫着飞过。王英背着挎包和韩芳背对镜头，耳鬓厮磨走着，热烈地交谈着，走进火红的霞光中……

24. **王英家**（夜）

一盏电灯照亮了这个空荡荡的屋子。镜头缓摇过案板上一摞白瓷碗和靠墙亮着的一排四个闪着冷光的黑漆面瓮，柜盖上放的纸裱糊的纸篓，纸篓正中两根纸柱中间，放着一块方镜，镜里面是王英外婆的半身像。《白毛女》中的插曲《北风吹》的弹琴声划破这凄然的气氛。

韩芳坐在桌旁的椅子上，眉宇间呈现出愁苦的神情。王英站在桌边的地上，一手娴熟地按着琴键，一手飞快地拔着琴弦。琴声中，韩芳睁大遐想的眼睛……

25. **倒叙，王英家**

韩芳进了门，取下黄挎包，走到炕边。炕上睡着王英外婆，一脸病容。枕边放着药碗。王英在炕上给她盖好被子，下炕招呼韩芳。

王英：你可来了，咱婆整天操心你，你却心浪得很！

韩芳：（歉意一笑）前几天检查身体，招工的又叫填这表那表，唉，一个全民企业的固定工手续真复杂。

王英：（欣喜地）事情定了没？

韩芳：（犹豫地）基本上定了，唉，我思想好矛盾呀！

王英：（直率地）李二把你上初中的资格取消了，你失去了上学的机会，还不借这次招工出去？咱俩出去一个就是一个，反正我的目标今生不当农民呀！

韩芳：（甜蜜一笑）在这个世界别人不知道你的心思，我可知道你的心，大着呢！

王英憨笑不语。

韩芳：好多人背地说，我当了工人就不跟你这个农民了，你怕吗？

王英：（呵呵一笑）我才不怕呢。

外婆：（憔悴的脸上露出不悦的神色）把你高兴成啥了，小心你以后拉光棒！

韩芳走到炕边，弯下腰，脸贴着外婆的脸。

韩芳：（笑嘻嘻地）婆，只要你孙子不嫌俺，俺死心都不变，你放心，你觉得我不应该去，我就不去。

王英：（急了）你忘了？你没有被推荐上学，气得你在屋里哭！有了好机会又发腻。

韩芳：（瞪了王英一眼）你咋没眼神，咱婆有病，（略一停）你给咱婆做饭吃了没有？

王英：没有。

韩芳飞快地擀面。韩芳一手端着碗，一手用筷子挑动着又细又长的面条，筷子蘸了点汤尝了一下，又用筷子蘸了点盐，又尝了一下，这才走到炕头。

韩芳把碗放在背墙上，扶起外婆，把被子和枕头垫在老人背后，然后又端起碗，拿起筷子刚准备给老人喂，英娃（17 岁）闯入镜头。

英娃：姐，招工的在咱家等你，叫你马上回去，明早六点半人家厂来车接你们。我说，我姐家老人有病，她要经管老人家，能不能迟几天去。人家招工的急了："你姐是我厂的职工了，户口都走了，你姐是兵器工业部下层厂子一名职工，不是你们农业社的社员，大后天，你姐姐这批青工就要到辽宁阜新学习去，那能由你了？"没办法，咱妈就叫我来叫你。

王英忙从韩芳手里接过碗、筷给外婆喂，外婆却偏过头。

外婆：（推开碗）我……我……不想吃，我咋心慌得这个样？

韩芳坐在老人旁边，右手上下抚摸着她的胸脯，盯着老人，眉头一蹙。

韩芳：婆，你放心啊！我，我永远都是你孙子媳妇呀！

韩芳从王英手里接过饭碗筷子，挑起面条伸到外婆嘴边，却被外婆推了一下，面条滑落在韩芳的衣襟上了。

韩芳忧愁的脸庞特写：晶亮的大眼睛，闪着泪花。（淡入）

26. **王英家**（夜）

空蒙的混响音，夹杂着激越的琴声。

手指在琴键上跳动，手指飞快地拨着琴弦。

韩芳画外音：（沉痛地）我真难过，谁知你老人家连我一口饭没吃竟和我永别了！婆，我对不起你老人家呀！

韩芳坐在椅子上，泪水流在脸颊上。“嘣”的一声，一根琴弦断了，一切音响戛然而止。

王英：（推开琴，沙哑地）芳，我知道你心里难受，才给你弹琴，命运对我太不公了！我来到这个世界上二十天父母就离婚了，外婆把我刚拉扯大了就匆匆离开了人世，现在只剩下你和我了。我活在这个世上的意义就是有你这个精神支柱啊……我……（声音哽住了）

韩芳纹丝不动，像一尊雕塑，泪水流到腮帮。

27. **夜**

星汉灿灿，万籁俱寂。

28. **王英家外间**（夜）

王英穿着背心躺在炕上，不时拍打着胳膊上的蚊子。里间传出韩芳的长吁短叹声。王英辗转反侧。

王英画外音：人都说女娃胆小，她睡在那个空荡荡的房子里是不是害怕了？要是外婆在世多好呀！

里间传来韩芳的叹息声。王英长嘘了一声，下了炕，向里间走去。

29. **王英房里间**

电灯明亮。炕上撑着蚊帐，王英脱了鞋睡在蚊帐外的炕边上。王英双手抱着后脑勺，仰面沉思。

王英画外音：正是蚊帐里的这位姑娘，为你王英操了多少心？因你这个农民，她受人歧视，蒙受了多少委屈啊！

韩芳：（梦呓似的）你睡进来，外边蚊子多。

王英坐起来，盯着蚊帐，迟疑片刻，才进了蚊帐。

30. **王英家里间　蚊帐里**（夜）

韩芳穿着鹅黄短袖的汗衫，她给王英揭起花布床单，身子本能地向墙跟前挪了一下。王英顺从地钻进单子里，韩芳却不敢挨他。

韩芳：（恐惧地）咱俩没结婚可千万不要那样，那样我在厂里怎么活人？再说，你现在还在学习，太早对你的学习事业也没有啥好处。

王英：（目光炯炯，盯着蚊帐顶，微笑）你的难堪就是我的难堪，你放心！（略一停顿）你比我大半岁，这会儿睡在我身边的不是我的妻子而是相依为命的姐姐呀！

韩芳向王英挪了挪身子，王英转过头盯着韩芳。

韩芳：（甜蜜地）弟弟，你真好！姐姐真爱你呀！有一回做梦还梦见我搂着你！

韩芳猛地搂住王英的脖子，王英就势把脸紧紧地偎在她怀里。

韩芳：（像梦呓）那次在辽宁阜新学习一个半月没见你的信，急得我背地里哭。一想起你，我就不由心酸，我总觉得你好像整天都在我身边。在这个世界上，恐怕只有你理解我的这种心情，你说呢？

王英朝上挪了一下身子，和韩芳脸对脸，激动地瞅着韩芳这张羞涩的脸庞。盯着，潸然泪下。韩芳慌了，一手捂着王英嘴，一手搂着他的头摇着。

韩芳：（恐慌地）快住声，外面过路人听见咱俩睡在一起，我不抹脖子也得上吊呀！

王英强忍着哭声，仍啜泣。韩芳对着王英耳语。

王英：（用单子擦着眼睛）芳，我有时想你想得慌得不行，我恨不得一下子飞到你怀里，再也不离开你呀！

韩芳幸福地笑了，泪水流出眼角，她把王英紧紧地搂在怀里。

31. 大队办公室门前

王英路过门口，正巧王支书（58 岁）出来。

王支书：王英，等一会，叔正好找你。

王英：啥事呀？

王支书：（笑着）天大的好事呀！

王支书进了门，片刻，又出来了，手里拿着一张表，交给王英。

王支书：这是今年的大学招生推荐摸底表，全公社才三份呢，这一回得请叔的客吧？

王英：（惊喜若狂）请请请，没问题！

王支书：不过有一个客必须得请！

王英：（不解地）谁？

王支书：就是在咱大队驻队的公社张副书记，他特别在党委会上提到你，你勤奋学习，他在你家发现，现在的初中课本太简单了，不够你学习，尽管推荐工农兵大学生，要求有个初中文化程度就行了，可你还把老三届高中课本学完了，你这个初中毕业生可以把现在的高中生都能教了呢。

32. 王英家

王英喜形于色，趴在桌上给韩芳写信。

王英画外音：芳，看来这次上大学是没问题了。任凭怎样口试，笔试我也有百分之百的把握，有公社张书记帮忙，打开各种关系门关是没问题的。现在只等发正式招生表了。

33. 王支书家里

大立柜中间的试衣镜里映出坐在椅子上发愣的王英，他手里拿着高考招生表，一副愁眉苦脸相。支书踱来踱去，吸烟、弹灰。

支书：（不容置疑）刚才不是给你说过吗？有个在咱大队驻过队的干部在党委会上说，你的意识不好，资产阶级名利思想严重，不安心劳动，一年做了二百五十个劳动，张副书记把他顶回去，最后会上才通过了。昨天晚上他一个人跑十八里路专把你手里这张表送到我的家，临走反复给我说，他尽最大力量在县上给你活动活动。可你，咋叫叔说你呢？

王英：（带着哭腔）叔，可我不能昧着良心甩掉韩芳和张书记他女订婚呀！

王支书不以为然地笑了，甩掉烟头，目光死盯在王英的脸上。

王支书：（仿着王英口气）可我，可我也不能保证推荐你上大学呀！我这个才上任的支书也没办法呀。

王英垂头，手指按着太阳穴。支书妻（56 岁）闯入镜头，她不停扇着扇子。支书妻走到王英跟前打量着他。

支书妻：（扇着扇子）瓜娃，你咋这瓜的？保你上大学，还给你媳妇，真是挑菜时拾了个大南瓜——面的很，你还瓜得不知道，瞎猫逮住个死老鼠——咬住不放。甩不掉韩芳，你这灵灵个娃，在这个事上比瓜子还瓜！

王英：（痛苦地）我……我不能干昧着良心的事呀，我的婶呀！

支书妻拧了一下大屁股，一手叉腰，一手飞快地扇着扇子。

支书妻：（提高声音）俗话说，水往低处流，人往高处走。你不要看韩芳现在对你好，说不定人家在厂有了可心的人，说不定哪一天把你蹬了，咱公社和韩芳去的那一批工人男女在家订的对象都吹了，你也不想一想。一个人有几个一生？瓜娃，前途要紧！

王英怔怔地盯着紧闭的后门，不吭一声，睁大眼睛……

支书妻的画外音：（由低到高的延时混响音）一个人有几个一生？前途要紧！

前途要紧？

王英头无力地搭在椅背上，可怜巴巴的眼神，左手还紧紧攥着招生表。

34. **韩芳家**（夜晚）

炕上，板凳上坐满了男女，七嘴八舌劝着王英。王英坐在靠墙的高板凳上，神情木然。

韩启哲（60岁）坐在炕边，脸色铁青，抽着汉烟，鼻孔喷出两股烟雾。

韩启哲：（在炕边弹掉烟灰）当初我就不愿意当这个媒人，可小哥你硬要我给咱芳说个对象，这下好！

韩芳爹（64岁）坐在韩启哲对面的小凳上，抹着眼泪。

韩芳爹：我认为你教书看得比我有远见，比这斗大一字不识的人强，再说，王英还是个好娃……可，可是谁能知道把路走到这一步呀？

韩启哲：（打断韩芳爹的话）王英在我跟前读了四年书是个聪明娃，正因为我也看上他才当这个媒人。可谁知人大咧心大咧，他已经不是十年前的王英了。小哥，到英娃可再不敢给娃订娃娃亲了呀！

韩芳爹：我还敢呀？一回把我指教得够够了！（转向王英）我最后再问一句，我一家人到底哪亏了你的心，你不要芳娃了？

王英死鱼般的眼球动了一下，摇了摇头。韩芳爹饱含泪水的眼睛盯着王英，拿着烟袋的手颤抖着。

韩芳爹：（不甘心地）我再最后问一句，你到底要不要这门亲事？

王英垂下了头。

韩启哲：（急了）你说话呀，你是哑巴？

韩芳站在爹旁边，注视着王英。

韩启哲：（火了）你说，你到底要不要芳娃？

王英慢慢地扬起头，摇了一下头。韩芳无力地靠在墙上，双眸一闭。韩启哲揉了揉胸部，颤颤抖抖安了一锅烟，好容易点着烟，狠狠抽了一口。

韩启哲：（喘着粗气）好，小哥，你也不要难过。

王英头垂下了。韩启哲瞟了王英一眼，清了清嗓子。

韩启哲：（提高声音）这门亲事由我提起，现在也由我宣布结束！王英和芳娃都听着，从现在起你们就不存在婚姻关系了！十年前订婚财礼钱是五十块钱一百斤苞谷，小哥，你把这些东西给王英退了吧。

韩芳爹：退退退，还有王英去天津小靳庄参观路过北京给芳娃买的一米一的确绸呢。

韩芳：那节布我放在厂里的宿舍了，我到厂后给他寄回来。

倏然，王英站起来，挥舞着胳膊。

王英：（歇斯底里般）请你们都不要说了，我什么都不要啊！（转向韩芳）五年来，你给我的信里夹寄的五块十块，不知道有多少次呀！

韩启哲：（惊愕地）还有这事，我咋一点都不知道呢？

韩芳爹：（默默地点了一下头）这事我听厂里那个和芳娃关系很好的红叶给我说过，我问芳娃，她说她只有一次在信里夹了五块钱。

韩芳：王英，我给你的钱，我一分都不要。

韩启哲：（痛心地）王英啊，我活了六十岁了，村上有多少事情都处理过，小哥叫我处理你俩这事情，可，可是你两个的这事情，把把把，把我难住了呀！（揉着眼睛）

王英垂下头。

韩启哲：（不甘心地）王英，老师最后再问你一句，你和芳娃这桩婚事到底能成不？

王英头垂得更低了。

韩芳爹：启哲，你再不要逼娃了。

画外传来雄鸡的啼鸣声。

韩启哲：（强打精神）鸡都叫了，再有两个多小时黑暗过去了，天就明了，韩芳和王英的婚约从现在起，就算解除了，你两家的账，我没有法子给你们算呀！

韩芳把堆在柜盖上的衣服推到地上，打开柜盖寻着什么。英娃正在烧锅，火焰不时扑出灶口。

英娃：姐，柜盖上放的都是我白天洗过的净衣服，你咋给我都推到地上？

韩芳从柜里取出一双黑条绒鞋，柜盖未盖，踉跄走到王英跟前，一双手把鞋放在王英怀里。

韩芳：（沉痛地）这是我给你做的结婚鞋，谁料想咱把路走到这一步……（猛转身，急出画面）

35. 韩芳家，院子里（夜）

韩芳站在墙拐角大哭。

36. 韩芳家，里屋（夜）

王英下意识从鞋里抽出一双白涤良布做的鞋垫。鞋垫特写：金黄的丝线纳的双边，两头是五彩斑斓的花朵图案，纵横交织，相映生辉，脚心泛起涟漪的蓝色湖水，一对鸳鸯戏水。

37. 韩芳家里，院子里（夜）

韩芳痛哭，单薄的身材不住地抖动。

38. **韩芳家，里屋**（夜）

几滴泪水落在鞋垫的鸳鸯上。王英猛站起来，像疯了一样出了门，腋下夹着的鞋、鞋垫掉在地上。

39. **夜空**

夜色茫茫，星斗战栗。

40. **韩芳家，院子里**（夜）

韩芳倚靠在墙角，哭泣。王英艰难地向韩芳走过来，差两步却踌躇了。夜风吹起了王英的头发，他打了个寒噤，瑟瑟发抖，兀立在那儿，呆滞的眼珠转向夜空。

41. **天空**

几颗贼亮的星星眨着，化成张副书记那又圆又大的眼珠，冷笑的眼睛，发怒的眼睛。

张副书记的画外音：（歇斯底里般地）好一个不识抬举的东西，你不要我女，不要说推荐上大学，我叫你今辈子当个好社员都甭想，甭想！甭想！

狂叫声中，天幕上一颗流星拖着长长的尾巴，闪了一下，消逝了。

王英画外音：难道我的命运就像这颗流星一样可悲？

42. **韩芳家，院子里**（夜）

王英瞪着夜空，上齿咬着下唇，嘴唇渗出了鲜红的血，血慢慢流到下巴。

夜风，撕动着王英单薄的衣服，全身颤个不停。王英艰难地迈起了一步，一步，费了很大的劲走到韩芳跟前。韩芳用手绢捂着嘴放声痛哭。王英突然抓住韩芳的双手，摇着，摇着。

王英：（疾声呼号）芳，你就当我死了哇！

狂呼声经久回荡。王英号啕大哭。韩芳嘶哑了的哭声。哭声中，韩芳把手绢给了王英。夜风，吹动王英的衣角，手绢从王英手里飘落，被风吹离画面。

下　集

1. **韩芳宿舍**（夜晚）

韩芳泪流满面趴在桌上给王英写信。旁边零乱地放着撕下来的一沓废纸和那本《新华字典》，镜头移向信纸，笔尖在纸上写着：

亲爱的英：

你好！近来生活不意吧？（笔尖迟疑了下，删去了“不”字改成“如”字），我深知这样称呼你已不合时泥了（笔尖停了一下，把“泥”字改成“宜”字，笔尖在纸上继续写着信）我应该叫你王英同志吧？因为你我都是中共党员，党内人与人之间的称呼不是就叫同志吗？我再次大声叫你，王英同志！

韩芳画外音：我从来没有像今天这样写东西艰难，写了九次，都没有给你把信写成，这是第十次总算写下去了。我万万没有想到你这次决心这么大，暴风雨来得这么紧，直到此刻，我还觉得好像是做梦，似信非信。一个月来，整天昏昏沉沉就像脑子不够用似的，这大概是你过去对我太好了，也可能是我对你太忠诚了吧？

笔尖在纸上飞快地写着。

韩芳画外音：和我一块进厂的三百名来自农村的女工中，只有我韩芳跟了你这个农民。谁料想，我韩芳没有抛弃你，倒是你！现在，你有一个比我韩芳漂亮千百倍的妻子，还有帮你可以走后门推荐你上大学的党委副书记的岳父，漂亮的妻子有了，前途有了。过去我曾给你写的信说，你的痛苦就是我的痛苦，你的幸福也是我的幸福，今天，我姓韩的还坚持这个观点，但是人不知良心，天知道！这叫什么呢？人在做，天在看！

笔尖下的感叹号划破了纸，继续写。

韩芳画外音：你达到了目的，想不到那些事了，不管你怎样，我却怎么也忘不了过去的那一切的一切，每当翻出你那一封封信和《新华字典》末页你亲手描的“永恒之华”四个字时，心里就像刀绞一样。这些天，头痛没有上班，孤零零一个人整天睡在床上，总觉得自己像……

2. 幻觉

荒野，坑坑洼洼，野草丛生，一棵折断了主杆的枫树，光秃秃的枝条在狂风中摇曳。韩芳木然地站在草丛中，狂风拂起了披在脸上的头发，掀动她的衣角。镜头缓缓摇过漫无边际的荒野，竟看不到一个人，一只山鸡从草丛中飞向白茫茫的天空。一只狼蹲在窝口，眼里闪着绿森森的光。

韩芳依然伫立在草丛中。

韩芳画外音：我像被抛在一个空旷荒野一样孤独，可怕啊！

3. 韩芳宿舍（夜晚）

笔尖在信纸上飞舞。韩芳把写满字的信纸放在一边，又换来了一张，继续写。

韩芳画外音：唯一可排除那种可怕的孤独感，就是读你的那一封封信，读着，泪水流，愈读愈伤心。谁知，你讲的那一大堆好，现在竟无一个字可用！王英啊王英，从现在起你可能要把一切的一切全部忘掉了！

韩芳画外音：（语调变得坚强）不过，我深信，在你的幸福的生活中，甚至在你老了的时候，只要你神经不失常长着一颗人心，你一定会想起那一切的一切呀！

4. **王英家**（雨天）

窗玻璃映出条条房檐水，画外风雨声。王英趴在窗跟前的桌子上看信，他揭过一张，继续看。

韩芳画外音：这些年来，农业社分粮不够吃，我家也经常买不起黑市粮，可是我给我家一两粮票没有寄，却给你家寄了四十斤粮票，因为我想到自从离了外婆后，你想吃好饭也难，我给你信里装点钱再寄些粮票，你想吃好的就到食堂里去吃吧。如果你没有健忘的话，你大概还记得那次你送我回厂的情景吧？

5. **倒叙，山坡小路上**（清晨）

王英替韩芳背着大提包。韩芳走在前边，边走边唱：

太阳哎，霞光万丈。
雅鲁藏布江翻作浪。
高原春光无限好，
叫我怎能不歌唱？
……

歌声中，大地披上了金色的曙光，路畔绿草丛中盛开着一团团、一簇簇粉红色的野刺玫花，花朵、绿叶挂着晶莹的露珠。歌声中，王英折了一朵野刺玫花插在韩芳的头发间。

韩芳：（笑盈盈地转过头）我在信封里装的钱，还给你寄了四十斤粮票，让你到食堂犒劳犒劳自己，你去了没有？

王英：（自豪地）我的新媳妇让我犒劳，我怎能不犒劳？

韩芳：（白了王英一眼）小心你想媳妇把人想疯了！

王英：（憨厚地）咱说真的噢，若没有你，我在这个世界就没有存在的意义了。

韩芳停住脚步，歪着头仔细地打量王英。

韩芳：（笑呵呵地）有那么严重吗？

王英：（真挚地）真格的。

王英突然放下提包抓住韩芳的手腕，吓得韩芳后退了一步。

韩芳：（瞪着王英）你想干啥？放正经一点！

王英：（扑哧笑了）我把你不咋，你放心！（猛地在韩芳脸颊上吻了一下）

韩芳：（绯红了脸，擦了一下脸）不要脸的东西！那次人家李良把咱俩头碰了一下，你看你给人家李良那个难看的脸色，就像谁把你二爸打死了，可谁知你在背后，脸比咱西安的城墙还厚。

王英：（放开韩芳的双手腕，正色地）芳，不管在任何复杂情况下，只要你的心不变，我永远永远，永远心都不变！

6. **王英家**（雨天）

王英看信。

韩芳画外音：这就是你王英当时说的话！

窗外，风雨交加。一股风“嘭”地吹开玻璃窗，吹进来的雨点洒在信纸上。王英擦着眼睛，默读信。

韩芳画外音：看在过去的面子上，在你拿上大学文凭的那一天给我这个过去的朋友写个信说一句行吗？

7. **王英家**（雨天）

摔坏的书架上的书倒在地上，满地书，纸片墨水也倒在地上，黑色的墨水汩汩地流出来……

镜头推向奖状：

奖　给

王英同志在学习无产阶级专政理论方面取得优秀成绩，特发此状，以资鼓励。

中共三官庙公社委员会

1974 年 12 月

两只颤抖的手猛地撕下奖状，撕个粉碎，然后将碎纸抛向空中。王英倒在椅子上，纷纷扬扬的碎纸落在他头上。

王英：（歇斯底里般地）我怎么回答她呀！天呀，我怎么回答她呀！

旁白：第二届推荐上大学的时候，在县上，王英上大学的资格被大后门的名额挤掉了啊！

韩芳的画外音：（遥远依稀地）看在过去的面子上，在你拿上大学文凭的那一天给我这个过去的朋友写个信说一句行吗？

王英猛地跳起来，倒在炕上，失声痛哭，滚着。王英拼命地揪着自己的头发，一撮撮头发落在炕上，还是拼命地揪着，拍打着头。

王英：（哀号）妈的，什么推荐上大学？他妈的，完全是凭关系走后门，走后门也是大后门压小后门！（神经地坐起来）骗人！骗人呀！骗的我王英好惨啊！好伤心啊！（颓然倒下）

窗外，狂风暴雨，电闪雷鸣。

8. **王英家**

王英躺在炕上，满面烧得通红，双腿把被子甩在一边。一双女人小手给他把被子盖好。

王英：（双腿蹬开被子，怒吼）张淑惠，你妈的，滚！你爸把我害得好苦哇！

张淑惠粗黑的双辫，胖胖的圆脸，厚厚的嘴唇，一双和善细眯的眼睛。她再次给王英盖上被子。三页砖支着药罐，罐底下塞着麦秸火，白烟滚滚。张淑惠用嘴吹着，烟回扑过来，呛得直掉泪。她再次吹着，“轰”地麦秸着了，白烟渐渐消失，火苗舔着药罐底。

张淑慧端着一碗冒着热气的汤药，刚走到炕边。王英坐起来，猛一推药碗，碗从张淑慧的左手腕上翻过，她“啊”一声，手腕烫红了。药液洒在白涤良衣襟上。

张淑惠：（撩起衣角抹泪）我爸说你看书很多很多，知书达理，你懂啥道理？

王英：难道你爸把我整死，我、我一句甭吱声就懂道理？啥逻辑？

张淑慧：你把没有被推荐上大学的仇全部记在我爸的头上，这对我爸公平吗？

王英：（厉声）怎么不公平？在我身上发生的悲剧都是你爸一手导演的！

张淑慧：你把你的这话给你村人说，我爸存心想害他女婿，谁信就不是人生的！

王英：这叫杀人不见血！你还为你爸辩护呢，我知道！

张淑慧：（急了）我爸若听到你这样的话能活活气死！

王英：（大声）活该！

张淑慧低头用衣襟擦着眼睛，抽泣。

张淑慧：我爸每月工资才三十六块钱，用了两个多月的工资请公社领导吃饭。

王英：我没有叫他请人吃饭！

张淑慧：谁不知道心疼钱？可是为了你，他不心疼两个多月的工资。

王英：我不要过程，我要的是结果，最后还不是我被别人取而代之！

张淑慧：（气急了）你讲道理不讲道理？上边内部有个精神就是贫下中农优先推荐，你屋是个富裕中农，就和富农差那么一点点，我爸费了九牛二虎之力帮你度过这一关，不然话，你材料连报到县上的资格都没有了。

王英：（嘟囔）报到县上和没有报还不是一样的结果？

张淑慧：（眼泪夺眶而出）我，我，我不知咋样给你说好？我爸从教育系统调到行政才两年，今年才当了个副书记，他要是个县委书记、县革委会主任，哪怕就是个教育局局长，推荐你上大学没有一点点问题，可他不是这样的官呀，他是个公社副书记，而且还是个第二副书记，他能把推荐你上大学的事定了呀？

王英：（画外音）……是啊，她说的话有点道理。

张淑惠重新取了一包中药倒在药罐，倒水、点火、煎药。药罐里药汁翻滚，冒泡……王英陌生的目光打量着正在煎药的张淑惠，若有所思。

王英画外音：难道这一切罪过在她？怪她爸吗？

王英本能地摇了摇头。

9. 公园

人工湖面，清波粼粼，映照着天光云影。轻音乐声中，游船划荡，笑声朗朗。

王英和张淑惠打扮一新并排坐着划船，俩人脸上现出明朗的神情。王英划着，划着，手中的桨越来越慢，最后索性停下来。

王英画外音：前年的今天，我和那个她不也是在这儿划船吗？

10. 倒叙，公园

王英和韩芳把浆放在船舱，韩芳从舱的提包取出一个梨，削掉皮，交给王英。

韩芳：王先生请吃梨！

王英：（接过梨）你这样的称呼，我感到莫大的荣幸。夫人，你也来分享一下吧（从韩芳手里拿过小刀，欲分梨）

韩芳夺过小刀，睥睨了王英一眼。

韩芳：我看你是天下头号大笨蛋！（指头在王英额头点了一下）

王英：（眼珠一转，忽然一笑）我明白了，我明白了！

韩芳：（瞅着王英，眨着眼睛）你明白个啥？

王英：就是永不分离，哈哈哈，永不分离！永不分离！迷信，迷信，我不信！（淡入）

11. 公园

王英颜面扭曲了。张淑惠凝视着王英，笑容消失了。画外传来沉闷的雷声。湖水映出团团乌云，电光闪闪。

12. 王英家新婚房

残羹冷炙摆满桌子。王英、张淑惠、男甲（31岁）、男乙（28岁）四人围桌而坐。王英拿起半瓶白酒喝起来。张淑慧从他手里夺过酒瓶放在桌上。

王英：（站起来，醉醺醺地）给你俩老哥说心里话，张淑惠对我还可以，可是我有时总不由得去想韩芳，我心里有时想得发慌，有时闷得要命，我想把这充满虚伪和欺骗的世界砸个粉碎才痛快，我心里难受哇！

王英：（抓住甲的肩头，声泪俱下）老哥，你比兄弟大好几岁，你经得多，给兄弟回答，这一切都是为什么呀？老哥，这个沉重巨大的问号，像那沉重的十字架压得你兄弟我痛苦不堪呀！韩芳，你知道这两年来我陷在痛苦的深渊吗？

13. 天空

蓝天白云，余音袅袅。

14. 韩芳宿舍

韩芳床头放着药瓶、药盒，一个网兜里装着橘子汁、麦乳精、蛋糕、罐头。

韩芳躺在床上，脸色憔悴，眼睛深陷，她旁边坐着红叶。

红叶：（沉痛地）芳姐，两年来给你提婚事的有十来个，可你！俗话说男大当婚，女大当嫁，长期这样下去不是个办法呀，全厂就你一个剩女了，你不急，可你也要为家里两个老人着想啊，你让他们把心操到啥时候呀？

韩芳面转向墙。

红叶：（摇着韩芳的肩头）你说话呀！你说话呀！

韩芳猛地转过脸，瞪着一双骇人的眼睛盯着红叶。

红叶：（摇着韩芳的肩头）你说话呀，我的姐姐！

韩芳木然的神情。

红叶：你，你咋变成了这个样？（声泪俱下，使劲摇着韩芳）你咋成了这样啊？

良久，韩芳眼睛转动了几下，盯着红叶。

韩芳：（喘着粗气）我，我韩芳算把男人看透了！王英和我虽然是娃娃亲，整整十年呀，我姓韩的恨不得把这颗心（指着心口）掏给他，可他呢？连王英这样非常诚实的人都背叛了我，何况别的男人？

画外传来救护车的嘶鸣声。

韩芳：楼下发生了啥事，咋是救护车的声？

红叶：我看一下。（出了门）

红叶返回：（大惊失色）芳姐，不好了，淑芳学骑自行车，闸断了穿到排水沟，车前闸坏了戳在她的胸膛上了！

15. 闪回　男宿舍

李良走到韩芳跟前，左手猛地揪住韩芳的辫子，把她拖到王英跟前，右手揪住王英的头发，把俩人头叩在一起，韩芳整了整乱了的头发，瞪了李良一眼。

韩芳：（空蒙依稀地）你心真狠，差一点把人头发都能拔掉。要是放到你淑芳你保险不是这样！

16. 韩芳宿舍

韩芳：淑芳这事对李良打击太大了！

韩芳挣扎着坐起来，头脑一眩，一头栽到地板上。

红叶：（哭着）芳姐，芳姐！（忙弯腰抱韩芳）

17. 河边

河水一浪推一浪。王英像僵在那儿，纹丝不动。张淑慧一手抱孩子（1 岁）一手摇着王英。

张淑慧：（泪如雨落）要死，咱都死，我和孩子陪你？

张淑慧把孩子塞到王英怀里，孩子哇哇哭叫着。王英低头看着怀里的孩子，泪水掉在孩子脸上……

狂风袭来，旋起地上的枯叶，吹跑了王英脚下的几片枫叶，一片枫叶落到河里，一个浪头打过来就消失……

王英画外音：我不能死呀，我不能再导演一场人生悲剧呀！

18. 树林边

字幕：一九八五年

王英坐在石头上看书，一缕阳光透过树枝空隙照在他脸上。

王英画外音：国家鼓励自学成才，我不由想起韩芳最后一封信对我的要求，我就毅然决然报了理科函授大学。今年我就要毕业了。我盼着统考那一天！

19. 考场

王英（34 岁）稀疏的头发，额头上几道深深的皱纹，炯炯的目光。王英趴在课桌上，飞快的笔尖在卷纸上答卷。

20. 王英家（夜晚）

台灯下，一张大红烫金理科函授大学毕业证放在桌上。一双手撕开信封取出一张深红色的聘请书，镜头推向聘请书：

聘请书

王英先生：

您好！鉴于您的学习成绩优秀，经市政府人才交流中心推荐，本公司兹决定聘请您任技监科副科长。五日内带上函授大学毕业证书速来报道。勿误！

此致

敬礼！

国营中国唐华微电子设备开发公司

总经理　岳振黄（签字）（公章）

一九八五年八月廿八日

21. 都市一隅

大铁门旁边挂着牌子：国营中国唐华微电子设备开发公司。大门里边是一座白色的办公大楼，从中间的玻璃门不时有进出人员。镜头从玻璃门推进深深的走廊，推向挂着“技术鉴定科”牌子的门口。

22. 技术鉴定科

大玻璃窗口放着空调器，临窗放着两个合并的塑料贴面写字台，写字台上放着电话、文件网柜、台历等办公用具，雪白的墙壁挂着各种技术数据参考表和中国地图、世界地图。

王英坐在写字台跟前的沙发椅上，正在审阅展开的一张图纸，不时用电子计算器算着数据。王英对面坐着的小李（30 岁）长头发，上唇一抹小黑胡，吸着烟翻着一沓资料。

画外传来电铃声。王英小李不约而同抬腕看表。

王英：（满面春色）呵，时间跑得真快，十二点，下班！

小李：休息一会，把我搞得晕头转向。（收拾资料）

王英：（把图纸放进立式保险柜）快回去吧，小心弟妹生气了停了你的伙食。

小李：我十年不回家，我家倒安宁。

王英：这怎么解释？

小李：这叫同床异梦。

王英：你俩不是上大学的同学吗？

小李点点头，取了一支烟递给王英，自己也点燃一支，长长地吐了一股烟。

小李：高中时有个女同学和我关系非常好，谁知考大学差四分就完了，什么爱情，全他妈的付诸东流！

王英回到沙发椅上，点燃烟吸了一口。

王英：（颇感兴趣）人家把你抛弃了？

小李：不，是我抛弃了人家，我们都是恢复高考第二年那届学生，她考大学差四分，在所报的大学复审时滑档了。

王英脸上显出一丝严峻，缄默了。

小李：给你老哥是说实话，我和现在的老婆结婚有个孩子，关系还可以，可她那骄横的神气，唯我独尊的样子，我实在受不了。

王英：你媳妇在娘家可能是娇生惯养吧？

小李：是啊，她家就她一个女儿，父母都是县上局级干部。要不是看在她爸当人事局局长给我解决了工作，有十个她都让她滚蛋了。

王英：（呵呵一笑）你当时选择她正应了那些年流行的那句话。

小李：啥话？

王英：学好数理化，不如有个好爸爸。

小李点点头，叹息了一声。

王英：我说得不对吗？

小李：对，你也知道，推荐上大学的时候，包括报清华北大那样的学校的考生，只要有个初中文化程度，政治红就可以了。所以，我悟出一个道理，当今社会就是靠权力和关系弄事呢，你把数理化学得再精，你能造原子弹，谁找你？谁用你？

王英：（长叹一声）那些不堪回首的年代确实是这样呀。

小李甩掉烟头，从烟盒抽出两根，然后给自己和王英点烟，盯着王英。

小李：（苦笑）王哥，兄弟现在打心眼里佩服你。

王英吸了一口烟，笑眯眯盯着小李。

王英：你佩服我什么？

小李：你没有像我鼠目寸光，只想找个有权的老丈人，通过自己的奋斗来完美自己的人生路。而你靠的是自己的真本事，硬是闯出自己的路。你为什么那么有战略眼光，不畏权贵，坚持自我啊？

王英收剑笑容，把计算器放进抽屉里，把几份资料也放进抽屉，锁好抽屉，径直出了门。

小李：（不悦地）神经病！

23. 繁华的大街

王英不时碰着行人，遭到不满地一瞥。王英踩掉了一位老人的鞋。

老人：（边勾鞋边生气地）你这是咋搞的？

王英：（心不在焉地）谢谢大伯！

老人：（瞪了王英一眼）像你这样谢，非把我老汉“谢”成碎蛋蛋不可！

人们的哄笑声。王英脸色尴尬，仓皇地走开了。

24. 王英宿舍（夜晚）

落地灯照着坐在沙发上的王英发愣。旁边的茶几上放着一沓写满字的旧信纸。

韩芳画外音：（遥远地）看在过去的面子上，在你拿上大学文凭的那一天给我这个过去的朋友写个信说一句行吗？

王英拧开台灯，伏在桌上用毛笔写信。王英厚厚的大信封中间写着“韩芳收”字样。

25. 邮筒

王英双手把信投进邮筒，邮筒里发出“嘭”地一响，王英眉毛跳了一下。

26. 技术鉴定科

小李埋头写材料。王英神色恍惚，眼睛有着明显的暗圈。左手托着腮帮，右手指神经质地在写字台上嘭嘭弹，痴呆的目光瞅着窗外。

敲门声。

小李：（抬起头）进来。

门开了，岳振黄总经理（61岁）进来，扶了扶金丝眼镜，犀利的目光打量着室内。

王英仍盯着窗外。

小李：（慌忙起身）岳总，您好！（搬椅、倒茶、递茶）

王英猛地回过头，发现身旁的岳总目光死死停在他脸上，脸一红。

王英：（拘束地）岳总，您，您请坐！

岳振黄坐在小李端过来的沙发椅上，呷了口茶，大眼睛转动。

岳振黄：（冰冷地）小王呀，这几天我发现你神色不对劲。

王英不由垂下头。

岳振黄：今天上午咱们的集成线路装配厂李厂长来电话，那里的技术员把你审查过的数据复查了一遍，竟有三个数据写错。

王英下意识搓着手，狼狈不堪。小李惊讶地打量着王英。

岳振黄：（威严地）小伙子，有啥子心事就给我说，不要憋在你的心里，影响我的工作呀！你知道这些数据可不是小学生的算术题，错了画个叉就行了！

王英一副窘态。岳振黄拉开门走了，从走廊那儿传来响亮的皮鞋声。

27. 传达室门外（黄昏）

小黑板上写着：技监科王英信。王英眉宇间现出复杂的神情，匆忙走到窗口。

王英：（敲着窗框）郝师，我的信在哪？

瘦老头把信从窗口递出来。王英双手颤抖着接过信。瘦老头好奇地盯着王英走远了的背影。

28. 王英宿舍（夜晚）

韩芳画外音：王英，你好！我总算看到你苦熬出头了。这得感谢党的教育制度改革后的新政策呀！你信中说我恨你，恨你什么？没有推荐我上中学，推荐你上大学的名额在县上叫别人挤掉了，只能说明你我不过是当时社会的牺牲品罢了。你问我家庭情况，我的男人对我很好，不像有的男人那样对待我！

王英脸上苦笑了一下，继续看信。

韩芳画外音：我有一个男孩，我爱人叫李良，就是当年你来我厂，那个把你我头叩在一起的小伙子，你在他床上睡了一个礼拜，你对他应该有印象吧。我和李良结合做梦也想不到，现在回想起来，连我自己都震惊呀！那是你我解除婚约两年后……

29. 倒叙，韩芳宿舍

韩芳躺在床上，红叶坐在旁边劝说她。

红叶：芳姐，大家都为你和李良的事着急，连梁厂长都关心这事。可你不识抬举！

门开了，李良出现在门口，满面哀伤，手里拿一包药放在韩芳床头，擦着脸上的汗水。红叶忙给他倒洗脸水，取毛巾。

红叶：（热情地）李良，看把你累成啥了！你跑到哪买药去了？

李良：（叹了口气）唉，跑到高阳药店没有人参，我跑到桃园药店总算把人参买了，现在这副中药总算齐了。

红叶：（感动地）高阳离咱这五十多里呀！嗨，这些日子芳姐有病把你也害苦了！

李良疲惫的脸上，惨淡一笑，慢慢洗脸。红叶偷偷盯了韩芳一眼。韩芳眨着眼睛，咬着嘴唇，像在想心事。

红叶：（提高声音）芳姐，人家李良来回跑了一百多里路给你把药配全了，你连个谢酬话没有，太不近人情了！

韩芳眨着长长的睫毛，嘴唇动了动没有出声。

红叶：（佯装生气）芳姐，李良这些日子为你跑前跑后，淑芳出事了，你也很同情李良，可你就是这个样子？

李良洗罢脸，欲走。

红叶：（忙拉住李良坐在椅子上）你今个说啥也不能走！（转向韩芳）芳姐，你就是石头人，我想也得动动，你把人能急死？

韩芳泪光盈盈，泪水却没有滚出眼眶。

韩芳：（惨然一笑）你今咋能走？吃了饭再走吧！

李良避开韩芳的目光，呆呆地盯着被风吹开了的门。

红叶：（高兴地）芳姐，还有啥菜？

韩芳：厨柜里还有鸡蛋，炒上。

红叶：（快活地）请姐放心，今个要炒出国际水平！

韩芳苦楚的脸上，掠过一丝不易觉察的笑容。

30. 王英宿舍（夜晚）

王英躺在沙发上，揭过一张信纸，继续看信。

韩芳画外音：就这样我和李良结婚了，我很同情他的不幸遭遇，也许还有他当年对你好的原因吧?！我说不清。

韩芳画外音：当我看到你在信最后一页沾的那根你的白发，读着那句“这是来自一个最痛苦的人头上的一根白发”时我落泪了。当年那一切的一切似乎遥远了的往事，争相涌进我的脑海里，我伤心，我痛苦。王英，你没有忘记过去！是的，谁也忘不了！尽管乡党们时不时在我面前提你，我就给他难看，可是在睡梦里，我总不时梦见你。我曾发誓再不想你，可实际总是办不到。

王英揭过一张，继续看信。

韩芳画外音：最后告诉你一件事，李良再三要我请你来我厂，地址在福利区山上平房 8 号找李良即可。如果没有时间你就别来了！

王英苦笑一下，叠好信笺，装进信封。

王英画外音：她还是当年那个火脾气！

王英推开高楼的窗子，凝视着窗外。

31. 夜

都市的千万盏灯光汇成海洋；霓虹灯五彩闪烁，变幻；一架大型班机从灯光的海洋里腾跃起，碧空响起雷鸣般的轰鸣，一闪一闪的红色指示灯飞向远方……

32. 列车（夜晚）

画外传来火车的汽笛声。一列客车向东北方向飞奔而去。

车厢里，王英靠东边窗口坐着，黑色毛料西服，结着暗红色领带，却在外面套了件没有扣纽扣的蓝色毛料中山服。他右肘支在窗棂上，右手托着腮帮，凝视着窗外。王英的身子随车摇晃着，化成当年的王英（20 岁）。

王英画外音：那时，我以韩芳的未婚夫的身份来的，这次却成了以第三者的身份出现，荒唐啊！

33. 月夜

列车披着月光，吐着团团白烟，车轮飞转。汽笛声，山鸣谷应，经久回荡。奔跑的原野、丘陵、山川，辉映着碎银光泽似的河流……

34. 车厢

月光透过玻璃吻着王英的脸，他凝视着窗外。

王英画外音：（感慨地）啊，这一切都是那么的熟稔，十三年前也是在月夜下，我第一次见到你，今夜是第二次！今天是正月十四，明天是元宵节！从古到今，多少文人墨客曾用月圆象征着大团圆，可我这趟匆匆旅行意味什么呀！意味着什么呀！

画外传来列车的嘶鸣声。王英擦着泪眼。

35. 机车（晨）

机车的摇连杆飞快地推动大铁轮……

36. 路边站牌附近

王英提着黑皮包形单影只站着环顾。

37. 闪回

当年，王英和韩芳靠在站牌上。韩芳一泓泪水，眼睑红红，脸上却露出多情

的微笑。(淡入)

38. 路边站牌

镜头摇过远处的山峰、峡谷，近处的楼房、公路、河流……

39. 孤零零的站牌

王英百感交集的脸庞。阳光沐浴着他，晨风吹乱了他的长发，掀动着敞开的蓝毛料中山服的衣角。一股旋风旋起地上的几片枯叶，枯叶旋转，飘落在小河里。

40. 山沟小河边

两排粗大的柳树，满身皲裂，粗糙老化。

41. 闪回

王英、韩芳、红叶、李良和青工甲乙在柳树旁散步。

男女嬉笑声，在幽静的山沟里回荡。

42. 河边

这里空荡荡的，竟无一人。那两排老柳树在晨风中摇头……

王英画外音：(痛心疾首）这儿什么都没有了，没有了，真的没有！只有我这颗空虚、惆怅、痛苦的失落的心，我想她，我痛苦地想着她，恨不得一下子飞到她身边，让那十三年来积郁在心底的一切，像火山下的岩浆喷出来。此时此刻，盯着这些变得老了的柳树，我才意识到这十三年来梦魂绕牵的那一切的一切都成了历史！

43. 站牌跟前

王英像一尊雕塑伫立在这儿，咬着嘴唇，热泪盈眶。风，拂起王英的长发；风，抖动着衣服。

44. 工厂福利区

爆竹声中播放着歌曲：

……

虽然一切都是环境所造成，

对你的感情依然不变。

……

王英拖着沉重的双腿，环顾，一步一步向山上那一排平房走去。

45. 李良家外边

院墙上用两个白色圆圈串列成8字。王英推开院门，进了屋里。

46. 李良家，屋里

镜头缓缓摇过写字台上的“双卡”收录机、电视机、大立柜等家具，最后回到靠写字台的墙上贴的五六张奖状上。中间是一张“五好家庭”奖状。王英聚精会神看奖状。

王英画外音：这是一个和睦、幸福的家庭！

里间，门帘撩起，李良走出来，身后跟着儿子（6岁）。

李良：（指了一下王英）哎呀，你咋才来？

王英紧紧握着李良的双手，摇着，说不出话。王英从黑皮包里取出一把奶糖塞到男孩手里。儿子拿了糖出门。俩人坐在沙发上，侃侃而谈。王英刚在烟灰盒里放下烟头，李良立即给他茶杯里续茶。

俩人侃侃而谈，脸上露出笑容。

王英画外音：怎么不见韩芳？

王英：（转弯抹角地）今天是礼拜天，又是正月十五日，你厂不放假？

李良：（笑了）噢，你是问韩芳怎么还不回来？

王英脸上浮现出淡淡的红晕。

李良：（岔开话题）我刚才听你谈的这些年的情况很感人，人嘛，谁一生没有个绊绊磕磕？

门外男孩声：妈妈，我叔叔来啦，这就是你和爸爸常说的那位叔叔吗？

韩芳画外音：是的，孩子！

（慢格）韩芳（35岁）进了门，微笑着向镜头走着，走着……

王英站起来，拍了拍衣服，像迎接贵宾一样庄重。

王英话外音：（激动地）十三年来啊，多少个日日夜夜的梦中，你和我相会，醒后竟是那么空虚、孤寂。多少个月光下……

47. **倒叙，山巅**（月夜）

高挂在碧空的弦月。王英坐在一块石头上入神地拉着二胡，乐声中，王英脸色随乐曲变换着……

叠印：韩芳用彩色线在鞋垫上绣鸳鸯，脸上露出羞涩的笑容。

乐声中，王英猛地爬在膝盖上哭。（淡入）

48. **李良家里**

小方桌上，三个菜，一瓶白兰地，四个酒盅。李良和孩子围桌坐在小凳上。

49. **厨房**

韩芳和王英深情地对望。

王英：（发哑的）我今晚住旅社去。

韩芳：（甜甜的一笑）住旅社干啥？在这跟自家屋一样！

王英激动的泪花从脸颊滑落。韩芳猛地转向锅头，忙掏出手绢拭着眼睛。

男孩画外音：妈妈，你俩快一点，我爸爸把酒给你俩倒好了。

王英竭力控制着自己的情绪。韩芳忙用脸盆架子上的湿毛巾擦了擦脸。

韩芳：快去吧！我们这样不好呀！

王英出了厨房门，韩芳随后端一碟炒腰花出了厨房门。

50. 李良家里

韩芳打开一瓶“玫瑰”葡萄酒，放在桌上。

韩芳：（对男孩）鹏，妈刚炒菜不小心把锅墨抹在脸上，墨擦净了没有？

男孩：净了净了。（盯着韩芳）妈妈，你的眼睛怎么湿了？

韩芳：（佯装生气地）这次买的啥煤？烟大得很，我头一低，填了一铲煤，呛得眼睛都睁不开。

王英若有所悟地盯了韩芳一眼。

王英画外音：多聪明的韩芳呀！

李良：（乐呵呵地）下次买无烟煤，买无烟煤，你看怎样？

韩芳笑了。四只手碰杯。王英一扬脖，喝下一杯白酒，刺激得眼泪也出来。韩芳忙给王英在高脚玻璃杯倒了一杯葡萄酒。王英默默地端起了酒杯，凝视片刻，一扬脖子喝下去了。

51. 李良家里（夜晚）

男孩：（抱着李良的腿）爸爸，咱俩看花火去。

李良：（无可奈何地）咱把娃惯成啥了，想陪王英说说话都不行。

李良推开男孩，取大衣、手套，儿子拉着他的手往门外拖。

李良：走走走，（抱歉地）王英，你看，我想陪你还不行，唉！

王英：没啥，没啥，你和孩子去吧。

李良领着男孩出了门。韩芳把电视机放在桌上的箱盖上，荧屏朝着门口。电视机播放的是省台的元宵节文艺晚会。然后，把大铁盆放在屋中央，给铁盆倒水，走到王英跟前。

韩芳：把你外套脱了。

韩芳盯着王英黑色毛料西服，结着暗红色领带，却在外面套了件蓝色毛料中山服。

韩芳：（笑）你穿衣服和你人一样，怪怪的，别人穿衣服，要么西装，要么中山装，可你既有中山装，又有西装。

王英：两种服饰我都喜欢。（脱下毛料蓝中山服外套）我这件衣服还没有洗过一水呢！

韩芳从王英手里接过蓝中山服，扔在大铁盆里。

韩芳：（欣然一笑，坐下洗衣服）那好，我给洗第一水！

王英幸福感慨地盯着韩芳。韩芳用力地洗着，身子前后晃动。

52. **倒叙，男宿舍**（夜晚）

韩芳（21岁）给王英洗蓝学生服，两条细长辫从肩后滑到胸前，摆来摆去，她不时把它甩到肩后。

53. **李良家里**（夜晚）

烫发头的韩芳给王英在大铁盆里洗着蓝中山服外套。王英盯着韩芳，长嘘了口气。

王英：（沉痛地）虽然十三年我们未见一面，可你的情况我都知道，甚至连你们婚后你身体不好两次小产，我都知道！我心里好痛苦，好难受哇！

韩芳咬着嘴唇，低头洗衣，污水从衣服里不断渗出来。王英摆了一下头，闭着眼睛，右手指揉着太阳穴。韩芳脸上的笑容消失了，使劲在搓板上揉搓着衣服。王英嘴唇动了动却没有吱声。良久，屋里只有电视的元旦晚会声音，洗衣服声。

韩芳：（盯着王英一眼）你痛苦，你难受，我韩芳好受？（喘了口气，缓和地）按理说我们有了孩子都是活了快半辈子的人，没有必要把那过去的事刨根问底，可是到如今，有时我还是不由问，这一切都是为什么？我想不通！我……

韩芳胸膛起伏，呼吸声粗，脸上笼罩一层可怕的阴云。韩芳狠力地揉着王英的衣服，污水从王英的衣服里渗流出来。洗衣服声，盖过欢乐的元旦晚会声。

韩芳：听说你后来把一切都怪在张淑惠她爸和张淑慧身上了？

王英点了点头。

韩芳：一个公社副书记面子放到县上有多大？再说淑惠为你家生儿育女，我也听人说，你有病，她操了多少心呀！人家有良心啊！

王英吸着烟，吐着烟雾，苦笑一下，频频点头。

54. **夜空**

圆月高桂，月华溶溶。繁星闪烁。

55. **大路**（月夜）

王英茕茕孑立，形影相吊。光秃秃的枝条在夜风中晃动。

画外传来歌声：

> 十五的月亮，
> 照在家乡照在边关。
> 宁静的夜晚，
> 你也思念，我也思念。
> ……

歌声中，王英疾步走，胸口激烈地起伏，长发披额头上，睁着骇人的眼睛。

56. 幻觉，旷野

王英头发蓬乱，满面泪水，狂奔。

王英：（仰天呼号）苍天啊，你为什么这样折磨我呀！为什么？为什么？

王英的呼号声，变成延时混响，回音袅袅。

57. 李良家（午夜）

镜头从韩芳一家睡的房子移向并排的另一个房间里。王英睡在这里的床上，显然这是一间客房。

画外，韩芳的叹息声，翻身时床板的咯吱声。王英双手抱着后脑勺，仰面躺着，泪眼里浮现出那把铜钥匙。

韩芳画外音（遥远空蒙）这是我门上的钥匙！

58. 倒叙，王英家蚊帐里

韩芳猛地搂住王英的脖子，王英脸紧紧地偎在她怀里。

王英和韩芳两张被泪水沾在一起的脸。

59. 李良家（午夜）

王英双手抱着后脑勺，仰面躺着，睁大的眼睛里滚出泪珠，泪水流到耳边，王英不小心将床头柜上放的玻璃杯碰倒。玻璃杯掉在地上粉碎了。

墙的纵切画面：一尺宽的墙两边，王英和韩芳头顶着头睡在床上，两人翻身，叹息。

韩芳的眼睛化为王英的一双泪眼。

（闪回）王英突然抓住韩芳的双手，摇着，摇着。

王英：（疾声呼号）芳，你就当我死了哇！

延时混响，显得空蒙悠长。

韩芳仰面躺在床上，泪眼盈盈。

另一头，李良搂着男孩进入酣睡，男孩脸上露出笑容。韩芳在被头拭了一下眼睛，抬腕看表。

韩芳画外音：（悄悄地）这会都三点半了，他还没有睡着，唉，这一切叫我怎么说呢？

韩芳上齿咬着下唇，痛苦地闭上眼睛，泪水又夺眶而出。

60. 李良家外间

一双手把两大瓶“长城”红葡萄酒放在“五好家庭”奖状跟前。

韩芳：（盯着王英）你花这钱干啥？

李良：（责怪地）你来了买了那么多东西，还买红酒？

王英：（拍了拍手）我今晚专给你俩敬酒，也就算了却了一件心事吧！

李良：（笑吟吟地）嗨，都是自家人，你还客气得很！

韩芳：李良，你今晚下班回来早一点，人家请你呢！

李良：当然也包括你。

韩芳：（笑了笑）我不用请！

李良：好，我一定回来早。（出门）

韩芳：（小声对王英）你昨天晚上一夜就没有睡觉呀！

王英紧抿着嘴唇，点了点头。

韩芳：车间有点事，我去安排好就回来了。屋里没有人了，你就好好睡觉吧。

韩芳出门，并带上门。

61. 李良家，客房

王英仰躺在床上睁着一双沉思的眼睛。

王英画外音：他俩下班回来，我好好敬他们一杯，算是表表多年的衷肠吧！我在这不能待的时间长了，这里要是碰上乡党们，对韩芳、对李良和我有什么好处呀？唾沫星子也可以把人淹死呀！

王英慢慢合眼皮，入睡。

门开了，韩芳进来了，径直走到王英身边。看到被子被王英蹬在地板上，就捡起被子，拍了几下，轻轻地盖在他身上。王英猛然睁开眼睛，迷惘的眼睛看着韩芳。

王英：你下班了？

王英坐起来，揉了揉惺忪的眼睛，看了一眼手表。

王英：这会儿才三点过一刻，你下班了？

韩芳：（和善地）我安排好技术员检修机器，他们干活，我没有事就回来了。

韩芳从自己住的房子里抱出一床被子，进了王英的房子，把被子放到床上。

王英：（不解地）我都起来了，你拿被子做啥？再说这儿不是有被子吗？

韩芳：你睡着时盖厚点，小心着凉！

王英：（颇为动容）芳，你，你能不能在这咱俩说几句话行吗？

韩芳莞尔一笑，坐在王英身旁。王英躺下揭开被子，把韩芳拉进被窝里，韩芳蹬掉鞋，脚放进被窝。

韩芳：（惴惴不安地）有啥快说，小心谁来了，叫人知道咱俩睡在一起就不得了了！

王英：（搂着韩芳的脖激动地）芳，你还记得十三年前那个八月十二号晚上咱俩睡在一起？

韩芳眉宇间呈现出羞涩的笑容。

韩芳：（悄悄地）事后我真害怕呀！（哀伤地）那时，我们却是名正言顺的俩口呀！现在咱俩做事要对得住那两位呀！

王英：（哀求）芳，让我亲你一下行吗？

韩芳接吻。韩芳脸紧贴着王英的脸。

王英：芳，你知道，我多么想你，我恨不得马上去死，我只有这样才能解脱……（泣不成声）

韩芳：（热泪盈眶）咱俩虽说不是两口子，可你死了给我能留下啥益处？（双手摇着王英的头）我在信上也给你说过几次，你咋不为我想想，不为你的孩子想一想呀？你为了事业蒙受了多少痛苦，费了多少辛苦，今天好不容易出来，你却想死？你无能，你无能，男人大丈夫的称号叫你白占了呀！（泪水滚出眼角）

王英用手拭着她脸上的泪珠。

韩芳：当年我想你、我恨你，现在我想通了，你和我解除婚约是为事业呀，那也是迫不得已呀！我都能原谅你，你却这样折磨自己！

王英泪水如泉涌，使劲搂着韩芳。

画外音：小韩，小韩，在家吗？

韩芳、王英惊愕的脸庞，几乎同时坐起来。

韩芳匆忙下了床，穿好鞋，忙用毛巾擦了擦脸，在镜子前理了理蓬乱的头发。

韩芳：（拉开门）喂，李师，立在院门外干啥，咋不进来？

画外音：小张车一会回去，你给家里捎什么东西？

韩芳：（提高声间）谢谢你，我没有啥东西捎。你进来坐一会吧？

画外音：我不来了，我还有别的事。

韩芳：（长出了口气）谢天谢地，他没有进屋来，他要是进来看出破绽就麻烦大了！

王英下床，倒水、洗脸。

王英心事重重的特写。

王英：（画外音）这地方不是久留之地，我必须马上离开。

王英：我坐这个车回家！

韩芳：你昨天刚来，还和李良说好今晚喝酒，你这样急着走了，他回来我咋解释呀？

王英：（收拾提包）我回家，我回家还有事！

王英画外音：这儿不是我久留之地！

王英在镜子前梳了梳头发，提包欲走。男孩进门。

男孩：（抱王英腿）叔叔，我不让你走！

韩芳：你看孩子都不让你走。

王英推开孩子急忙出门。

韩芳：等一下。

王英站住了。

韩芳把一顶篮帽戴在王英头上，又给王英脖子上挂了一个口罩。

韩芳：（甜蜜一笑）这是我的工作帽、口罩，虽然有损你尊容，却实在，可以防止你坐车着凉。

王英：（嘴唇动了动）……

62. 福利区旁边

韩芳拉着男孩在公路边。王英戴着口罩，往下拉了拉帽檐。一辆天蓝色客货两用车风驰电掣般驶来。韩芳招手。汽车停下，司机伸出头。

司机：韩师，啥事？

韩芳：给我捎个人回去。

司机：好，上车！（头缩回驾驶室）

王英欲上车。

韩芳：（急了）等一下！

王英转过身，盯着韩芳。韩芳手里攥着一张崭新十元递到王英手边。王英迟钝了。王英嘴唇微颤，眼里噙泪花。

63. 闪回，韩芳宿舍

王英：（20 岁）我不要。

韩芳：（20 岁）你说个啥？你不要，谁叫你来？（猛地把十元和十斤粮票装进王英上衣口袋）

64. 福利区旁边

王英戴着手套的手拭了下滚出眼眶的泪珠。韩芳拿钱的手拉了一下王英的胳膊。

韩芳：（小声）叫车上的人看见了多难堪呀！

王英接过钱，溜进中山服下口袋。王英猛地弯下腰，在男孩嘴上重重地吻了一下，急转身走到汽车跟前，拉开后门跳上车。韩芳拉着男孩向车后走去。

65. 公路边

王英的大手在画面左侧挥着。韩芳拉着男孩的手，伫立在路边。王英头伸出车窗，朝后盯，招手。

镜头推向韩芳，风拂动着她额头上的刘海，脸上露出笑容，眼睑红红，一泓泪水，呆呆地凝视那只挥舞的手。韩芳猛然醒悟，手在空中挥了一下。

66. 公路上。

汽车开动了，车轮扬起如烟似雾的黄尘。渐渐消失在速离的云雾之中。

67. 公路边

韩芳的特写镜头：风吹着她的头发，洁白的牙齿咬着嘴唇，热泪滚出眼眶，她仍盯着公路上渐行渐远的汽车。

68. 那团土雾还未消散

一只喜鹊落在路边的柳树上。

69. 公路边

韩芳凝视着那团土雾，像一座雕塑。韩芳手指不停地捏着男孩的手腕。

男孩：（扬头盯着韩芳）妈妈，今天中午叔叔只吃了一个你取的鸡蛋糕，这会也没吃啥就走了？

韩芳猛地弯下腰抱起男孩，在他嘴上狂吻几下。

韩芳满脸泪水，孩子脸贴着妈妈的脸，两双眼睛专注地盯着公路。

70. 公路

汽车卷起的那团土雾消散，显出空旷的原野。路边柳树上的那只喜鹊喳喳叫着飞向远方。

71. 王英家（深夜）

笔尖在信纸上沙沙起舞。

王英画外音（低沉地）：我心里很痛苦，我也很兴奋。坦率地说，我沉溺于昔日的情海不能自拔，也痛苦这次是和韩芳的最后一别啊！我兴奋的是韩芳有你这样一个心地善良美好的终身伴侣，我非常高兴，我为她有这样的归宿而衷心庆贺！

王英画外音：最尊敬的李良友，我给韩芳心灵上留下了深深的创伤，你却给她愈合了伤口；我欠了她无法偿还的“巨额债”，你却慷慨无私地代替我偿还！（声音哽咽）

信纸上，笔尖不动了，一串串泪珠落在信纸上，一滴泪水掉在“还”字上。信纸特写画面越来越亮，闪烁着红的、黄绿的、白的、紫色的斑点，“还”字化成蓝色的斑点。

在空蒙的混响和激扬的音乐声中，整个画面五色斑点游移不定，闪闪烁烁，时隐时现。

蓝色的斑点变成一朵紫罗兰，虚虚晃晃。

渐渐的构成明丽清晰的画面：绿茵丛中，百花争艳。双蝶起舞。这朵醒目的紫罗兰在柔风中摇曳……

琴弦上的挽歌

／（微电影剧本）

1. 兴庆公园　公园　日　外

李霞（23 岁）坐石凳上拉着小提琴，舒伯特《圣母颂》的小提琴乐曲盖过公园的一切音响。

旁白：今天是母亲节！每当母亲节来临，就用这种方式表达我对母亲的思念。

一只女人的手指头在琴弦上跳动滑动，右手舒缓地拉着琴弓。《圣母颂》的小提琴乐声渐渐融入莎拉·布莱曼的演唱。

歌声中，李霞这双梦幻般的眼睛特写变成圣母的画像。歌声中，圣母画像的画面化成一个想象中的头发后拢在脑后打髻的年轻母亲。歌声中，母亲画像化成给女婴哺乳的画面。

歌声渐隐。

旁白：确切地说，我母亲长的是什么模样，我确实说不清，只有个感觉她和我姨长得有点像，因为那时，我才虚岁四岁！四岁那年……

2. 山间盘山公路　日　外（回忆）

一条逶迤的水泥路从山脚一直绕到山顶。母亲（28 岁）怀里抱一个男婴，李霞（4 岁）拉着母亲的手紧紧跟在她后面走着。俩人头上渗出汗珠，一脸疲惫。母亲怀里的男婴开始哭啼。

李霞：（拖着母亲）妈妈，弟弟都哭了，我实在走不动了！

母亲和李霞站住。母亲理了一下被汗水沾在额头上的刘海。

母亲：（指着不远的路边大石头）霞，我们在这儿歇一会儿。

母亲坐在石头上给男婴喂奶。母亲皱着眉头，瞅着怀里的儿子。母亲刚拉开乳头，男婴嘶声哭啼，母亲只好把乳头放进他嘴里。他吸吮着，渐渐地睡着了，这才把乳头抽出来。

3. 天空　日　外（回忆）

天际，夕阳西坠。一群小鸟在天空中吵闹着掠过天空。

4. 山间盘山公路　日　外（回忆）

李霞趴在母亲膝盖上睡着了。

母亲：（轻微的）霞，不敢睡了，再睡天黑了，我们咋办呀？

李霞被母亲唤醒，揉了揉眼睛。

李霞：我刚才睡得好香啊！

母亲：那就好，你睡好了，咱就好好赶路。

李霞：（哀求）我实在走不动了呀！

母亲：（抚摸李霞头发）霞，乖孩子，听话噢，妈妈抱着你弟弟，我实在没有办法抱你呀！

李霞：（眨了眨眼睛）妈，你得是两个手只能抱一个人？

母亲点了点头，长嘘了一口气。李霞知道，你要是抱了我，就得把弟弟扔在路边。（噘着嘴）要是那样我就没有弟弟了。

母亲把男婴放腿上，像弥补女儿似的，双手搂着李霞的脸，疯狂地吻着。

母亲：（激动地）霞，你和弟弟都是妈的心肝宝贝呀！

李霞：妈，心肝宝贝是啥？

母亲：就是世上最心爱最贵重的人。

李霞：（天真的）妈妈也是霞心中的心肝宝贝呀！

母亲脸上掠过淡淡的笑容，点了点头。突然，李霞眨着眼睛盯着母亲。

李霞：妈，我问你个事。

母亲：（摸了一下李霞的脸颊）你才满四岁的女子还有啥事这么认真地问我？

李霞：妈，前一回你到我外婆家去的那两天，天黑了我爸叫我一个人睡到后房屋子，他说他一会回来给我做伴睡觉，我等呀等呀，还不见他来，我就睡着了，我醒来上厕所，路过咱厦房里面灯亮着，我从窗缝里看到海宝他妈和我爸睡在一头呢。（拉了一下母亲的胳膊）妈，你说，海宝他妈为啥不回她屋偏爱在咱屋睡呢？

母亲脸颊上泛起红晕，一副窘态。

李霞：（双手抱着母亲的胳膊摇着）你说呀，你说呀，为啥海宝他妈就是爱在你不在的时候来咱屋？

母亲咬着嘴唇，不语。

李霞：妈，你说为啥？说呀！

母亲：（咬着牙齿）你爸是鬼迷心窍！

李霞：（纠正）不是鬼，她是海宝他妈呀，还是我爸给我认的干妈呢。

母亲陡然满脸怒色，胸膛一起一伏，嘴唇微微颤动，眼中含泪。

李霞惊恐地连忙用两只小手给母亲擦泪。

李霞：妈妈，妈妈，怪李霞不好惹妈妈哭了！怪我不好惹你难受！

母亲：（呜咽）妈哪能怪我女子？

李霞：那怪谁？

母亲：（咬牙切齿）怪你爸，他做事对不住咱娘们呀！

李霞：他做了啥事对不住咱娘们？

母亲：（摇了摇头）到你长大了以后就知道了。

李霞眨着困惑的眼睛。突然，母亲又把李霞揽在怀里，眼里泪花闪闪。母亲从衣服口袋掏出手绢时带出一个白色纸团。李霞捡起展开看着。镜头推向离婚证。

李霞：这不是法院那个戴大盖盖帽子阿姨给你的那张纸？

母亲神情黯然，泪水又滚出眼角。母亲和李霞脸贴着脸。

母亲：霞，你爱妈不？

李霞搂着母亲脖子。

李霞：我爱，我爱，弟弟长大了也一定和我一样爱妈妈！

母亲激动地泪流满面。脸上绽开笑容。母亲眼睛变得炯炯有神，双手搂着李霞的脸亲了好一会，精神变得抖擞。

母亲：霞，你爬到妈身上。让妈抱着你，省得把我女子两个碎碎腿走伤了！

李霞：（笑）妈，你这阵咋有劲了？

母亲：妈活在这个世上就是因为有你和你弟弟，不然，有十个都走了！

李霞：（不解地）那，那十个你到哪儿去了？

母亲：就是死了，离开人世了！

听了母亲的话，李霞泪水流出眼眶。李霞紧紧地搂着妈妈的脖子，脸贴着母亲的脸。

李霞：（哽咽地）妈妈，你不要离开我啊！

李霞哭泣着，母亲用手绢轻轻擦着李霞脸上的泪水。

母亲：我娃不哭，妈永远永远都不离开你和咱牛娃！

李霞抬起头，专注地盯着母亲，破涕为笑。

李霞：真的？

母亲：（笑）真的，妈说的是心里话！

李霞重重地在妈妈脸上亲了几下。母亲的泪水把两张脸沾在一起。

旁白：那个下午是我对母亲的第一印象！也就是在这年冬天，在兰州工作的舅舅把我接到兰州上学，一晃十四年，大一报到时，我才回到陕西。

5. 公园　日　外

忧伤凄婉的《圣母颂》小提琴声中。一滴一滴的泪珠落在琴弦上。李霞把小提琴放在身旁的琴盒里，掏出湿巾擦着脸眼。

突然，手机响起。李霞从斜挎的女式包里掏出手机，接听。

6. 医护办公室　日　内

男医生（43 岁）正在用座机打电话。

男医生：你是师范大学的李霞同学吗？我是市二院的内科主任章红扬。

7. 公园　日　外

李霞：（惊慌地）我爸住院了？病得很严重吗？

8. 医护办公室　日　内

男医生：（对着话筒）肺气肿晚期，病情很不好！他让你无论如何来趟医院。

9. 公园　日　外

李霞陷入沉思，此刻她百感交集。她合好琴盒扣，提起小提琴，走出公园。

10. 公园大门外　日　外

李霞用手机打电话。

李霞：喂，江峰，你把车开到兴庆公园南门口，我要到医院去一趟。

手机回音：你谁在医院？

李霞：少啰唆，你到底来不来？不来我就自个儿去了。

手机回音：我还用买东西吗？

李霞：（不耐烦地）叫你少啰唆，你就是唠叨个没完，你烦不烦？

11. 地下停车场　日　外

江峰（24 岁）从停车场飞快开出一辆黑色的尼桑轿车。

12. 街道　日　外

车水马龙，缓缓流动。江峰开的轿车汇入车流。从驾驶室玻璃隐约看到李霞坐在副驾驶。

13. 轿车内　日　内

透过玻璃可以看到前面十字路的红灯的阿拉伯数字在倒计时。江峰刹车，转过头盯着李霞。

江峰：李霞，我听同学们说，你爸第一次到我们学校来被你赶出来了，真有这回事？

李霞默默点了点头。

江峰：为什么？

李霞：（叹息一声）一言难尽！江峰，绿灯亮了，咱们快走。

14. 内科病房　日　外

父亲（56 岁）躺在四号病床上，男医生给他插好氧气，四下环顾。

男医生：四号病床的陪同人到哪里去了？

李霞匆匆地进了门。

李霞：我父亲的病很严重吗？

男医生飞快地打量一下李霞。

男医生：你就是我给打电话的那个师大的李霞同学吗？

李霞忙伸出手和男医生握手。

李霞：是的，谢谢您！谢谢您！

男医生：（微微一笑）谢什么？这是我的工作！

李霞：（忧心忡忡）大夫，我父亲的病还有治吗？

男医生：唉，你来了正好，胸透后，我再给你说吧。不是还有你一个哥哥也在这吗？这小伙子太差劲了，昨天晚上刚给你爸插上吊瓶，他就跑出去看电影了！现在他又不知野到哪里了，太不像话了！

李霞嘴动了动却没有出声。她走到病床前，盯着闭着眼睛的父亲。

李霞：（眨着眼，轻声地）爸，你醒醒，我来看你来了！

父亲依然闭着眼，哮喘声很大。

李霞：（小心翼翼地）大夫，我可以大点声叫我爸吗？

男医生：不要紧，给他打的针里有镇定止痛药，所以睡着了。

李霞摇着父亲的胳膊。

李霞：（提高声音）爸，我来看你来了！

父亲终于睁开迷惘的双眼，干瘦的手紧紧抓住李霞的手，嘴唇颤抖，眼睛里流出两行泪水。李霞强颜一笑，另一只手抓着父亲另一只手。

李霞：爸，你甭伤心，你的病会马上好的，大夫刚说过，只不过要多住几天院罢了！

父亲：霞，爸今辈子欠你和你妈的太，太……（泣不成声）

李霞：（强颜一笑）爸，过去的一切都不要想了，你安心养病，早日康复，过去的事我都不想了，你还想它干啥呀？

男医生转向李霞，皱着眉头。

男医生：姑娘，你快给你那个哥打电话叫他回来，马上给你爸爸做胸透！

父亲：（急忙）不要叫那个没良心的东西。

男医生：（微笑）看来，你这个儿子硬是叫你惯坏了，连起码的做人底线都没有？

父亲：（长叹一声）不是我儿子，他是我的干儿子，他叫秦海宝，我后来进了他家门，我只有这个在大学上学的女儿！

父亲双眸一挤，泪水夺眶而出。病房响起微弱嘶哑的哭声。

李霞：爸，我是你女儿，我听你的话，你可也要听我的话呀，你这样哭哭啼啼，人家大夫怎样给你治病呀？父亲止住哭声，依然紧紧抓着李霞两只手。

李霞：大夫，有我在这里，给我爸透视吧！

男医生：（为难地）你爸爸近一米八个头，一个女孩你能背动？

李霞：我爸虽然个子高，可他瘦得这样，再说我也是一米六八的个子，我能行！

男医生在病历上写着透视报告单。把报告单交给李霞。

男医生：急诊室还有个重病号需要我马上去处理，要么你稍等一会，我找个护士帮你给你爸做胸透吧？

李霞：不用了，我能行！

男医生给父亲摘下氧气罩。

男医生：（叮咛）姑娘，难为你了！（取下手机拨号）喂，我是章红扬，你给三楼303房4床的病人做胸透，帮他女儿把病人扶回病房，然后再插上氧气。

手机女回音：请章主任放心！

男医生：我安排好了，你去吧！

男医生和李霞扶起父亲，出了门。

15. 医院楼梯　日　内

李霞几乎背着父亲，艰难地下着楼梯。额头上沁出细密的汗珠。

父亲：（心疼地）霞，你只扶住我就行了！

李霞左手背摸了一下额头脸上的汗水，微微一笑。

李霞：爸，刚才开始下楼梯时不是那样扶着你，差一点把你摔倒了！

父亲：霞，爸当年咋叫鬼把心迷了喽？我，我……（泣不成声）

女大夫（30岁）和护士（23岁）急忙上楼梯，盯着父女俩，露出诧异的目光。

李霞：爸，这是医院，你这样人家笑话呢。

父亲止住哭声。

女大夫：（热情地）姑娘，来我俩帮你！你到哪儿去呀？

李霞：去透视室给我父亲做胸透！

女大夫：（眉毛一扬）你是章主任说的303房4床那个病人吧！我俩就是到303去帮你们呀。

李霞：（笑了）对，章主任让你们透视结束再帮我，可你俩早早就来了，太感谢你们了！太感谢你们了！

护士：这也是我们应尽的责任呀！

仨人前呼后拥搀着父亲下楼梯。

16. 透视室　日　内

一片黑暗，只有显示屏上出现两肺黑白图像，两只肺上像罩上一大片乌云。黑暗中，女大夫不断地调试透视机。

女大夫：姑娘，你来看。

李霞盯着显示屏，惊讶的神色。

旁白：盯着两只肺上的黑色云翳，我的心里变得愈来愈沉重！

17. 病房　日　内

女大夫、护士和李霞把父亲放病床上。李霞给父亲枕上枕头，女大夫和护士又给他插上氧气。

女大夫与护士和李霞告别，李霞把她们送出门。李霞进门走到病床跟前，凝视着父亲，脸色变得沉重了。李霞眼里闪着晶莹的泪花。她勉强笑着。

李霞：爸，那个女大夫说，肺气肿这个病是可以治好的。

女大夫：（画外音）肺气肿这个病早起还是可以治疗的，可是你父亲这个病到晚期了，胸透图你刚才看了，两页肺上那团黑乎乎像雾状，那就是坏死的肺细胞呀！

李霞哭了，两滴泪水滚出眼角。她忙从口袋里掏出一块面巾纸擦着眼睛。

父亲：霞，你甭哄爸，爸心里很清楚，爸还真想到阴间见你妈呀，向她认罪。也告诉她，我们的霞长大了，今年七月份就从大学毕业了！

李霞：（声音颤抖）爸，爸，我求你再甭说了，你再不要说了。你想吃啥？

父亲：（闭着双眼）我啥都不想吃！

突然，李霞眉毛一挑，脸上掠过一丝笑容。

李霞：你不是爱吃甜食吗？

父亲：（无力地）你买去，这可能是爸最后一次吃你买的东西！

父亲眼里溢满泪水。李霞忙给父亲一个脊背，掏出面巾纸擦了擦眼睛，才转过身。

李霞：（勉强一笑）爸，你再别胡说了，你在医院好好看病，很快就会出院。我今年大学就毕业了，工作有钱了，我带你出去看看，我让我男朋友江峰开车，到哪里都方便。

父亲：就是开车送你到医院看我的那个男娃？

李霞：嗯。

父亲：他和你是学一样专业的同学？

李霞：不，他是我们学校新传院编导专业的学生，我是艺术学院的，他临走还给我了五百元，让我给你买吃的。

父亲脸上浮出满意的微笑。

父亲：好，爸真高兴！爸这会还真想吃点啥！

李霞：（高兴地）好，我马上给你买蜜汁甜糕去！

李霞从床头柜上拿了一个白瓷碗，出门。

18. 小吃摊点　日　外

李霞把白瓷碗递给卖甜糕的中年人。

李霞：我要二斤。

中年人：（盯着李霞）二斤？你能吃了？

李霞：我不吃，我给我爸买，他有病住院。

中年人：噢，你还是个孝女呢，叔给你多放点蜂蜜，蜂蜜吃了对人好。

19. 医院大门里　日　内

一个女护士低头用手机发短信。李霞匆匆走着，差一点把女护士撞倒。

女护士：（生气地扬起头）你咋回事，这么疯？

李霞：（哈腰）对不起，对不起！（向楼梯口跑去）

20. 病房　日　内

李霞满头大汗进了门。父亲直挺挺躺在床上，身上脸上盖着白床单。两个护士正在收拾氧气瓶。

李霞惊愕地睁大眼睛。一碗甜糕“啪”掉在地板砖上，碗摔成碎片。泪水夺眶而出。

男医生：（画外音）姑娘，你爸十四点四十四分心脏停止跳动。

李霞猛地跑到床头，揭开盖在父亲脸上的床单。父亲头枕着枕头，紧闭的双目，脸上露出笑容。双臂整齐地垂直平放着。

21. 幻觉　日　内

父亲站在一朵白云上，挺直身躯，衣衫整洁，双臂下垂，满脸微笑。深邃的蓝天里，一朵隐约的白云越来越大。父亲站的白云向那朵远方的白云飘去。

22. 公园　日　外

李霞穿着黑色雪纺长裙，左胸上挂着一朵小白花，又坐在公园那块石头上用小提琴拉着《圣母颂》。李霞满脸哀伤。

23. 舅父家　日　内（回忆）

字幕：兰州

舅父（54岁）戴着老花镜，坐在椅子上看报纸。李霞（18岁）兴冲冲进了门，她手里拿着小册子一样的东西。

李霞：（大声）舅，快看，这是啥？

舅舅转过头，从吊挂的眼镜框上边看着李霞。

舅父：（故作平淡地）我不看，是师范大学的录取通知书！

李霞：你怎么知道是我的录取通知书？

舅父：你房间墙上那三十六张奖状一个个争着给我说，你外甥女今年考上大学了！你外甥女今年考上师大了！

李霞：（笑嘻嘻地）舅舅，你真会逗人乐！奖状会说话，稀奇！

舅父接过录取通知书歪着头，左瞧瞧，右看看。舅母（52 岁）径直走到舅父跟前。

舅母：霞考上大学了？

舅父：（眼睛一瞪）废话，我外甥女考不上大学，全兰州市今年就没有一个能考上大学的！

李霞：（不好意思地）舅舅，你甭说了，你说的我脸上都烧乎乎的呀！

舅父不理李霞，仍严肃地看着舅母。

舅父：（认真地）霞在兰州市中学"五四"音乐会拉小提琴获得一等奖！（伸出右手食指）一等奖，全兰州市只有两名，你知道吗？一等奖，了不起！

舅母：（笑）看把你高兴得像个小孩！你这些话我听了没有十遍起码七八遍了吧？

舅父：（呵呵一笑）你记性差，多提几遍有好处。

李霞：舅舅，可你在我跟前却不知说了多少遍，音乐会一等奖，没有啥了不起的，了不起的是各门功课都能拿一等奖，那才是真正英雄呀！

舅父：我怕你骄傲自满，所以我这个车间主任像要求我的徒弟一样对你有些苛刻，你说句心里话对舅舅有意见吗？

李霞：你是在盼女成凤啊！我心里很明白！

舅父：（点了点头）这话在理，在理！（乐呵呵地）舅给我娃取个东西！

李霞伫立在屋中央，盯着舅父的背影。

李霞：（画外音）舅舅能给我啥东西？

少顷，舅父手攥着一个银镯子向李霞走来。日光灯下，一双男人的大手捧着银镯子，银光闪闪，占满画面。

旁白：就是这天下午舅舅告诉我，这是他当兵走时我母亲给他做盘缠用的银镯子。他没有舍得卖，就准备在我长大后交给我。这天下午我才知道，在我刚到兰州的半年内，弟弟病死了，母亲精神失常，在一个漆黑的晚上掉在舅家村外涝池里淹死了！

24. 公园　暮　外

李霞疯狂地用小提琴拉着《圣母颂》。

音乐声中，叠印：想象中的母亲披头散发傻笑着走着走着，突然身子下坠。涝池平静的水面激起一朵浪花，一波接一波的波纹向四下散开。躺在病床上的父亲双目紧闭，脸上露出笑容。父母的画像在暮色中上下左右交替变换。

李霞拉着小提琴，眼里闪着晶莹的泪花。

25. 女生宿舍　日　内（回忆）

书桌上放了十几张百元面值的人民币。李霞满脸愠色，盯着蹲在地上低头啜泣的父亲。

李霞：你是我的亲生父亲，可是你当年的事对得起我妈，对得起我姐弟俩？我小学学的一篇课文里，一只小麻雀掉在地上，正好来了一只狗想要吃掉它，这时老麻雀勇敢地落在狗前面嘶叫，吓得狗不敢前进，它为啥不怕死，因为它心里有自己的孩子，把自己的生死置之度外，可是你呢，（泣不成声）你……你……不如一只麻雀！

父亲：（哽咽）霞，霞，我知道我错了，我错了！

李霞用面巾纸擦了一下眼睛，睁大眼睛。

李霞：（冷笑）错了？你才知道！晚了！在有我姐弟俩时，你知道错了就好了！我弟十二岁临死时要用菜刀杀你，你记得吗？他是你的儿子，他为啥这样？你想过没有？我弟死后，我妈疯了，你知道她为啥疯了？

父亲头垂在两个膝盖之间。膝盖下的地板砖一片泪渍。

李霞：我弟我妈，这是两条人命！哼，笑话！我能原谅你吗？你有什么资格要我原谅你啊？

父亲慢慢抬起头，一双浑浊的泪眼。

父亲：我……

李霞：（指着父亲）你还想说什么，（歇斯底里般）你给我滚，给我滚！

李霞猛地抓住父亲的胳膊，把他推出门。“砰”地从里边关上门。一双女人的手胡乱收起书桌上的人民币。

李霞拉开门，把钱扔出去，又从里面关上门。

26. 公园　暮　外（回忆）

路灯下李霞拿着五页信纸低头看。

舅父：（画外音）我上面说了很多。你那次把你爸轰出宿舍，你爸回去的第二天在村外柿子树上上吊被人发现，才没有死。你爸前两天到我这儿，他身体很差，拄着棍到兰州求我，他和海宝他妈结婚后日子很不好过，有病了海宝没有给他叫过一次医生。他现在这个家三天两头吵架，也很可怜。孩子，你就认了他吧！就是罪大恶极的犯罪分子只要他能悔过自新，量刑也有个从轻判处呀！你就认了他吧，他毕竟是你的亲生父亲！

27. **公园　晚　外**（回忆）

李霞手里拿着信纸，一双沉思的眼睛盯着夜空。

28. **天空　晚　外**（回忆）

音乐声中，星空中出现一架夜航班机，指示灯闪烁。飞机的轰鸣声，愈来愈响，盖过音乐声。

29. **公园　晚　外**（回忆）

李霞用小提琴拉着《圣母颂》，仰望着天穹那架渐渐远去的班机。

30. **天空　晚　外**（回忆）

李霞遥望着渐渐隐去的飞机指示灯。一双眺望的眼睛，泪光盈盈。李霞拿起手机拨电话。

旁白：这天晚上，我给父亲打了第一个电话。

31. **公园　晨　外**

李霞坐在石头上娴熟地拉着小提琴。

32. **天空　晨　外**

霞光灿烂，彩云片片。

《圣母颂》中，交替出现李霞父母飘逸变换的画像。

那年、那月、那天下午

/（微电影剧本）

旁白：这是一个尘封的年代，这是一个刻骨铭心的下午。光阴荏苒，岁月如梭，然而它不时在脑海浮现……

1. 热电厂生产科科长办公室　日　内

王英（34 岁）正在上网。

电脑显示屏上出现韩芳的帖子：

（画外音）十年前的那一切总是时不时在梦中出现，我无数次告诫自己那已尘封的岁月应该深深地埋在心底，不让它“兴风作浪”，可总是失败呵！

王英低头打字，显示器飞快地出现一个个字符：（画外音）是啊，鄙人深有同感。岁月的激流不能冲刷那些深深的记忆啊！

王英发送。少顷，显示器上出现韩芳的回帖：（画外音）你最近情况都好吧？

王英低头打字，显示器出现：（画外音）唉，甭提了，这些日子神不守舍，工作屡屡出错，受到老丈人厂长的多次苛责，唉！

王英发送。显示器立时现出韩芳的回帖：（画外音）对不起，都因我吧？

王英急忙低头打字：（画外音）不，与你无关呀，你不要自责！千万不要自责啊，千万，千万！

韩芳的回帖：（画外音）那就好呀，我希望你不要哄我！

王英回帖：（画外音）真的，我没事！

2. 厂长办公室　日　内（回忆）

王英站在杨厂长对面。

杨厂长：（拍着桌子）你一天干啥呢？你们科的报表字据错了多少，你看去！（把一沓报表甩到王英面前的桌面上）

王英哭丧着脸，拿起报表出了门。

3. 生产科科长办公室　日　内

王英低头打字：（画外音）我有一个感觉，一天在网上不见你，就有怅惘若失的感觉。

显示器上出现“对方离线或忙碌，请发 QQ 邮箱或离线文件”。

4. 山村小院　夜　外（闪回）

韩芳（20 岁）在墙角哭，王英站在她身旁。

王英：（拉着韩芳的手）从今晚起，你就当我死了哇！你就当我死了哇！

5. 星空　夜　外（闪回）

星河灿灿，闪烁，一颗流星拖着长长的尾巴消失在深邃的夜空。

6. 生产科长办公室　日　内

王英一双深思的眼睛，闪着晶莹的泪花。

王英：（画外音）我在骗她，我要是说了实话，她肯定再不会理我了，那是多么可怕啊！善良的谎言还真的要有啊！

王英惨然一笑，关了电脑，心事重重。

少许，王英又打开电脑，点出韩芳 QQ 邮箱写信了：芳，对不起，我当年不该为了一份工作狠下心和你分手，违心的和杨萌结婚，我错啊，一失足遗留千古恨！

杨厂长（56 岁）推门进来，悄悄站在王英背后，盯着电脑显示器脸色骤变。王英沉吟片刻，发送。他从烟盒了取出一支烟叼在嘴角，却在衣服口袋找不出打火机。突然，“啪”一声，一个打火机的火苗伸到王英叼的烟头前。他急忙转身一看，原来是杨厂长给他点火。王英惊愕地张了一下嘴，烟掉在地上。

王英：（结巴）爸，爸……爸……你，你你你……你进来也不敲一下门。

杨厂长把打火机扔在键盘上，用犀利的目光盯着王英。

杨厂长：（嘲讽地）王科长，你不要忘记这个厂的厂长是你老丈人我，而不是你！

杨厂长满脸愠色，转身走出门。

7. 王英家卧室　日　内

杨萌（34 岁）坐在电脑桌前的椅子上输 QQ 号码，提示栏立即显示“你输入的密码有误”。杨萌气恼地关了电脑，坐在长沙发上。

杨萌：（画外音）他把 QQ 密码改了！好个王英背过我不知搞什么把戏？

王英进门，心不在焉。他坐在沙发另一头，怔怔地盯着杨萌。

杨萌：哎，我问你，你什么时候把 QQ 密码改了？

王英：不知道。

杨萌：你可要记得你那密码是我们结婚的纪念日，十年了啊！你今年突然把它改了，你什么意思？

王英脸色涨红，茫然不知所措。

杨萌：你王英能行了，当了科长，翅膀硬了，也赶时尚搞婚外恋吧！

王英：（争辩）你，你胡说个啥？结婚十年，女儿都七岁了，我是那种人吗？

杨萌：（怪异地打量王英）你扬起头，让我看看你的真面目！

王英：（避开杨萌的目光）你神经病！

杨萌：你神经病！你心中有鬼！（指着王英）没有鬼，你为啥不敢看我的眼睛？

王英：（画外音）难道老丈人把我给韩芳的帖子看了，给她女儿说了？

杨萌：哎，我给你说话，瞧你这副不知想什么的模样，你把我当什么了？

王英：（有气无力）求求你，甭咋呼了行吧，你才三十四岁，更年期提前了吧？

杨萌：你才是更年期提前了！（讥笑）噢，你这不叫更年期提前，应该叫二次青春萌发，对吧！

王英：你这样折腾我，你累不累？

杨萌：你用了十年的QQ密码为什么突然想到更换了？（站起来逼向王英）你说呀，你今天把这个事说不明白，这个家你就别进！

王英：（生气的）杨萌，这也是我的家呀！

杨萌：哼，你的家？这个家在你心目中变成免费宾馆了，我给你当了小姐的角色，成了保姆的身份！

王英：你越说越离谱了！

杨萌：好，就当你是个正派的男人，我问你，你到底为什么要更改QQ密码？这是其一；其二，这些日子，你为什么总是很晚才回来，有时甚至十二点、一点？

王英：我真换个QQ密码有啥？这个密码十年了，我腻了！

杨萌：（冷笑）这话真让你说对了！你腻了，你是腻了这个家，腻了我，我招你烦？

王英：我……

杨萌挥舞双臂，怒气冲冲。

杨萌：其他我不说了，就凭你腻了这种说法，这个家对你来说是囚笼，很压抑，很痛苦吧！（指着门）你现在就给我走人！（推王英）

王英：一个地地道道的泼妇！

杨萌“啪”的一个巴掌重重地打在了王英左脸颊上，立时，王英左脸红了。

杨萌：（歇斯底里）你给我滚！你给我滚出这个家！

王英被杨萌推出门外，她从里边关上门。

8. 大街　日　外

王英漫无目的地走着，汪峰（36岁）迎面向他走来。

汪峰：你到哪去呀？

王英：嗯。

汪峰：（笑）混蛋，我问你到哪去呀？你倒“嗯”哪去呀！这叫哪国的语言？

王英：心里难受得要命，哪有心情说笑？

汪峰打量王英，脸色变得严肃了。

汪峰：（盯着王英左脸）哎，大科长，你怎么搞的，是上台演关羽唱戏卸妆时左脸没洗净呀？

王英：（苦笑）你损我干啥？我哑巴把牙打进肚里，有苦说不出。

汪峰：到底是咋回事嘛？

王英：（摆手）甭提了，甭提了，我下班刚到家，被杨萌推出门了！

汪峰（呵呵一笑）我明白了，你这左脸八成是叫人家杨萌整的吧？

王英：（烦躁地）我个男子汉，岂容她杨萌这样！

汪峰：我的大科长，谁不知你向来是个怕婆娘的？

王英：（心不在焉）这一回变了，变成了婆娘不怕我！

汪峰：（擦了一下笑眼）你咋这么逗人笑的呀？我说你是个怕婆娘的，你争辩说，这一回变了，变成婆娘不怕你了！你这不是和你怕婆娘是一个意思呀，亏你还是本科文凭，热电厂生产科科长，你咋能说这么糊涂的话呀？

王英：我叫杨萌把我气糊涂了，将来叫她气不死，也成了疯子了！

汪峰：（笑着拍了拍王英肩头）不要生气，谁家过日子没有个磕磕绊绊呀！

王英：婚后的日子，我总觉和谈恋爱判若两层天，那时，风和日丽，阳光灿烂；而这时风云变幻，说变就变。

汪峰：你看过《金婚》没有？

王英：看过。

汪峰：那里边大庄给他女儿说过一句话，你记着不？

王英：哪句话？

汪峰：大庄的女儿和老公发生了矛盾，他劝说女儿时说：“年轻人的热恋期只有三十个月。”当时我还认为这是编剧胡编呢，可是回想起来，还真是这样呢！

王英：何以见得？

汪峰：你这不是样子哦？

王英：我们结婚十年了，可不是三年呀！

汪峰：（提高声音）我说的是热恋期，你听清楚呀！你们一直是和当初热恋期一样热烈、一样浪漫？

王英：有了女儿后就凉了！

汪峰：你们从开始谈起到有女儿之间几年时间？

王英：（沉思片刻）正好两年零六个月呀。

汪峰：这，两年零六个月难道和三十个月不是一样呀？算了，不说这些，你没吃饭，我们一块去红玫瑰那喝一杯！我买单，你看怎么样？

王英不语，跟汪峰走。

9. 红玫瑰酒楼　日　内

桌上摆了四个菜：烧鸡，排骨，宫保鸡丁，油麦菜。两瓶打开的啤酒。汪峰和王英端着酒杯碰杯。

汪峰：王英，刚才你诉了你的委屈，你傻呀！

王英：我傻？

汪峰：你和韩芳十年没见，用QQ和她聊天，你为啥不再给你申请个QQ号呢？非要用你多年一直用的这个QQ呢？

王英：（点了点头）我当时是这么想的，韩芳是有了一个八岁儿子的妈妈了，我们又不是经常聊天，没有必要再申请QQ了，也就是为了慎重，上月我把QQ密码改了。

王英给汪峰和自己杯子里倒满酒，夹了几口菜。汪峰端起杯子抿了一口，放下酒杯，脸色凝重。

汪峰：你最后发给韩芳邮箱的邮件杨厂长肯定看到了。

王英：（忧愁的）这可咋办呀？（急）你看一个堂堂的厂长连进门前敲门这个常识都不懂，啥水平哟！

汪峰：（苦笑）你跟写文章抓不住主题一样，你现在不要想人家杨厂长什么水平，要是杨厂长把看到的内容给杨萌说了，你王英的日子真不好过呀！

王英：（懊悔的）我当时为什么不从里边扣上门?!（拍着头）

汪峰：你问你自己吧！

王英一副愁眉苦脸。

汪峰：唉，算了吧，既然到这个地步，你发愁也没用，大丈夫敢作敢为！

王英：什么意思？

汪峰：就是敢于承担责任嘛！

王英：哎，汪峰，杨厂长把我给韩芳最后发的邮件事给杨萌说了吗？

汪峰：从你讲的你和杨萌吵架来看，到目前杨厂长没有给他女儿说。

王英：（忧心忡忡）你打保票老头子不给他女儿说？

汪峰：他要是给杨萌说了，你这会儿还能在这喝酒？早都翻天了。

王英：（点了点头）看来老头子还真有当领导的耐性。

汪峰：不是什么耐性不耐性的问题，而是他为女儿考虑后边事呢。你想杨萌有了一个七岁的女儿，也是三十四岁的女人了，可不是黄花闺女哟！

王英：有道理！

汪峰：说句你不爱听的话，你可不要生气。

王英：你我之间是朋友，不是外人。

汪峰：杨厂长两口子就这一个女儿，从小娇惯任性，你知道。

王英：这个我知道。当时她家里人反对我俩在一块，尤其她妈看不起我爸是个拉架子车收破烂的。

汪峰：（手一拍桌子）对着对着，可是最后结果，两口子还是让步了，你成热电厂厂长的姑爷了！不然的话，你现在也肯定进不了热电厂，更说不上当科长呀！你可要记着人家对你的好处呀！

王英缄默了。他点一支烟慢慢吸着，喟然长叹。

旁白：汪峰的话尽管使王英头脑清醒了一些，可是他还是另外申请了一个QQ号，鬼使神差地想和韩芳聊聊。

10. 红树林网吧　夜　内

电脑显示屏出现王英发的帖子：我知道我们频繁来往会给两家都带来不安静，可是这些日子来，想起你我愈来愈有一种罪孽感，这种感觉搅得我心神不安！

少顷，显示器上出现韩芳的回帖：（画外音）英，你还是当年那样痴情，你也不要太自责了！我当时也赞成我们分手，你和杨萌结婚，这样既解决了你的工作，也为你后期发展铺了一条路，我很满意呀！

王英低头打字：（画外音）你越这样对待我，我越感到我是个弱者、自私鬼。当时，我们都很年轻，一时找不到工作也是正常的呀，可是我急于求成，你让我心灵上背了一个沉重的十字架在生存呀！

韩芳的回帖：（画外音）傻瓜，你为什么总是给自己寻烦恼？我们不是都活得好好的，有家，有孩子，有工作，有伴侣，人类需要的我们都有了啊！

显示器出现一个个字符：（画外音）芳，我永远爱着你，海枯石烂心不变！

韩芳回帖：（画外音）让我们彼此把这种爱深深地藏在心底吧！

王英低头打字：（画外音）我知道你喜欢梅花，我给你买一辆“梅花”女式自行车，你上下班骑着，不就等于我每天陪着你吗？算我给你当马来向上帝忏悔！

王英脸上淡淡一笑。

11. **玻璃厂供销科办公室　夜　内**

韩芳（36岁）盯着显示器上王英发的帖子笑了。

韩芳：（画外音）这个王英呀，要给我当马!!

韩芳低头打字，显示器上出现一行字：（画外音）我可不敢让你给我当牛做马呀!

少顷，王英回帖：（画外音）真的那样，对我来说是一种释然，是一种幸福，是一种荣耀啊!

韩芳：（画外音）真是一颗痴情的种子呀!

韩芳低头打字：（画外音）我不爱自行车，你是不是安宁日子过腻了，这不是没事寻事呀？你送来我也不要!

王英回帖：（画外音）我已经买好了，在一个熟人那儿放着，你放心，任何人都不知道。我明天下午给你送去，我决不会退给自行车经销部呀!

韩芳苦笑，摇头。

韩芳：（画外音）唉，这样发展下去怎么办呀？

敲门声。韩芳飞快地关了QQ。

12. **王英家客厅　夜　内**

杨萌坐在长沙发上，拿着遥控器不停地调电视频道，最后索性关了电视，把遥控器扔到沙发上。杨萌脸色不悦，愣了会，左胳膊肘撑在沙发扶手上，左手捂着额头，闭目养神。王英悄悄进门，坐在长沙发另一头。杨萌睁开眼睛，死死盯着王英的脸，王英转过身给了她个脊背。

杨萌：（尖刻地）哟，王科长，你工作好辛苦呀！现在是零点，你新的一天开始了呀!

王英：（转过头盯着杨萌）一个家过日子，说话这么尖酸!

杨萌：这是一个家的日子吗？你说，一个家能是这样吗？打你电话，关机；上QQ你不在线上。（右掌猛击一下沙发）你干什么去了？

王英：厂里有事，我给你爸写工作汇报名正言顺，因为他是厂长，你算啥？

杨萌站起来，径直走到王英面前凝视。

杨萌：你不要认为我看不出你的心思!

王英：哎，我有啥心思？

杨萌：你是不见棺材不掉泪，你又和你前女友聊天，你当我不知道？

王英：（争辩）你刚说，我不在QQ线上，你凭什么说我和别的女人在网聊？

杨萌：（冷笑）王英，王英！你太弱智了，认为别人都是傻子，天下唯你聪明，你难道不会再申请一个 QQ 吗？

王英眉毛一挑，脸上掠过不易察觉的惊慌。

王英：（画外音）我新申请的 QQ 千万不能再叫杨萌知道，任何人都不能知道！

杨萌：我爸过去来家里总是乐呵呵的，可他前两天来家时，脸色很不好看，抚摸着女儿的头，竟说了一句叫我莫名其妙的话“孩子是无辜的呀”，你说，你们有什么事在瞒着我？

王英长出了一口气。

王英：（画外音）谢天谢地，看来老头子真的没有给杨萌说我给韩芳发邮件的事！

杨萌：你们有什么事瞒着我？

王英：（点着一支烟吸了一口，讥笑）你怀疑我，连你爸也怀疑，你这不叫发神经叫干啥？

杨萌：我要是真的有了神经病也是你逼的！

王英：（摊开双手）你到底要我干什么，你心里才好受？

杨萌：我……

王英：我们都是三十四岁的人了，孩子七岁了，难道你还总是要我像在大四时那样说“宝贝，我爱你”吗？

杨萌嘴唇动了动，两滴泪珠滚出眼角。

13. 园人工湖　日　外（闪回）

杨萌（24 岁）在湖畔的石凳上坐着，曲径上竖起放着红皮箱，她打手机。

杨萌：我实习刚回来，这会在人工湖了，还没有回宿舍就给你打电话，我在这等你，你快点哟！

少顷，王英跑到杨萌跟前，杨萌猛地搂着王英脖子，吻了一下。

杨萌：（捧起王英脸）我让你说一句“宝贝，我爱你！”总是那么难？今天，你再不说，我就和你拜拜了，说呀！

王英：宝贝，我爱你！

杨萌重重地在王英脸上吻了一下。

杨萌：今天还差不多！（划）

14. 王英家客厅　夜　内

杨萌站王英对面，左手抹去脸颊上的泪珠。王英递给杨萌一张面纸，她却从自己口袋掏出一片纸擦着脸和眼睛。杨萌仰头长叹，眨着眼睛。

杨萌：我杨萌在大四那一年怎么那么傻？

王英：萌，别再自己折磨自己呀！

杨萌：（声色俱厉）不是我自己折磨自己，而是你折磨我！

王英：你近期尽说废话！

杨萌：（一字一板）王英，我告诉你，我不喜欢同床异梦的生活！这种生活是杀人的软刀子！

王英：你是在逼我离婚吧？

杨萌：不是我逼你离婚，而是你用软刀子每日每时划着我的心，我心碎了！（歇斯底里般）你想和韩芳破镜重圆，甭想！

王英：胡说八道！杨厂长怎么就生下你这个胡搅蛮缠的女儿？

倏地，杨萌把王英从沙发拉起，使劲往门口方向拖，王英朝后拖着杨萌。

杨萌：咱让这个小区的人评评理！

突然，杨萌右手放开王英，右手掌在王英脸上左右耳光。王英被打蒙了。王英睁着骇人的眼睛，一个耳光打在杨萌脸上。杨萌发疯般地扑向王英，雨点般的巴掌打在王英脸上，王英猛一推，杨萌倒在沙发旁的花盆上。花盆破碎，泥土散开，一枝绽放的红玫瑰被一双男女的皮鞋踩着。

15. 红树林网吧　日　内

王英给韩芳发电子邮件：（画外音）昨天晚上，杨萌和我第一次交手了，要不是她爸起来，这个疯子不知闹出什么事来？

少顷，显示屏上出现韩芳的QQ回帖：（画外音）王英，你让我好担心！我这两天晚上经常做噩梦，我们赶快见面，当面叙叙，快！记住，不要带自行车，我心情不好！

16. 都市一隅　日　外

马路边放着一辆镀铬瓦圈的红色女式自行车。一双男人的大手锁好自行车，取下拴着两把钥匙的钥匙环，放在坐垫上。

王英从胸前的包里取出一副塑料盆密封的结婚用的两朵红花。他把带有“新娘”字样的红带子取下来装在包里，把花系在自行车钥匙环上，取下一把钥匙，放在车座上，从包里又摸出一把大小形状相同的钥匙系在钥匙环上。

一双手把一把钥匙拧在“新娘”的这朵红花的铁丝上，然后，把这朵花装进内衣的口袋里。

17. 韩芳家客厅　日　内

李良（36岁）和王英坐在小沙发上，韩芳坐在对面的大沙发上织毛衣。李良给王英和自己沏茶。

李良：你从西安骑自行车到咸阳，真不好意思！

王英：（笑）我喜欢骑自行车，在西安上大学时，我还得过自行车比赛亚军呢，你不信问韩芳。

韩芳：（抱歉的）我不该让你替我买自行车！

李良：（对韩芳）我怎么不知道你想要自行车？

韩芳：前两天，你出差到成都去了，我从报纸上看了，西安金花路那个自行车经销部处理一批过时老牌子自行车，我就给王英打电话，让他买。

李良：你把钱给王英没有？

韩芳：我给他卡上打了四百元，（转向王英）四百元够不够呀？

王英：（笑了笑）自行车三百六十八块，我还要给你找回三十二块钱呢！（从包里掏钱）

李良：（忙按住王英手）不用掏，不用掏，三十二块钱算个啥，你这样我们都不高兴，你见外了！

王英：（又拉好拉链，笑着）那我就不客气了！

王英：（画外音）韩芳，这么聪明的一个人！

韩芳：（转向王英）本来嘛，我想叫李良取自行车，可不知他什么时候从成都回来，让你麻烦了！

王英：都是大学同学，这是应该的，你怎么学会客气了？

李良：（眉毛一扬）哎，王英，我听韩芳说，她是你和那个叫杨什么？

韩芳：杨萌，就是王英现在的妻子。

李良：对对对，杨萌，杨萌，杨萌！（拍了一下脑袋）你瞧我这记性！韩芳说，她是你们的红娘呢！

王英脸上掠过不易觉察的苦涩。

18. 校园人工湖　日　外（闪回）

韩芳强忍着泪水，捧起王英脸。

韩芳：（痛苦地）现在大学生就业形势这样严峻，杨萌答应你，她爸可以把你安排到他厂里，可以呀！

王英：（伤心地）可是她有个条件，我必须和她结婚，你知道吗？

韩芳：（惨淡一笑）你和她结婚吧！

王英：可是你咋办？

韩芳：真正的爱情不能只是索取，到付出时就应付出，我们作为世界上最好的朋友可以嘛！

王英：你说得轻巧！

韩芳脸色一变，像打量陌生人一样盯着王英。

韩芳：我家在山村，我爸有个想法，不想我老了退休回到农村。

王英：到退休时，我不相信我们在西安买不了一套房！

韩芳：我爸嫌你家是农村人！

王英：（倒吸一口冷气）啊，原来这样！

韩芳：我已经给杨萌说了，我还请杨萌吃了一顿饭，我很支持你们走到一块，我给你解决不了工作问题！

韩芳急转身跑走了。（划）

19. 韩芳家客厅　日　内

李良盯着王英，递过一支烟。王英接过烟却把没有过滤嘴这头噙在嘴角，李良笑了。

李良：王英，你烟噙反了！

王英脸红了，重新噙好烟，李良忙给他点烟。王英吸了一口烟，眨了眨潮湿的眼睛。韩芳专注地瞅着王英。

韩芳：（画外音）唉，王英，你今天可要理智呀！

韩芳：你不要给王英烟，你看把他呛成啥了！

王英：（画外音）多么聪明的韩芳呀！

手机铃声响起。李良从口袋掏出手机接听。

李良：你是哪位？

手机音：我是快递公司的，你网上买的大衣已经送到了，请来小区大门外签字取货。

韩芳：（惊讶的）你给谁买大衣？

李良：（笑）你说我能给谁买？

韩芳：给我买？

李良：（一扬头笑）那当然啰！

韩芳：你疯了，咱买房的账没还完呢，我又不是没有大衣穿。

李良：你那件大衣十年了，快进中国历史博物馆了，老古董了！

韩芳：我们又不是小青年，赶什么时尚？

李良：（“扑哧”一笑）你这就不对，现在除了吃饱穿暖要求外，还追求生活的质量呀，你让你同学说。

王英：（心不在焉）哦，你们说什么？

李良：是这样，我在网上给她买了件大衣她不高兴。

王英：（转向韩芳）那你就穿呀！

韩芳：多少钱？

李良：原价2800元，“双十一”五折，1400元。就是咱玻璃厂孙茜厂长穿的那件紫红色的挺好看的，她买时是2800元，还是她给我推荐的。

韩芳：（指着李良鞋）你这双皮鞋穿了五年了，不知道补了多少次，就是舍不得给自己买一双新的！（生气地）我又不是没衣服穿，你却花1400给我买衣服，你这像是过日子的人吗？

王英：这是李良的心啊！

韩芳：我现在已经不是一个大学女生，而是一个八岁儿子的妈妈了，光儿子上小学二年级一个学期学费就四五千元，买房账你不是不知道。（生气地瞪了李良一眼）

李良：（委屈地）我看到你一年老是那几件衣服，我心里难过呀！我一个大专娶了你这本科就亏了你！

王英眉毛一扬，再次盯着李良。

王英：（画外音）原来李良是个大专！

李良：（转向王英，声音有点沙哑）王英，韩芳和我谈了三个月，她就催我赶紧结婚！

韩芳：李良，你胡说啥？在我同学面前出我丑呀！

王英默默地吸烟，吐着烟。

王英：（画外音）她为什么那样急？还不是让我死了心，一心一意和杨萌结婚，落实工作啊！

王英站起来，发现写字台那边墙上有一个“五好家庭”奖的镜框。王英盯着“五好家庭”镜框，百感交集的脸。

王英：（画外音）不该来啊，王英！你不该来啊！你不该来，你不该来……

20. 路上　日　外

韩芳骑着王英买的“梅花”自行车。李良在后面用自行车带着王英。

李良：（转过头）不是说好的，你在咸阳玩两天吗？可你突然变卦了，你到底有啥着急事情？

王英：你不知道，我老丈人是我们厂厂长，老头子要我明天把我们科的发展规划报到厂部，我还没做完呢。

李良：非要明天吗？再说，科室又不是一个人呀！

王英：那老头子对我这个女婿严格中有刻薄，没有办法呀！

李良：你老丈人还是个强势管理者呢。

王英：我实在没有办法呀，要是在其他单位像他这个厂长，我都跳槽了。

两辆自行车掠过画面。

21. 公交车站　日　外

李良和韩芳推着自行车，王英站在两人中间。一辆公交车开到站牌跟前停下，车门开了，王英一步跨进门。

22. 公交车　日　内

隔着车门玻璃，可以看到李良和韩芳站在车门口下。

李良：（挥手）再见！再见！

韩芳站在李良身后，两只戴着白尼龙手套的手不停地擦着眼睛。

王英站在门口，人们蜂拥而上，挤过他身旁。

23. 公交车站　日　外

公交车喇叭响了几下，韩芳抢在李良前面，走到车门口处。泪水滚出韩芳的眼角，流到脸颊。她擦着泪珠，脸上却露出笑靥，嘴角抽动了几下。

24. 公交车　日　内

王英呆呆地站在门口，一双被泪水模糊了的眼睛。

25. 公交车站　日　外

李良向前跨了一步和韩芳并行站着转头盯了韩芳一眼，顿时脸上失去笑容。李良紧皱着眉毛，一双困惑的眼睛。

26. 公交车　日　内

王英嘴唇动了动没有吱声。

王英：（画外音）芳，你不要难过，我的心肝宝贝！

27. 公交车站　日　外

韩芳强颜一笑，点了点头，嘴唇动了好几下。

韩芳：（画外音）我知道了，你甭难受！我们都好好的，你难受什么呢！

28. 公交车　日　内

王英点了点头。

王英：（画外音）我知道了，我不难受啊！

泪水流过王英脸颊。

从门玻璃可以看到李良茫然不知所措，一会盯着车内，一会盯着旁边的韩芳。门外，韩芳又擦着滚出眼眶的泪水，嘴唇抽动了几下。

韩芳：（画外音）你不要这样伤心，你这样叫我好难受啊！

王英的泪水留到腮帮，他冲着韩芳点了点头。

王英：（画外音）我知道了，可是不由我啊！

门玻璃外，韩芳擦了一下双眼，旋即，泪水又涌出眼角，在脸上流淌，却露出笑靥，嘴唇抽动了几下，摇了三下头。

韩芳：（画外音）你的心情我完全理解，你不要这样伤心，不要！不要！

一阵急促的喇叭声。女售票员把王英拉回到他的座位上。

女售票员：（大声）关门！

“嘭”地车门关上，公交车开动了，王英猛地双手捂着眼，泪水从手掌下流出来。

29. 公交车窗　日　外

公交车窗玻璃渐渐占满画面，暮色茫茫，西边天际呈现出血红凝重的霞辉。

王英：（逐渐变强的画外音）一个男人真正爱一个女人，不应只是索取或占有，而应该为她着想，为她付出！

30. 山村小院　夜　外（闪回）

韩芳在墙角哭，王英站在她身旁。

王英：（拉着韩芳的手摇着）从今晚起，你就当我死了哇！你就当我死了哇！

王英：（画外音）人死是不能复生，可你为什么像幽灵似的出现在这个挂着“五好家庭”奖状的家啊？

31. 公交车　暮　内

王英：（画外音）李良作为一个男人看到今天下午分别的情景心里会是个什么感觉呢？他是何种感受，你想过没有？

32. 都市　夜　外

人如潮，车如流。霓虹灯五彩斑斓，闪烁变幻……一幢幢高楼大厦无数灯盏和群星交相辉映。

王英坐的这辆白色公交车愈来愈小，融入灯光的海洋里。

昨夜下了一场雨

/（电视剧）

1. 人工湖畔　夜　外

江峰（20 岁）坐在双人椅上，李艳（19 岁）站在他的对面。镜头摇过两人不悦的脸庞，黑暗中的人工湖，垂柳、鲜花……

李艳：（凄厉地）你委屈，你恼火，好像是我无事生非，是我的错，我忘恩负义、见异思迁！

江峰：你说，是不是你先提出咱俩分手呢？

李艳：对着，是我提出来的！

江峰：当初是你先提出和我交朋友是不是？

李艳：是的，今晚却是我们最后一次交谈，有什么就说！

江峰：大一第二学期校报发了那篇小说《崛起》后，你从校报魏老师打听到我的电话号码，你约我到这儿，就坐在这把椅子上，你忘了？

李艳依然板着面孔，陷入回忆。（淡入）

2. 校园　日　外（回忆）

江峰和李艳踩着厚实的踏步向人工湖畔的双人椅走去。两边绿草中的花朵在微风中摇曳……

江峰和李艳坐在双人椅上交谈。

李艳：（和颜悦色）江峰，你家在什么地方？

江峰：我是山里娃，在商州市麻街。

李艳：（神往地）山里很美吧？

江峰：风景不错，可生态环境太差，地薄，山高，交通不便。

李艳：可是，记得有的城里人都说高山出俊样，还有一句叫山窝里飞出金凤凰，你见过你们那出的金凤凰吗？

江峰：（笑）凤凰一说，仅是民间传说，谁见过凤凰？

李艳：（故作正色）我见过！

江峰：嘿，稀奇，你一个住在西安市的女孩在城里连锦鸡、山鸡、黄鹂都看不到，竟能看到凤凰，你骗谁呀？

李艳：真的我见过！不信，你看！（凑近江峰）

江峰：在哪？

李艳：在我的眼睛里。

江峰：若真的这样，那是一种心理意识，医学把这叫幻觉。

李艳嘴一噘，狠狠地瞪了江峰一眼。

李艳：（大声）书呆子，笨蛋！

江峰眨着眼睛，“扑哧”笑出了声。

江峰：（笑着）噢，我明白了！

李艳：（微笑）你明白什么？

江峰：（右手一拍腿）我在你眼睛里看到我自己，那我就是金凤凰。（凑近李艳，故作正经）那你说，我是雌凤凰还是雄凤凰？

李艳狠狠地在江峰肩头打了一拳头，自己先笑起来。

江峰：你一拳头差点把我砸扁，可我怎么连一点疼的感觉都没有呢？

李艳：真的？

江峰：真的不疼！

李艳：为什么？

江峰：我不知道城里人说这话不？

李艳：什么话？

江峰：就是“打着亲，骂着爱，不打不骂看着外”，前边两句最后一个字正好组成了“亲爱”一词，亲爱的李艳同学！

李艳：（白了江峰一眼）谁和你“亲爱”？（扑哧一笑）

江峰：你不承认？（摇头）我不明白你们女士说话总是说半截留半截。闹了大半天，你无非就是表明“我爱你”，为表达这三个字，浪费多少时间唾沫？你们女孩子真怪。

李艳：（正色）这三个字能随便说吗？如果一个女孩子见了这个男的说“我爱你”，见了那个小伙子说“我爱你”，那成了什么人？这点，我想你这个书呆子总该明白吧？

江峰：（点了点头）爱情，有它的排他性和专一性！

李艳：你这才是科学论断！我举手赞同！（笑）

江峰：李艳，我们之间能说这三个字吗？

李艳：我刚不是说过嘛，这三个字能随便说吗？

江峰：什么时候可以用这三个字？

李艳：不知道！（坦诚地）江峰，我从侧面了解到你是你们文学院的精英，你应该明白我们现在确实不是谈恋爱的时候，大学生就业形势严峻，现在凭真本事吃饭，如果一味坠入爱河，对两人学业没影响那是假话。

江峰：（收敛笑容）你这是什么意思？既然这样，你又为什么接二连三给我打电话约我出来？

李艳：你别生气，我最讨厌那种玩弄感情的人！那种人不算人。（提高声音）一个大学生在学习期间，应该学会控制自己感情，时刻记着学业高于一切，我经常这样提醒我自己。我们计算机系的同学给我起了两个雅号，一个叫“骄傲的公主”，一个叫“冷血动物”。你是我唯一单独约出来交谈的人。

江峰：（困惑地）那，那，那我们这种……

李艳：（嗔怪）怎么，我们是同学关系，我这个计算机系的本科生和你这个文科本科生就不能互相学习交流、取长补短吗？

江峰：那……那……

李艳：（扑哧一笑）怎么还“那，那，那”呢？我明白你的意思。江峰，我俩来往可以，但你想让我说那三个字，（严肃地）实在实在是太早。

李艳看了一下手表，笑容满面，站起来，江峰也站起来。

李艳：我马上还得到英语强化班上课。

江峰：你英语差？

李艳：临毕业前，我非把英语六级证拿到手不可！

江峰：嗯，有志气！

李艳匆匆离去。江峰盯着李艳背影，欣慰一笑。（淡入）

3. 人工湖畔　夜　外

江峰坐在双人椅上，李艳站在江峰对面昂着头。

江峰：第一次在这见面，你把我比作金凤凰。就因为挂一门课，我江峰一下子在你眼中由金凤凰变成一只不值钱的土鸡是吗？

李艳：你江峰从大一到大二也是你们文学院的高才生，可自从认识我后，竟成了文学院“挂课生”，能不叫人失望吗？

江峰：（扬起头）真正的爱情和挂课是两个概念，不能混为一谈，真正的爱情是经得起风风雨雨的！

李艳：（讥笑）哼，现在是二十一世纪，不是“梁祝”时代，梁山伯与祝英台的“化作两只蝴蝶”式的爱情观只是一种虚幻，只是一种憧憬。当今的女大学生谁认那一套。如果真是“化作两只蝴蝶”般的挚情，我认为他就是白痴、傻瓜！

江峰：（指着李艳）你，你……

江峰胸膛起伏着。

江峰：（无力地嘟囔）原来，你李艳的骨子里竟是这么势利、俗气、自私……

李艳：你这样评价我，还不如我说得更直白！我就是看不起那些披着一张男人皮，没勇气、没志气，没有真才实学的人，这种人你就是模样长得像刘德华、周杰伦，对一个有理智的女孩子来说有什么意义？

江峰：你知道我为什么变成“挂课生”？

李艳：你自己说句真心话，为什么？

江峰：因为有你这个勾魂的，把我害惨了！

李艳：是我提出和你交朋友，可是我没叫你经常在上课时间给我发短信，更没有叫你“挂课”，既然你怪我，那好，我再重申，从今晚起我们一刀两断！

江峰无力地靠在椅背上，一副木然的神色。空中闪现出一道闪电，一声雷响，几滴雨点溅水泡。雷声伴着李艳的声音。

李艳：（厉声）但我必须把话说完，你来这所大学是来完成学业的，不是来谈恋爱的，你要对社会、家庭和个人负责！

一道耀眼的闪电把校园照得如同白昼。

李艳：（声色俱厉）我的话说完了，我不想再见到你了！

一声霹雳，江峰不由地战栗了一下。李艳扬长而去，江峰依然瘫在椅子上不动。电闪雷鸣，雨点在湖面上溅起一个个水泡……

4. 卫生所病房　日　内

江峰躺在病床上打点滴，床头柜上放着装着苹果、橘子的小果袋。两个男生和葛伟站在床边。

男生甲：江峰，你个傻瓜，昨夜那么大的雨，你任凭风吹雨打还躺在椅子上。

男生乙：（微笑端详着江峰）有什么大不了的事，在昨夜暴风雨中折磨自己？

江峰眨动着湿润了的双眸。葛伟看了看甲乙学生，摆手。

葛伟：从现在起，咱们再也不要提昨夜这场雨，记住！

男生甲乙相对一笑，点了点头。过了会儿，两个男生一起离开。葛伟坐在枕头边，从床头柜的袋子里取出一个橘子递给江峰，江峰摇了摇头，目光黯然。

葛伟：你到卫生所十几个小时，一口东西都不吃，这怎么能行？

江峰：我，我不吃！（脸转向窗口）

葛伟：就因为李艳和你分手，你把自己泡在那场大雨中，幸亏我在图书馆路过，看到你坐在那里湿淋淋的，心里就明白发生了什么事情。

江峰：（脸转向葛伟）葛伟，咱班上你和我关系最好，该说和不该说的我都给你说过，你说，李艳那么好的一个女孩，我曾把她比作春天的angel，可谁知，就为我挂了一门课，她就和我分手，这叫什么逻辑，令人不可思议！

葛伟：哥们，女孩是一个小皮球（双手做着皮球滚动的姿势）。一会咕噜噜滚到这边，一会咕噜噜滚到那边。（神秘地）江峰，我大学报到的头天晚上，我爸爸其他什么话都没说，只说了一句，你猜说了什么？

江峰摇了摇头，葛伟凑到他的耳边。

葛伟：他说："你上大学给我少勾搭女生，一旦被我发现，我就经济制裁你，停止供给一切费用。"当时他很严肃，我笑着说："爸，你也是个有大学文凭的人，好坏也是个厂党委书记，咋能这么没水平？你保险上大学时吃了这方面的亏。"我爸举手要打我耳光，我跑开了。后来听我妈说，我爸上大学时，真的有个女朋友，从大一到大三关系特别好，可是在毕业前，突然分手了，人家女生是厂党委书记的女儿，嫌我家在农村，和她家门不当户不对，认为两人结婚不合适。怪不得我爸这么严厉，不让我和女生来往。从你这个教训看，大学恋爱成功率百分之四。

江峰：这是谁总结出来的？

葛伟：这是我爸总结出来的。

江峰：成功率这么低呀！

葛伟：当时我还不明白，现在我才体会到老人家总结出这个成功率是有道理的。在经济基础决定上层建筑的这个社会里，没钱你就别想谈恋爱！就拿我们学校来说，一对情侣吃饭，总是咱男士付钱，女士占便宜。

江峰：（争辩）可是李艳不是那种人！

葛伟：（苦笑）我的伙计，李艳不是那种人，把你整得昨夜淋了一场大雨，进了卫生所？

江峰：（欠起身）我和她出去吃饭，都是她掏钱，上月她见我两次午餐都只买了两个菜夹馍，她就问我为啥只吃这个？我说我胃不好，不想吃，她问我有什么病？

突然，葛伟精神为之一振，眨着眼睛。

葛伟：（恍然大悟）噢，对对对，她问过我你有啥病？我想起来了。

5. 六号公寓　日　外（回忆）

李艳站在大门外拨手机号。

李艳：葛伟，你来六号公寓门口我问你个事。

李艳盯着络绎不绝过往的男女。葛伟拿着手机跑出人群，来到李艳跟前。

葛伟：（笑嘻嘻地）李艳，找我有啥事？

李艳：江峰是不是有啥病？

葛伟扮了个鬼脸，哈哈一笑。

葛伟：你怎么不直接问他，偏问我呢？

李艳：（瞪了葛伟一眼，笑）你俩是“一棍贼”，文学院谁不知道？

葛伟：李艳同学，我俩关系好，文学院都知道，可你用“一棍贼”这一词，太冤枉我了，把“贼”字用在江峰头上还差不多。

李艳：为啥？

葛伟：他偷了你的心，我可没偷你的心呀！

李艳：（指着葛伟，正色）你放正经一点，我问你正事，江峰到底有没有病？他一月伙食费多少钱？

葛伟：他家情况不太好，一月就是二百来元的生活费，我真纳闷，你咋能想到问这个问题？

李艳：都是一个大学的同学，问一下难道不应该吗？

葛伟“嘿嘿”一笑，怪模怪样地打量着李艳。

葛伟：全校成万人学生，贫困生又不是江峰一个，你为什么不问别的贫困生？

李艳：（狠狠瞪了葛伟一眼）少废话，江峰到底是啥病？

葛伟：（拍着胸脯）我敢打保票，他没有任何传染病，你们结婚时，如果你不放心，可以来个婚前体检，这一切我敢用人头担保！

李艳绯红了脸，朝江峰脚下“呸”了口唾沫。

6. 卫生所病房　日　内

江峰：（恍然大悟）怪不得上月底，她和我进二灶吃饭，她说她忘了带饭卡，我就把饭卡给她。第二天，我吃饭打卡时，发现原来 28 元变成了 228 元，我还清楚记得，那天晚上我和她坐在人工湖边那把椅子扯这事。

7. 人工湖畔　夜　外（回忆）

江峰和李艳坐在双人椅上交谈。

江峰：（惭愧地）李艳，我真对不起你，每次都是你破费，下月我爸把钱打到卡上，我一定还你，二百块钱吗！

李艳：（收敛笑容）江峰，听口气你并不在意二百块钱，是吗？

江峰：（急忙摆手）你不要多心，我是山里的穷孩子，二百块钱放在我家算是大钱了。我意思说，我紧一点，还二百块钱还是可以的。我爸曾经说过“穷要活个志气，富要活个德行”。

李艳：（委屈地）难道我的心就值你还的二百块钱嘛？

江峰：（款款一笑）真服你了，心思这么多！你的心情我完全理解，我江峰毕竟不是白痴呀！

李艳脸上浮出笑容，点了点头。

李艳：（郑重地）江峰，我告诉你，世界上有些东西可以用“量”的概念来衡量，可是有的东西是不能用它来衡量的。

江峰：（甜蜜一笑）艳，计算机专业太理性化了，不适合你这么感性的人。

李艳：说心里话，我爱文学，也很喜欢理科，理科严格的理性逻辑，不容夹杂任何虚无的东西。（淡入）

8. 同上　日　外

江峰仍坐在和李艳常坐的这把椅子上发呆。

江峰：（画外音）心地多么善良的女孩，怎么能变得让人不可理喻呀！

江峰头无力地枕在椅背上。双目紧闭，溢出泪水。葛伟悄悄坐在江峰身旁，叹了口气。

葛伟：江峰，前天在病房，你说李艳给你卡上加了200元，当时李艳可能是真心的，你想事应该实在些，也许一夜之间意识到跟你谈经济条件，你家是穷山区；论你的事业，你成了“挂课生”，成不了气候，心就变了。我不是在病房给你说过吗，女孩子的心就像小皮球，一会咕噜噜滚到这边，一会咕噜噜滚到那边。那天你俩坐在这把椅子上，她不是还说爱理科的人处理事很理智吗？

江峰慢慢张开眼睛，手指拭了拭眼睛，呆呆地盯着葛伟。

江峰：我……（垂下头，右手指拭着眼睛）

葛伟：算了算了。咱不提这心烦事。李艳不是给你搞了个QQ号吗？明天，我陪你上网！

9. “红树林”网吧　日　内

葛伟和江峰坐在电脑桌前。葛伟打开网页，这时显示屏上出现：

本人虽是知天命之人，却对日本依田心教授的心理学颇感兴趣，愿与当代大学生交友，探讨人生真谛，共勉。朋友，当你陷入失恋或人生迷途时，鄙人也许会带你走出黑暗，引导你进入人生的伊甸园。

来吧，年轻朋友！

解梦人

公元2005年7月于西安

葛伟：（仍目不斜视，惊喜地）江峰，看到这条帖子吗？

江峰：（苦笑）怎么了？

葛伟：（转过头来盯着江峰）你和这家伙聊聊！

江峰：这个解梦人把目光锁定在大学生身上，不会有陷阱吧？

葛伟：（说起来）管那干啥？网上聊天不漏真名实姓，谁也挨不着谁，你把你的QQ号发给他，和他聊，看看这个解梦人到底有没有那么神。

葛伟和江峰交换位置。江峰手指敲着键盘，显示器上出现一行字：女孩子为什么像一本难以读懂的书，总叫男孩子费解，甚至痛心？

江峰发送。少顷，显示器上出现解梦人的回帖：

朋友，看来你是个失恋者，你不懂女孩子的心，女孩子总期盼自己归宿于一个德才兼备的男孩子身上，这个男孩子应该是她比翼双飞的鸟，或者是她梦想的翅膀。朋友，不知你是否是这种博得女孩心悦的男子？朋友，当今科学的爱情观应该承认物质第一性，事业上的成功是爱情坚实的基础。

10. 同上　日　内

江峰一个人坐在显示器前和解梦人聊天。

旁白：江峰和解梦人在网上来往了大四一个学年。解梦人围绕着学业、爱情、事业与江峰讨论，真让江峰获益匪浅。

11. 文学院教学楼　日　内

公布栏张贴着省级优秀毕业生名单，镜头推向第一个姓名：江峰汉语言文学02级3班。男女学生把公布栏围得水泄不通。

12. 辅导员办公室　日　内

女辅导员数着一沓百元人民币，交给江峰。

女辅导员：江峰，没料到大四这一年你又冲上去，不仅补上《中国文学史》，考试成绩还居汉语言文学专业榜首，过去你是咱文学院的尖子人物，专业排名还没有超过前三名，是吗？

江峰：（腼腆一笑）嗯。（把钱装进上衣口袋，本能地摸了一下）

女辅导员眉毛一扬，笑眯眯地看看江峰。

女辅导员：江峰，听葛伟说，你在网上交了一个朋友叫什么解梦人？

江峰：（笑）有这么回事！

女辅导员：我听葛伟说，他是个五十岁的老头，你们见过面没有？

江峰：没有。

女辅导：听葛伟说，这个人对你帮助很大。

江峰点了点头。

女辅导员：你们既然在网上认识了一个学年，很了解，你们应该见见面，不给人家买什么，起码应该有几句感谢话吧？

江峰：我好几次提出和他见面谈，人家总是说他带了高三语文课很忙，下班后还写写东西，他不喜欢别人打扰自己。

女辅导员：既然相互了解，也该让对方知道自己的真实姓名。

江峰：开始我用计算机系那个女生给我申请的QQ，她还给我起了网名，蓝精灵。后来我用真实姓名和他聊天。

女辅导员：（眨着笑眼）是不是同学们议论的计算机系系花李艳？

江峰脸上失去笑容，长叹一声。女辅导员歉意一笑。

女辅导员：对不起，我不该问这些让你不愉快的事。

江峰：（忙挠头）老师，你不用担心，解梦人曾给我说过这样一句话：小伙子，记住！人要有自信心，只有在关键时刻能控制自己感情的人，才能成就一番事业！

女辅导员：说得好！（拍了一下桌面）说得好！

江峰：他还说，人生的一切价值莫过于实现自我价值，若失去自我价值，包括金钱在内的一切所谓价值将失去存在的意义。但所谓自我价值又包含着金钱地位物质范畴的要素。

女辅导员：江峰，我交给你一个任务，你给咱设法弄清这个人的底细，把这个老头叫来，给咱文学院同学做场“人生真谛”专题报告。

江峰：人家不漏底细，我咋能呢？

女辅导员：你请不来，设法弄清他的地址，我建议院上领导请他，孔明还怕三请何况这个解梦人？

江峰：（笑）这个办法我想可行。我一定尽快打听出他的地址。

女辅导员：好！这是你临毕业又给咱文学院同学做了件大好事。

这时，门外进来一个男教师（30岁），他手里拿着一份文件。

男教师：（把文件交给女辅导员）何老师，这是计财处送来的文学院欠费名册，院长刚还交代过，再有二十天学生就毕业走了，叫你一定把毕业班欠费的同学催一下。

女辅导员接过名册浏览着，眉头一扬转向江峰。

女辅导员：唉，江峰，这上边还有你欠的三千元呢？

江峰：我知道。

女辅导员：你给家里打电话，尽快想办法。你也知道高校学费欠一分钱财务处盖不了公章，毕业证学位证拿不到手。

江峰：（苦笑）我都知道，可是我不能向家里要钱。为了供我上学家里几乎倾家荡产了。前两天，深圳的人文杂志社招聘，我报了名，这个事你也知道，我现在唯一能做到的就是把这两千块钱奖学金缴到计财处，剩下的一千元，等我到深圳后尽快寄回来，到时还得麻烦你代替我办手续。

女辅导员：这倒没问题。

13. 红树林网吧　日　内

显示器上显示出：解梦人老师，我很感谢这一年你对我的巨大帮助，要不是你，我还不知道堕落到什么糟糕地步。我不仅补上了挂的《中国文学史》，还在我们院我这个专业考了第一名，获得了两千元奖学金，我用这些钱还了学校的两千元欠费，现在只欠一千元学费了。

14. 文学院教学楼　日　内

江峰飞快地跑上三楼，走到辅导员办公室门外。

江峰：（兴奋地敲门）何老师，何老师！

女辅导员：（画外音）请进。

江峰进门。

15. 辅导员办公室　日　内

女辅导员放下手中的欠费花名册，瞧着脸色发红的江峰。

女辅导员：江峰今天有啥喜事，让你高兴激动得脸上都放光了？

江峰：（兴奋不已）你看这是啥？（把汇款单交给女辅导员）这就是那个解梦人！

女辅导员接过汇款单。

女辅导员：（念）西安市环城西路西大新村 23 号楼 2 单元 1 号，李铁柱。（高兴地）嗨，这个神秘人物李铁柱呀！总算浮出水面了。

江峰：（指着汇款单）他在汇款人附言栏还有一句话呢。

女辅导员：（折过附言栏，念）本人家中近期无人，勿访！（笑）这个老头真怪，到这个份上了，还不想见你，真真是当代的活雷锋，无名英雄！

江峰：（感慨地）现在社会这种人真少见！

女辅导员在一本稿件里抄汇款单上的地址姓名，然后把汇款单交给江峰。

女辅导员：江峰，这老头可帮了你的大忙呀，将来说啥也得感谢人家呀！

江峰：（大声地）何老师，这一点我懂，你放心！感谢老师，感谢帮助我的人！

16. 计财处　日　内

江峰乐滋滋地拿着毕业生离校清单，走出财务大门，向走廊深处走去。

17. 教务处　日　内

江峰从工作人员手中接过毕业证和学士学位证。

江峰：解梦人是个好人！我无论如何要尽快找到他，不然我睡觉都不安稳呀！

18. 西大新村　日　外

江峰盯着一幢幢住宅楼编号，终于找到23号楼，很快找到2单元，他急忙进去。

19. 楼梯　日　内

江峰看见防盗门上边2单元1号的标签，按下门铃按钮。

防盗门里的木门拉开，一个男教师（60岁）带着深度近视镜站在防盗门里边。

男教师：你找谁呀？

江峰：（激动地）老师，你一定是给我寄钱，一年来在网上帮助我的李铁柱老师！

男教师：（困惑地）你找错人了，这里压根就没有住过一个叫李铁柱的人。

江峰：（急了）不可能呀，他前几天才给我寄了一千元，还能写假地址？

男教师：他是几号楼几单元几号？

江峰：（急促地）23号楼2单元1号。

男教师：这就奇怪了，我在23号楼2单元1号住了三十二年，我姓骆，就我所知这栋住宅楼没有叫什么李铁柱的人。

江峰一脸疑惑。

20. 学生公寓　日　内

葛伟和一个男生下棋，江峰无精打采地进了门。

葛伟：（盯着棋盘，头也不回）找见你的大恩人了吧？

江峰：压根就没有李铁柱！

葛伟：嗯？（忙转过头，手里拿着未放的棋子）真是怪事！

女辅导员进门，男生和葛伟站起来。

男生：老师好！

女辅导员：同学们好！（转向江峰）我听给你们代课的王老师说，西大新村那儿没有帮助你的老头子？

江峰：真的没有这个人，23号楼2单元1号住了一位60岁左右的男教师，人家姓骆，在这套房子住了三十二年。

葛伟：（赞叹）何老师，我看这个李铁柱真是当代的活雷锋，无名英雄！

男生：我看不见得，现在社会陷阱太多，你们听人说过这样的话吗？

江峰：什么话？

男生：天上从来没有掉馅饼的事，现在社会太复杂，可能是黑社会组织用诚信和金钱作为诱饵，拉你下水。你在网上聊天时谈了些什么？

江峰：我觉得李铁柱这个人很诚实，我把什么都说了，包括两家报纸报道，不畏生活艰难努力学习的事迹都给他说了。

男生：好，问题可能就出在这儿！

葛伟：你这话把我说得摸不着头脑。

男生：你听我解释。从你说的话中可以推测，这个李铁柱可以肯定你作为一个贫困生很渴望得到金钱，这就像有些腐败的高官，有相当一部分当年吃了钱的亏，一旦得势就像个饿狼似的敛财，有了钱就胡闹。

葛伟：你这是胡扯一通！

男生：不，我没有胡扯，这个李铁柱让江峰认为他这个人很诚实，然后用金钱来收买江峰，只要给江峰钱，江峰什么都可以干得出来。

葛伟：江峰要是不干呢？

男生：人家是你江峰的大恩人，（指江峰）他让你往东你能偏偏往西走？何老师你说，我说得对吧？

女辅导员：（点了一下头）你说得多少有点道理。

江峰：（忧心忡忡）老师你说，我现在怎么办？

女辅导员：我不敢贸然否定他们的观点，我也听人说过，天上就没有掉馅饼的事。

男生：（笑）看看看，何老师和我是英雄所见略同！

女辅导员：（认真地）江峰，不管李铁柱是好是坏，你慎重点好！我来祝贺你拿到证。

江峰：（魂不守舍）嗯。

21. 文学院教学楼　日　内

一楼楼梯口的公布栏贴着招聘信息。男女生围着公布栏，江峰和葛伟夹在其中。

葛伟：（拍了一下江峰肩头）哥们，恭喜你！深圳人文杂志社总算录用你！再有五天我们就分别了，我突然感到这四年大学生活太短暂！

江峰：嗯，我也有同感呀！人就是这样的怪物，很多珍贵的东西当你拥有时并不觉得珍贵，一旦失去方知其是何等的珍贵呀！

22. 男生宿舍　夜　内

江峰仰躺在床上，辗转反侧。

江峰：（画外音）明天我就要买火车票南下，不告诉解梦人就无声无息地走了，对不住人家。不管解梦人目的如何，他在精神和物质上给你的付出这是铁的事实呀！你江峰毕竟不是没心肝的人呀！可是给他说，若真的像同学说得那样恐怖就太可怕，到深圳上班都不得安宁！

23. **大礼堂　日　内**（回忆）

紫红色帷幕挂着“中秋节文艺晚会”字样。舞台下，师生满座，江峰站在舞台中央对着麦克风动情地歌唱着《两只蝴蝶》：

亲爱的你慢慢飞
小心前面带刺的玫瑰
亲爱的你张张嘴
风中花香会让你沉醉
亲爱的你跟我飞
穿过丛林去看小溪水
亲爱的来跳个舞
爱的春天不会有天黑
……

在热烈的掌声中，李艳跑到江峰面前，把一支闪烁五彩光泽的花环套在他的脖子上。舞台下的欢呼声、口哨声盖过一切声响。

李艳匆匆跑回后台。在掌声中，江峰离开舞台。报幕员拿着节目单走到麦克风跟前。

报幕员：下一个节目，由计算机系李艳同学演出！（退下）

掌声中，李艳迈着轻盈的步子走到麦克风跟前。

李艳：同学们，晚上好！大家中秋节好！刚才文学院江峰同学用汉语唱了这首《两只蝴蝶》，我用英文演唱，大家可以把英汉两首歌词对照，我唱得不准确的地方请大家包涵、赐教。

歌声中，江峰跑上舞台把一束玫瑰塞进李艳怀里，他跑下舞台。李艳眼里闪着晶莹的泪花，唱完这首歌走向后台。

旁白：正是这首歌把江峰和李艳的感情推向新高潮。

24. **男生宿舍　夜　内**

江峰赤着上身坐在床上，沉思着。

江峰：（画外音）唉，这一切却成了历史！坦率地讲，是解梦人帮你走出失恋黑暗的低谷，要不是这个老头，你江峰现在不知是个什么样子呀！爱得越深，伤得越痛！不管解梦人是人是鬼，给他发几句感谢话，免得自己受到良心的谴责！

25. 红树林网吧　日　内

江峰坐在电脑前打字：我被深圳杂志社录取，计划明天买票，后天南下，我真心感谢你这位大恩人！

少顷，显示屏上出现：我很高兴，你是个有出息的孩子，我祝贺你！明天我买两张 K84 西安至广州车票，届时将车厢号、座号告知你，后天上午九点车上见。

江峰：（画外音）天哪，哪有这种送朋友的人？看来这个人脑子真有点怪！

江峰盯着显示屏上的字发呆。咂了咂嘴巴。低头打字：您五十岁，比我爸小一岁，我应把您称叔叔吧。一年来，感谢您对我在精神上的鼓舞和物质上的资助，将来一定报答您老人家！至于你说送我到深圳去，大可不必，千里送君总有一别。既然车上见，倒不如今天下午我校人工湖一叙。

少顷，显示屏出现：可以，我已了解地址，今天晚上八点准时到。

解梦人还给江峰发了自己的手机号。

江峰：（画外音）好一个解梦人，总算发了自己的手机号！

江峰关机，站起来伸了一下懒腰，从皮带上的手机套里取出手机拨号，在手机上存储。

江峰接听手机。

手机声：对不起，您拨打的用户已关机！

江峰：（画外音）哼，临见面了还不愿和我通话！

26. 人工湖旁草坪　暮　外

江峰和葛伟边走边说。

江峰：（苦笑）葛伟，我到深圳去，本来是件高兴事，叫这个李铁柱把我搅得高兴不起来。

葛伟：（满不在乎地）你怕啥？

江峰：如果解梦人真的像同学说得那样坏，把我追到深圳，我能不怕吗？

葛伟：不用怕！是人，我给你们的会面鼓掌！是鬼，我帮你打发走。不信咱两个男子汉对付不了一个老头子！

江峰：这 21 世纪高科技发达了，人也复杂了，怪事也多了！

27. 人工湖畔　暮　外

江峰和葛伟向江峰常坐的那把椅子走去。可是椅子已被一位穿着短裙披一头金色卷发的女生占了。这位女生的脸被一副墨镜占去了三分之一。她手里拿着一本杂志翻着。

江峰和葛伟只好站在不远处，四下环视。

葛伟：（指女生）江峰，我真服了咱有些女同学学习不怎么样好，却以标新立异为时尚。（小声地）你看这位，哪像李艳美而不艳，傲而不俗，给人一种优秀的气质！

江峰：（大声说）葛伟，和李艳分道扬镳了。好长时间李艳在脑子去不掉，解梦人就告诉我，叫我安心学习，脑子里不要想李艳一点一滴，他鼓励我振作起来！胜利的花环总会带在勤奋拼搏的胜利者头上！

葛伟：解梦人，真是那样的人，那就好了！

江峰：（激动地）葛伟，请你再不要提李艳了！你不知道，为了做到不再想李艳，我精神上付出多大的痛苦呀！每当在餐厅或教学区碰到李艳，看到她那冷冷的目光，我就想着解梦人那句："朋友，请你忘了这个李艳吧！为她，耿耿于怀，太不值得了！"

女生转过头盯着江峰和葛伟，葛伟拉了一下江峰的胳膊。

葛伟：甭说了，那个同学看咱俩呢！

江峰：（从口袋掏出面巾纸拭了一下眼睛）上月我走到图书馆正好和李艳她们几个女生打了个照面，李艳和她们有说有笑，连看我一眼都没有，好像压根我从这个世界消失了一样！

葛伟：这就是你的不对了，解梦人反复强调你不要想李艳，你为啥要计较人家不看你一眼呢？

江峰：（语塞）我……唉，我也不知道怎么做，我还没有说完呢！

葛伟：你说吧，反正这会等李铁柱又没别的事。

江峰：那天，我们错过，我在她们背后听到她们议论声，一个女生说："系花，你的这个前男友这一回在文学院汉语言文学专业得了第一名。"你猜李艳咋说？

葛伟：李艳咋说的？

江峰：李艳哼了一声，大声说："有什么了不起。不过还是本科而已。有本事去读硕士！"我当时真想转过去喊："你李艳也不要太目中无人了，没准将来工作了我非把博士证拿到手不可！"可是想到解梦人的话，我把这一句忍了。（大声）葛伟，说句心里话，到了深圳，我还要考研，一定在将来要拿到博士证。我非要向她李艳证明我江峰不是孬种！

葛伟：小声点，小声点，小心人家这个女同学笑话！（看手表）啊，八点二十分了。怎么还不见这个神秘人出现！

暮色苍茫，华灯初上。

葛伟：你不是有李铁柱手机号，打电话问一下。

江峰拨号，接听。

《两只蝴蝶》歌声起。江峰寻声望去，只见女郎从胸前挎包掏出手机，看了一下，又放回包里。起身向旁边走去。江峰和葛伟坐在这把椅子上。

葛伟：打通了吗？

江峰摇了摇头，叹息一声。

葛伟：再等一会，他不来咱俩回去。

江峰：即使回去，我心里却不踏实呀！为什么解梦人出现这样难？

葛伟：鬼知道。

这时，隐约的雷声，葛伟仰头看天。

28. 天空　夜　外

乌云遮住天空，雷声清晰。

29. 人工湖面　夜　外

湖面落下稀稀拉拉的小雨点。

30. 人工湖畔　夜　外

江峰和葛伟坐在椅子上低头交谈。女郎翩然而至，走到江峰和葛伟坐的椅子对面。

女郎：（清丽温柔）江峰，很抱歉，让你久等了。

蓦然，江峰和葛伟仰起头专注地盯着女郎，茫然神色。

葛伟“扑哧”一笑，装出一副彬彬有礼模样。

葛伟：我不知道称你同学好呢，还是小姐好呢？大概你认错人了吧？

女郎不理葛伟，依然面向江峰。

女郎：（大声）你不是约我来吗？

江峰：（抢辩）不对不对。我哪约你？我是等我一个叔，他五十岁了，哪能是你？

女郎：（后声）你约我八点来这里。你怎么这么健忘？

江峰：（苦笑）你哄人都哄不了！你想在我身上“下套”，甭想！我是个穷学生呀，穷得连学校最后欠的一千元学费都是我叔寄给我的。

隐约雷声。湖面上，零星雨点溅起水泡。

女郎：你还不信？

雷声愈来愈响。

江峰：（歇斯底里般）你到底是谁？天马上有大雨来，我没时间和你磨牙！

女郎：（拖长音调）我叫解——梦——人！（摘下眼镜，扔在椅子旁边的草地上）你看我是谁？

江峰和葛伟惊讶的特写。

葛伟：（大叫）李艳，原来是你，你……

31. 天空　夜　外

一道闪电，雷声凌空而过。

李艳：（激动地）江峰，你发愣干啥？难道你还不相信我站在你面前吗？

江峰嘴唇颤动，潸然泪下。李艳和江峰一步一步向对方走来。李艳轻轻搂着江峰的脖子，在额头轻轻地吻了一下，紧紧地搂着江峰。

李艳：峰，我……（哽咽）

李艳：江峰，我知道我做得有点过分，为了做到这点，我煞费苦心，研究五十岁男人心理和语言特征，不让你看出破绽。我一个才二十多岁的女孩做到这点多么不容易呀。那不是一天一月，那是整整一个学年呀！

江峰：（捂着李艳嘴）你，你甭说了。这一切都怪我不争气！

李艳：（拉着江峰的手）你我都是人，和别的那些成双成对漫步在校园的同学一样，都是年轻人，杨老师得知我在谈恋爱把我叫去。我知道我非挨一顿"揍"不可，可是他没有，他语重心长地对我说："孩子，人要有大作为，只有在关键时刻能控制住自己感情的人，才能成就一番事业！"当时，我并没有领悟杨老师的话，可是在你们文学公布栏上看到了你竟成"挂课生"，就想了这一招来教育你。我知道这一招过分，不仁道，甚至残忍，但你要原谅我。因为我深深地爱着你，我渴求我爱的人是有出息的大学生，而不是凡夫俗子！我这样要求你，你该不生气吧？

江峰：（大声）艳，你甭说了！（爬在李艳肩头啜泣）

32. 地下室网吧　夜　内

稀稀拉拉上夜机的男女学生。湿淋淋的江峰和李艳，相互拥抱着进门。俩人依偎着坐在一起。

江峰一会擦着滚出眼眶的泪水，一会脸上又绽开笑容。李艳挂着泪珠的脸颊露出甜蜜的笑容。俩人紧紧依偎在一起，暖干了被雨水打湿的衣服。

33. 人工湖地带　日　外

明媚的阳光中，镜头掠过一团团一簇簇玫瑰花，月季上挂着晶莹的露珠。

人工湖面，映出天光云影。湖面上漂浮着落叶，断枝。

清风拂动着李艳额头那一缕长长的金发，她右臂挽着江峰的左臂，俩人踏着花丛草坪间圆圆厚实的踏步向人工湖畔走去。

34. 人工湖畔

江峰和李艳常坐的这把椅子旁边的草地上有一副墨镜。两人走到椅子跟前。

江峰：（惊讶地）艳，你昨夜扔的这副墨镜还在这，我给你捡起来。

李艳：不要了，那是三块钱买的塑料货。

江峰：我从来没有见过你戴墨镜呀？为什么昨天傍晚来时戴墨镜？

李艳：（在江峰额头指了一下）傻瓜，书呆子！同学们知道是我抛弃了你，你要到深圳人文杂志社时我却回来找你，同学们对我是什么看法，是咋个评价？这是其一。（抿嘴笑）

江峰：那其二呢？

李艳：其二，就是给你来个惊喜。

江峰：就你鬼点子多！

李艳：（长叹一声）我是被你逼上梁山的呀！

江峰：多亏你这一招，没有你这一招，也许我早就完蛋了！

李艳：（歪着头）真的有这么严重吗？

江峰：谁骗你就是小狗！你没听人说过，爱得愈深，伤得愈痛。

李艳：不对！

江峰：为什么不对？

李艳：照你这么说，爱情就是魔鬼？可你知道吗？一种美好的情感可以支撑一座富丽堂皇的精神大厦。关键在于，你该怎样理智去面对处理。

江峰：你的话，我如坠入云雾。

李艳：尤其对在校大学生来说，人要有雄心。只有在关键时刻能控制自己感情的人才能成就一番事业！

手机铃声响起，李艳急忙从包里取出手机接听。

李艳：唐总，我明天早上九点的卧铺票，我和我男朋友一起到深圳来，他被人文杂志社录用。好，就这事，拜拜！

江峰：你一个女孩怎么只身到深圳那家软件开发公司上班？

李艳莞尔一笑，狠狠地在江峰额头上指了一下。

李艳：大傻瓜，我还得用一年前你那句话回答你！

江峰：什么话？我想不起来了。

李艳：因为有你这个勾魂的，把我害惨了！

俩人开怀的笑声中，清风摇曳着鲜花，抖落花瓣叶尖上晶莹的水珠。

字幕：剧终

散　文

北大印象记

我在小学读书的时候，读到一篇课文题目叫《十六年前的回忆》，是中国共产党的创始人李大钊的女儿李星华在1943写的，当时是李大钊遇难16周年，这篇文章是回忆李大钊在生命最后时刻的文章。至今，我还记得老师让我在全班朗读，这个故事很感人，深深地感染了我，于是很快进入状态朗诵起来。

教室里鸦雀无声，同学们全神贯注听着我的朗诵，结束后，老师第一个鼓掌，引来了大家热烈的掌声。从此，我第一次知道中国共产党的创始人就是李大钊陈独秀等人，北京大学就是他们宣传新思想的主要阵地。

北京大学是我向往的地方。

2018年9月9日，我终于看到北京大学了！在京的一个礼拜，除了和中央党校的博士生导师张蔚萍教授谈他给本书写序外，其余时间都是在北大度过。

北京大学初名京师大学堂，创于1898年，是第一所国立综合性大学。辛亥革命后，于1912年改名为现名。

北大作为新文化运动和五四运动的策源地，作为中国最早传播马克思主义和民主科学思想的地方，作为中国共产党最早的活动基地。1920年10月由李大钊、张申府、张国焘三人发起成立北京共产党早期组织，陈独秀在1915年创办《新青年》杂志，任北京大学教授后，又和李大钊创办《每周评论》。提倡新文化，宣传马克思主义。包括毛泽东在内的一大批革命先驱，先后在北大学习工作。北大为民族的振兴和解放、国家的建设和发展、社会的文明和进步输送了一批又一批人才，在中国走向现代化的进程中起到了重要的先锋作用。爱国、进步、民主、科学的传播精神和勤奋、严谨、求实、创新的学风，在这里生生不息，代代相传。

1916年著名教育家和民主主义革命家蔡元培出任北大校长，他“循思想自由原则，取兼容并包之义”，对北大进行了思想解放，从此，北京大学日新月异。

陈独秀、李大钊以及鲁迅、胡适等一批杰出人才曾经在北大任职任教。

北大几乎和世界上所有的一流大学之间都有人才和学术交流的渠道。1998 年北大百年校庆会上，英国剑桥大学校长、诺贝尔经济学奖得主詹姆斯·莫里斯教授做了演讲，他把大学的管理和教学归纳为两点，即为传授知识、创新知识。我认为这就是大学之本，也是名校成功所在。如果本末倒置，这个大学就是一个失败的大学。

在北大校园，古典风格的建筑随处可见。我向往的李兆基人文学苑位于未名湖燕园区，屋顶相错，庭院相衬，曲径通幽。这里有中文系、历史学系、哲学系和宗教系。各系红色大门处，乍一看像古宅小庭院的大门，虽不高大恢宏，却显得古朴典雅，充分体现了对历史文脉的继承与发展，追求对历史文化的体现与创造。

北大的校本部面积大约 4100 亩，游人很多。未名湖和博雅塔已成为北大的标志。未名湖位于校园的中北部，湖东部有翻尾石鱼雕塑，中央有湖心岛，由桥与北岸相通。湖心岛的南端有一个石舫。置身于湖畔，抬眼有西山远黛，低看水光潋滟。博雅塔巍然屹立在湖东南岸的小丘上，塔形取辽代密檐砖塔样式，气势颇为宏伟壮观。它的倩影，在波光粼粼的湖面涌动，犹如北大莘莘学子的心潮涌动。

在未名湖南岸有钟亭、临湖轩、花神庙，传统民族风格的建筑与古园林风格相协调，与园林环境相互渗透，构成和谐的韵律。这一切，令人心旷神怡，流连忘返。可是在这里北大东门外，即使偶尔有男女生坐在一起聊天，却没有拥抱亲吻的现象。我住的宾馆就在北大东门外，二十分钟就进了校园，白天晚上都去北大校园走走。十月十七日午夜两点多，北大的一个研究生在微信发信息说，第二天她就把同学们的意见汇总后发过来。她把十几个同学的意见汇总了 13 条。《独身者》梗概在网上发布后，多家网站转发，我也和西安的大学生交谈，大家还没有提出什么意见。可是北大学生的 13 条意见建议，对我很有帮助，细细斟酌，颇有道理。

中文系称为中国语言文学系，大门上方还挂着迎接新生的横幅，金黄色的宋体特别醒目：不负韶华，还擎梦笔从今写；同怀壮志，久砺文心自此成——欢迎 2018 级中文系新生。

我久久凝视着横幅，肃然起敬，寥寥两句，涵盖了北大中文系学子的风貌和抱负啊！

生命的证明

——参观渣滓洞、白公馆有感

重庆，一个依山傍水的美丽山城，早在孩提时代它就以极强的磁力吸引着我。那是在小学五年级第一学期，一部以重庆解放前夕中共地下党活动为题材的长篇小说《红岩》，把我置身于重庆这个嘉陵江和长江交汇的山城，这里的许多地名深刻在我脑海里：沙坪坝、白市驿、磁器口、松林坡、歌乐山、渣滓洞、白公馆……

当时，我立志将来长大后一定要去渣滓洞、白公馆看看。岁月沧桑，在我花甲之年，终于实现了儿时的这个夙愿。我女儿戴赟在重庆歌乐山开了一个公司，她让我到重庆去。

在我乘坐的航班进入重庆辖区上空时，我凭着主观意念透过舷窗搜索歌乐山的位置。四月五日我终于站在渣滓洞面前，我进入渣滓洞开始探寻……

一

那天，蓝天白云，风和日丽，阳光灿烂。巍峨的崇山峻岭，郁郁葱葱。渣滓洞坐落在两山腰的夹角间。我在飞机上还想渣滓洞一定很大，可是到了这里竟发现比当年想象的地方小得多，面积和如今大一点的“农家乐”差不多。男牢八间两层，十六个不到三十平方米的房子，每个房间关十六个人。女牢在另一座房子，房间有两个，面积和男牢差不多。其余的房间就是特务的办公室、审讯室。小院的墙根下有一个碾米用的石槽碾。渣滓洞周边分布着顶部是茅草和石砌的圆形哨楼。

一九四九年十一月二十七日，离解放重庆只有三天了。这天凌晨一时钟，敌人以向上移交罪犯为名，把男犯集中在1—7号牢房、女犯集中在楼下8号牢房后，逐一把监房门上锁，敌人的警卫连三排紧急集合，他们在外面用机枪、卡宾枪疯狂向室内扫射，打开牢门发现未死的革命者再一一补枪。渣滓洞这次大屠杀中共杀害一百八十人，其中还有两名是为敌人提供情报的叛徒，这次只逃出刘德彬和《红岩》作者罗广斌等十五人。

白公馆是四川军阀白驹的“香山别墅”，所以称白公馆。这里关的犯人比较复杂，而且是级别很高的政治犯。其中有著名抗日将领杨虎城及子女，他们被杀害于戴笠会客室。还有张学良将军的东北军副军长黄显声、副官李英毅。一九四九年十一月二十七日下午，他们被杀害于步云桥。关在白公馆的犯人被一批批押往白公馆附近的松林坡等地杀害。

一九四九年十月一日，中华人民共和国成立，中国人民解放军以排山倒海之势、雷霆万钧之力横扫国民党残余。敌人也加速了对政治犯的迫害。

一九四九年九月二十八日，杨虎城，他的儿子杨拯中、女儿杨拯贵和秘书宋绮云、徐林侠夫妇及八岁儿子宋振中六人被杀害于松林坡；十月二十八日陈然、王林等十人被公开枪杀于大坪刑场；十一月十四日江竹筠、李青林等30人被杀害于电台岚垭；十一月二十三日杨汉秀被特务们用绳索勒杀于重庆歌乐山金刚坡成渝公路旁一碉堡内；十一月二十四日闫继明、张醒民被枪杀于中美合作的梅园公路旁。十一月二十七日白公馆大屠杀，十一月二十七日至二十八日渣滓洞大屠杀，十一月二十九日重庆新世界看守所32人被枪杀于松林坡。

一九四九年十一月三十日重庆解放，然而，这些革命者却没有看到他们浴血奋斗追求的新中国。

二

这次参观渣滓洞和白公馆，我特别注意了一点，关在这里的政治犯都是受过良好的教育，甚至有经济丰厚的家庭条件。他们中有的曾受教于上海复旦大学、上海法学院、金陵大学、黄埔军校、社会大学、西南联合大学、国民党中央警官学院、四川大学、重庆大学等高校。杨汉秀烈士大学毕业后投身革命，又在延安抗日军政大学上学。他们年龄在三十岁左右最多，著名的烈士、被大家称为江姐的江竹筠不过二十九岁，毕业于四川大学。四十岁以上的烈士极少。著名烈士杨汉秀出身于军阀家庭，其伯父就是四川大军阀杨森，重庆解放前夕杨森是重庆市市长兼重庆警备区司令，也许是杨汉秀有这样背景，所以她被捕三次，释放两次。杨汉秀的行为让杨森大伤脑筋，他劝说侄女，甚至是严厉痛斥，杨森无可奈何同意给侄女死刑，也许碍于杨森的面子，杨汉秀没有被刀枪处死，而是勒死获个“全尸”。

渣滓洞和白公馆的革命先烈群体，并不是生活在旧中国“水深火热”之中的社会底层平民。可是他们目睹了广大劳苦大众之苦难，看到国民党当时的腐败和昏庸，他们有着常人不可理解的信仰、意志和追求。他们的思想代表了一种生命力极强大的新生力量，他们的行为体现了一种伟大的民族之魂的精神，即“君子谋道”“国家兴亡匹夫有责，解放广大生活在水深火热之中的千千万万劳苦大众”。烈士周从化有一首名诗：

神州嗟浩劫，四族胜狼群。

民族号饥寒，民权何处寻？

兴亡匹夫觉，仗剑虎山行。

失败膏黄土，成功济苍生。

八句诗，精辟地涵盖了烈士们崇高的精神境界。这些先烈选择了人生最伟大辉煌的人生观、价值观和价值取向。他们忧国忧民，他们用自己的睿智乃至生命诠释生命存在的意义，创造了最完美的自我价值。中共党员刘国志烈士家里甚至通过关系找到保密局局长毛人凤说情，通过著名爱国人士黄炎培先生和当局交涉。当局仅要求只要刘国志承认今后和中国共产党脱离关系就立即释放。刘国志义正词严地驳回，特务们把他的母亲和家人请来劝说。刘国志依然不改初衷，向家里人表示宁肯死要脱离党办不到。他同样在大屠杀中牺牲。烈士宋绮云有四句名言：“我决不能弯下腰，只有怕死才求饶。人生百年终一死，留得清白上云霄。”反映了这些先烈们不屈不挠、甘洒热血为民众的决心。

三

一九四九年十月一日毛泽东在天安门城楼向全世界庄严宣告：“中华人民共和国成立了！”徐徐升起第一面五星红旗。这个特大喜讯，通过被关在平二室的黄显声将军传给狱中难友，二室的罗广斌、陈然、刘国志、丁地平等同志决定自制一面五星红旗，在重庆解放那天打着红旗冲出牢房，迎接胜利。罗广斌拿出自己的红色绣花被面做旗面，大家动手找材料做成五角星。根据想象，将一颗大星放在中间，四颗小星放在四角，象征全国各族人民团结在党的周围。红旗做好被藏于地板下。然而，这面红旗未能如愿打出。在大屠杀中大部分难友含恨饮弹，用生命把红旗浸染得格外鲜艳！重庆解放后，在大屠杀中脱险的罗广斌回到牢房，取出了这面红旗。现在这面红旗陈列在白公馆。这些民族的精英烈士没有把五星红旗插在祖国的大地上。然而，新中国的建立，却让这些先烈鲜血染红的五星红旗插遍神州大地。

天生我才必有用

我上小学的时候，正是“文化大革命”的后期，除了看书，就是喜欢看报。我在写过的大字本的背面练习版面的设计，尽管不懂版面设计，可是我自己觉得美观，看了舒服就行了。谁知三十八年后，孩提时期的爱好竟然帮了我大忙。

2003年金秋，我来到西安文理学院。蓝天白云下，一座座蓝顶的办公楼、教学楼、图书馆……构成一个与外界截然不同的建筑群。人工湖、绿水、垂柳、雪松、拱桥、假山，蜜蜂在一簇簇鲜花间忙碌采粉，鲜花散发着醉人的芬芳，构成令人心旷神怡的园林景观。长椅、石凳上坐着学习、聊天的男生女生。这块陌生而青春涌动的地方，令我感慨万千。从现在起，我要在这里生活、工作啊！

我漫步在校园，突然心里一动，想到我前女友（病故）为了圆我的作家梦，掏钱供我上省教院学汉语言文学的事，这点大学皮毛知识不是正好有用吗？

上班的第一天，领导给我分配今后的工作，除了办公室日常工作外就是筹办内部交流报刊《校园生活报》，怎样才能办好大学校园的报纸？我认识到高校报纸不同于工人、农民报，于是就和协助我办报纸的学生雷锋同学交流。我说：“大学里报纸必须有大学文化理念和大学文化底蕴，因为这里的学生读者最低也是大专程度，这里办报一定要注意文化品位和层次”。我这个观点得到雷锋同学的赞赏。为慎重起见我和文学院教授贺信民院长谈了自己这种想法，贺老师对我这个办报思路也很赞赏。在校报魏斌老师手把手的帮助下，第一期校报样出来了，可是第四版下半页是空白，原来稿件字数不够。

那天晚上，十一点前我完成《母爱》，我估算了一下，还差一千多字，这怎么办？过去我给自己下了一个结论，不能当作家，成不了“贾平凹”就是没有“无中生有”的本事。

这时，已经是晚上两点，我就在脑海里搜索认识的大学生。突然想到那天在学校东门外的打字复印部见到的蓝田籍同学周丹。当时，我给办公室印东西，周丹打印论文听说我也是蓝田人，我们就聊起来，周丹说了一件很委屈的事，对她有爱慕之心的男生都认为周丹什么都好，就是像个冷血动物，这点令人接受不了。她委屈地说："老师，我们上大学就是要不辜负家人和老师对我们的厚望，我们应该把心思放在学习上，不能很好地完成学业，一切无从谈起!"周丹说着说着，晶莹的泪花在眼里闪烁，我也为之感动。我想，以这件事为题材写出来不就是一篇很好的文章吗？我一轱辘爬起来，此时已经是晚上三点，挥笔写了一篇《衷曲》，完成版面所需的字数。在那一期《校园生活报》还有文学院浙江宁波籍学生胡美姣写的一篇《随风来随风去》，文字优雅、简洁凝练，有诗的意境和韵味，是一篇绝好的美文。雷锋打字发现有"不以为意"一词。我俩都没有见过，写文章更没有用过，我们都用"不以为然"。雷锋当时建议，要么把这个"不以为意"改一下？我说："中国的汉语博大精深，谁也不敢说他把中国的汉字从古到今都认完了，意思都懂。我们贸然地改动，人家同学会笑话，就你们这水平办报纸?"

这时，晚上十一点了，我回到宿舍取来《汉语词典》，果然有"不以为意"一词，我们把这篇文章中的"不以为意"前后句子对照分析了一下，只有"不以为意"恰到好处，如果换成了"不以为然"就把文章的本意曲解了，这篇文章在《校园生活报》发表后，学院的王学民书记高度评价，因为该文反映当代大学生的真实心态，后来《西安文理学院报》还转载了这篇文章。

学校领导及院系领导也给《校园生活报》撰写文章，报纸受到省教育厅领导的赞扬，也受到其他高校同行的好评。

在我的学生管理工作中，始终以当时的中央 16 号文件《关于加强高校思想政治工作的通知》为指导思想，教育他（她）们认识没有共产党就没有新中国，用辩证唯物主义的历史观诠释这句话的理论依据。同时，理解学生，生活上关心、学习上鼓励，处理好学习与工作的关系，不能本末倒置，我几乎每次例会都要询问学生的学习情况。我在最后总结时总是说："我衷心期望你们工作好，学习更好，很好地完成大学学业，这是一个大学生必须明白的事。"渐渐地，学生对我很尊敬，我和学生建立了友谊。

我是个喜欢读书的人。二十多年前，读过日本早稻田大学著名学者依田新教授主编的青年心理学，这是二十世纪八十年代出版的书。这本书是研究"二战"后，日本经济恢复已有成效的大背景下，青年学生的各种心理活动。因为工作关系，我和师生广泛接触，通过观察研究，惊奇地发现，改革开放的今天青年学生心理、心态、行为和书中研究的当时的日本青年学生同出一辙。这个发现使我感慨颇深，真正的科学文化知识，不会因时空限制、地域差别而失去自身存在的价值。真正的科学文化知识，更不会因为强权政治的强奸扭曲而消失。我用依田新教授这把钥匙打开了这些80后、90后的心扉，这是一个全新的充满青春活力、朝气蓬勃的世界，也给自己生命注入新的活力。

这些年来，网络文学逐渐兴起，因为网络阅读年轻人居多，所以我把自己的写作立足点定位在80后、90后，好多未曾谋面的读者，误认为我是80后的作家，也闹了不少笑话。

在知识老人这里，我总感觉自己患有严重的营养不良症，到处搜集书籍，甚至废品回收站都是我关注的地方。在西安文理学院上班前，我对话剧的创作，影视剧本的编剧，乃至与导演的分镜头本子的写作相关的书籍都是从收废品那儿获得的。我对自然科学和人文科学领域里的知识都有兴趣。2017年4月《陕西日报》发表了我的一篇散文《曾经的梦想》，好多读者才发现我还有包括无线发报机在内的无线电方面的特长呢。

对知识的渴求、对学者的崇拜，使我结识了不少在理论、文学、影视以及其他学科的专家名流。我非常感谢他们在我的事业、工作和人生道路上给予我莫大的关怀和支持，让我从漫长的人生黑暗低谷里走出来了。

在西安文理学院的十年，我完成了反腐倡廉题材的22集电视剧《太阳总是从东方升起》。学生们教我使用电脑，上网。我写的反映高校生活的短篇小说《昨夜下了一场雨》脱稿后，文学院院长梁瑜霞教授建议我把《昨夜下了一场雨》改成电视剧，由文学院影视专业学生完成拍摄。后来，我又把《昨》剧改成90分钟数字电影剧本，被推荐给国家百部爱国主义电影工作委员会，并得到该工作委员会通过。在纪念改革三十周年活动中，我写的论文《实践是检验真理标准大讨论在中国改革开放中的意义和作用》被学校推荐给市委、省委。我根据自己在杂志上发表的小说《辞职》改编的同名电视剧，由我编导、由西安文理学院文学院制作完成，该剧获得中共西安市委纪委一等奖、中共陕西省委教委二等奖，西安电视台在2012年元旦黄金时段播出，后又重播。在这两次活动中，西安文理学院获得市委、省委的优秀组织奖。学校纪委又上报上级，该片还被中共陕西省纪委报送中纪委，参加中纪委举办的“中国（宁波）廉政视频展播大赛”活动。我在《西安文理学院报》发表的《大学生处理好工作的三种关系》在谷歌上达十一万次的点击率；《生命的证明》在《西安文理学院报》发表后，被重庆红岩联线等多家网站转载，仅重庆红岩连线一家点击率达四万人次。

伴随网络媒体的传播，我结识了延安大学、西北政法大学、陕西师范大学、西北大学、香港中文大学等多个高校的师生。我在网上认识了湖北潜江籍一个网名“征服”的男生，大学毕业被女朋友抛弃，痛不欲生，我用日本依田新教授心理学的观点方法开导他，使他从失恋的黑暗低谷走了出来，他很感谢我，至今我们还保持联系。我到西北大学找张阿利教授时，碰到我认识的西大研二的学生，我们聊了起来，她说，她们宿舍的同学议论我说：“戴老师那么大年龄还在学习、钻研，在知识海洋遨游，我们没有理由不好好学习呀!”听到这里，我很激动，我不敢自诩大学生的楷模，但我给他们已经做了一个生命不息、奋斗不止的榜样，深感慰藉。

我是个理想主义者。世界观、人生观、价值观和家人及孩子们有很大的反差，他们对我的这一切并不理解。尤其60岁离开西安文理学院后，我不时有一种孤独感，有时竟憋得心里难受，就开大电子琴音量，手指在琴键上飞快跳跃，在激越、高亢、奔放的音乐中，那一个个我非常熟悉的领导、老师的面孔，学生那一个个可爱的脸庞，在脑海里像蒙太奇画面拉开，让我激动得不能自持。

网聊时，好多大学生那真诚的语言感动着我：“戴老师，你不孤独，你是幸福的，你永远和我们在一起!”

是啊，我们永远在一起！这种美好的情感，将激励我走完人生最后一站。

梦想成真

我做了个梦，蓝天白云，阳光灿烂。我双腿紧收，双臂像两只翅膀，有力地上下舞动，身子渐渐离开地面，在天空中翱翔。我还特别告诫自己，落地时还得用力飞舞，否则会把自己摔到地面上，那就惨了。

然而，现实中的我，梦想总是破灭，更谈不上“飞”起来。十一岁那年上小学读了上海作家胡万春的小说《过年》，我仿佛置身于“昏黄的路灯下”的旧上海贫民区。从这本书里，我懂得写书的人不一定是拿工资的专业写家，我幻想长大当作家。当我读了一本1963年出版的《儿童文学》杂志，有这样一句话：“我长大了要当作家，书一出版，我成了作家啦。有人给我送来牛奶和面包说，‘作家先生请用吧！’然而，作家却要深刻观察生活体验生活。”

十九岁那年处女作《路》被蓝田县文化馆推荐到《渭南文化》（当时蓝田属渭南辖区）。我从二十岁开始写《生活集》，直到知天命之年，依然坚持。《生活集》记录着许许多多拨动我心弦的人和事。在2011年11月份报送到陕西省委审查的二十二集电视剧《太阳总是从东方升起》，近四十万字的剧本素材百分之六十来源于《生活集》。当年主流意识有一句话，要写革命文先做革命人。我自己就努力干好大队团支书，还入了党，自己领导的团支部被共青团蓝田县委授予优秀团支部。我曾随蓝田县委赴天津小靳庄参观团参观小靳庄，这是我第一次出远门。我们在北京玩了两天，当时我站在北京颐和园万寿山顶四处环顾，发誓将来一定要给这个世界做点贡献！在参观的半个月中，我在《生活集》写了十九篇文章（含诗歌）。

一九七四年的冬天，阴霾的天空飘着雪花，可是全公社党员干部会场却是一派热烈的气氛，我用四个小时做了一次学习小靳庄“十件新事”的活动报告。现在回想起来，可叫“心血来潮”。大会结束之后一盆冷水却一下子泼到我狂热的头脑上，大队副支书告诉我："刚才查了一下你的档案，你屋是上中农成分，不然你是公社党委接班人副书记候选人。"顿时，我的心像这隆冬的季节，凉透了。

这一夜我没有睡！我四岁离母，外婆把我养大，也就随母亲姓戴了。在旧社会，舅家有五十多亩地，雇工都是新中国成立前三年，所以没有定为富农。舅舅戴喜生在彭德怀、习仲勋领导的西北野战军工作，后在当时称国务院"二机部"，也就是后来的核工业部。我姐是中共党员，姨夫是1936年的老红军。抗日战争时期，姨夫在贺龙领导的八路军120师工作，在左权将军牺牲的战役中负伤，从山西回到延安。六岁那年，第一次学写字，舅父就给我教毛主席万岁和共产党万岁这两句。也就是这天，他老人家告诉我，没有共产党就没有新中国，还把中国各省市比作火车车厢，共产党就是火车头。《火车的情结》就是回忆这段往事，文章发表后受到广大读者的广泛关注和好评。

正是有这样的家庭教育，我22岁就入了党。不分昼夜为革命工作，"革命"却把我这个党员列入"另册"了，太委屈了！从此我工作再也不热心了，一头钻到文学里。当时在落后的农村老家煤油灯下读书，视力下降到0.5。冬天很冷，我把椅子放在炕上，坐在小板凳上，把双脚塞到被窝，开始学习。有次大队会计来了，看到这个现场笑了说："兄弟，你是在设法场逮鬼吧?"我们都笑了！因视力太差，我姐不要我再看书，特别指出："你这样下去，小心伤了眼睛!"我想了一办法，夏夜，开着窗子，借着微弱的光线，看着模糊的白纸，我像盲人不点灯一样在纸上写字，这个效果很好。至今，在仅能隐约看到白纸的环境我依然可以写字。有一个老师告诉我搞文学的人，必须有广博的学识，不能仅仅只看文学、哲学书籍等，只有博学才能写出有思想高度的作品。我除了看马列、毛泽东著作外，还学习《辩证唯物主义》和《历史唯物主义》，甚至还读了《圣经》部分章节。雨天，别人围在一起聊天，我却坐在老远的小板凳上，在雨伞下看书或写《生活集》。那时，大集体干农活每晌有几十分钟休息，这几十分钟成我的一节自习课，有很多书就是在这种环境下读完了。

1984年我在西安一家大集体公司上班，这家公司和陕西电视台很近，我认识了陕西电视台文艺部的苟良老师（他后来是陕西电视台副台长）。这时，我才知道搞电视剧的人不一定是电视台的人。苟老师把每期《电视剧》杂志送给我，那时候，我把目标锁定在电视编剧上。有次苟良老师建议我最好了解点高等教育方面的知识，我又在省教院办的西安永兴自修大学每天晚上七点到九点半学习汉语言文学专业。妻子嘲笑我说三十岁的人了还学习大学课程不嫌笑话！那时，我在西郊单位一个分厂负责，从那里到西安的南郊有三十里路，我来回骑自行车，回到西郊后，晚上我开始把学的古文译成白话文。

十八年后，我来到西安文理学院工作，除办公室日常业务外，还负责学生组织管理和办《校园生活报》。我学的这点大学皮毛知识却发挥了作用。如何办好这个大学内部交流报纸，压力很大。经过反复思考，理出了头绪。我对协助办报的大二学生雷峰说："《校园生活报》学生读者最低都是大专，也就是说是个大学生。高校报纸和农民报、工人报还有所不同，大学办报必须有大学文化理念和大学文化底蕴，如果缺乏这两点，你就不要在大学办报了。"为了论证我这个观点的正确，我向当时的文学院院长贺信民教授请教，贺老师对我这个观点很支持，我更有信心办好这个报纸。正因为自己有点大学皮毛知识，有利于我和大学生的沟通，为我观察体验高校这个社会的特殊群体和搞好学生组织工作创造了条件，使我较清晰地看到当代大学生的人生观、价值观和价值取向。在西安文理学院，我发表了反映大学生生活的多篇作品，其中有一篇小说名叫《昨夜下了一场雨》，送给后来的文学院梁院长看，梁院长看后建议我把这篇小说改编成电视剧，由影视专业的学生完成摄制。

近年来，我在《陕西日报》《西部法制报》《炎黄文化报》、省委机关刊物、《共产党人杂志》（现改为《当代陕西》）和《党风与廉政杂志》等，发表小说、散文和文艺评论。在1997年，在《当代声屏》杂志发表五集电视剧《命运》，还在该刊上发表了《"夹缝"中的编剧》《还是走出彼得格勒好》等有关电视剧方面的理论文章。

的确，我今生有很多梦想，为了梦想，历尽艰辛，付出很多，失去很多升官发财的良机，也失去了很多本属于我的东西。当我从作家协会拿到作协会员证时，盯着印着钢印的这张忧郁的照片，百感交集，感慨万千！然而，梦想成真，对我而言，委实是件值得庆幸之事。

梦

崇山峻岭，层峦叠嶂，白雪皑皑。千沟万壑，银装素裹。蔚蓝的天空，白云飘飘，一轮冬日放射出耀眼的光芒，雪山泛起刺眼的白色。我的身旁有几棵参天雪松，沾着厚厚白雪，变得雍容圣洁。我眯缝着眼睛，目光投向远方，只见雪地上竟有一株鲜艳的红花，在寒风中摇曳。多么了不起的鲜花，你不畏严寒依然绽放！我没有见过雪莲，据说只有雪莲这样的花才能在这样的环境生存。它一定是雪莲！只有它才不畏严寒敢于迎接隆冬的挑战，在冰天雪地展示自己的妩媚。忽然，想到婷上月给我发的一张照片：广袤的蓝天，空旷的田野，婷站在一条灰白色的水泥路中间。她身着一件深红色紧身风衣，从大翻领现出粉红的内衣，丰满的胸脯现出凸凹的曲线。下身是一条黑色健美裤，显现出线条的美感。披着一头秀发，修过的柳叶眉下，一双晶亮的大眼睛透出自信和喜悦的神色。鸭蛋形的脸庞白皙而丰润，洋溢着青春的光彩和美丽。她张开双臂，右手拿着一朵红花，想要拥抱这恬静怡然的大自然，给造物主献上一朵美丽的花儿。她手中的花和雪山上的这一朵花，一模一样啊！

我要这朵花！我急忙跑到雪莲花跟前，红花的枝干上还有几片深绿色的椭圆形的叶子，在阳光下泛起光彩，好看极了！刚想刨开积雪拔起这朵花，身后响起女高音清丽的声音："这是我的花，你爱它，我却不能给你呀！"

我忙转过身，呀，是婷！还是在公路中间站的照片上的衣着打扮，一样的神情，只不过两手空空。

"我的哥哥呀，怎么是你呀?"她高兴地跑过来，张开双臂紧紧抱着我的腰，亲昵地说："你知道吗？我多么想念你！"

我也激动地说："你知道吗？我把你的照片放在贴身的衣服口袋里，没有人的时候就拿出来看看。"

我捧起她温柔的脸颊，凝视，阳光下这张白皙丰润的脸庞，泛起淡淡的一抹红晕，愈显得妖娆动人。这双脉脉含笑的眼睛竟然溢出泪水，泪水在阳光的照射中是那么清澈晶莹……

我左手搂着她的脖子，右手食指小心翼翼地沾去她眼睛的泪水，忽然，我只觉得鼻孔一酸，一滴泪水落在她右眼里，她莞尔一笑，眨了一下眼睛，这滴泪水融入她的眼里。片刻，我发疯般把她搂在怀里，激动地喊："婷，让我们就这样紧紧抱在一起，永远，永远……"突然，脚下出现一个大黑洞，我"啊"了一声，紧紧抱在一起的俩人掉进洞里了。

啊，我醒来了！原来是个梦！黑暗中，摸着床头柜上的落地灯的开关，半透明粉红色的灯罩里泻出的灯光，照亮了床头和床头柜。这时候才发现枕头边的手机还在播放《遇见你是我今生的幸运》。这是睡觉前点的重复播放的 QQ 音乐。

一年前，我和婷在网上认识后，她发给我蔡雯君这首歌。每当听到这首歌，一种刻骨铭心的思念，让我恨不得一下飞到她身边，再也不分离。

在我上高一那年冬天，我在蓝田县图书馆聆听了陈忠实先生的报告，颇受鼓舞。他说，文学是一个很迷人的事业，他还称"文学这个魔鬼！"从此，我的人生目标就是当作家。然而，当我进入文学这个圈子才发现当一个作家还真不容易，不仅需要博览群书，还得有社会学、美学、心理学、逻辑学等方面的知识。一个成熟的作家必须用独特的视角去观察生活、体验生活，写出的东西要上升到哲学层次……这一切的一切，使我陷入一个孤独的世界，我很痛苦！婷很同情我！在一次网聊时，给我 QQ 发了一首诗：

你是一个孤独的灵魂
你是一个受伤的小鹿
在挣扎、在拼搏
可是，你知道吗
这是黎明前的黑暗
迎接你的是阳光灿烂
我愿做你心中的太阳
时时刻刻把你陪伴
……

我的冰心，在这诗的意境中融化，变成热泪从眼角流淌……

今晚这个梦，使我失眠了。我干脆起身靠在床头上，听着《遇见你是我今生的幸运》。

歌声在这幽暗的房间轻轻地荡漾，我的心变成小鹿奔向她的身边。

冰雪絮语

我翻着来稿，一篇《春天的 angel》映入眼帘，这是颂扬我办的《春田》杂志的文章。我为作者对《春田》的钟情而感动。盯着署名“冰雪”，作者何许人也？后边又有两页名叫《冰雪絮语——致春田幸子的信》，原来是写给我的信！我叫幸子，他称我春田幸子，我岂不成了日本名字的姑娘了吗？荒唐，可笑！可是我却没有笑出来，因为冰雪絮语竟是一段悲凄的故事……

我是一块冰，我是一团雪，冰雪。我没有冰的晶莹剔透，却有它的冷酷、凝固；没有雪的圣洁绒柔，却有雪的脆弱。冰雪的故事，使泪水化成溪流……

那是一个遥远的故事。大概是我四岁的时候，依稀记得我在邻家二婶屋里睡，没有皓月，也没有星光，只有黑夜。黑暗中，紧挨着的我家，人声嘈杂，夹带着哭声，妈妈的哭声最尖最响。

门开了，外面进来一个人，点亮油灯，我才看清二婶脸上挂着泪珠。她低沉地说：“你秉学哥死了……”我没有哭，也没有掉泪，我用陌生的目光盯着这个黑暗的世界……

我只知道我哥叫秉学，和冰雪同音。

后来长大了，才知道我哥十二岁就死了。在黎明前的黑暗中死去。他死的时候，没有晨风，没有晨曦。在我的记忆中，有次他到舅家，那天晚上给外婆背书，长大后回忆才知道那叫诗。尔后，又听大人说，埋我哥的时候，那天人们抬着他的一大箱书，在坟前焚烧……

也许是幽灵在呼唤，我自小就喜欢看书，在初中升高中体检竟成了 0.5 的视力，被淘汰了。后来，我当了民办教师，自学高中课，在教师培训班，我认识了公办教师韩芳，一个清瘦浓眉大眼的姑娘。我四岁父母离异，当年母亲因我哥死被父亲抛弃，积郁成疾身亡，上学期间，也许是命运不幸的缘故吧，我总是沉默寡言。可是韩芳却对我特别热情，她总是给我找我喜欢看的书，我在她面前变得话多起来。有时班上不见她，我心里总有一种空荡荡的感觉，好像这个世界黯然失色了，一旦她出现在我的视野，我便觉得这个世界是这般亮丽，阳光竟是这样的灿烂！我在日记本上曾把她称为 angel，安琪儿，天使。国家改革高校考试制度的这年，教院招生，她鼓励我报考，我说，我这初中程度能上大学吗？她怒了："瞧你这没出息样！我原来认为你是个很有才气的人，谁知你是个窝囊废？男人大丈夫的光荣称号叫你白占了！"我嗫嚅了，避开她那犀利的目光，垂下头。

我报考教院，被录取，上了汉语言文学大专班，成了一名大学生。谢天谢地，多亏她激我！

报名那天，她把一个红纸包和一支"中原"牌钢笔装进我的口袋，她不准我看，说完就急忙跑走了。

这是一个难忘的早晨。东方，朝霞似火，阳光明媚。我掏出红包，里面竟包着五百块钱，有一小片红纸上写着：我爱你，我的白马王子！落款写着：你的 angel。呀，看来她一定是偷看过我的日记，不然，她怎能知道我把她称为 angel 呢？

在学校，我发奋读书，还发了十几万字的东西，本想发一篇给她寄一份报刊。可是她却被调到一个偏僻的山区，我写了几封信如石沉大海，我们的书信往来中断了。今年，我把发过的稿子收集起来，想利用寒假专门到那远方去看望她，给她来个惊喜。

几经周折，我终于迈进她任教的小学。可是迎接我的校长却眨着泪眼："你找的韩芳半年前已经离开人世了，她得的是脑血管病。"

我傻了，嘴里神经质地大声念叨："不可能！不可能！"我和校长来到她坟前，两棵小松树在山风中摇曳……泪水如山间小溪源源不断……

这是一个黑色的腊月：阴霾的天穹，没有阳光。我置身冰雪天地的世界。黑夜中，黑乎乎的大山仿佛向我涌来，挤得我喘不过气……

从此，我脖子上多了一件饰物——挂着她送给我的这支磨秃了笔尖的钢笔。每当清晨，一个人时总是偷偷拧开笔帽。阳光下，笔尖的金光竟是这般耀眼！在我心田上空，这灿烂的金光，像太阳般温暖，为我驱赶黑暗。心中的冰雪融化，文思如泉涌，变成溪流……

后来，进入网络世界，我本能地在电脑上敲出一个网名：中原笔人。

冰雪，中原笔人，一个冗长的感人的故事长卷，算是对她的纪念。

登 山

翠华山景区，虽然我去过两次，坦率地说两次都是未尽兴。第一次是好多年前，和在广州中山大学上研三的女友李珊去那里旅游。她有恐高症，我们虽然到了山顶，却没有到最高处。第二次是在多年后，我在大学带领七十多个学生干部来到这里旅游。看到这些天不怕地不怕的小青年踊跃登上山顶，个个像才出笼的小鸟叽叽喳喳时，不由想起临行前，主任的嘱咐："你一定要注意大家的安全，千万千万不敢大意!"我也是个喜欢挑战极限的人，可是今天自己不能这样啊，我要对我的这七十多名学生干部负责呀!

嗨，天公不作美！阴霾的天空下起小雨，灰白色的大雾，像传说的翠华姑娘裙带，在翠华山腰绕来绕去。教育学院的学生会主席赵军冲着大家喊："同学们，我们上到了神话中的天堂了!"

赵军话刚一落，经管院的杨娜也兴奋地喊："我回到我们大兴安岭了！我回到我们大兴安岭了!"她喊着几步冲上最高处的山巅。这是一块向外凸出有三四米的大石板，下面是万丈深渊。在杨娜后面还有赵军和两个男生两个女生也蜂拥而上，六个人分别打手势做着各种姿势照相。天哪，这还得了！我本来想训斥他们几句，又想他们一分心不注意脚下就更危险了。无奈，只好苦笑着喊："你们几个是不是想要老师的命？快点下来吧!"还好，他们拍了几张照片就很快下了。谢天谢地，我这悬着的心总算落地了。今天作为带队老师你不能任性！到下一次我个人来的时候一定登上这块石板，了却这个心愿!

光阴荏苒，一晃二十年过去了，终于了却了这个心愿。在今年的十一月二十八日，女儿戴赟在重庆办的公司又在西安开了分公司。公司给翠华山景区的滑雪场做了一个冰山要安装，我随车第三次到这里。可是处理基础的工作人员没有来，只好改日再来。女儿建议我们利用这个机会好好逛逛景区，我们就按照当年我带领学生的路线开始行动了。隆冬的翠华山景区，山顶上残雪片片，虽然没有夏日的绿色葱茏和生机勃勃的景象，游人却不少。不过，年轻人居多。我们从风洞出来坐在长椅上休息。女儿听从山顶下来的人说，上到山顶至少得一个半小时，而且很累。她和随同来的另外三个人不想登山了。

“你们不去，我一定登上山顶!”我刚说完就转身踏上登山的石台阶。走了二十几分钟，汗水浸湿了内衣，解开棉马甲的扣子，累得上气不接下气，就坐在台阶旁边的一棵大树下的石头上休息，点着一支烟吸着。唉，老了，实老了！可是，我马上警告自己：冰雪啊，冰雪！你凭什么资格卖老?！就像李珊说你：“这么多年你还是小打小闹，瞧你这副出息!”你的中篇小说《雨夜》没有打完，你的长篇小说《独身者》还没有脱稿，你耗了一年半时间完成的电视剧《太阳总是从东方升起》还在襁褓之中……你的人生轨迹就像这登山！才踏上登山台阶的第一步呀！想到这里，不由激动了，眼眶一热，眼前的一切变得模糊了。

良久，我站起来，扔掉烟头，迈着有力的脚步，一台一台向上走着。

蓦然，身后传来女儿的喊声：“我也登山了!”

“你不是说不来吗?”我转过头，女儿就站在我面前了。“老爸都能登山我却在山下休息，不是显得我太没有出息了吗?”女儿拿着手机杆，开着拍照。走到我跟前神秘地说：“爸，我想起一个事，你还不知道呢。”

我笑了，“什么事情还神神秘秘?”

“我想起了在我三岁的那年，你给我讲的毛主席诗中的一句，世上无难事，只要肯登攀。”女儿擦了一下额头上的汗珠，笑着说：“我今天一定要登上山顶最高处，你相信吗?”

“我相信我女儿的本事、毅力和意志!”我大声说着。是啊，她就是凭着这种精神，给自己的事业打下了良好的基础；凭着这种精神，自学成才，实际文化程度达到本科水平。今天，我这当年的“第一任老师”还得当好哦!

我迈着矫健的步伐又开始登山了。很快，就追上前面一帮年轻人。看样子是高校的学生，有的女生拉着男生的衣服后摆，有的男生拉着女生的手，个个满面汗珠，狼狈不堪。其中有一位女生爬在仿树枝的护栏杆上，顾不上上面的尘土污渍，干脆把下巴搭栏杆上，仿佛不这样就有可能滚下去的危险似的。

这时，这支溃不成军的队伍开始有人返回来了。嗨，这些年轻人呀！我叹息了一声，加快了自己的步伐，渐渐把女儿也甩在后面了。终于，一鼓作气，我登上翠华山景区的最高峰。幸好，就在学生当年照相的石板上，有一个三角形仿树枝的护栏，安全有了保证。栏杆上挂着一层层红布条，使人不由得想起当年红军长征在夹金山山顶上飘扬的红旗……

是啊，当年的红军就是在极其困难的情况下，凭着信仰的支撑，不怕流血牺牲，前仆后继，勇于攀登，终于达到胜利的顶峰，革命胜利的艳阳天。一个民族、一个国家是这样，作为个体的人的命运又何尝不是这样呢？纵观古今中外，每一个成功者的足迹，哪一个不是凭着这种登山精神让梦想成真啊？

我爬上石板，请旁边的两个年轻人用我的相机给我照相。我站在石板的最高处，双手后背，仰望着天空。照完相刚下来，女儿就到我们面前了。我给他们介绍了一下女儿。女青年赞叹道：

“你女儿也很厉害呀！”她指着山下，“从山下开始登山，有多少人，可是真正到这儿的就我们这几个人呀！”

女儿也笑着说：“你们不是也挺厉害的嘛！”

两个年轻人下山去了。我和女儿又爬到石板上，她左手举起手机照相杆，右手扶着我的左臂。选好角度。“啪”的一声，一张照片出现在手机屏上。

啊！好美呀，让人陶醉，感受着大自然的神奇奥妙！蓝天，白云，千山万壑，残雪片片的山峰，在我们的背景下方。女儿右手扶着我的左臂，我们翘首遥望，脸上显出自信欣慰的笑容。我心里油然生出一种自豪的成就感和幸福。是啊，我们终于登上梦想之巅！

叙事诗

怀念

怀 念

——“5·17”有感

冰 雪

一

今天是五月十七日
四十四年前的今天
依然历历在目
蓝天，白云，新绿披在千山万壑
和风习习，宛若情侣的挽留
风夹着花香，轻轻地抚摸
轻轻地说
“你再多住几天”
声音是那么柔润
在耳畔
变成经久不息的混响
强烈地拨动心弦

二

广阳[①]天空的朝阳
没有往日烈焰的炙人
只有温柔
温柔得让这个世界定格
静得犹如春眠

分明是天经地义
它却撕人心肝地疼
千言万语
本如汹涌波澜
此刻，一句却无法出口
风，拂动着头发
风，撩起衣角
是冷？是痛？
浑身瑟瑟发抖
我蹲在站牌旁
等待车的到来
却恐惧班车的出现
静，死般的寂静
自然界凝固了
两颗心却在演奏交响曲
小河颤抖，悄然流动
树叶在战栗
泪水像决堤之水
奔泻而下

三

“你冷不?”
柔声细语
却似惊天春雷
终于，打破大自然的死寂
猛然回首
她伫立在我身后
一双晶亮的大眼睛
一泓泪水
脸上却露出笑靥
谁知，此刻竟成一帧永恒的定格画面
周沟河[②]的流水
汩汩流动

记着这历史的一点一滴
一点一滴

四

魔鬼，是无情而可怕
魔鬼颠倒世界的一切
撕碎这一切的一切
瘴气弥盖了视野
世界变得曲扭
“我们的一切的一切
竟这样无用?”
她质问我
我却不去回答，不敢思考
我乞求魔鬼带我走
哪怕万丈深渊苦海
在所不辞

五

漫漫十三个春夏秋冬
我在黑暗中度日
瘴气散去
我却看到的是狰狞
懊悔的泪水
未能拯救受伤的灵魂
死神一次次光临
我在黑暗中挣扎呼救
然而，仁慈的上帝
却派来光明的使者
我睁眼一顾
啊！竟是五月十七早上定格画中人
“你死？男人大丈夫称号让你白占了!”
似春雷振聋发聩
像晨曦撕破夜幕

我扬起满是泪水的脸
凝视晴空上的骄阳
她那柔声细语叩着心扉
“你知道吗?
看到你不想活的信，我哭了一夜。”
像甘泉滋润着皲裂的心田
像阳光那样灿烂
“你把这钱拿去报名吧!”
从此，省教院的课堂上
多了一名伤痕累累的学生
她给我插上了一双理想的翅膀

六

岁月如梭
我飞过十八个春秋
飞啊，飞啊
凄雨倏然打在翅膀
乌云把我压到地面
她走向黄泉
这天，腊月二十三夜
没有小年的气氛
没有大年将临的锣鼓
只有刺骨的冷酷
低沉的乌云
世界死一般寂静
偶尔，还有朔风的哀号
我在田野徘徊
我在悬崖边
胸闷，气短，窒息
我真想扑下去
让灵魂离开肉体
悠然飘向天堂
向她忏悔

向她诉说
“我再也不离开你！”
也许，这是最大的安慰

七

朔风呼啸，风声中
“男人大丈夫的称号让你白占了！”
声音，遥远而清晰
是她的声音，是她的声音
我震惊了
“男人大丈夫的称号让你白占了！”
这声音，愈来愈响
像气势磅礴的交响曲
强烈地震撼着心灵
在这高亢激越的旋律中
我离开崖边
我扬起沉重翅膀
在黑暗中飞起

八

春华秋实，金秋
我飞到这所大学
这里另一番景象
每个角落都充满
青春，欢乐，歌声，笑语
昊天，那样湛蓝
阳光，那么灿烂，温暖
解冻这心灵上的冰川
然而，总觉她那双晶亮的眸子
随时，随地，跟着我
“我绝不辜负你的期望！”
这是我的誓言
印刷机飞快翻印好的报刊

我名字随之漫天飞扬
网络世界中的我
穿越时空，跨过国界
向宇宙延伸
作家，艺术家桂冠
戴在头上
祝贺声，褒扬音
不绝于耳
我却木然
蓦然回首
仿佛身后那双眼睛依然
含着泪水的眼睛
盯着我，脸上现出笑颜
我眺望着远方的白云
又扬起有力的翅膀
展翅飞翔

注释：①广阳，位于陕西省铜川市北。
②周沟河位于陕西省铜川市广阳镇。

后 记

80后、90后这两个群体是当代中国最具活力的两个群体，他们年轻有为、思想解放、大胆创新，加之现代传媒的兴起、网络大数据的应用，犹如猛虎添翼。广义来讲，80后、90后的上辈人和他们较之就逊色了。但是，这两个群体仍然存在不容忽视的问题。笔者几年前曾经记得网上有种说法称“80后是垮掉的一代”，又曰“是信仰缺失的一代”、“是智商高，情商低的群体”，或者“是拜金主义的奴隶”等等的非议，要么偏颇，要么过激。这样的一味指责，是对这些年轻人的不理解，也是不公平的。然而，这种种非议亦不是空穴来风，信仰的缺失，唯我独尊，拜金主义和私欲无限膨胀等等，都在一步步侵蚀着他们。当这种私欲不能得到满足，他们就会产生抱怨，更甚者由怨恨发展到仇恨，要么自殇，要么报复社会或者个人。笔者了解包括名校在内，时有恶性案件或悲剧的发生。

年轻人出现的问题，原因固然种种，但是归纳起来有四种：其一，有其社会原因。某些腐败堕落的人，为了满足个人私欲不择手段的丑恶现象扭曲了这些年轻人的灵魂。其二，没有一个良好的家庭育人环境。“父母是孩子的第一任老师，家庭是孩子的第一课堂。”第一任老师的失职，也是产生这些问题的一个重要原因。其三，孩子在校期间，教师的失德失职更是这些问题滋生的土壤。中学生已经到了有判断事物能力的年龄，当他（她）们看到老师在正常的课堂敷衍了事讲课和家长出了高额课外补课费讲课态度截然不同的时候，学生们对社会的认知会是什么呢？正是有了前面的三个原因，也就出现第四个原因，即学生世界观、人生观、价值观，以及价值取向发生错位，最终给社会、家庭和个人带来不幸。每当看到这些问题出现，对曾经从事大学生工作的我来说，有一种揪心之痛啊！尽管自己身轻言微，但我有一个愿望：我要出一本书，让年轻的读者读后，精神得到愉悦，浮躁的的心平静下来，受伤的心灵得到安抚，这样我便知足了！

在此，我衷心感谢恩师西安文理学院的王学民书记，在我人生黑暗的低谷期，为我后半生的发展提供了一个平台。我也衷心感谢继续教育学院的安振学院长，以及文学院的原任两位院长贺信民教授和梁瑜霞教授！感谢西安文理学院的曹鸿老师、张秦川老师和魏斌老师业务上的指导！感谢西安文理学院的众多师生给予我大力的支持帮助！

文学创作是个体行为，却离不开多方面的支持。我有幸得到了各方面的支持，他们分别是已故的西北政法大学原校长王天木教授、西北大学文学院的张阿利教授，还有陕西师范大学新闻与传播学院院长李震教授，中国科学院院士徐宗本教授，以及包括北京大学李兆基人文学院学生在内的这些大学的学生给予我的帮助。在文学创作的路上，他（她）们给我展现了一个全新、充满青春活力的世界，给我的生命注入了新的活力。更值得一提的是，中央党校博士生导师、中央党校毛泽东思想研究室主任、全国育人用人科学专业委员会主任张蔚萍教授，中共陕西省委常委原宣传部长王巨才和《中国思想政治工作年鉴》副主编白杨老师给了我诸多帮助。张教授和王部长在百忙中不辞劳苦，还为我的书写序、题写书名，令人感动！同时感谢贺凤霞女士在组稿期间，给予我的帮助。

“作家的灵魂是孤独的。”我认为这种孤独未必是坏事，因为它可以是作家站在超然的高度，用自己独特的视角观察、体验生活，从而有新的发现。同时，作家的灵魂，也不为红尘所困扰，不为名利所扭曲。

是的，我就是这样一路走来的。

2018 年 10 月 8 日于陕西省图书馆自修室